應用外語
03

實用 西班牙語會話

王鶴巘◎著

五南圖書出版公司 印行

序言
PREFACIO

本書「實用西班牙語會話」主要是針對外語學習「說」能力的培養，內容以會話句型為主，我們分成二十篇，每篇搭配不同主題，包括：「問候、介紹、感謝、祝賀、道歉、請求、邀請、語言學習、天氣與氣候、時間與日期、問路、在餐館、打電話、在海關、在理髮廳、在美容院、在銀行、喝咖啡與閒聊」等等。舉凡日常生活食衣住行育樂等經常會碰到的會話語句，我們都盡可能地按實際情況編寫，並翻譯成中文。不過我們也必須指出：實際生活中的交談內容千變萬化，人們對話時的句子有可能很長，也有可能很短，這二十篇所搭配的各種主題，只能說是作者首先列出的每一個最大項目，其下自然會有更多的次要子題，但為了避免讓讀者感到複雜煩瑣，我們僅按這二十篇的主題做介紹，不再細分；況且真的要就每一種主題準確的編寫會話情境，實際上也不可能。例如：問候的同時也有可能表達祝賀或邀請。此外，有關銀行、運動、醫療、餐廳的主題，我們會以廣告內容、商業信函、食譜的形式呈現給讀者，這樣多一種認識、更多元的學習方式。

綜合上述，我們認為初學者以能說得清楚，聽得明白為首要目標。因此本書的第一單元仍做「西班牙語發音」介紹，除了文字解說外，作者亦繪製每個母音、子音發音口腔側面圖，讓學習者自己也能檢視發音時各個發音器官是否都正確到位。此外，第一單元「西班牙語發音」與之後各主題之對話語句，書上若有標示◎符號，表示作者有錄音，希望讀者在使用本書時，一如在課堂上跟

著老師大聲地唸出每個單字或字母發音，朗讀各個主題下的對話語句，期望能有更好的學習效果。讀者亦可點閱本人在南臺科技大學錄製的開放式課程（http://ocw.stust.edu.tw）：初級西班牙語一、初級西班牙語二、基礎西班牙語會話和初級進階西班牙語，配合西班牙語發音和文法的學習。

　　既然是要能說一口流利標準的西班牙語，毫無疑問的發音是任何語言學習的首要挑戰。許多學生學西班牙語學了一段時間之後，仍會問到：「我的西班牙語發音正確嗎？」「爲什麼西班牙語字母c再加上母音a後形成ca與加上母音e 後形成ce發音不同？」「是不是有發音規則？」「還有什麼是清音，什麼是濁音？」這些疑問都是西班牙語原文書忽略或不足的地方。透過這本書，作者也期望初學者除了學習好西班牙語發音，同時也能增強有關發音方面的語言學知識，了解到語言也是一門有趣的科學，每天與我們生活在一起，只要我們稍微注意一下，就會發現這「說話」的本能人皆有之，只是說出來、聽到的言語如同人的長相一般，沒有百分之百完全一樣的。

　　中文和西班牙語，我們若從比較語言學的角度來看，不難發現這兩個語言文字形態差異極大，句法上，前者既沒有冠詞、也沒有名詞子句；後者則有複雜的時態，詞法上，西班牙語有豐富的語尾變化，且一些詞類上有「性、數、人稱和格」等的變化，這些對於母語是中文的人來說都是新的語法概念。此外，坊間不乏各式各樣的西班牙語學習原文書，我們不難發現這些教材在設計上都是屬於溝通式的教材，也就是讓學習者盡可能一開始就能開口說西班牙語，即使是一個單字、一個詞或是一個簡短的句子、問候語。但是，這些書在做文法解釋時似乎又缺乏整體有系統的介紹，也就是說同一文法主題，有時會分不同的章節解釋，除非學習者能牢記學過的東西，且其綜合歸納的能力不錯，否則很容易感覺到西語文法

紊亂複雜。舉例來說,老師們在教授西班牙語動詞時,不妨將三種原型動詞詞尾:-ar、-er、-ir的現在式「規則變化」一次解說清楚,而「不規則變化中的規則變化」和「完全不規則變化」可以留待另一章節解釋,甚至於一開始直接讓學生知道西班牙語動詞變化有十四種型態,只是我們會花較長的時間學習現在式和命令式,之後循序漸進,逐一完成其他動詞變化的學習。鑑於本書著重在會話句型的應用、字彙的學習,特別是句型的使用說明是每一篇的重點,我們先按照對話語句裡的單字或句型編號,之後我們逐一說明每一種會話句型的句子結構與可替換的表達語、詞彙等等。相關的文法解釋,讀者可閱讀查詢本人已出版的「基礎西班牙語文法速成(2012/書泉)」、「進階西班牙語文法速成(2013/書泉)」這兩本書,不論是西班牙語的九大詞類(名詞、形容詞、動詞等等),以及簡單句、複合句等的分析說明,基礎與進階這兩本書都很清楚完整地介紹。讀者可就學習上遇到困難的部分查詢閱讀(例如,動詞變化的疑問請看動詞篇),並實際去做每一篇章附帶的練習題,相信這三本書能幫助學習者掌握日常生活西班牙語會話語句,同時能說一口正確的西班牙語。

總而言之,學生一開始學習西班牙語時,通常都會表現出很有興趣的態度;一方面可能是他們對西班牙文化諸如佛朗明哥的舞蹈,鬥牛、吉他、美食等等,耳熟能詳,加上媒體雜誌報導,腦海裡多少存有一些想法像是「西班牙是一個充滿浪漫、熱情的民族」。另一方面是西班牙語發音聽起來與英文很不一樣,但是不難學,尤其配合動畫軟體輔助教學,很有新鮮感。不過,語言的學習與文化的認識是不一樣的。前者是須要花時間、下功夫去學;而後者可以輕鬆地藉由母語去涉獵新的、想要認識的知識,與人侃侃而談,一點也不困難。所以,我們注意到課堂上一旦開始解釋文法、學習動詞變化,很多學生就顯得很被動,不願意花時間去記, 複

習老師所教的每個文法主題，自然說不出「話」來。因此建議讀者使用本書時，每一篇章節除了朗讀聆聽所列之對話語句，仍須閱讀之後的句型替換、表達語和補充字彙，因為作者編寫此書的目的正是希望透過不同主題所羅列的會話句型，期望學習者不僅能開口講話，還要說正確的西班牙語。

最後，語言「聽、說、讀、寫」的訓練與學習應視為一個整體，不可分開。就好像學游泳一樣，儘管換氣、手划、腳踢三個測驗項目分開考都沒問題，但是這並不代表這個人一定會游泳，只有把他丟到水裡，看他到底會不會游才算數。同樣地，我們是否學好一個外語也應該將「聽、說、讀、寫」四個項目都兼顧到，平衡發展。常言道：「師父領進門，修行在個人」，其實就是語言學習的最佳寫照，畢竟一分耕耘一分收穫，天下沒有不勞而獲的事。

目録
ÍNDICE

Unit 01

西班牙語發音

　　除了文字解說外，繪製每個
母音、子音發音口腔側面圖，讓
學習者自己也能檢視發音時各個
發音器官是否都正確到位。在學
好西班牙語發音的同時，也能增
強有關發音方面的語言學知識，
了解到語言是一門有趣的科學。

① 西班牙語字母大寫、小寫、發音與國際音標

01-01

大寫	小寫	西班牙語發音	國際音標
A	a	[a]	[a]
B	b	[be]	[be]
C	c	[ce]	[θe]
CH	ch	[che]	[tʃe]
D	d	[de]	[de]
E	e	[e]	[e]
F	f	[efe]	[efe]
G	g	[ge]	[xe]
H	h	[hache]	[atʃe]
I	i	[i]	[i]
J	j	[jota]	[xota]
K	k	[ka]	[ka]
L	l	[ele]	[ele]
LL	ll	[elle]	[eʎe]
M	m	[eme]	[eme]
N	n	[ene]	[ene]
Ñ	ñ	[eñe]	[eɲe]
O	o	[o]	[o]
P	p	[pe]	[pe]
Q	q	[cu]	[ku]
R	r	[ere]	[ere]
RR	rr	[erre]	[er̃e]
S	s	[ese]	[ese]
T	t	[te]	[te]
U	u	[u]	[u]
V	v	[uve]	[uve]
W	w	[uve doble]	[uve doble]
X	x	[equis]	[equis]
Y	y	[i griega]	[i griega]
Z	z	[zeta]	[θeta]

2 西班牙語字母之辨識

01-02

西班牙人講話時，特別是電話裡，有時怕對方聽不清楚，在遇到單字中可能字母發同樣的音，拼寫卻不一樣（例如：b與v），或像是清音[p]/濁音[b]容易聽不清楚，這時他們會先說出該字母（例如：b），再說出某個常用單字（通常是國名、地名，例如：Barcelona）。如例子所示，單字的起首字母必須是與這個造成混淆的字母同一個。

A	a	A de América
B	b	B de Barcelona
C	c	C de César
CH	ch	CH de Chile
D	d	D de Dinamarca
E	e	E de España
F	f	F de Francia
G	g	G de género
H	h	H de Honduras
I	i	I de Italia
J	j	J de Japón
K	k	K de Kuwait
L	l	L de Londres
LL	ll	LL de llevar
M	m	M de México
N	n	N de Nicaragua
O	o	O de Óscar
P	p	P de Perú
Q	q	Q de Quito
R	r	R de Rusia
S	s	S de Sevilla
T	t	T de Taiwán
U	u	U de Uruguay
V	v	V de Venezuela
W	w	W de Washington
X	x	X de xenófilo
Y	y	Y de yate
Z	z	Z de Zambia

3 西班牙語「母音發音」

　　「音素」是最小的語音單位，它可以分為母音（又稱為元音）和子音（又稱為輔音）兩大類。西班牙語構成母音的音素有五個 /a/、/e/、/i/、/o/ 和 /u/，構成子音的音素有十九個。母音和子音發音時的差別，基本上可以從以下幾個方面來檢視：

　　(1) 母音都是有聲的，發音時，氣流通過聲門使聲帶發生振動；之後氣流經過咽腔、口腔內其他發音部位時，並不會受到任何阻礙，因此氣流可以說是暢通無阻。但是，子音發音的時候，有些會振動聲帶，有些則不會，且聲音的產生都是因為呼出的氣流在發音器官的某一部位被阻礙，只有克服這種阻礙才能發出音來。也正是因為如此，發輔音的時候，氣流比發元音的時候較強。另外，輔音的產生因氣流受阻礙的變數較多且複雜，所以，一個語言的輔音數量往往會多於元音。

　　(2) 發元音的時候，發音器官的各部分保持均衡的緊張。發輔音的時候，只有形成阻礙的那一部分器官緊張。例如：西班牙語的顫音[r]，發音時只有舌尖和牙齦的地方特別緊張。

　　(3) 母音發音的不同主要決定於口腔這個發聲共鳴器的形狀不同，而影響口腔形狀最主要的因素有三：(a) 嘴巴張開的大小，(b) 把舌頭向前伸或者往後縮，(c) 發音時嘴唇形狀是圓的或者扁平的。由於舌頭和下顎連接，嘴巴張得愈大，像發 [a] 的音，舌頭的位置就愈低。相反地，嘴巴張得愈小，且唇形愈圓，像發 [u] 的音，舌頭的位置就愈高。

　　(4) 小舌的位置。小舌若緊靠著咽頭，呼出的氣經過聲門，會由口腔送出，只有少量的氣流經由鼻腔送出。若小舌緊靠著舌根，氣流幾乎經由鼻腔送出，則產生鼻音。母音亦會受到小舌位置的影響產生鼻音化。例如：un vaso [ũm báso]。我們會在前一鼻音化音位的正上方，例如：[u]，加上鼻音化符號變成 [ũ]。

下面我們逐一介紹西班牙語五個母音「音位」與其有關之「同位音」（或「音位變體」）。另外，我們也會將西班牙子音發音跟中文的母音做一比較。首先在圖表1，我們可以看到西班牙語五個母音在口腔內的位置圖，大致上成一倒三角形。

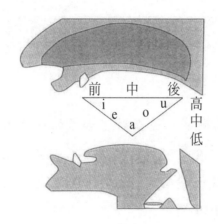

圖表1　西班牙語母音口腔位置圖

1. 強母音 /a/

發音時，舌頭在口腔裡的位置是低位、中間。此音是所有母音中發音位置最低，舌尖靠近下門牙，口張得最大，軟顎封閉，嘴唇並不呈圓型。強母音 /a/ 是舌面中央元音。

圖表2　母音 [a] 舌位圖

ㄚ 與國語注音[ㄚ] 發音相同。

☞ 母音 /a/ 有一個同位音[ɑ]。當母音a 後面緊接著母音 [o、u]，或子音 [l、x]，則軟顎化發同位音[ɑ]。例如：ahora [ɑóra]、palma [pɑ́lma]。

➤ 請唸唸看下面的單字：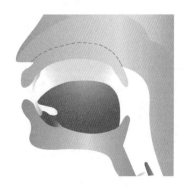
01-03

paso	ama	cama	tarde	hola
nada	favor	boca	tal	llamas
español	chica	día	gracias	mañana

2. 強母音 /e/

強母音 /e/ 是舌面前音。發音時，舌頭的位置由正中高度、升至高位，舌頭在口腔裡的位置是中央位置前方。軟顎封閉，扁唇，嘴唇向兩側攤開，舌尖抵下門牙。雙唇要比發 [i] 時更為張開，有點像國語注音 [ㄝ] 轉發國語注音 [一] 的音。

圖表3　母音 [e] 舌位圖

☞ 母音 /e/ 出現同位音的情況如下：

① 母音 /e/ 與顫音 [r]、[r̄] 緊鄰時，發同位音 [ɛ]。例如：perro [pɛ́r̄o]、remo [r̄ɛ́mo]。

② 母音 /e/ 後面緊接軟顎、摩擦音 [x] 時，發同位音 [ɛ]。例如：teja [tɛ́xa]。

③ 母音 /e/ 是〈下降雙母音〉其中音位之一時，發同位音 [ɛ]。例如：peine [pɛ́ine]。

④ 母音 /e/ 後面若緊接以下子音 [d、m、s、n、θ] 時，發本音[e]。例如：pez [peθ]。其他子音則發同位音 [ɛ]。例如：pelma [pɛ́lma]。

➢ 請唸唸看下面的單字。注意字母底下有畫單線的才是發 [e]、畫波浪線條的發 [ɛ] 音。◎
01-04

profesor	entender	señorita	lengua	tardes
nene	cese	español	noches	estudiante
perro	teja	peine	pez	pelma

3. 強母音 /o/

發音時，舌頭在口腔裡的位置是中央、後方。嘴唇呈圓形。發音時，先圓起雙唇，有點像發國語注音 [ㄛ] 的音，再合攏雙唇，延續 [ㄛ] 的音即成。

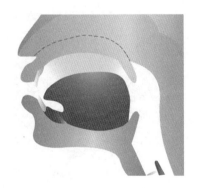

圖表4　母音 [o] 舌位圖

強母音 [o] 不可以發成國語注音 [ㄡ]，否則會變成雙母音 [ou] 的音了。

☞ 母音 /o/ 出現同位音的情況如下：

① 母音 /o/ 與顫音 [r]、[r̄] 緊鄰時，發同位音 [ɔ]。例如：roca [r̄ɔ́ka]。

② 母音 /o/ 後面緊接軟顎、摩擦音 [x] 時，發同位音 [ɔ]。例如：hoja

[ɔ́xa]。

③ 母音 /o/ 是〈下降雙母音〉其中音位之一時，發同位音 [ɔ]。例如：boina [bɔ́i̯na]。

④ 母音 /o/ 後面若緊接任何子音時，發同位音 [ɔ]。例如：olmo [ɔ́lmo]。

➢ 請唸唸看下面的單字。注意字母底下畫單線的是發 [o] 的音、畫波浪線條的則是發 [ɔ] 的音。◎ 01-05

o<u>j</u>o	ocho	o<u>s</u>o	p<u>o</u>r	b<u>o</u>ca
fav<u>o</u>r	chic<u>o</u>	gl<u>o</u>tis	c<u>o</u>ger	n<u>o</u>ches
diner<u>o</u>	lej<u>o</u>s	cer<u>o</u>	nuev<u>o</u>	v<u>o</u>lar

4. 弱母音 /i/

弱母音 /i/ 是舌面前音。發音時，舌頭在口腔裡的位置是高位。軟顎封閉，嘴唇向兩側攤開，舌尖微微碰觸下門牙，氣流由口衝出。

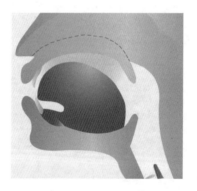

圖表5　母音 [i] 舌位圖

➢ 請唸唸看下面單字：◎ 01-06

vi	mini	hijo	piso	chico
dinero	señorita	niño	Israel	isla
¿y tú?	pintada	pila	vivo	rica

5. 弱母音 /u/

弱母音 /u/ 是舌面後音。發音時，舌頭在口腔裡的位置是高位。軟顎封閉，嘴唇呈圓形，牙床近於全合，牙齒不可見，舌尖往後縮，不接觸任何地方。舌頭最高的部分在口腔水平向的後方，相當靠近軟顎。

圖表6　母音 [u] 舌位圖

➤ 請唸唸看下面的單字：　01-07

tu	mucho	usted	Uruguay	último
fumo	uniforme	museo	único	auto
unidad	nudo	uva	cuna	empuñado

綜合上述，我們再從生理發音的角度，整理西班牙語母音發音的特點如下：

① 按元音舌位圖，以水平線為基準，可以將母音發音分成前元音 [i、e]、中央元音 [a]、後元音 [u、o]。

② 按元音舌位圖，以垂直為基準，可以將母音發音分成高元音 [i、u]、正中元音 [e、o]、低元音 [a]。

③ 母音若位於前後輔音都是鼻音間，則該母音會鼻音化。例如：mano [máno]。

④ 母音 [u、o] 發音時嘴唇呈圓唇形〈Labializadas〉，[i、e、a] 發音時嘴唇呈展唇形〈deslabializadas〉。

⑤ 按發音時，母音特別用力唸重產生所謂「重讀母音」，西班牙語稱為〈vocales acetuadas〉或〈tónicas〉。相反地，母音之發音力道只求足以聽到辨認，就是「非重讀母音」，西班牙語稱為〈vocales inacetuadas〉或〈átonas〉。

雙母音〈Diptongos〉與三重母音〈Triptongos〉

1. 雙母音

西班牙語的雙母音可分為：

① 上升雙母音，亦即〈弱母音＋強母音〉：ia、ie、io、iu、ua、ue、ui、uo。

➤ 請唸唸看下面的單字： 01-08

ia: copia	ie: pie	iu: ciudad	io: sucio
ua: agua	ue: nuevo	ui: muy	uo: cuota

② 下降雙母音〈強母音＋弱母音〉： ai、au、ei、eu、oi、ou。

➤ 請唸唸看下面單字： 01-08

{ai / ay}: baile, hay	au: causa
{ei / ey}: seis, rey	eu: feudo
{oi / oy}: oigo, hoy	ou: Portbou

2. 三重母音

三重母音（Triptongos）是指三個母音出現在同一個音節：〈弱母音＋強母音＋弱母音〉，位於中間的母音必定是強母音，另外前後兩個則是弱母音。西班牙文的三重母音計有: uai、uei、iai、iei。

➤ 請唸唸看下面的單字： 🔘
01-09

iai:	estudiáis, limpiáis
iei:	estudiéis, limpiéis
{uai / uay}:	averiguais, Uruguay
{uei / uey}:	averigüeis, buey

西班牙語「子音發音」

簡單地說，發輔音時，呼出的氣先經過聲門，聲帶若振動，這個輔音就是濁音。例如：西班牙語單字Barcelona裡的字母 b 發濁音的 [b] 音。反之則是清音。例如：西班牙語單字 País 裡的字母 p 發清音的 [p] 音。緊接著氣流來到咽喉，這裡的小舌若緊靠著咽頭，空氣多半由口腔送出，只有少量的氣流會經由鼻腔送出。但是，小舌若緊靠著舌根，氣流幾乎只由鼻腔送出，則產生鼻音。例如：西班牙語單字 Madrid 裡的字母 m 發濁音的鼻音 [m]。輔音的共同特點是氣流在某一部位一定會受到阻礙，必須藉由某種方式突破阻礙讓聲音發出來。

從這裡可以看出來，人類的發音器官是非常複雜奧妙，可是又十分精準協調。儘管每個人的生理構造不一樣，發聲的器官，比方說，像是共鳴器的「口腔」大小不一，但是，若母語相同，那麼發出該語言某個音（音素）應該是彼此可以認同接受的，差別只是音質的不同而已。我們再舉個例子來說，從小接受某一語言為母語的人，例如西班牙語，他們就對這個語言特別敏銳，或許多數西班牙人不了解構成西班牙語的「音素」究竟是哪些？有多少個？但是他們都能輕易地聽出其他語言不同於西班牙語的「音素」。例如，西班牙語沒有中文的舌尖向後捲舌音，亦即捲舌音：/ㄓ/、/ㄔ/、/ㄕ/、/ㄖ/。不過，也有可能無法分辨送氣音像是：/ㄆ/、/ㄊ/、/ㄎ/，因為西班牙語的音都是不送氣的〈unaspirated〉，自然西班牙人的語言意識裡缺乏對送氣音〈aspirated〉的認知，除非他從小就是雙語教育，既會說中文也會說西班牙文。

11

1. 發音部位和發音方法

　　接著我們介紹輔音的發音部位和發音方法。首先，我們說明發音部位。聲帶振動或不振動是決定輔音是清音或濁音的第一個發音部位。若聲帶不振動，是清聲門音，像是中文的 [厂]；若聲帶振動則是濁聲門音，像是西班牙語的 [x]：Jamaica [xamáica]。之後氣流進入口腔，最先遇到的是舌根。舌根若往上向軟顎靠攏，氣流因此受阻礙而發出舌根音，也叫作舌面後音。西班牙語舌面後濁音軟顎子音是 /g/，清音軟顎子音是 /k/，中文濁音軟顎音是 /ㄍ/、/ㄥ/，清音軟顎子音是 /ㄎ/。中文注音符號 /ㄥ/ 的國際音標是 [ŋ]，表示鼻音濁音。

　　舌根的前面是舌面中央，正是發元音 [i] 的位置。發 [i] 時氣流不受到阻礙，不過，舌頭如果保持發 [i] 時的狀態，只是稍微向上提起與後硬顎輕輕摩擦接觸，就能發出半母音 [j]，像是西班牙語單字 bien [bjen] 或英語yes 開頭的字母 y。氣流過了舌面中是舌面前，所發的音就是舌面前音。西班牙語舌面前子音有 /č/ (=/tʃ/)，中文則有 /ㄐ/、/ㄑ/、/ㄒ/。

　　最後，氣流來到舌尖。舌尖是舌頭發音時最靈活，可以和口腔內好幾個發音部位配合形成不同的阻礙，發出不同的音。例如，舌頭如果捲起，舌尖向後頂住前硬顎可以發出中文的捲舌清音：/ㄓ/、/ㄔ/、/ㄕ/ 與濁音 /ㄖ/。舌尖如果抵住上齒齦，就可以發出舌尖前音，像是西班牙語的子音 /t/、/s/ 是清音，/l/ 是濁音，中文的 /ㄉ/、/ㄊ/、/ㄗ/、/ㄘ/、/ㄙ/ 是清音，/ㄋ/、/ㄌ/ 是濁音。若舌尖抵住上下齒之間，發出的音就稱為齒間音，清音齒間音的音標符號是 [θ]、濁音齒間音的音標符號是 [ð]。例如：西班牙語的 celo [θélo]、dedo [déðo]。中文沒有齒間音。

　　氣流離開了舌頭，再往前，受到的阻礙只剩下上門牙跟嘴唇。上齒和下唇配合所發出的音叫做唇齒音，例如：西班牙語的清音 /f/、英文的濁音 /v/，中文的清音 /ㄈ/。另外，雙唇形成阻礙而發出的音叫做雙唇音。例如：西班牙語的 /p、b、v/，中文的 /ㄅ、ㄆ、ㄇ/。音標 [w] 代表的也是雙唇音，例如：suelo [swélo]、causa [káwsa]、fui [fwí]。

　　上述是有關發音部位的介紹，不過，對同樣的音我們也可以從如

何去發音的角度來探討。比如說，[t] 跟 [s] 都是舌尖、齒音、清音，那麼這兩個音之間還有什麼區別呢？答案是「發音方式」。如果由外往內看，也就是從嘴唇發的爆裂音（又稱為塞音）開始，發音方式依序可再分成塞擦音、擦音、鼻音、邊音、小舌的顫音，其中爆裂音和塞擦音可再細分成送氣、不送氣的音。

爆裂音（塞音）。當發音器官的某兩部分先緊緊靠攏，短暫地阻塞氣流通過，然後突然打開，讓氣流衝出來所發出的聲音就是爆裂音。西班牙語 [p、b、t、d、k、g]，這些音都是塞音。

摩擦音。指的是發音器官某兩個部分接觸或靠近，留下一個狹窄的縫隙讓空氣從這個縫隙中衝出來，這樣的音稱為摩擦音。若要實際感覺摩擦音，我們可以把手指分開放在嘴前，試著發西班牙語foto [fóto]、celo [θélo]、sepa [sépa]、José [xosé]、mayo [májo] 這幾個單字中 [f]、[θ]、[s]、[x]、[j] 的音，就會感受到一股氣流衝出。

塞擦音。是塞音和摩擦音的結合，只是先發塞音後摩擦。雖說是兩種發音方式的結合，不過發塞擦音的部位是同一個的，它代表一個音素。/č/ 是西班牙語音素裡唯一的塞擦音位，例如：chico [číco]、pecho [péčo]。中文有六個塞擦音，它們分別是 /ㄓ、ㄔ、ㄗ、ㄘ、ㄐ、ㄑ/。

邊音。發音時如果舌尖和齒齦接觸，阻擋了氣流的出路，氣流只好從舌頭的兩側流出，這樣的音叫做邊音。西班牙語有兩個邊音 /ʎ/、/l/，例如：calle [káʎe]、pala [pála]。中文只有一個邊音 /ㄌ/。

滑音。要注意的是發音時如果氣流在通過舌面時只有些微摩擦，發出的音接近毫無阻礙的元音，這樣的音叫作半元音。例如：西班牙語的單字baile [bájle]、muy [mwí] 中，[j] 跟 [w] 兩個音，發音的時候，舌頭要滑動到某一位置，跟相鄰的母音連繫一起，有時也稱作滑音（英文名為glides）。

2. 清音、濁音、送氣音、不送氣音

以下我們用數線圖表解釋清音、濁音、送氣與不送氣的發音，這也是把抽象的聲音圖像化，可以比較容易看得出它們之間的差別在哪裡。

13

請注意虛線代表清音（聲帶不振動），實線代表濁音（聲帶振動）。

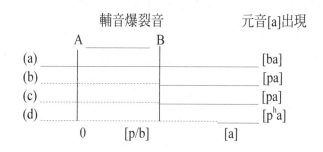

圖表7　清音、濁音、送氣與不送氣發音圖示

(a) 西文[b] 爆裂音、有聲、不送氣：boca.

(b) 西文[p] 爆裂音、無聲、不送氣：poca.

(c) 中文[p] 爆裂音、無聲、不送氣：不pù.

(d) 中文[pʰ] 爆裂音、無聲、送氣：爬pʰá.

　　藉由圖表7「清音、濁音、送氣與不送氣發音圖示」，我們將觀察西班牙語和中文發爆裂音的同時，有可能產生清音、濁音、送氣與不送氣音的時間點。首先，A 代表從一開始發爆裂音 [p] 跟 [b]，B代表聲帶開始振動，從A到B，聲學上稱爲VOT：發聲（或聲帶振動）起始時間。西班牙語的 [b] 在發聲前聲帶就開始振動了，因此在數線上A點的左邊即呈現實線。西班牙語發 [b] 的時候，聲帶從頭到尾都是振動的，西文的爆裂音 [p] 和中文的爆裂音 [p] 從一開始聲門就呈現放鬆的，氣流通過時聲帶不振動，一直到元音 [a] 的發聲才振動聲帶。此外，中文發爆裂音 [pʰ] 的時候，還伴隨著送氣，至使元音 [a] 的發聲延遲些。

　　我們還可以藉由攝譜儀將聲音轉成聲波圖。例如：我們對著攝譜儀分別唸【un peso】和【un beso】這兩個語詞，從聲波圖可以清楚看到無聲爆裂音[p]的部分呈現空白，而有聲爆裂音[b]則可以看到其聲波從之前的鼻音un [ŋ] 就一直延續到第二個單字beso的起始母音[e]。

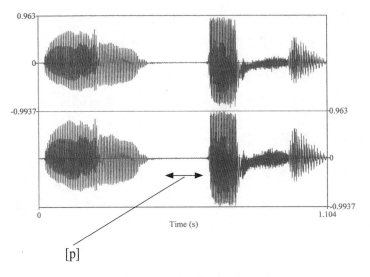

[p]

圖表8　【un peso】的聲譜圖

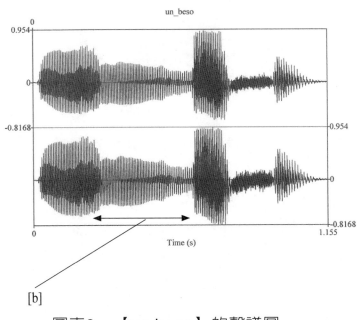

[b]

圖表9　【un beso】的聲譜圖

　　下面我們逐一介紹西班牙語十九個子音「音位」與其有關之「音位變體」。另外，我們也會將西班牙語子音發音跟中文或者閩南語的輔音就發音部位和方式做一比較。請注意符號 ☞ 表示該子音有「同位音」；符號 ➢ 是我們列舉西班牙語該輔音發音練習的單字。

3. 爆裂音

按音韻學來看，構成西班牙語的爆裂音「音素」有六個：/p/、/b/、/t/、/d/、/k/、/g/。發爆裂音時，舌面後上升碰到軟顎，隨即離開，讓空氣只由口腔送出，不經過鼻腔。這六個爆裂音我們分別描述如下：

◆ /p/ 雙唇、爆裂音、清音

發此音時，一開始就緊閉雙唇，隨即放開雙唇，讓氣流由口腔突然衝破雙唇送出，發 [p]音時，聲帶不振動，是有氣、清音之音。例如：ópera [ópera]、copa [kópa]、tapa [tápa]。

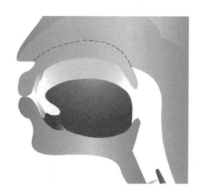

圖表10　子音 [p] 發音圖

字母p在單字中發雙唇、爆裂音、清音，但是當子音 [p] 之後接另一子音 [t]，[p] 常常不發音，如 septiembre、apto、séptimo 等等。如果 [p] 之後接的是另一個子音 [s]，[p] 的本音則可以清楚聽到，例如：elcipse、capsular。另外，一些源自希臘文的單字，字母p出現在字首時，不發音，有時乾脆也省略不寫，例如：psicosis、psiquiatría。

西班牙語的 /p/ 比起國語注音裡的 [ㄅ]（國際音標是 /p/），發音時，雙唇抿得比較緊，放開雙唇時送氣的力道也比較強，但發聲時間卻短些。臺灣閩南語裡有相對的 /p/ 雙唇、爆裂清音，例如：頒布 [pan¹ poo³]。

西班牙語並沒有送氣音〈aspirated〉，西班牙語的輔音：/p/、/b/、/t/、/d/、/k/、/g/，若用國際音標的符號來表示是一樣的，其表達共同的內涵是雙唇、爆裂音、不送氣，而 /p/、/t/、/k/ 是清音，/b/、/d/、/g/ 是濁音。

➤ 請大聲唸出下面的單字，練習 /p/ 雙唇、爆裂清音。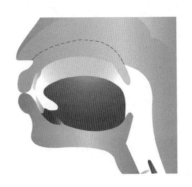
01-10

paseo	pata	pelo	Pepe	pala
paso	poco	pero	Paco	pan

◆ /b/ 雙唇、爆裂音、濁音

發此音時，先抿嘴但雙唇放鬆，先前被阻斷的氣流突然衝出口腔而發聲。發子音 /b/ 時，聲帶振動，是濁音。

圖表11　子音 [b] 發音圖

書寫時，字母b與字母v不可以混淆，雖然這兩個字母後面接母音 /a、e、i、o、u/，都發 [b] 音，也就是 ba、be、bi、bo、bu 跟 va、ve、vi、vo、vu 都唸作 [ba、be、bi、bo、bu]。但是文字書寫上不同，意義上也不相同。例如：pelo（頭髮）/ velo（面紗）、bisar（重演）/ visar（簽准）、botar（驅動）/ votar（投票）。

當子音b出現在單字字首或緊跟在鼻音 [m] 之後，發 [b] 的音。例如：vaso [báso]、bote [bóte]、hombre [ómbre]、un velo [úm bélo]。

子音 b 有一同位音（allophone）：[ß] 雙唇、摩擦音、濁音。國語注音裡並沒有相對的 /b/ 雙唇、爆裂濁音，但是臺灣閩南語有，例如：買賣 [be² be³]、無尾 [bo⁵ bue²]。

> ➤ 請大聲唸出下面的單字，練習 /b/ 雙唇、爆裂濁音。注意字母底下有畫線的部分才是發 [b] 的音。 ◎ 01-11

bello	bola	beso	Valencia	votar
hombre	combate	ambiguo	un buen chico	

◆ [ß] 雙唇、摩擦音、濁音

發音時，雙唇呈現半開半合，使空氣流出，帶有摩擦音。發 [ß] 音的時機：只要字母b或v不是出現在單字字首或緊跟在鼻音 [m] 之後，都發成 [ß]音。例如：haber [aßér]、uva [úßa]、ese vaso [ése ßáso] 等。有時候 [ß] 會省略不發音，特別是當ob或sub出現在字首時，例如：obstáculo、subjetivo等。另外，很多以obs或subs開頭的字，在書寫時漸漸省去b不寫，顯示了 [ß] 的音有逐漸消失於西班牙語發音的趨勢，例如：o(b)scuro、su(b)scribir等。

> ➤ 請大聲唸出下面的單字，練習 [ß] 雙唇、摩擦音、濁音。注意字母底下有畫線的部分才是發 [ß] 音。 ◎ 01-12

lobo	alba	llave	bebé	cava
subida	tubo	coba	una vez	la boca

◆ /t/ 舌尖齒音、爆裂音、清音

發音時，雙唇微開，舌尖抵住上門牙，不讓空氣從此流出，隨即用力將舌尖彈開，讓氣流衝出，產生爆裂音。發 [t] 音時，聲帶不振動。例如：tela [téla]、pito [píto]、pato [páto]。

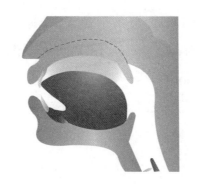

圖表12　子音 [t] 發音圖

　　字母t通常都發本音，但是t若後面接子音（側音）[l] 時，會發成摩擦濁音[ð]。例如：atlas [áðlas]。國語注音「ㄉ」舌尖是抵住上齒齦，發音時聲帶不振動，且舌尖離開上齒齦，空氣從此流出的力道比西班牙語子音 /t/ 弱很多。

　　➤ 請大聲唸出下面的單字，練習 /t/ 舌尖齒音、爆裂清音。
01-13

tela	taza	total	actor	pato
tren	cuatro	cortar	alta	chalet

◆ /d/ 舌尖齒音、爆裂音、濁音

　　發音時，舌尖抵住上門牙的下緣，不讓空氣流出，隨即舌尖放開發聲，讓氣流送出，產生小爆裂音。

圖表13　子音 [d] 發音圖

字母 d 在單字字首或緊接在子音（鼻音）[n] 或子音（側音）[1] 之後，都發本音[d]。例如： deber [deßér]、toldo [toldo]、un diente [úṇ djéṇte]、un dedo [úṇ déðo] 等等。字母 d 在字尾或 -ado 的情況下，像是 usted、callado，[d] 的發音減弱，甚至完全消失，唸成usté、callao。

臺灣閩南語裡有相對的 [d] 爆裂濁音，不過是舌尖齒齦音。例如：桌頂 [toh⁴ ting²]。子音 /d/ 有一同位音〈allophone〉：[ð] 舌尖齒間摩擦音、濁音。

➤ 請大聲唸出下面的單字，練習 /d/ 舌尖齒音、爆裂音、濁音。注意字母底下有畫線的部分才是發 [d] 音。◎ 01-14

día	dólar	desde	dedo	donde
toldo	de	del	dar	dragón

◆ [ð] 舌尖齒間摩擦音、濁音

發音時，舌尖輕觸上門牙下緣，氣流並不完全被阻塞地流出。然後舌頭迅速地伸出置於上下牙齒間，發出輕微的摩擦音。

發 [ð] 音的時機：當字母d不在單字的開頭，也不接在子音（鼻音）[n] 或子音（側音）[1] 後面時，或者字母d雖在單字的開頭，但發音時與上個單字字尾母音間沒有停頓，就發 [ð] 音。例如：cada [káða]、lado [láðo]、ese dedo [ése ðéðo] 等。

➤ 請大聲唸出下面的單字，練習 [ð] 舌尖齒間摩擦音、濁音。注意字母底下有畫線的部分才是發 [ð] 音。◎ 01-15

dedo	desde	verdad	mudo	todo
ese día	cada	verde	lado	pedal

◆ /k/ 軟顎、爆裂音、清音

發音時，雙唇打開，下巴自然往下拉，舌頭後部抵住軟顎，然後

20

用力發聲讓氣流急速地衝出來，此時舌尖位置應低於下門牙，聲帶不振動，形成一無氣的爆裂清音。例如：casa [kása]、queso [késo]、paquete [pakéte]。

圖表14　子音 [k] 發音圖

有些西班牙語音學家認為字母 k 是英語外來字，用來表達度量衡的觀念。例如：kilo（公斤）、kilómetro（公里）等等。西班牙語本身就有自己的拼寫方式來發 [ka、ko、ku、ke、ki] 的音，亦即 ca、co、cu、que、qui。例如：cacao、coche、cucaracha、queso、Quito。

到這裡我們已經看過西班牙語三個爆裂音、清音子音 /p/、/t/、/k/。這三個音跟國語注音 [ㄅ、ㄉ、ㄍ] 聽起來似乎一樣，都是清音，聲帶不振動。不過從語音學的角度來觀察，它們彼此之間發音方式與發音部位是不完全一樣的。首先，發西班牙語爆裂清音輔音 [p、t、k] 時，聲門是封閉的，所靠的只是口腔裡僅有的空氣來發出氣聲；但是發中文 [ㄅ、ㄉ、ㄍ] 這三個輔音時，聲門是開放的，空氣在氣管內暢通無阻，自然發音時，肺部的空氣也會跑出來一些。儘管西班牙語輔音 [p、t、k] 發音時只能用口腔裡有限的空氣，然而爆裂音的程度卻不弱於發中文 [ㄅ、ㄉ、ㄍ] 這三個輔音。臺灣閩南語也有清音爆裂子音 /k/，例如：改過 [kai² ko³]、鬼怪 [kui² kuai³]。

➢ 請大聲唸出下面的單字，練習 /k/ 軟顎、爆裂音、清音。注意字母底下有畫線的部分才是發 [k] 音。01-16

capa	coro	cura	queso	quitar
paquete	barco	toca	cuna	roca

◆ /g/ 軟顎、爆裂音、濁音

發音時，雙唇打開，下巴自然往下拉，舌頭後部抵住軟顎，然後發聲讓氣流送出來，此時舌尖位置應低於下門牙，聲帶振動，形成一無氣的爆裂濁音 [g]。

圖表15　子音 [g] 發音圖

字母 g 後面接五個母音發本音的拼寫方式如下：ga、go、gu、gue、gui。

字母 g 發本音的時機如下：子音 /g/ 在單字字首或緊接在子音（鼻音）[n] 之後，都發本音 [g]。例如：gasa [gása]、guiso [gíso]、guerra [géῑa]、Congo [kóŋgo]、un gato [úŋ gáto] 等。子音 /g/ 有一同位音〈allophone〉：[ɣ] 軟顎、摩擦音、濁音。國語注音裡並沒有相對的 /g/ 軟顎、爆裂音、濁音，但是臺灣閩南語有。例如：五月 [goo[7] gueh[0]]。

➢ 請大聲唸出下面的單字，練習 /g/ 軟顎、爆裂音、濁音。請注意字母底下有畫線的部分才是發 [g] 音。 01-17

guapo	gordo	ganga	gato	guiso
tengo	ponga	mango	goma	Congo

◆ [ɣ] 軟顎、摩擦音、濁音

發音時，雙唇打開，下巴自然往下拉，舌頭後部抵住軟顎，然後發聲讓氣流輕微的摩擦，比較像發法語的r，像是漱口的聲音。

發 [ɣ] 音的時機如下：只要子音g不是在單字字首或緊接在子音（鼻音）[n] 之後，都發 [ɣ] 音。例如：hago [áɣo]、seguir [seɣír]等。

➤ 請大聲唸出下面的單字，練習 [ɣ] 軟顎、摩擦音、濁音。請注意，在唸第二排時，兩個單字間不能有停頓，必須當作同一個字來唸，這樣才會發出 [ɣ] 音。◎
01–18

agua	lengua	agosto	seguir	luego
la gula	los guisos	la guerra	el gato	esa goma

4. 摩擦音

按音韻學來看，構成西班牙語的摩擦音「音素」有五個：/f/、/θ/、/s/、/ʃ/、/x/。我們分別描述如下：

◆ /f/ 唇齒、摩擦音、清音

發音時，下嘴唇靠近上門牙形成一個狹窄的縫隙讓空氣從這個縫隙中衝出來，發出 [f] 音。聲帶不振動。字母 f 通常都發本音。例如：fe [fé]、café [kafé]、fama [fáma]。

圖表16　子音 [f] 發音圖

➢ 請大聲唸出下面的單字，練習 /f/ 唇齒、摩擦音、清音。

| favor | frío | fuente | fresa | feo |
| falso | fino | fin | café | ferrocarril |

◆ /θ/ 齒間、摩擦音、清音、有氣

　　此音爲有氣清音的齒間摩擦音。發 [θ] 音時，雙唇微開，舌尖伸出置於上門牙與下門牙之間，氣流被擠壓由此流出，聲帶不振動。英文也有發 [θ] 音，不過西班牙語 [θ] 音的氣流強多了。

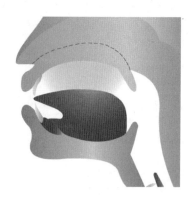

圖表17　子音 [θ] 發音圖

　　發 [θ] 音的拼寫方式如下：za [θa]、zo [θo]、zu [θu]、ze [θe]、zi [θi] 與 ce [θe]、ci [θi]。例如：caza [káθa]、cocer [koθér] 等。有關 /θ/ 發音規則請參閱本章「9.綜合整理與複習」的ⓐ和ⓗ。

➢ 請大聲唸出下面的單字，練習 /θ/ 齒間、摩擦清音。請注意字母底下有畫線的部分才是發 [θ] 音。

| pozo | cima | celo | César | cazar |
| cenar | conocer | zorro | cien | Zara |

◆ /s/ 牙齦、摩擦音、清音、有氣

發音時，雙唇微開，上下齒輕合，舌尖靠近上齒齦，氣流從舌尖與齒齦縫間流出，聲帶不振動。

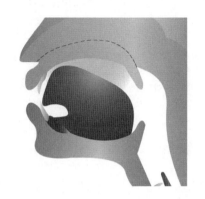

圖表18　子音 [s] 發音圖

字母 s 發本音的時機如下：只要字母 s 不在字尾，後面也不接濁音子音時，都發本音。例如：casa [kása]、mesa [mésa] 等。

㊀ 國語注音裡的 [ㄙ] 與西班牙語子音 /s/ 發音相似，不過發西文 [s] 音時嘴唇較扁平，呈展唇的形狀。

☞ 子音 /s/ 有一同位音：[s̬] 牙齦、摩擦音、濁音。

➤ 請大聲唸出下面的單字，練習 /s/ 牙齦、摩擦音、清音、有氣。 ◎ 01-21

saber	caso	casar	Isabel	seseo
sien	seis	siete	soy	pesar

◆ [s̬] 牙齦、摩擦音、濁音

[s̬] 的發音與本音 /s/ 的差別只在 [s̬] 是濁音，聲帶振動。字母 s 只要後面接濁音子音時，都發成同位音 [s̬]。例如：muslo [mús̬lo]、mismo [mís̬mo] 等。

齒間、摩擦音 /θ/ 在西班牙中部以北的地區，仍維持該音位的發音，而在西班牙南部與中南美洲，這個音已經消失了，取而代之的是牙齦、

25

摩擦音 /s/。因此，這兩句話〈Me voy a cazar〉跟〈Me voy a casar〉若是從中南美洲人的口裡說出來，乍聽之下，還真不知道究竟是要去打獵〈cazar〉還是去結婚〈casar〉，因為都發成牙齦、摩擦音 [s]。甚至於牙齦、摩擦音 [s] 在中南美洲口語裡，若是出現在單字音節核心之尾，也發成摩擦聲門音 [h]。例如：este [éhte]、mismo [míhmo]、dos [doh]等。有些地區乾脆連牙齦、摩擦音 [s] 都不發音了，所以〈este〉聽起來就變成 [éte]，dos 變成 [dó]。原本子音 /s/ 之前的母音發音都變短了，且發音時嘴唇略微張開些。

◆ /ʝ/ 硬顎、摩擦音、濁音

發音時，舌面呈彎曲形狀，抵住硬顎前面與中央，堵塞了空氣的流通，然後舌頭鬆開，使舌面與硬顎之間讓出一條縫隙，氣流由此送出而發聲。聲帶振動。

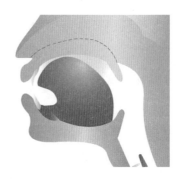

圖表19　子音 [ʝ] 發音圖

/ʝ/ 代表子音發音的音標符號，書寫時用字母 y。如果發 [ʝ] 的音是在單字字首，有時會用〈hi-〉拼寫方式。

發子音 /ʝ/ 的時機如下：只要子音 /ʝ/ 不是緊接在鼻音、側音 [l] 之後，或出現在停頓後的單字起始音，都發 [ʝ] 音。例如：cayado [kaʝáðo]、mayo [máʝo]、la hierba [la ʝérßa] 等。

子音/ʝ/ 有一同位音：[ɟ] 硬顎、塞擦音、濁音。中文、臺灣閩南語都沒有相對的 [ʝ] 音。

➤ 請大聲唸出下面的單字，練習 /ʝ/ 硬顎、摩擦音、濁音。請注意字母底下有畫線的部分才是發 [ʝ] 音。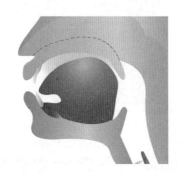 01-22

yo	yerno	hielo	hierba	leyes
playa	vaya	ensayo	raya	bueyes

◆ [ɟ] 硬顎、塞擦音、濁音

　　發音的方式與本音 /ʝ/ 一樣，發 [ɟ] 的時機如下：當子音 /ʝ/ 緊接在鼻音 [n]、側音 [l] 之後，因為受到 [n] 跟 [l] 的影響使得本音 /ʝ/ 在發音時與硬顎接觸面擴大，阻塞空氣一時的流通，變成硬顎化，同時帶有摩擦的塞音。例如：cónyuge [kónɟuxe]、el yugo [el ɟúɣo] 等。

　　[ɟ] 音標亦可用 [dʒ] 來表示，對學過 K. K. 音標的臺灣學生來說並不陌生。中文、臺灣閩南語都沒有相對的 [ɟ] 音。

➤ 請大聲唸出下面的單字，練習 [ɟ] 硬顎、塞擦音、濁音。 01-23

cónyuge	el yugo	el yeso	el yerno	un hielo

◆ /x/ 軟顎、摩擦音、清音

　　發音時，舌根靠近軟顎，氣流從舌根和軟顎之間的狹縫通過。聲帶不振動。

圖表20　子音 [x] 發音圖

27

/x/ 代表子音發音的音標符號，書寫時用字母 j 或者字母 g 後面加上母音 [e、i] 時，都發本音。亦即 ja、jo、ju、je、ji 跟 ge、gi 為書寫方式，其發音依序是 [xa、xo、xu、xe、xi] 跟 [xe、xi]。例如：caja [káxa]、gitano [xitáno]、lejos [léxos] 等等。與中文的 [ㄏ] 音比較，西班牙語子音 /x/ 多了摩擦音。

➤ 請大聲唸出下面的單字，練習 /x/ 軟顎、摩擦音、清音。請注意字母底下畫線部分才是發 [x] 音。
01-24

jota	jaleo	gente	jarra	mejor
jamón	geografía	reja	mujer	jefe

5. 塞擦音

按音韻學來看，構成西班牙語的塞擦音「音素」只有一個：/č/ (= /tʃ/)。我們描述如下：

◆ /č/ 硬顎、塞擦音、清音

發音時，舌面前和前硬顎接觸，不讓空氣流出，像是發爆裂音的緊張狀態，隨即舌頭突然放鬆，氣流衝出時產生摩擦，聲帶本身並不振動。

圖表21　子音 [č] 發音圖

/č/ 音標亦可用 /tʃ/ 來表示，對學過 K. K. 音標的臺灣學生來說並不陌生。/č/ 代表子音發音的音標符號，書寫時用ch兩個字母代表一個音。例如：chico [číko]。

➤ 請大聲唸出下面的單字，練習 /č/ 硬顎、塞擦音、清音。請注意字母底下畫線部分才是發 [č] 音。 01-25

ocho	hecho	chiste	coche	dicha
anoche	ducha	fecha	macho	Chile

6. 鼻音

按音韻學來看，構成西班牙語的鼻音「音素」有三個：/m/、/n/、/ɲ/。我們分別描述如下：

◆ /m/ 雙唇、鼻音、濁音

發音時，雙唇閉攏，舌頭平放，聲帶振動，氣流經由鼻腔送出來。字母 m 只出現在音節核心之前，例如：mamá [mãmá]。

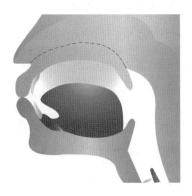

圖表22　子音 [m] 發音圖

➤ 請大聲唸出下面的單字，練習 /m/ 雙唇、鼻音、濁音。 01-26

alemán	camisa	médico	maleta	cambio
malo	cama	encima	animal	cómodo

◆ /n/ 舌尖齒齦、鼻音、濁音

發音時，雙唇微開，舌尖抵住上齒齦，舌面兩側邊緣緊靠白齒，將氣流阻擋在口腔中間，隨即舌尖離開上齒齦讓氣流送出，振動聲帶。

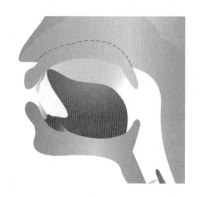

圖表23　子音 [n] 發音圖

字母 n 發本音的時機如下：

① 子音 /n/ 位於音節核心，例如：cana (ca-na) [kána]、cono (co-no) [kóno]。

② 子音 /n/ 位於音節核心尾，後面緊跟著發齒齦音的輔音或母音，例如：insociables [insoθjáßle]、un lado [únláðo]、un eje [un eje]。

☞ 子音 /n/ 有六個同位音：

① [m] 雙唇、鼻音、濁音

發同位音 [m] 的組合情況：〈n＋p＝[mp]〉、〈n＋b＝[mb]〉或〈n＋m＝[m]〉。也就是字母n後面緊接著子音 [p]、[b] 或 [m] 時發雙唇鼻音[m]。例如：un vaso [úm báso]。

② [ɱ] 唇齒、鼻音、濁音

發同位音 [ɱ] 的組合情況：〈n＋f＝[ɱf]〉。也就是字母n後面緊接著唇齒摩擦音 [f] 時發唇齒鼻音[ɱ]。例如：un farol [úɱ faról]。

③ [n̪] 舌尖齒間音、鼻音、濁音

發同位音 [n̪] 的組合情況：〈n＋θ＝[n̪θ]〉。也就是字母n後面緊接

著舌尖齒間音 [θ] 時發舌尖齒間音 [n̪]。例如：once [ón̪θe]。

④ [n̪] 舌尖齒音、鼻音、濁音

發同位音 [n̪] 的組合情況：〈n＋t＝[n̪t]〉或〈n＋d＝[n̪d]〉。也就是字母n後面緊接著舌尖齒音 [t] 或 [d] 時，發舌尖齒音 [n̪]。例如：dónde [dón̪de]、lento [lén̪to]。

⑤ [ɲ] 硬顎化鼻音、濁音

發同位音 [ɲ] 的組合情況：〈n＋ch＝[ɲč]〉或〈n＋y＝[ɲʝ]〉。也就是字母n後面緊接著硬顎音 [č]（書寫為ch）或硬顎音 [ʝ]（書寫為y）時，發硬顎化鼻音 [ɲ]。例如：un chico [úɲ číco]、cónyuge [kóɲ ʝuxe]。

⑥ [ŋ] 軟顎鼻音、濁音

發同位音 [ŋ] 的組合情況：〈n＋k＝[ŋk]〉或〈n＋g＝[ŋg]〉。也就是字母n後面緊接著軟顎音 [k] 或 [g] 時，發軟顎鼻音 [ŋ]。例如：manco [máŋko]、hongo [óŋgo]。

➤ 請大聲唸出下面的單字。注意字母底下有畫線部分才是代表各個「同位音」的發音。
01-27

[m] 雙唇鼻音	un vaso	en pie	en Bélgica	un mazo
[m] 唇齒鼻音	infame	un farol	confuso	confesar
[n̪] 舌尖齒間鼻音	once	lanza	un zapato	un cerdo
[n̪] 舌尖齒鼻音	dónde	cuándo	lento	diente
[ɲ] 硬顎化鼻音	un chico	un chalet	un yerro	cónyuge
[ŋ] 軟顎鼻音	manco	hongo	un gato	un cuento

◆ /ɲ/ 硬顎、鼻音、濁音

發音時，舌面前抵住前硬顎，阻止空氣由此流出，然後軟顎下降，空氣從鼻腔送出，振動聲帶發聲。例如：caña [káɲa]、leña [léɲa]。

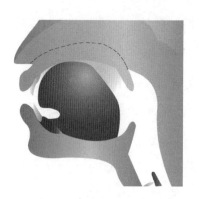

圖表24　子音 [ɲ] 發音圖

/ɲ/ 代表子音發音的音標符號，書寫時用字母ñ。

➤ 請唸唸看下面單字，練習 /ɲ/ 硬顎、鼻音、濁音。 01-28

ñoño	España	baño	año	niño
niña	sueña	caña	daño	riña

7. 邊音

按音韻學來看，構成西班牙語的邊音（或稱爲側音）「音素」有兩個：/ʎ/、/l/。我們分別描述如下：

◆ /ʎ/ 硬顎、摩擦、側音、濁音

發音時，舌尖抵住上齒齦，舌面兩側邊緣亦抵靠上牙床，感覺像是舌面中央與硬顎接觸，堵住空氣不經由舌尖部位流出，而是從舌頭兩側經由口送出，聲帶振動，產生 [ʎ] 音。我們要注意，/ʎ/ 與硬顎摩擦音 /ʝ/ 的發音方式不同處在於：後者氣流是由口腔中間送出，而前者是從舌頭兩側或一側送出。

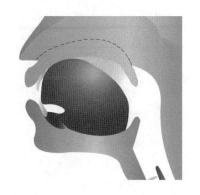

圖表25　子音 [ʎ] 發音圖

　　/ʎ/ 代表子音發音的音標符號，書寫時用字母ll（大寫LL）。字母 LL 發本音。例如：llama [ʎáma]、calle [káʎe]、llave [ʎáβe]等。

　　[ʎ] 音在西班牙許多地區已不存在，取代這消失的側音是硬顎摩擦音 [j]。因此，我們會聽到原本calle 唸作 [káʎe]，現在都發成 [káǰe]。西班牙文裡稱此一發音現象為〈YEÍSMO〉。

　　➤ 請唸唸看下面單字：🎧
　　01-29

llave	llama	lluvia	llover	llorar
lleva	calle	cepillo	bello	llana

◆ /l/ 牙齦、摩擦、側音、濁音

　　發音時，舌尖抵住上齒齦，堵住空氣不經由舌尖部位流出，舌面兩側邊緣亦抵靠上牙床，只留一些些縫隙，讓空氣產生摩擦，由舌頭兩側經由口送出，軟顎同時緊靠咽喉壁的位置。發本音時，必須振動聲帶。

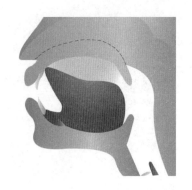

圖表26　子音 [l] 發音圖

字母 l 發本音的時機如下：

① 字母 l 在音節核心前後，或後面接母音、停頓、與子音（除了 [t、d、θ] 之外）。例如：ala (a-la) [ála]、pala (pa-la) [pála]、mal [mál]、el aire [el ái̯re]、alférez [alféreθ]、pulpo [púlpo]等。

② 當字母 l 置於字尾時，雖說是發本音，不過舌頭與上齒齦、牙床的接觸面較廣，時間也長些。例如：fácil、árbol。這個位置的 [l] 音對母語是中文的人來說，要正確發音不容易，需要多練習，同時避免發成注音符號的 [ㄦ] 音。發此音時，舌頭須停放在與上齒齦接觸的地方，延續前一個母音的發音。

☞ 子音 /l/ 有兩個同位音：

① [l̪] 舌尖、齒間摩擦音、濁音

當字母 l 後面緊接著齒間摩擦音 /θ/，就發此同位音 [l̪]。例如：calzado [kal̪θáðo]、dulce [dúl̪θe] 等。

② [l̪] 舌尖齒音、側音、濁音

當字母 l 後面緊接著舌尖齒音 /t/、/d/，就發此同位音 [l̪]。例如：caldo [kal̪do]、toldo [tól̪do]、el toro [el̪ tóro] 等。

➤ 請大聲唸出下面的單字，練習子音 /l/ 與同位音 [l̪]、[l̪]。
01-30

/l/ 牙齦、摩擦、側音、濁音	hábil	cielo	lago
	el aire	papel	lucha
[l̪] 舌尖、齒間摩擦音	calzado	dulce	realzado
[l̪] 舌尖、齒音、側音	caldo	toldo	el toro

8. 顫音

按音韻學來看，構成西班牙語的顫音「音素」有兩個：/r/、/r̄/。顫音的特點是氣流在口腔內往嘴巴送出時，受到舌尖與牙齦往來接觸、斷斷續續的阻礙，產生顫音。我們分別描述如下：

◆ /r/ 牙齦、捲舌、顫音、濁音

發音時，先捲起舌尖，快速敲擊上齒齦一下，讓氣流由此往嘴巴送出時，產生爆裂音，同時振動聲帶。

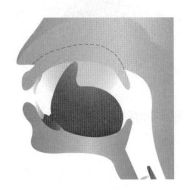

圖表27　子音 [r] 發音圖

字母 r 發本音 [r] 的時機如下：字母 r 不在單字字首，前面亦不接字母 l、n、m 時，或位於兩個母音中間，皆發本音。例如：pero [péro]、coro [kóro]、camarero [kamaréro] 等。

🖉 中文注音符號裡的 [ㄖ] 雖然也是捲舌濁音，但發音部位在硬顎，是摩擦音，且舌尖並不振動。西班牙語的 [r] 是舌尖、牙齦、爆裂音，舌尖振動是其特徵。

➤ 請大聲唸出下面的單字，練習 /r/ 牙齦、捲舌、顫音、濁音。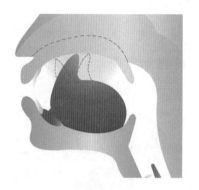 01-31

caro	foro	ahora	mira	varear
para	torero	cero	loro	moro

◆ /r̄/ 牙齦、捲舌、顫音、濁音

/r̄/ 的發音方式和部位與前面介紹的子音 /r/ 一樣，只不過舌頭更向後捲起，敲擊上齒齦數下。氣流由此往嘴巴送出時，不僅振動聲帶，也振動小舌。

圖表28　子音 [r̄] 發音圖

字母 r 發本音 [r̄] 的時機如下：字母 r 出現在字首，或緊跟在子音 [1、n、r] 之後。若書寫時連寫兩個字母rr，亦發連續顫音 [r̄]。例如：perro [pér̄o]、Enrique [enr̄íke]、alrededor [alr̄eðeðór]、roca [r̄oka]等。

➤ 請大聲唸出下面的單字，練習 /r̄/ 牙齦、捲舌、顫音、濁音。請注意字母底下畫線部分才是發 [r̄] 音。 01-32

corral	carro	perra	ahorra	borracho
carrera	carretera	república	real	alrededor

9. 綜合整理與複習 🎵
01-33

以下我們綜合整理與複習西班牙語「子音發音」需要注意的地方：

ⓐ d 在字尾發 [θ] 音：ciuda<u>d</u>、uste<u>d</u>。

ⓑ p 在 t 前有時不發音：se<u>p</u>tiembre、sé<u>p</u>timo。

ⓒ p 在 c 或 s 前仍發本音：ecli<u>p</u>se、ace<u>p</u>ción。

ⓓ p 在 ps- 為單字字首時不發音，也不寫出：psicología = sicología。

ⓔ -nm- 在一起時，n 發音很輕：i<u>n</u>móvil、co<u>n</u>migo。

ⓕ 字母 m 在字尾發成鼻音 [n]：albu<u>m</u>、mínimu<u>m</u>。

ⓖ 字母 c 在音節之尾發成 [k]：a<u>c</u>ta、o<u>c</u>tavo。有時說快時，乾脆省略不發音，例如：do<u>c</u>tor。如果 c 出現在外來語的字尾，也是省略不發音。如：coña<u>c</u>。

ⓗ -cc- 在單字裡發成 [kθ]：dire<u>cc</u>ión、a<u>cc</u>ión。

ⓘ 字母 c 後面接母音的發音：ca [ka]、co [ko]、cu [ku]、ce [θe]、ci [θi]。若要發 [ke]、[ki] 的音則拼寫成 que [ke]、qui [ki]。另外，請比較 z 後面接母音的發音：za [θa]、zo [θo]、zu [θu]、ze [θe]、zi [θi]。

ⓙ 字母 g 後面接母音的發音：ga [ga]、go [go]、gu [gu]、ge [xe]、gi [xi]。若要發 [ge]、[gi] 的音則拼寫成 gue [ge]、gui [gi]。請比較 j 後面接母音的發音：ja [xa]、jo [xo]、ju [xu]、je [xe]、ji [xi]。

ⓚ 字母 b 與字母 v 後面接母音 a、e、i、o、u 時，發相同的音。ba、be、bi、bo、bu 跟 va、ve、vi、vo、vu 都唸作 [ba、be、bi、bo、bu]。

ⓛ 兩個子音之組合與例字：

b + l	bla blanca	blo bloque	blu blusa	ble bledo	bli blindar
b + r	bra bravo	bro broma	bru brutal	bre brecha	bri británico
c + l	cla clase	clo clorofila	clu club	cle clemente	cli cliente
c + r	cra cráneo	cro crónica	cru cruzar	cre crecer	cri criticar

d + r	dra drama	dro drogar	dru drupa	dre drenar	dri driblar
f + l	fla flaco	flo flojo	flu fluido	fle flete	fli flirteo
f + r	fra frase	fro frontero	fru fruta	fre fresa	fri frío
g + l	gla glasear	glo globo	glu glucosa	gle gleba	gli glicina
g + r	gra gratís	gro grotesco	gru grueso	gre gremio	gri gris
p + l	pla playa	plo plomo	plu pluma	ple pleito	pli pliego
p + r	pra practicar	pro profesor	pru prueba	pre precario	pri principal
t + l	tla atlántico	tlo ×	tlu ×	tle atleta	tli Tlilhua
t + r	tra traer	tro trompa	tru truco	tre tren	tri triple

音節

　　首先，我們須知道西班牙語強母音有三個：a、e、o，弱母音有兩個：i、u。一個單字的音節計算主要是看它的母音。另外，要注意字母 ch、ll、rr並非兩個子音，只是用兩個書寫字母表示一個「音位」，例如：mu-cha-cho、ca-lla、ba-rr-er。音節計算的方式我們分述如下：

1. 強母音代表一個音節，而雙母音中〈強母音+弱母音〉、〈弱母音+強母音〉、〈弱母音+弱母音〉都代表一個音節。例如：ca-ma 有兩個音節；a-e-ro-puer-to 有五個音節，其中的 -ue- 是弱母音加強母音，形成雙母音，等於一個音節；ge-o-gra-f-í-a 有五個音節，其中的 -ía- 爲兩個音節，是因爲弱母音 i 加上重音變成了強母音í，因此多了一個音節。否則原本的 -ia- 是雙母音，視爲一個音節。

2. 兩個子音在一起時要分音節，也就是分開唸（不過有例外的情況，請

看第3.點）。另外，子音在字首、字中要跟後面的母音一起發音，但是，位於字尾時，跟前面的母音一起發音。例如： 🔊 01-34

| ma-jes-tad | al-re-de-dor | ver-dad | ca-paz | an-tes |
| man-za-na | ca-sa-mien-to | Is-ra-el | sos-la-yo | fá-cil |

3. 〈子音＋l〉與〈子音＋r〉的組合情況是兩個子音要一起發音的。

例如：blu-sa、bru-tal、cla-se、cru-zar、dra-ma、flo-jo、fru-ta、glo-bo、gra-tís、plu-ma、pro-fe-sor、a-tlán-ti-co、tra-er。以下我們列出兩個子音可一起唸組合的方式。 🔊 01-34

b＋l	bla	blo	blu	ble	bli
b＋r	bra	bro	bru	bre	bri
c＋l	cla	clo	clu	cle	cli
c＋r	cra	cro	cru	cre	cri
d＋r	dra	dro	dru	dre	dri
f＋l	fla	flo	flu	fle	fli
f＋r	fra	fro	fru	fre	fri
g＋l	gla	glo	glu	gle	gli
g＋r	gra	gro	gru	gre	gri
p＋l	pla	plo	plu	ple	pli
p＋r	pra	pro	pru	pre	pri
t＋l	tla	tlo	tlu	tle	tli
t＋r	tra	tro	tru	tre	tri

4. 三個子音在一起時，前兩個子音跟前面的母音一起發音，最後一個子音必須跟後面的母音一起發音，亦即：VCC＋CV（V代表母音vocal，C代表子音consonante）。例如： 🔊 01-34

ins-pi-ra-ción	cons-tan-te	ins-pi-ra-ción	cons-tan-te
es-truc-tu-ra	sor-pren-der	cons-truc-ción	cons-ti-tu-ción

5. 承上述第4.點，若三個子音中有兩個子音的組合方式是第3.點列出的十三種情況，則第一個子音跟前面的母音一起發音，後兩個子音必須跟後面的母音一起發音。這「後兩個子音」指的就是前述十三種「兩個子音的組合方式」其中任一組。例如：🔊 01-34

res-plan-dor	des-pre-cio	hom-bre	in-glés
ham-bre	es-cri-bir	ten-dré	com-ple-to

6. 四個子音在一起時，前兩個子音跟前面的母音一起發音，後兩個子音必須跟後面的母音一起發音，亦即：VCC＋CCV。例如：🔊 01-34

cons-truc-ción	abs-trac-ción	abs-tra-er	ins-truir
trans-cri-bir	ins-tru-men-to	abs-tru-so	obs-truc-ción

重音

　　西班牙語的「重音」〈acento〉也是初學者學習發音時需要多練習的一部分，因為它與中文的四聲調「媽、麻、馬、罵」不一樣。中文的四聲調是藉著這四個音的高低變化所產生的對比，來達到辨義的功能。西班牙語的重音主要是單字的某一音節，事實上，這裡指的就是某一個母音唸得比較強，例如，continuo繼續（名詞），continúo（我繼續、動詞、現在式），continuó（他繼續、動詞、過去式）每個字拼寫都一樣，也都有表示「繼續」的含意，但是，這三個字分別表示不同的詞類、人稱與時態。我們再看下面的例子：

ⓐ término 結束（名詞）

　　termino 我結束（動詞、現在式）

terminó 他結束（動詞、過去式）

ⓑ ánimo 鼓勵（名詞）

animo 我鼓勵（動詞、現在式）

animó 他鼓勵（動詞、過去式）

🗨 重音規則

以下我們介紹西班牙語重音的規則：

◆ 單字的結尾若是母音a、o、u、e、i或子音n、s，則重音落在倒數第二音節。請記得這裡的「音節」指的就是母音。為了讓初學者了解，下面的單字練習，我們會在字母唸重的底下畫線。

➤ 請唸唸看下面單字：◎ 01-35

cara	vaso	ama	flote	Araceli
toman	vives	pierdes	huevo	comentario
leche	acaban	buenas	restaurante	argentino

◆ 除了n、s以外的其他子音結尾，則重音落在最後一個音節。

➤ 請唸唸看下面單字：◎ 01-35

papel	feliz	usted	trabajador	repetir
Madrid	usted	español	informal	empezar
llamar	social	superior	vocal	capaz

◆ 若違反上述二項的規則，有重音符號的地方，就按照重音符號唸，因為這代表單字重音讀法不符合以上的規則，才要特別加上重音標〈ˊ〉。

➤ 請唸唸看下面單字：◎ 01-35

César	estás	árbol	jóvenes	gramática
número	están	corazón	lápiz	típico
teléfono	geografía	Taiwán	práctico	décimo

◆ 若雙母音之弱母音上標有重音，則此弱母音隨即變成強母音，亦即形成兩個音節、兩個強母音。

➢ 請唸唸看下面單字：🔘
01-35

país	cafetería	frío	reír	actúa
continúo	geografía	ahí	envío	aún
día	ría	púa	salía	llovía

◆ 如果雙母音必須標上重音標符號〈′〉，則標在強母音上：

➢ 請唸唸看下面單字：🔘
01-35

cuáles	después	qué	dieciséis	periódicos
portugués	farmacéutico	coméis	llamáis	compréis
estáis	expresión	también	emisión	cuántos

◆ 西班牙語副詞若是以〈-mente〉結尾，重音仍維持在形容詞上，也就是說，保持原來形容詞重音的唸法。另外要注意的是，副詞結尾〈-mente〉必須加在陰性形容詞的後面。請看以下範例，並注意字母唸重的地方我們會在底下畫線。🔘
01-35

❶ rápidamente = rápida + mente

❷ alegremente = alegre + mente

❸ inmediatamente = inmediata + mente

❹ perfectamente = perfecta + mente

❺ cortésmente = cortés + mente

◆ 有些單數名詞變成複數時需刪掉重音標符號或加上重音標符號。請看下面範例：🔘
01-35

alemán - alemanes	margen - márgenes	joven - jóvenes

但是有三個名詞例外：
01-35

régimen - regímenes	carácter - caracteres	espécimen --especímenes

◆ 西班牙語有些單字拼寫方式雖然一樣，差別只在有無標示重音標符號
〈ˊ〉。但是必須注意的是：同一個單字標與不標重音標符號，除了
會改變詞類、意義，發音也不完全一樣。另外，重音標一定是打在母
音或雙母音的強母音上：

➢ 請唸唸看下面單字：
01-35

el（陽性單數定冠詞）- él（他）

mi（我的）- mí（我－受格）

se（反身代詞）- sé（我知道）

si（如果）- sí（是）

tu（你的）- tú（你）

te（你－受格）- té（茶）

de（的）- dé（給－動詞虛擬式）

mas（但是）- más（更多）

aun（連、甚至於）- aún（仍然）

rey（國王）- reí（我笑－過去式）

este（這－指示形容詞）- éste（這－指示代名詞）

ese（那－指示形容詞）- ése（那－指示代名詞）

aquel（那－指示形容詞）- aquél（那－指示代名詞）

cuando（當…－連接詞）- cuándo（何時？－疑問代名詞）

como（如同－連接詞）- cómo（如何？－疑問代名詞）

porque（因為－連接詞）- por qué（為什麼？－疑問代名詞）

hablo（我說－現在式）- habló（他說－過去式）

esta（這－陰性指示代詞）- está（在－動詞現在式）

◆ 請注意：〈esto〉、〈eso〉、〈aquello〉這三個中性代名詞永遠不會打上重音標符號。

◆ 選擇性連接詞〈o〉，如果出現在數字之間，有時候會標上重音標符號：〈ó〉，主要是避免被誤認為是數字0。例如：1 ó 2。

連音

「連音」〈Enlance〉是初學者在學完西班牙語發音之後，需要了解知道的一種「說話習慣」。初學者有可能在觀賞影片，聆聽西班牙語時發現，影片中人物的對話內容，聽起來似乎懂，卻又不確定自己聽到的是不是對的；也有可能一開始認為都聽不懂，但是看到字幕之後，有一種恍然大悟的感覺，心想原來每個單字都學過、唸過了，怎麼串成一句話就不知所云。這其中原因就是「連音」的應用。舉例來說，〈¿Es usted español?〉這句話〈usted〉單字裡字母d 發舌尖、齒間、摩擦清音 [θ]，可是跟後面單字〈español〉的起首母音 [e] 連音後，這時字母 d 就改發成舌尖、齒間、摩擦濁音 [ð]，唸快時〈usted _ español〉聽起來像是一個單字。連音的學習要靠多聽、多唸，實際體會應用時的語感。以下我們分別介紹使用「連音」的時機。

1. 「兩個不同的母音」。兩個單字，前一個單字字尾的母音與後一個單字字首的母音連音，亦即〈-V1 + V2-〉。V1、V2 是不同的母音。請注意V代表母音〈Vocal〉。例如： 🔘 01-36

   ❶ Haga _ el favor.

   ❷ Coma _ un poco.

   ❸ Poco _ a poco.

   ❹ Esto _ está bien.

2. 「兩個相同的母音」。兩個單字，前一個單字字尾的母音與後一個單字字首的母音連音，亦即〈-V1 + V2-〉。V1、V2 是相同的母音。發音時通常只會聽到一個母音的發音。例如： 🔘 01-36

   ❶ Es casi _ imposible.

❷ Abre ‿ el libro.

❸ Vaya ‿ al cine.

❹ En esas montañas hay ‿ indicios de glaciarismo.

3. 「兩個相同的子音」。兩個單字，前一個單字字尾的子音與後一個單字字首的子音連音，亦即〈-C1 + C2-〉。C1、C2 是相同的母音。請注意C代表子音〈Consonante〉。發音時通常只會聽到一個子音的發音。例如：（01-36）

❶ Estas cajas ‿ son mías.

❷ un número de diez ‿ cifras.

❸ ¿Cuál de ellos prefieres, el ‿ largo o el corto?

❹ Siga las ‿ siguientes indicaciones para manejar la máquina.

4. 「三個母音在一起」。三個單字，前一個單字字尾的母音與後一個單字字首的母音連音，亦即〈-V1 +V2 + V3-〉。V1、V2、V3可能是相同或不相同的母音，且V2是單音節的母音。要注意的是，若前後母音相同，在唸的時候，第二個單字字首母音雖延續前一個相同母音的發音，但語調應稍微上揚，像範例 ❶；若第二個單字是介系詞〈a〉，則介系詞〈a〉幾乎跟前一個母音發同一音，但是第三個單字字首的母音在唸的時候，語調就要稍微上揚，像範例 ❷。例如：（01-36）

❶ Por favor, usted vea ‿ aquí.

❷ José habla ‿ a ‿ Alicia.

❸ Ya ‿ ha ‿ oído ‿ usted.

❹ No ‿ ha ‿ empezado.

5. 「母音〈y〉的出現」與前一個母音或後一個母音唸起來像是在發雙母音的音。亦即〈-V1 + y + V2-〉。例如：（01-36）

❶ Voy ‿ a ‿ empezar.

❷ Asia ‿ y ‿ Europa.

❸ Hoy ‿ o ‿ ayer.

❹ Hermano ‿ y ‿ hermana.

6. 「子音+母音」的連音。子音在前一個單字字尾與後一個單字字首的母音所產生的連音，亦即〈-C + V-〉。例如： 🔘
01-36

❶ Estamos _ en _ Asturias.

❷ ¿Es _ usted _ español?

❸ El _ español _ es lengua oficial de España.

❹ Papel _ amarillo.

4 西班牙語、方言簡介

　　西班牙語是目前世界上使用人口第四多的語言，大約有四億多人口在說西班牙語，僅次於印度語、中文跟英語。有數據顯示[1]，全球10%說西班牙語的人口在美國，墨西哥是說西班牙語人數最多的國家，將近一億五百萬人。另外，巴西30%的行政官員能說流利的西班牙語，菲律賓也有一百萬人口會說西班牙語，在歐洲則有三百多萬人正在學習西班牙語，而西班牙國內就有超過一千七百個為外國人開設的西語課程。因此，西班牙語可以說是世界上最有潛力的語言之一。

　　西班牙語在西文裡可用兩個字來書寫，一是Español，一是Castellano。在歐洲很多說西班牙語的人把這個語言稱為「西班牙語」（Español），不過，在中南美洲各國人民則習慣稱他們的語言為「卡斯提亞語」（Castellano）。儘管這兩個字意思一樣，拉丁美洲國家的人喜歡用Castellano這個詞，因為Español與西班牙國家名稱España拼寫相似，且發音聽起來像是代表同一個民族，而不是一種語言。其實，有些語言也有多種稱呼，像是中文一詞就有國語、漢語、華語、滿洲話、北平話、普通話等稱法；臺語亦有臺灣話、閩南語、臺灣福建話等叫法。不過，稱呼的方式不同多少也有用意的不同。

---

[1] 請參閱Pasaporte (2007), de Matilde Cerrolaza Aragón, et al., Madrid, Edelsa Grupo Didascalia, S. A., p.27。

圖表29　世界上以西班牙語作為官方語言的國家

　　西班牙語作為官方語言的國家在歐洲就是西班牙本國，美洲計有十九個國家：墨西哥、尼加拉瓜、巴拿馬、哥斯大黎加、薩爾瓦多、瓜地馬拉、宏都拉斯、古巴、波多黎各、多明尼加共和國、委內瑞拉、玻利維亞、智利、哥倫比亞、厄瓜多、巴拉圭、秘魯、烏拉圭和阿根廷。非洲有二個國家：赤道幾內亞和西撒哈拉。

　　西班牙語在西班牙本土也會受到方言的影響產生發音上的改變。西班牙的方言有加泰隆尼亞語（Catalán），位於加泰隆尼亞（Cataluña）地區；巴斯克語（vasco），位於巴斯克地區（País Vaso）；加利西亞語（gallego），位於加利西亞（Galicia）地區；馬尤爾加語（mallorquín），位於馬尤爾加島（Mallorca）。雖說語言並沒有所謂的絕對標準語，不過，一般來說，西班牙人他們自己也認為在北部的卡斯提亞雷翁（Castilla y León）的發音是標準的西班牙語發音，其中又以薩拉曼加（Salamanca）

城市爲代表。西班牙語能凌駕伊比利半島上其他方言，儼然成爲今日的官方語言是有其歷史淵源的。西元1492年來自卡斯提亞的伊莎貝爾女皇趕走了摩爾人，統一整個伊比利半島，之後資助哥倫布發現美洲新大陸，並開啓了海上霸權與殖民時代。這一切成就反應出位居西班牙中北部的卡斯提亞始終居於領導地位，影響所及，殖民地拉丁美洲的老百姓習慣上稱西班牙語爲卡斯提亞語。拉丁美洲的西班牙語，在發音跟語法上是承襲十六與十七世紀安達魯西亞省（Andalucía）與加納利亞省（Islas Canarias）的西班牙語。這是因爲當時哥倫布出航時帶的水手、士兵與日後的殖民者主要來自這些地區。因此，今日拉丁美洲的卡斯提亞語其基本的語音特徵雖說源自於西班牙中北部的卡斯提亞，不過實際上是南部安達魯西亞的卡斯提亞語方言在拉丁美洲確立下來。既是稱爲方言，自然會有發音與語法上的變化，加上中南美洲各地印第安語、原住民語詞彙的溶入，長時間下來，語音上亦會受到影響而出現轉變，這也是爲什麼卡斯提亞語在中南美洲呈現明顯不同的方言口音。

Unit
02

會　話

　　內容以會話句型為主，舉凡
日常生活食衣住行育樂等經常會
碰到的會話語句，都盡可能地按
實際情況編寫，並翻譯成中文。
共分成二十篇，每篇搭配不同主
題，包括：問候、介紹、求職、
天氣與氣候、時間與日期、節慶
歷史、問路、旅行、大眾運輸工
具、購物、喝咖啡與閒聊、在餐
廳、在電影院、在銀行、在辦公
室、在美容院、在銀行等。學習者
除了朗讀聆聽所列的對話語句，亦
可閱讀之後的「常用會話句型」、
「常用單字」、「實用句子」，透
過不同主題所羅列的會話句型，讓
學習者不僅能開口講話，更能說出
正確的西班牙語。

1 Pepe: Buenos días.

Helena: Buenos días.

Pepe: ¿Cómo se llama usted?

Helena: Me llamo Helena.

Pepe: Mucho gusto.

Helena: Encantada.

2 Juan: Buenas tardes.

Pedro: Buens tardes.

Juan: ¿Es usted Lucas?

Pedro: No, soy Pedro López.

Juan: Perdone, Pedro.... ¿Cómo se apellida usted?

Pedro: Me apellido López García.

Juan: Mucho gusto.

Pedro: Encantado.

3 José: Perdone, ¿es usted el profesor Martínez?

Hugo: Sí señor, soy yo.

José: Y ¿es usted español?

Hugo: No, no soy español, soy americano.

José: Pues usted habla muy bien español.

Hugo: Muchas gracias. Es que mi madre es española. ¿Y usted es?

José: Yo también soy profesor, pero soy de México. Me llamo José Gómez.

Hugo: Mucho gusto.

4 Carmen: ¿De dónde eres?

María: Soy de Taiwán. Soy taiwanesa.

Carmen: ¿Y te llamas María?

María: Sí, es un nombre español. Estudio español aquí, en la Universidad
Autónoma de Madrid.

Carmen: Yo también soy estudiante de español y soy de Francia.

María: ¿El español es fácil para ti?

Carmen: Bueno, la pronunciación es fácil, pero la gramática es difícil.

5 Pedro: ¡Buenas noches! ¿Le gustaría bailar?

María: Por supuesto, me gustaría mucho. Pero no conozco a nadie aquí.

1　貝貝：早安。
　　愛蓮娜：早安。
　　貝貝：您叫什麼名字？
　　愛蓮娜：我叫愛蓮娜。
　　貝貝：幸會（久仰）。
　　愛蓮娜：幸會（久仰）。

2　璜：午安。
　　貝得羅：午安。
　　璜：您是路加斯？
　　貝得羅：不，我是貝得羅‧羅培茲。
　　璜：抱歉，貝得羅…您叫什麼名字？
　　貝得羅：我叫羅培茲‧加西亞。
　　璜：幸會（久仰）。
　　貝得羅：幸會（久仰）。

3　荷西：對不起，您是馬丁尼茲老師嗎？
　　雨果：是的，先生，我是
　　荷西：那您是西班牙人？
　　雨果：不，我不是西班牙人，我是美國人。
　　荷西：嗯您西班牙語說得很好。
　　雨果：非常謝謝。那是因為我的母親是西班牙人。您是？
　　荷西：我也是老師，不過我是墨西哥人。我叫荷西‧戈梅耶。
　　雨果：幸會（久仰）。

4　卡門：妳是哪裡人？
　　瑪麗亞：我來自臺灣。我是臺灣人。
　　卡門：妳叫做瑪麗亞？
　　瑪麗亞：是的，這是西班牙文名字。我在這的馬德里自治大學修讀西班
　　　　　　牙語。
　　卡門：我也是念西班牙語的學生，而我來自法國。
　　瑪麗亞：對妳來說西班牙語容易嗎？
　　卡門：嗯，發音很容易，但是文法很困難。

5　貝得羅：午安！您想跳支舞嗎？
　　瑪麗亞：當然，我很想。但是這兒我不認識任何人。

51

Pedro: ¡Ah! ¿Puedo presentarme? Soy Pedro Martín.

María: Me llamo María.

Pedro: ¿Y quién es esta chica?

María: Es mi hermana Lola.

Lola: Encantada.

6 Juana: ¿De dónde es usted?

Carlos: Soy de EE.UU. (Estados Unidos).

Juana: Es estudiante o trabaja?

Carlos: Estudio inglés, pero también trabajo.

Juana: ¿Dónde trabaja?

Carlos: Soy médico. Trabajo en la Clínica Zarzuela, es un hospital privado.

Juana: Encantada, doctor.

7 Noemí: ¿Cómo te va?

Carlos: No muy bien.

Noemí: ¿Qué te pasa? ¿Estás enfermo?

Carlos: No lo sé. Estoy un poco cansado.

Noemí: ¿Cuánto tiempo hace que te encuentras mal?

Carlos: Desde anoche.

Noemí: Creo que trabajas mucho y tienes que descansar más.

Carlos: Sí, tienes razón.

8 Beatriz: ¡Hola! ¿Qué tal? ¡Cuánto tiempo sin verte!

Charo: Sí, sí, es verdad. ¿Todo te va bien?

Beatriz: Muy bien, Gracias. ¿Y cómo está tu familia?

Charo: Todos muy bien, gracias. Oye, ¿tienes prisa? ¿Vamos a tomar un café?

Beatriz: No tengo prisa. Vamos a un bar y tomamos algo.

Charo: Sí, vamos.

9 Marcos: Eres nueva aquí?

Margarita: Sí. Vengo a aprender español.

Marcos: Y ¿cómo te llamas?

Margarita: Margarita Sánchez.

Marcos: Mucho gusto. Soy Marcos López. Pero ya hablas muy bien español.

Margarita: Gracias. Si hablan despacio, entiendo casi todo.

貝得羅：啊！讓我自我介紹？我是貝得羅‧馬丁。

瑪麗亞：我叫瑪麗亞。

貝得羅：那這位女生是誰？

瑪麗亞：是我的姊妹羅菈。

羅菈：幸會（久仰）。

6 華娜：您是哪裡人？

卡洛斯：我來自美國。

華娜：您是學生或在工作？

卡洛斯：我念（修讀）英文，不過我也在工作。

華娜：您在哪兒工作（高就）？

卡洛斯：我是醫生。我在Zarzuela醫院（門診）工作，這是一間私人醫院。

華娜：幸會，醫生。

7 諾雅美：你好嗎？

卡洛斯：不太好。

諾雅美：你怎麼了？生病了嗎？

卡洛斯：不知道。我有點累。

諾雅美：你不舒服的情況多久了？

卡洛斯：從昨天晚上。

諾雅美：我覺得你工作過度，你應該多休息一點。

卡洛斯：是的，妳講得有道理。

8 貝雅蒂斯：嗨！妳好嗎？好久不見！

蕎菈：對，對，真的（好久不見）。妳一切都好嗎？

貝雅蒂斯：很好。謝謝。妳的家人好嗎？

蕎菈：他們都很好，謝謝。喂，妳很急嗎？我們去喝杯咖啡？

貝雅蒂斯：我不急。我們找一間酒吧，然後喝點東西。

蕎菈：好的，走吧！

9 馬可士：妳是新來的？

馬格麗特：是的，我來學西班牙語。

馬可士：妳叫什麼名字？

馬格麗特：馬格麗特‧桑奇士。

馬可士：幸會。我是馬可士‧羅培茲。不過妳西班牙語已說得很好。

馬格麗特：謝謝。如果他們說慢一點，我幾乎可以聽懂全部。

10 José: ¿Este disco compacto es muy caro?

Gema: Sí, pero aquél es más caro.

José: Pues, no voy a comprar discos. ¿Y qué compramos para el cumpleaños de Elena?

Gema: Compramos una flor para ella.

José: De acuerdo.

11 Noemí: Hola, ¿qué tal? Te he llamado varias veces y no has contestado, ¿qué te ha pasado?

Carlos: Es que me han operado hace tres días. He tenido la hernia. Pero estoy recuperándome poco a poco.

Noemí: No sé cuánto debes esperar después de tu operación, la verdad, imagino que lo debes ir tú valorando con un ejercicio suave y gradual.

Carlos: Sí, esto me ha dicho el médico.

Noemí: Empieza caminando en llano, no cojas cargas y olvídate de correr que supone mucha presión sobre la columna es mejor caminar muy rápido por lo menos una hora, pero eso cuando ya haya pasado un poco de tiempo.

Carlos: Gracias por tu interés durante mi enfermedad. Cuando me ponga de nuevo, quedamos a jugar al tenis. ¿Vale?

Noemí: Sí, claro. Te deseo que te recuperes pronto.

10 荷西：這片CD唱片很貴呀？

　　荷瑪：是的，但是那片更貴。

　　荷西：嗯，我不想買CD唱片。那愛蓮娜生日我們買什麼給她呢？

　　荷瑪：我們買束花給她。

　　荷西：好的。

11 諾雅美：嗨，好嗎？我打電話給你好幾次，你都沒回應，你怎麼了？

　　卡洛斯：我三天前開刀了。我得了疝氣。不過我慢慢在恢復中。

　　諾雅美：我不知道開刀後你必須等多久（復原），事實上，我預想你應該逐步評估，從輕鬆的運動漸漸做起。

　　卡洛斯：對，這點醫生有跟我說。

　　諾雅美：你開始時在平坦的地上行走，不要拿重物且不要想說可以跑步，這有可能讓脊柱承受很大壓力。寧可快走至少一個小時，但這應該已（開刀）復原一段時間了。

　　卡洛斯：謝謝妳在我生病時的關懷。等我再次復原後，我們約好去打網球，好嗎？

　　諾雅美：好的，當然。希望你早日康復。

常用會話句型

1 面對人、事發生的情況，表達驚訝：
- Se ha casado María, ¿{en serio / de veras / de verdad}?
- Sí, {en serio / de veras / de verdad}.

2 面對好消息，表達高興：
- He aprobado el examen de matemáticas.
- Me alegro mucho.

3 面對困境，給予安慰：
- Le he llamdo tres veces pero no ha contestado. No sé qué le ha pasado.
- No {te preocupes / se preocupe}.

4 談論他人的身體精神狀況：

- El alcalde + $\begin{matrix} \text{está} \\ \text{estaba} \end{matrix}$ + $\begin{matrix} \text{muy} \\ \text{bastante} \end{matrix}$ + $\begin{matrix} \text{serio} \\ \text{cansado} \\ \text{nervioso} \\ \text{triste} \\ \text{contento} \\ \text{enfermo} \end{matrix}$.

5 對別人的年紀表達看法：

- Pepito es + $\begin{matrix} \text{un poco} \\ \text{demasiado} \\ \text{muy} \end{matrix}$ + $\begin{matrix} \text{joven} \\ \text{mayor} \\ \text{viejo} \end{matrix}$ + para + $\begin{matrix} \text{este trabajo} \\ \text{conducir} \\ \text{ir en moto} \end{matrix}$.

6 社交用語：告別、辭行
- {Adiós / Adiós. Saludos a tu mujer}.
- {Hasta luego / Hasta pronto / Hasta la vista / Hasta el lunes, martes... / el día __}.

1 描述用詞

el aborrecimiento	*n.*	嫌惡
el afecto, el cariño	*n.*	愛情、親切
el alma	*n.*	心靈、魂
el amor	*n.*	愛情
el asombro, la sorpresa	*n.*	吃驚
el carácter	*n.*	個性
el cariño	*n.*	親切
el descontento, la insatisfacción	*n.*	不滿
el deseo	*n.*	想要、欲望
el disgusto	*n.*	不悅
el egoísmo	*n.*	任性、自私
el enojo	*n.*	忿怒
el enfado	*n.*	憤怒
el gusto	*n.*	嗜好
el humor	*n.*	心情
el ingenio	*n.*	有才智的人
el juicio	*n.*	判斷
el llanto	*n.*	哭泣
el miedo, el temor, el espanto	*n.*	恐懼、害怕
el odio	*n.*	恨
el olvido	*n.*	忘記
el recuerdo, la memoria	*n.*	回憶
el rencor	*n.*	忿怒
el respeto	*n.*	尊敬
el sentimiento	*n.*	感情
el talento, el genio	*n.*	才能、天才
la admiración	*n.*	欽佩、讚賞
la adoración	*n.*	敬重
la alegría	*n.*	快樂
la antipatía	*n.*	反感
la avaricia	*n.*	貪婪

la bondad	*n.*	仁慈、好意
la cobardía	*n.*	膽怯
la compasión	*n.*	同情
la conciencia	*n.*	良心
la cortesía	*n.*	客氣
la crueldad	*n.*	殘忍
la curiosidad	*n.*	好奇
la decencia	*n.*	高尚、慎重
la delicadez	*n.*	嬌嫩
la desesperación	*n.*	絕望
la elegancia	*n.*	優雅
la envidia	*n.*	妒忌、羨慕
la esperanza	*n.*	希望
la estupidez	*n.*	愚蠢
la felicidad, la dicha	*n.*	幸福
la impresión	*n.*	印象
la inquietud, la preocupación	*n.*	擔心
la inteligencia	*n.*	聰明
la intención, el intento	*n.*	意圖
la invención	*n.*	發明
la ira	*n.*	盛怒
la mente, el espíritu	*n.*	精神、靈魂
la mentira	*n.*	說謊
la modestia	*n.*	謙遜
la negación	*n.*	否定
la nobleza	*n.*	文雅、高貴
la ofensa	*n.*	侮辱
la pasión	*n.*	熱情
la pereza	*n.*	懶惰
la preocupación	*n.*	憂慮
la queja	*n.*	牢騷、不滿
la resolución	*n.*	決心
la risa	*n.*	笑
la satisfacción	*n.*	滿足、滿意
la sinceridad	*n.*	誠懇
la sonrisa	*n.*	微笑

la terquedad	*n.*	頑固、剛愎
la timidez	*n.*	靦腆、害羞
la tristeza	*n.*	悲傷
la vergüenza	*n.*	羞恥
los celos	*n.*	吃醋

2 描述動詞

admirar	*v.*	欽佩、讚賞
adorar	*v.*	崇拜
amar	*v.*	愛
asombrar, sorprender	*v.*	使吃驚
avergonzarse	*v.*	感到慚愧
desesperar	*v.*	絕望
emocionar	*v.*	使感動
enojarse	*v.*	憤怒
entristecer	*v.*	使悲哀
impresionar	*v.*	使印象深刻
llorar	*v.*	哭泣
odiar	*v.*	憎恨
olvidarse	*v.*	忘記
preocuparse	*v.*	憂慮
recordar, acordarse	*v.*	記得
reír	*v.*	笑
sentir	*v.*	感覺
sollozar	*v.*	啜泣、嗚咽
sospechar	*v.*	懷疑

3 描述形容詞

alegre	*adj.*	快樂的
alto	*adj.*	身材高的
antipático	*adj.*	反感的
apasionado	*adj.*	熱情的
avaro	*adj.*	貪婪的
bajo	*adj.*	身材矮的
barrigón	*adj.*	腹部凸的

bondadoso	*adj.*	仁慈的、好意的
bonita	*adj.*	漂亮的
bueno	*adj.*	好的
calvo	*adj.*	禿頭的
canoso	*adj.*	頭髮灰白的
cariñoso	*adj.*	親切的
celoso	*adj.*	吃醋的
charlatán	*adj.*	多嘴的
cobarde	*adj.*	懦弱的、膽小的
cortés	*adj.*	客氣的
cruel	*adj.*	殘忍的
curioso	*adj.*	好奇的
debilucho	*adj.*	孱弱的
decente	*adj.*	謹慎的
delicado	*adj.*	嬌嫩的
desesperado	*adj.*	絕望的
egoísta	*adj.*	任性的、自私的
elegante	*adj.*	優雅的
esbelto	*adj.*	身材苗條的
estúpido	*adj.*	愚蠢的
flaco	*adj.*	瘦的
fornido	*adj.*	身體結實的
gordo	*adj.*	胖的
hermosa	*adj.*	美麗的
honrado	*adj.*	誠實的
ingenioso	*adj.*	有創意的
inteligente	*adj.*	聰明的
malo	*adj.*	壞的
mentiroso	*adj.*	撒謊的
miedoso	*adj.*	害怕的
modesto	*adj.*	謙遜的
morocho	*adj.*	黑髮的
noble	*adj.*	高尚的
pelirrojo	*adj.*	紅髮的
perezoso	*adj.*	懶惰的
petiso	*adj.*	小個子的

preocupado	*adj.*	擔心的
quejoso	*adj.*	不滿的、愛發牢騷的
refinado	*adj.*	高尚的
repugnante, detestable	*adj.*	不喜歡的、下流的
rubio	*adj.*	金髮的
sabio	*adj.*	博學的
sano	*adj.*	健康的
sensible	*adj.*	敏感的
sentimental	*adj.*	感傷的、情緒的
simpático	*adj.*	親切的
sincero	*adj.*	誠懇的
sinvergüenza	*adj.*	無恥的
sospechoso	*adj.*	好懷疑的
terco	*adj.*	頑固的
tímido	*adj.*	靦腆的、害羞的
tonto	*adj.*	笨的
triste	*adj.*	悲傷的
valiente	*adj.*	勇敢的
vulgar	*adj.*	下流的、粗俗的

1 Hola, ¿Qué tal? Hace mucho que no te veo. ¿Todo va bien?
嗨，你好嗎？我很久沒看到你了。一切都好嗎？

2 Usted debe de estar muy cansada hoy, ¿no?
您今天應該很累，不是嗎？

3 ¿Se ha divertido usted?
您玩得快不快樂？

4 En fin, he disfrutado mucho del ritmo infantil pero la verdad es que agota bastante. Lo de ser padre o madre tiene mucho mérito.
總之，我享受到了童年時光，但事實上很累人。當父母親的真的是了不起。

5 Y bueno, no hay más novedades. Espero que tú y tu familia os encontréis muy bien. Hasta pronto y cuídate como siempre mucho.
嗯，沒有什麼新事物可說的了。我希望你和你的家人都很好。

6 No te olvides de ti y de tu familia, no pongas en peligro tu salud, tienes que estar bien para hacer las cosas bien.
不要讓你的健康受傷，別忘了你和你的家人，你必須有好的身體才能做好一切事情。

7 Ánimo y escríbeme cuando lo necesites y cuenta con mi ayuda. Un beso enorme.
加油，如果有需要，就寫信給我。你可以信任我的幫忙。祝福（西班牙語原文逐字的意思是一個很大的親吻，這是親人或彼此熟悉的朋友書信末尾常用祝福語）。

8 Deseo que tú y tu familia estéis muy bien y que tú te encuentres más tranquilo. Cuídate mucho y no paséis frío. Muchos besos.
我希望你和你的家人都很平安，也希望你心情更平靜些。多保重，別受寒了。千萬個祝福。

9 Os deseo a todos vosotros y a vuestros familiares unas felices fiestas y un gran año 2014 que, seguramente, lo será. Un fuerte abrazo.
我祝福你們和你們的家人有個幸福愉快假期，還有充滿希望的2014年，希望能如此。祝福（西班牙語原文逐字的意思是一個很大的擁抱，這是

親人或彼此熟悉的朋友書信末尾常用祝福語）。

10　Sólo es un poco decepcionante ver como se quedan por el camino personas que juzgué valiosas, y que resulta que no valen la pena porque no saben apreciar lo que es la amistad, no tienen paciencia ni capacidad de sacrificio, sólo quieren satisfacer su deseo.

只是有點失望看到人生旅途中，有些人我以爲是值得交往，結果卻是一點也不值得，因爲他們不懂得珍惜友誼，沒有恆心也沒有能力去做犧牲，只知道滿足他們的欲望。

11　Fíjate en nosotros, después de tantos años, seguimos siendo amigos, sin otras intenciones, y ahí seguimos.

你注意到我們之間，在這麼多年後，我們仍然是朋友，沒有別的意圖，正因如此我們才持續這友誼。

12　Te dejo, que tenemos visita en casa. Muchas gracias por tu llamada.

我不能與你聊了，因爲家裡來了客人。非常謝謝你的來電。

13　Cuando pasó lo del tsunami me preocupó que os pudiera pasar algo a ti y a tu familia, espero que estéis bien.

當海嘯發生時，我很擔心你或你的家人會發生什麼事。希望你們一切平安。

14　Yo también te deseo un feliz año de la serpiente. Espero que todo te vaya muy bien. Yo, aunque estemos lejos, me acuerdo mucho de todos mis alumnos.

我也祝福你有個幸福的蛇年。希望你事事順利。雖然我們住得很遠，我都記得所有我的學生。

15　¿Qué tal? Te veo muy cansado. ¿No te encuentras bien?

你好嗎？我看你很累的樣子。你不舒服嗎？

16　Me operaron de una hernia. El doctor me dijo que no volviera a jugar al tenis hasta que me quitaran los puntos.

我是因爲疝氣開刀。醫生跟我説，直到我拆線，我才可以打網球。

1 Pepe: ¿A qué no sabes qué día es hoy?

Helena: Pues no sé, ¿y qué?

Pepe: Es mi santo.

Helena: Oye, podrías habérmelo dicho antes. Felicidades.

2 Juan: ¡Pedro! Estás por aquí. ¿Ya no saludas a los viejos amigos o qué?

Pedro: Perdona, creo que yo no te conozco....

Juan: ¡Uy! Perdona. Te he confundido con un amigo mío. Eres idéntico a
él, el mismo pelo, la voz... Sois clavados.

Pedro: Pues nada.

3 José: ¿Qué tomas? Te invito.

Hugo: De momento nada, gracias.

José: ¿No te apetece picar algo?

Hugo: No, en serio. No tengo nada de apetito.

Ema: Mira, él está preocupado de su examen de español.

José: Supongo que te saldrá bien. No te preocupes tanto.

Hugo: No sé. Voy a casa a echar una siesta. Pues nada. Vosotros a pasarlo
bien.

Ema: Gracias. Igualmente.

4 Luis: ¡Cuánto tiempo sin verte! Hacía siglos que no tenía noticias tuyas.

Ramón: Perdone, creo que yo no le conozco a usted...

Luis: Sí, sí. Tutéame. Tú y yo nos conocemos. Mira, ¿Tú no eres amigo de
María Rosa?

Ramón: No, no conozco a ninguna María Rosa. Pero me suena tu cara. ¿Tú
no estabas, por casualidad, en casa de María Teresa el otro día?

Luis: Ya está, ya lo sé. Tú pasas las vacaciones en Sevilla.

Ramón: Eso es. Nos conocimos de Sevilla.

5 Juana: ¡Por fin! ¡Ya era hora!

Carlos: No me riñas, no ha sido culpa mía.

Juana: Podrías haberme llamado para avisar de que llegaríais tarde, ¿no?

Carlos: Lo siento. Es que Laura se ha empeñado en pasar por su casa a buscar no sé qué. Y luego quería que viniéramos a pie.

1 貝貝：妳難道不知道今天是什麼日子？

愛蓮娜：嗯，我不知道，怎麼了？

貝貝：這一天是叫貝貝聖人的生日（貝貝也是我的名字，所以這一天是我的生日）。

愛蓮娜：喂，你應該早點跟我說。祝福你。

2 璜：貝得羅！你在這兒！怎麼不跟老朋友打招呼呀還是怎麼了？

貝得羅：對不起，我覺得我不認識你…

璜：啊！對不起。我把你看錯當成我的一位朋友。你跟他長得一模一樣，同樣的頭髮、聲音…你們像（釘子般）極了。

貝得羅：嗯，沒關係。

3 荷西：你（想）吃什麼？我請你。

雨果：目前不想，謝謝。

荷西：你不想吃點什麼（飯前開味菜）？

雨果：不，真的。我沒有什麼胃口。

艾瑪：喂，他在擔心他的西班牙文考試。

荷西：我猜想考試結果會很好。你不要那麼擔心。

雨果：我不知道。我回家睡個午覺。好吧。希望你們玩得愉快！

艾瑪：謝謝。你也是。

4 路易士：好久沒看到你呀！幾百年（世紀）沒有你的消息了。

拉蒙：抱歉，我認為我不認識您….

路易士：當然，當然。你用「你」稱呼我就可以了。我們是認識的。你不是瑪麗亞・蘿莎的朋友嗎？

拉蒙：不，我不認識任何一位叫作瑪麗亞・蘿莎的人。不過我覺得你很面善。你是不是碰巧有一天在瑪麗亞・泰瑞莎的家？

路易士：對啦，我知道了。你在塞維亞度假。

拉蒙：正是，我們在塞維亞認識的。

5 華娜：終於！總算到了！

卡洛斯：你別罵我，不是我的錯。

華娜：你應該可以打電話給我先告知你們會晚到，不是這樣嗎？

卡洛斯：很抱歉。是因為蘿拉堅持經過她家去找什麼東西。之後她想說我們用走路過來。

Juana: ¿Y no ha venido Mario?

Carlos: Le invité a él a ir con nosotros al concierto jazz esta noche, pero creo que se ha olvidado.

Juana: Pues yo le llamo ahora y se lo invito de nuevo.

6 Secretaria: Señor García, le está esperando el señor López en la sala de recibir.

Señor García: ¿Cómo? Pero esta tarde no he quedado con nadie.

Secretaria: Si no puede recibirle, ¿qué excusa puedo darle?

Señor García: Pues si viene a charlar de los sucesos del día, dile que ahora tengo una reunión importante y puede venir para otro día.

Secretaria: Vale, ya se lo diré.

7 Beatriz: ¡Buenos días, Charo! ¿Cómo estás?

Charo: Bien, ¿y tú? ¿Estás paseando por aquí?

Beatriz: Voy a la casa de María. Me va a enseñar cómo hacer la paella y la tortilla.

Charo: ¿Dónde está su casa?

Beatriz: No está lejos de aquí. Me gustaría comprar algunos ingredientes, pero parece que todas las tiendas están cerradas.

Charo: Sí, los domingos, todo está cerrado excepto los cines, grandes almacenes, y algunas tiendas.

Beatriz: Entonces voy al supermercado del Corte Inglés. ¿Y tú adónde vas?

Charo: Voy a ver a mi hermana. Está resfriada.

Beatriz: Bueno dale recuerdos de mi parte, que se mejore.

Charo: Gracias. Hasta luego.

8 Marcos: ¿Cuándo te marchas?

Margarita: En este momento no estoy segura. Voy a reservar el billete del avión esta tarde.

Marcos: Me parece que no encuentras dificultades con el billete porque no estamos en temporada alta.

Margarita: !Ojalá! Me voy ahora también porque me sale más barata la tarifa.

Marcos: ¿Ya no volverás a España?

Margarita: ¡Cómo que no! Tengo que volver a recoger mi título de doctorado. Dicen que tarda mucho tiempo, al menos dos años.

華娜：馬利歐沒有來？

卡洛斯：我有邀請他跟我們一起去爵士音樂會，但是我想他忘記了。

華娜：那我現在打電話給他，同時再邀請他一次。

6 祕書：加西亞先生，羅培茲先生在大廳等著您。

加西亞先生：什麼？可是今天下午我沒跟任何人有約。

祕書：如果您不能見他，我用什麼理由跟他說？

加西亞先生：如果他來是要閒聊一天的大事，妳就跟他說我現在在開重
要的會議，他可以改天再來。

祕書：好的，我會跟他說。

7 貝雅蒂斯：早安，蕎蘿。妳好嗎？

蕎蘿：好，妳呢？妳在這兒散步？

貝雅蒂斯：我要去瑪麗亞家。她要教我做海鮮飯和蛋餅。

蕎蘿：她家在哪裡？

貝雅蒂斯：距離這兒不遠。我想買一些食材，不過好像所有的店都關
著。

蕎蘿：對，在星期日，除了電影院、百貨公司和一些商店之外，所有的
店都是關閉的。

貝雅蒂斯：那麼我去Corte Inglés百貨公司的超級市場。妳要去哪裡？

蕎蘿：我去看我的姊姊。她著涼感冒了。

貝雅蒂斯：嗯，替我問候她，希望她好起來。

蕎蘿：謝謝。再會。

8 馬可士：妳什麼時候走（動身）？

瑪格麗特：現在我還不確定。今天下午我要去訂飛機票。

馬可士：我認為妳要訂到機票不會有困難，因為現在不是旺季。

瑪格麗特：希望如此！我現在動身也是因為機票比較便宜。

馬可士：妳不再回西班牙了嗎？

瑪格麗特：怎麼不回！我必須再回來拿我的博士學位證書。聽說要花很
長的時間，至少兩年。

馬可士：妳已跟妳的朋友辭行了嗎？

瑪格麗特：這幾天我都和朋友吃飯順便辭行。我也打電話給幾個朋友說

Marcos: ¿Te has despedido ya de tus amigos?

Margarita: Estos días he comido con mis amigos para despedirme de ellos. También he llamado a unos amigos para decirles adiós.

Marcos: Pues hasta la vuelta y que te lo pases bien en tu tierra.

Margarita: Adiós.

Marcos: Adiós, ¡que tengas buen viaje!

9　Felicitar en la carta.

Estimados amigos, estimadas amigas, colegas todos, con el año 2013 casi terminado, os deseo unas felices fiestas, y un gran año 2014, en el que se cumplan todos vuestros deseos, sueños o apetencias, tanto para vosotros como para vuestras familias, que la cosa mejore o, cuando, menos, que no empeore y nos podamos quedar como estamos.

10　Frases de felicitaciones

Llega el año nuevo, te regalan un gran sobre

Que tengas buena salud

Que estés contento

Que estés bien (sin que te ocurra nada)

Que estés satisfecho

Que te acuerdes de mi también

Que te toque la lotería, 'el gordo'

Que estés de buen humor

Que tu bolso esté lleno de dinero

Que el oro

lo abraces todos los días

Que puedas estar joven sin envejercerse nunca

Te deseamos

¡Feliz año nuevo!

Que estés con buena salud

Que todo te vaya bien

Que toda tu familia esté bien

Que lo pases bien todo el tiempo

Que todos los años des a lo cierto

y que todo salga lo que quieras

¡Qué feliz!

再見。

馬可士：那麼就回來再見囉！希望妳在家鄉過得好。

瑪格麗特：再見。

馬可士：再見。一路順風！

9 祝福的信

　　敬愛的朋友、所有的同事，隨著2013年即將進入尾聲，希望你們有個愉快的假期和充滿前景的2014年，所有對你們和自己家人的期望、夢想或願望都能實現，事事往好的方向進展，或者至少不要變得更差，大家都一切安好。

10 祝賀語

新年到，送您一個大紅包

希望你健康

快樂

平安

知足

也要記得我

希望你中頭獎

好心情

荷包滿

有個金元寶

每天抱著它（金元寶）

願你年輕永不老

祝福你

新春快樂

身體健康

萬事如意

闔家安康

六時吉祥

年年押到寶

順心如意

好福氣

¡Qué suerte!

Que ganes loterías

Que tengas buen negocio

Que la suerte te caiga del cielo (nada te la impida)

pues

un año tiene 365 días

con 8760 horas de bien

con 525600 minutos de alegría

Con 31536000 segundos de seguridad

en el año 2014

Te deseamos en este año nuevo que estés ocupado pero también tengas tiempo libre y que el número de tu cuenta del banco increse sin límite.

好運氣
中樂透
生意旺
好運擋不了
在此
一年有365天
順順利利8760小時
開開心心525600分
平平安安31536000秒
2014年
祝你新的一年，工作忙中有閒，存摺數字增加無限。

常用會話句型

1 分享情感：關心
- ¿{Qué te pasa / Qué te ha pasado}?

2 分享情感：驚訝
- {¿Cómo? / ¡No me digas! / ¿Sí?}

3 分享情感：喜悅
- ¡{Qué bien / Qué suerte}!

4 分享情感：悲傷
- ¡{Qué mala suerte / Qué lata}!

5 表達悲傷與慰問

- Es una + pena / lástima + que + no hayan podido venir / no esté él .

- ¡Qué + pena / lástima + que + no hayan podido venir / no esté él !

- Sí, es una + pena / lástima . Con lo + amables / simpático + son / es .

- Sí, es una + pena / lástima . Con lo + que + les gustan las fiestas / se divierte en sitios así .

6 問候

- Dale recuerdos / Saludos a María + de mi parte.

- Recuerdos / Saludos + de parte de María.

- María me ha dado recuerdos para ti.

7 表達哀悼

- {Lo siento mucho / Le acompaño en el sentimiento}.

8 祝賀、恭喜

- Bodas y nacimiento de hijos: + Felicidades / Enhorabuena .

- Cumpleaños: + Felicidades / Por muchos años .

- Navidad y Año Nuevo: + Felices fiestas / Feliz Navidad / Feliz Año Nuevo .

  ▪ Gracias, igualmente.

9 感謝

- Gracias por + el libro / todo / ayudarme / haberse acordado . Ha sido muy amable de usted.

  ▪ {De nada / No hay de qué / Gracias a usted}.

10 表達祝福

- ¡Que + seáis felices / les vaya muy bien / tenga mucha suerte !

11 請求原諒與解釋

- Siento / Perdona + no haberte llamado / el retraso . Lo que pasa es / pasó fue + que +...

  ▪ Siento / Perdona + que haya venido tarde. Lo que pasa es / pasó fue + que +...

1 表達語

¡Felize cumpleaños！	*n.*	生日快樂！
¡Felize Año Nuevo！	*n.*	恭禧新年！
¡Felize Navidad！	*n.*	聖誕快樂！
igualmente	*adv.*	彼此、彼此
enhorabuena	*n.*	恭禧
perdón	*n.*	對不起
disculpar	*v.*	原諒
felicitar	*v.*	祝賀
agradecimiento	*n.*	感謝
molestar	*v.*	麻煩

2 生活、人生

el (la) menor de edad	*n.*	未成年者
el adulto, la adulta	*n.*	成年人
el amante, la amante	*n.*	情人
el amor	*n.*	愛
el anciano, la anciana	*n.*	老人
el ataúd	*n.*	棺材
el bautismo	*n.*	洗禮
el bebé	*n.*	嬰兒
el casado, la casada	*n.*	已婚者
el cementerio	*n.*	墓地
el control de la natalidad	*n.*	節育
el cumpleaños	*n.*	生日
el difunto	*n.*	亡者
el divorciado, la divorciada	*n.*	離婚者
el divorcio	*n.*	離婚
el embarazo, la concepción	*n.*	懷孕
el entierro	*n.*	埋葬
el funeral	*n.*	葬禮
el luto	*n.*	喪服

el matrimonio	*n.*	婚姻
el mayor de edad	*n.*	成年人
el muerto, la muerte	*n.*	死者
el nacimiento	*n.*	出生
el nene, la nena	*n.*	嬰兒
el noviazgo	*n.*	戀愛
el novio	*n.*	男朋友、新郎
el parto	*n.*	生產
el pretendiente	*n.*	求婚者
el prometido, la prometida	*n.*	未婚夫妻
el soltero, la soltera	*n.*	獨身者
el viejo, la vieja	*n.*	老人
el viudo, la viuda	*n.*	鰥夫、寡婦
la despedida	*n.*	免職
la dote	*n.*	嫁妝
la infancia, la niñez	*n.*	童年
la jubilación	*n.*	退休
la juventud	*n.*	青年、年輕人
la mocedad	*n.*	青年、年輕人
la mortalidad	*n.*	死亡率
la muerte	*n.*	死亡
la natalidad	*n.*	出生率
la novia	*n.*	女朋友、新娘
la parroquia	*n.*	堂區
la petición de mano	*n.*	求婚
la población aglomerada	*n.*	聚集人口
la población dispersa	*n.*	分散人口
la promoción	*n.*	晉升、進級
la propuesta de matrimonio	*n.*	求婚
la querida	*n.*	愛人
la retirada	*n.*	離職
la tumba, el sepulcro	*n.*	墳墓
la vejez	*n.*	年老
la vida	*n.*	人生
las bodas de oro	*n.*	金婚
las bodas de plata	*n.*	銀婚

los gemelos, las gemelas	*n.*	雙胞胎
los municipios rurales	*n.*	鄉區
los municipios semiurbanos	*n.*	半城區
los municipios urbanos	*n.*	城區
bautizar	*v.*	受洗
concebir	*v.*	懷孕
divorciarse	*v.*	離婚
enamorarse de	*v.*	愛上
envejecerse	*v.*	變老
estar embarazada, estar encinta	*v.*	懷孕
estar enamorado de	*v.*	愛上
morir	*v.*	死亡
nacer	*v.*	出生
parir, dar a luz	*v.*	生產
pedir la mano	*v.*	求婚
proponerse	*v.*	求婚
la población se apiña	*f.*	人口聚集
decrépito	*adj.*	衰老的
infantil	*adj.*	幼兒的
mimado	*adj.*	嬌寵的
pegajoso	*adj.*	撒嬌的

1 Le quedo infinitamente reconocido.
   我非常感謝他。

2 Cógeme el libro que se me ha caído {al / en} el suelo.
   幫我撿一下掉落在地上的書。

3 Dispénseme que me haya retrasado.
   請原諒我來遲了。

4 Dispcúlpeme usted.
   對不起，請原諒我。

5 Te doy la enhorabuena. / Le felicito.
   恭喜您。

6 No sé qué debo hacer para demostrarle mi agradecimiento.
   我不知道該怎麼做才能表達對你的謝意。

7 No encuentro palabras para expresarle lo agradecido que le estoy.
   我找不出話來表達對你的謝意。

8 No tenía intención de molestarle.
   我不是有意打擾你。

9 Le he molestado sin darme cuenta.
   我在不知不覺中麻煩了你。

10 Me sentiría dolido si no pudierais a cenar con nosotros.
    如果你們不能和我們一起晚餐，我會覺得很難過。

11 Lamento que mi jefe haya interpretado mal mis palabras.
    我覺得我的老闆誤會了我的話。

12 Siento mucho haber llevado a casa su libro por equivocación.
    很抱歉我誤把你的書帶回家。

13 Espero que podamos volver a encontrarnos pronto. Un fuerte abrazo devuestro amigo.
    我希望我們很快再見面。一個熱情擁抱。

14 Espero que tengas algunas vacaciones este verano para que puedas desconectar un poco del ambiente de la universidad. Descansar da salud además seguro que te ves rejuvenecido.

我希望今年夏天你能有個假期，好讓你暫時拋開學校（大學）的工作（環境）。休息會讓你健康，此外，相信這會讓你看起來恢復青春。

15 Lo de la edad por cierto tiene mucho de cansancio y de psicología, me parece que depende más de eso que de la biología.

順便一提，年齡應和疲倦、心理有很大的關係，我認爲是這個因素造成的，而不是生理。

16 Por cierto, no te perdonaría que vinieras a España algún día y te marcharas sin tomarte por lo menos un café conmigo.

對了，如果有一天你來西班牙，離開時沒有和我至少喝杯咖啡，我不會饒了你。

17 Disculpa por la tardanza en mi respuesta. Es difícil responder a tu mensaje, no tengo palabras ni puedo imaginarme lo que has pasado con tu problema.

請原諒我延宕的回覆。我很難回答你的信函，我不知道該説什麼，甚至無法想像你所遇到的問題。

18 Muchas gracias por tu felicitación y os deseo a ti y a toda la familia una feliz entrada en el 2014 y que éste sea un año más tranquilo, más lleno de ilusión y de cosas buenas que el año que dejamos.

非常謝謝你的祝福，我也祝福你和你的家人2014年有個幸福開始，且這一年更平穩，充滿期待與留下美好的事物。

19 Muchas gracias por tus palabras cariñosas. Sí, poco a poco me voy acostumbrando a la idea de no ver a mi mamá junto a mí. Es muy dolorosa, pero su espíritu y su cariño lo siento en mí y eso me ayuda.

非常謝謝你安慰的話。是的，我漸漸習慣再也看不到我母親的念頭。這很痛苦，但是她的精神與親切我深藏在心底，而這讓我心稍慰。

1 Luisa: Estoy escribiendo el curriculum vitae, pero no sé exactamente cómo escribirlo. ¿Me ayudas?

Helena: Sí.¿Qué tipo de trabajo vas a solicitar?

Luisa: Mira este anuncio de buscar secretarias. Es una empresa multinacional fabricante de equipo médico. Al final del anuncio indica: interesadas, escribir, adjuntando 'curriculum vitae', a: Departamento de Personal. Referencia SECRETARIA. Calle......

Helena: Primero debes poner tus datos personales: nombre, edad, D.N.I. (documento nacional identidad), nacionalidad, estado civil, domicilio, teléfono, correo electrónico, etc.

Luisa: ¿Y de segundo?

Helena: Datos profesionales y académicos. También tus conocimientos, por ejemplo, dominio perfecto del idioma español, taquigrafía, mecanografía, etc.

Luisa: Ya, ya. Y ¿qué más?

Helena: Tus aspiraciones como sueldo, horarios, etc. Y si has tenido alguna experiencia parecida a lo que ponen en este anuncio, no te olvides de escribirla. Oye, por cierto, se puede poner también gustos y aficiones.

2 Juan: Oye, ¿me dejas tus discos de Mozart?

Pedro: Sí, cógelos tú mismo. Están en la estantería, al lado de la puerta. ¿Los ves?

Juan: Sí, sí. Muchas gracias.

Pedro: Te los devuelvo la semana que viene, ¿te parece bien?

Juan: No hay problema. Que te gusten.

3 Noemí: ¿Cómo es que no viniste a cenar con nosotros anoche?

Carlos: Es que el señor Díaz me preguntó si podría quedarme un rato más en la oficina y le dije que sí.

Noemí: ¿Algo importante?

Carlos: Nada. Como me voy de la empresa, quería charlar un rato. Pero me fastidió hablar siempre de lo mismo.

Noemí: ¿Has encontrado el nuevo trabajo?

Carlos: No, pero mañana tengo una entrevista.

Noemí: ¿A qué hora tienes mañana la entrevista?

1 露易莎：我正在寫履歷表，不過我並不完全了解怎麼寫才對。妳幫我一
下？

愛蓮娜：好。妳要申請什麼樣的工作？

露易莎：妳看這一篇徵求祕書的廣告。這是一間多國企業的工廠，生產
醫療設備。在廣告最後提到：有意者（女性），連同履歷表寄
到人事部門。祕書收。街…（地址）

愛蓮娜：首先妳應該寫的是個人資料：名字、身分證（號碼）、國籍、
婚姻狀態、地址、電話、電子郵件等等。

露易莎：接下來呢？

愛蓮娜：學經歷（工作經驗和學歷），還有妳的專長，例如：西班牙語
文能力極佳、速記、打字等等。

露易莎：對，對。還有呢？

愛蓮娜：妳的期望像是薪資、工時等等。如果妳曾經有和這篇徵才廣告
的相似經驗，別忘了寫上去。喔，順便一提，也可以寫上妳的
嗜好和興趣。

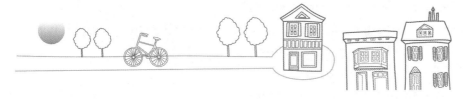

2 璜：喂，你借我一下莫札特的音樂光碟？

貝得羅：好的，你自己拿。在書架上，門的旁邊。你看到了嗎？

璜：有，有。非常謝謝。

貝得羅：我下星期還給你，你覺得可以嗎？

璜：沒問題。希望你喜歡。

3 諾雅美：你昨晚怎麼沒有跟我們一起吃晚餐？

卡洛斯：那是因為迪亞斯先生問我可不可以在辦公室多留一下下，我跟
他說好。

諾雅美：有什麼重要的事嗎？

卡洛斯：沒什麼。因為我要離開這家公司了，他想聊一會兒。不過我對
他老是說一樣的話感到厭煩。

諾雅美：你找到新的工作了嗎？

卡洛斯：還沒有，但是明天我有個面談。

諾雅美：你明天的面談幾點鐘？

Carlos: A las diez de la mañana.

Noemí: Yo que tú, llegaría una hora antes para ver el ambiente.¿Tú quéte pones?

Carlos: Yo llevaré la camisa azul.

Noemí: Que tengas suerte.

Carlos: Gracias. Ya te diré cómo me va.

4 Carmen: Buenos días, ¿es aquí donde se alquila una habitación?

Señora: Sí, sí, ¿usted quiere verla? Pase, adelante. Mire, es ésta.

Carmen: Es un poco pequeña.

Señora: Sí, pero se ofrece todo lo necesario: el armario, la mesa de estudio, la lámpara, la cama, la silla, etc.

Carmen: ¿No hay ducha?

Señora: Es un piso compartido, así que para ir a la ducha hay que salir de la habitación. Está al fondo del pasillo.

Carmen: ¿Se puede usar la cocina?

Señora: Por supuesto. Mire, aunque es pequeña, tiene mucha luz, da a la calle y es muy tranquila.

Carmen: ¿Será muy caro?

Señora: No. Como está un quinto piso y no hay ascensor, tiene que subir cinco pisos a pie, no se cobra tanto como pensaba.

Carmen: ¿No hay metro por aquí cerca?

Señor: Sí, el metro Rodríquez está en la calle de al lado. También hay muchas líneas de autobuses. Está muy bien comunicada.

Carmen: Muy bien. Gracias. Ya le llamaré.

5 A = Jefe de personal; Luis = un chico que busca trabajo

A: ¿Qué hizo de 1992 a 1998?

Luis: Estuve en la Universidad San José.

A: ¿Y qué hacía?

Luis: Estudiaba mecánica.

A: ¿Ha trabajado alguna vez en una empresa como ésta?

Luis: No, nunca, pero mi padre es mecánico y tiene su propio taller. Yo a veces le ayudo y trabajo en la reparación de un coche. Me considero perfectamente preparado para llevar a cabo cualquier tarea que me sea encomendada en esta empresa.

卡洛斯：早上十點。

諾雅美：如果我是你，我會提早一個小時到，看看環境。你會穿什麼呢？

卡洛斯：我會穿藍色的襯衫。

諾雅美：祝你好運。

卡洛斯：謝謝。我再告訴你結果如何。

4 卡門：早安，這裡出租（一間）雅房嗎？

女士：是，是。您想看一下嗎？請進，請進。就是這一間。

卡門：有點小間。

女士：對，不過房間裡什麼都有：櫃子、書桌、檯燈、床位、椅子等等。

卡門：沒有淋浴間？

女士：這是合租的樓層，所以要淋浴的話必須出來房間。（淋浴間）在走道的盡頭。

卡門：廚房可以用嗎？

女士：當然。（廚房）雖然很小間，但光線充足，面向街道且很安靜。

卡門：很貴嗎？

女士：不會。因為在五樓又沒有電梯，您得爬五層樓，所以收費沒有想像中高。

卡門：這附近沒有地鐵站？

女士：有，羅德里斯地鐵站在隔壁街。這兒也有好幾條公車線。交通十分便利。

卡門：很好。謝謝。我會再打電話給您。

5 A ＝ 人事主任；Luis ＝ 求職的男生

A：您在1992年到1998年做什麼工作？

路易士：我在聖荷西大學。

A：您做什麼？

路易士：我念機械。

A：您曾經在（我們）這樣一家公司上班過嗎？

路易士：沒有，從來沒有過。不過我父親是一位（修車）技師，他有自己的修車廠。有時候我會幫忙他，做些修理汽車的工作。我自認為百分之百準備好能夠完成貴公司交付我的任何工作。

A：好的。很高興和您談話。我們會再打電話給您。

A: Bien. Es un placer de hablar con usted. Ya le llamaremos.

6 A = La secretaria del departamento de personal

A: Buenos días, señorita. Tome asiento, por favor. ¿Usted es la señorita Yolanda Pérez?

Juana: Sí.

A: ¿En qué puedo servirle?

Juana: Es que vi un anuncio que su empresa publicó en el periódico, en el que se necesita una secretaria para la sección de negocio con China.

A: ¿Ha traído su curriculum vitae, el carnet de identidad y las cartas de recomendación?

Juana: Sí, aquí los tiene.

A: Mire primero le voy a hacer una cita con el jefe de personal. A ver, mañana ya tenemos cinco candidatos para la entrevista, ¿le va bien si usted viene mañana a las cuatro de la tarde?

Juana: Sí, no hay problema. ¿Qué tengo que preparar para la entrevista?

A: Le hará unas preguntas el señor Del Olmo, el jefe de personal. Y también tendrá usted que hacer unas pruebas prácticas. Entonces nos veremos mañana. ¡Y sea usted puntual!

Juana: Muchas gracias a usted.

A: A usted también.

7 El jefe: Pase, adelante.

Juana: Buenas tardes. Soy Juana Yolanda Pérez.

El jefe: Buenas tardes. Siéntese. He leído su curriculum, ¿sabe hablar chino?

Juana: Sí. Mi padre es taiwanés, de pequeña ha hablado chino conmigo. Por eso, el chino y el español son mis lenguas maternas.

El jefe: ¿Ha tenido alguna experiencia como secretaria?

Juana: Sí, desde hace dos años he estado de secretaria en una empresa comercial y he trabajado como intérprete de chino.

El jefe: En su curriculum ha mencionado que obtuvo el diploma de inglés del nivel profesional en mayo, esto quiere decir que ¿domina el inglés también?

Juana: Durante mi carrera me iba a Londres todos los veranos para perfeccionar mis conocimientos del inglés. Como la empresa donde estuve

6 A＝人事部門祕書

A：早安，小姐。請坐。您是尤蘭達・貝勒思小姐？

華娜：是的。

A：有什麼我可以幫您的？

華娜：是這樣，我在報紙上看見貴公司刊登一篇廣告，貴公司的「與中
　　　國貿易部門」需要一位祕書。

A：您帶來了您的履歷表、身分證和推薦函？

華娜：有。在這兒。

A：首先我幫您跟人事主任預約。讓我看看，明天我們已經有五位應徵
　　的候選人作面談，您方便明天下午四點鐘的時候過來？

華娜：好的，沒有問題。面談時我需要準備什麼呢？

A：人事主任迪・歐爾摩先生會問您一些問題。您也必須實際操作演
　　練。所以我們明天見。請準時喔！

華娜：非常謝謝您。

A：也謝謝您。

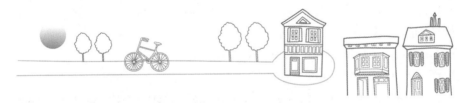

7 主任：請進。

華娜：午安。我是華娜・尤蘭達・貝勒思。

主任：午安。請坐。我看了您的履歷表，您會說中文？

華娜：是的，我父親是臺灣人，從小他都跟我說中文。所以中文和西班
　　　牙文都是我的母語。

主任：妳曾經有過當祕書的經驗？

華娜：是的，兩年前我在一家商業公司當祕書，同時擔任中文口譯。

主任：您的履歷表提到您在五月拿到英文最高級檢定證書，這意味您的
　　　英文也很流利？

華娜：我在大學期間，每年夏天我會去倫敦訓練我的英文能力。由於之
　　　前我待的公司缺乏經費必須關閉，我就去私立補習班上課，考取
　　　履歷表上附帶的檢定證書。

主任：很好，尤蘭達小姐，我想您應該看過我們的廣告徵才，本公司的
　　　工作時間是星期一到星期五，九點到下午三點半。

tuvo que cerrar por suspensión de pagos, me fui a clase a una academia privada para obtener el dimploma que adjunto en mi curriculum vitae.

El jefe: Muy bien, señorita Yolanda, creo que usted habrá leído en nuestro anuncio, la jornada laboral en nuestra empresa es de nueve a tres y media de la tarde, de lunes a viernes.

Juana: Sí, lo he sabido.

El jefe: El sueldo que ofrecemos es de doscientos euros mensuales más pagas extraordinarias en días no hábiles

Juana: Sí, muy bien.

El jefe: Si usted es admitida, tendrá derecho a un mes de vacaciones al año.

Juana: ¿Cuándo me van a informar el resultado?

El jefe: Pues esto preguntará a la secretaria. Le va explicar cualquier duda.

8 A: Permítame que me presente. Soy Mariana Gómez López. Aquí tiene mi tarjeta.

B: Mucho gusto en conocerlo.

A: Encantada.

B: ¿Cuál era su profesión?

A: Trabajaba de dependiente en el hotel Queena.

B: ¿Cuántos idomas sabe hablar?

A: El chino y el taiwanés son mis lenguas maternas. Puedo dominar el inglés y el español.

B: Pues ya sabe que si usted es admitida, trabajará en la tienda libre de impuestos (duty-free shop). Como se pasan muchos viajeros de distintos países, el inglés es el idioma más importante para comunicarse. Por otro lado, es necesario que trabaje con entusiasmo, sea amable con los clientes y tenga paciencia de atenderles y convencerles a comprar las cosas.

A: Sí, eso lo entiendo perfectamente.

9 En una empresa donde buscan a un nuevo empleado.

A: Me ha parecido un chico inteligente, serio y más responsable que el de esta mañana.

B: No sé..., ¿no te parece que es demasiado joven para este trabajo?

A: Sí, tienes razón. Necesitamos a alguien mayor que éste, con más experiencia.

華娜：是的，這個我知道。

主任：我們給的薪資是月薪200歐元加上非工作日額外薪資。

華娜：是，很好。

主任：如果您應徵錄取，您每年依法會有一個月的假期。

華娜：什麼時候可以告訴我結果？

主任：嗯，這個您問一下祕書。她會回答任何疑問。

8 A：請容我作自我介紹。我是瑪麗安娜・荷梅茲・羅培茲。這是我的名片。

B：很高興認識您。

A：幸會。

B：您在哪兒高就？（您是做什麼的？）

A：之前我在桂田酒店當職員。

B：您會說多少語言？

A：中文和臺語是我的母語。英文和西班牙語我說得很流利。

B：嗯，您知道，如果您錄取您將在免稅商店工作。由於來來往往的旅客來自不同的國家，英文是最重要的溝通語言。另一方面，這份工作需要熱忱，親切地服務客人，有耐心招呼，同時說服顧客買東西。

A：是的，這點我完全了解。

9 企業徵求新職員

A：我覺得這男生聰明、正經而且比早上那位更有責任感。

B：我不知道…，你不覺得這份工作他太年輕了？

A：是，你說得有道理。我們需要找一位比這位年長的，更有經驗的人。

C：喂，這男生真是有教養！

C: Mirad, ¡qué chico tan educado!

A: ¿Cuál? ¿El último?

C: Yo lo encuentro bien aunque estaba muy nervioso.

A: ¡Qué va! Parece que tiene buen carácter, pero es un pedante......

10 María: ¿Se puede?

Profesora: Pase, adelante.

María: Hola, Profesora, vine a coger la carta de recomendación.

Profesora: Sí, mira ya está escrita, a ver ¿si te parece bien?

Cristina García Gómez, con DNI 58467982, Profesora Titular del Departamento de Historia Española de la Facultad de Filosofía de la Universidad Complutense de Madrid

hace constar, como tutora de doctorado suya que es,

que doña **María Tesouro Marco**

con n° de pasaporte 1257646566 terminó los cursos monográficos de doctorado del Departamento de Historia Española y su tesis doctoral sobre el tema: *La historia contemporánea de España*, bajo la dirección de la Dra. Doña **Teresa Sánchez González**, fue entregada en mayo y tendrá la posibilidad de defenderla en julio. Durante estos años ha leído numerosos artículos y libros sobre la historia española, a lo que hay que sumar sus esfuerzos de investigación. Los frutos de toda esta actividad se pondrán de manifiesto próximamente con la Lectura de Tesis en nuestro Departamento de Historia Española.

En todo momento su interés, entusiasmo y dedicación han sido dignos de todo elogio por mi parte. Por ello, considero que puede llevar a cabo perfectamente la labor de profesor de español en su Universidad.

Para que conste, y a petición del interesado, firmo el presente documento en Madrid, a 20 de junio de 2003.

Cristina García Gómez

A：哪一個？最後一位？

C：我認為他不錯，雖然他很緊張。

A：才怪！感覺上他好像個性不錯，但是他是令人討厭的…

10 瑪麗亞：可以進來嗎？

老師：請進。

瑪麗亞：嗨，老師，我來拿推薦信。

老師：好的，妳看，寫好了，嗯，妳覺得可以嗎？

> 克里斯汀娜‧加西亞‧荷梅茲，身分證號碼58467982，馬德里大學、哲學院、西班牙歷史系專任教授
>
> 本人是瑪麗亞‧笛索巫爾‧馬可小姐的博士班指導老師，在此證明，
>
> 其護照號碼1257646566，已完成西班牙歷史系博士班專題課程選修，她的博士論文由泰瑞莎‧桑奇士‧岡薩雷茲博士指導，題目為「西班牙現代史」，已在五月提出論文，預估七月時舉行博士論文學位口試。這些年來她閱讀了無數有關西班牙歷史的文章、著作，對研究工作不遺餘力。這份研究成果近期將在我們西班牙歷史系博士論文口試發表。
>
> 她在研究期間表現的專注、熱忱與努力值得我在此讚揚。因此我認為她可以完全勝任貴校教學的工作。
>
> 上述內容應申請人要求，本人在此簽名，2003年六月二十日於馬德里。
>
> 　　　　　　　　　　　　　克里斯汀娜‧加西亞‧荷梅茲

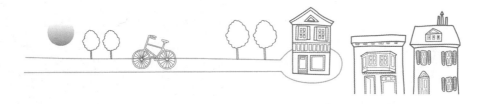

María: Muchas gracias profesora. No encuentro palabras para expresarle mi agradecimiento.

Profesora: De ninguna manera.

María: Vamos a comer. Le invito.

Profeora: Gracias, pero no puedo aceptar tu invitación porque ya tengo un compromiso.

瑪麗亞：非常謝謝，老師。我不知道該怎麼表達我的謝意。

老師：不用謝。

瑪麗亞：我們去用餐。我請您。

老師：謝謝，不過我不能接受妳的邀請，因爲我已有約在先。

1 請求他人幫忙

- ¿Puedes + cerrar / venir , por favor?

- Sí, (claro), {ahora mismo / un momento}.

- Perdona / Lo siento + pero es que + tengo que... / estoy ocupado... .

- ¿{Cierra / Ven}, por favor?

- Sí, ya {cierro / voy}.

- Mira, es que + tengo que... / estoy ocupado... .

2 向他人借用東西

- ¿Puedo + usar / ver + tu + bicicleta / coche , por favor?

- Sí, (claro), toma.

- Perdona / Lo siento + pero es que + tengo que... / estoy ocupado... .

- ¿Me dejas + tu + bicicleta / coche , por favor?

- Sí, (claro), toma.

- Mira, es que...

3 給予幫助

- ¿Puedo ayudarle?

- Sí, + por favor / gracias .

- No, gracias, + no hace falta / ya está .

4 個人資料：年紀

- ¿Cuántos años tienes?
- Tengo {15 / 20/ 42} años.

5 個人資料：住址

- ¿Dónde vives?

- ¿En qué + calle / número / piso + vives?

- En la calle / plaza / avenida + _____, número _____.

- ¿Me das tu dirección?
- Sí, calle Alcalá, 110, 5º, 2ª + {izda / dha}.

  110 = número de la casa

  5º = número del piso

  2ª = número de la puerta

  izda = a la izquierda

  dha = a la derecha

6 個人資料：婚姻狀況

- Estoy / Soy + soltero / casado / divorciado / viudo .

7 請求

- {Le puedo pedir un favor / Puedes hacerme un favor}?

- Sí, + claro, dígame / por supuesto, lo que quieras / claro, no faltaría más .

- ¿ Podrías / Te importaría + acercarme esa bolsa / pasar un momento por mi despacho ?

常用單字

1 求職面談之準備

el curriculum vitae	*n.*	履歷表
solicitar	*v.*	申請
el correo electrónico	*n.*	電子郵件
la entrevista	*n.*	面談
el anuncio	*n.*	廣告
la carta de recomendación	*n.*	推薦函
puntual	*adj.*	準時

2 職業、工作者

el agricultor	*n.*	農夫
el albañil	*n.*	水泥匠
el arquitecto	*n.*	建築師
el artista	*n.*	畫家
el barbero	*n.*	理髮師
el bombero	*n.*	消防員
el cajero	*n.*	銀行出納員
el camarero	*n.*	男服務生
el camionero	*n.*	卡車司機
el carnicero	*n.*	屠夫
el carpintero	*n.*	木匠
el cartero	*n.*	郵差
el científico	*n.*	科學家
el cocinero	*n.*	廚師
el dentista	*n.*	牙醫
el médico	*n.*	醫生
el pediatra	*n.*	兒科醫生
el electricista	*n.*	電工
el farmacéutico	*n.*	藥劑師
el florista	*n.*	花店主
el fontanero	*n.*	鉛管工
el fotógrafo	*n.*	攝影師

el higienista dental	*n.*	（牙科）衛生學家
el/la intérprete	*n.*	口譯員
el locutor	*n.*	新聞廣播員
el mecánico	*n.*	機工、技工
el modelo	*n.*	模特兒
el obrero de la construcción	*n.*	建築工人
el optómetra	*n.*	驗光配鏡師
el panadero	*n.*	麵包師傅
el peluquero	*n.*	美容師
el periodista	*n.*	記者
el pescador	*n.*	漁民
el pintor	*n.*	油漆工
el policía	*n.*	警察
el profesor	*n.*	教師
el sastre	*n.*	裁縫
el secretario	*n.*	祕書
el soldador	*n.*	電焊工
el tendero	*n.*	食品雜貨商
el trabajador del saneamiento	*n.*	清潔工
el vendedor	*n.*	售貨員
el veterinario	*n.*	獸醫
la camarera	*n.*	女服務生
la costurera	*n.*	女裁縫工
la enfermera	*n.*	護士

1 Está usted en su casa.
請不用客氣，就當是您自己家一樣。

2 Me gustaría solicitar este empleo.
我想申請這份工作。

3 Quisiera encargarle (a usted) una cosa.
我要請您幫忙一件事。

4 No hacen servicio a domicilio.
他們沒有到府服務。

5 No se moleste usted.
您不用麻煩。

6 Cógeme la botella de agua que se me ha caído {al / en} el suelo.
幫我撿一下掉在地上的水瓶。

7 Sirve de ejemplo a tus hermanos.
請你做你兄弟（姊妹）的榜樣。

8 Le ruego a usted que me perdone. / Tengo que pedirle perdón.
我求你原諒。

9 No te enfades conmigo.
別生我的氣。

10 No me riñas.
別不要罵我。

11 Cuente usted conmigo, por favor.
請讓我來做。

12 Supongo que me convidarás.
你該邀請我了吧。

13 Le aseguro a usted que no es culpa mía.
我向你擔保這不是我的錯。

14 ¿Hace usted el favor de cerrea la ventana?
請把窗子關起來好嗎？

15 ¿Le molesta a usted si yo fumo? / ¿Le molesta a usted que yo fume?
我抽菸會不會打擾你呢？

16 Se busca un empleado.
招募職員。

17 Se prohibe fumar.
禁止抽菸。

18 No se deje la puerta abierta, por favor.
請勿把門打開。

19 Pased por aquí. Llevad la derecha.
請（你們）從這邊，由右邊走。

20 Se suplica el silencio aquí.
在此請安靜。

21 Se ruega a los parroquianos que se abstengan de entrar en este cuarto.
顧客止步，非請莫入。

22 Recién pintado.
油漆未乾。

23 Se alquila un piso.
出租。

24 Hoy he recogido el título de médico especialista en Pediatría. Me ha producido cierta emoción, tiene gracia, despúes de tanto tiempo lo que hace un papelito.
今天我已拿到小兒科專業醫生的證書。這真讓我感動，也好笑，等了這麼長一段時間，就為了這張紙的成就。

25 Él no tiene tiempo ni para comer.
他連吃飯的時間都沒有。

26 Aún no hablo inglés con fluidez, pero puedo entender muy bien.
我沒辦法將英文說得很流利，但我聽力的程度很不錯。

27 ¿Cuántas copias se pueden sacar con ese cartucho de tinta negra?
那個黑色墨水匣一次可印幾張？

28 ¿Has escrito ya la carta de recomendación que le pedí? No, he escrito sólo
el borrador. Ahora voy a ponerlo en limpio.
我請你寫的推薦信你寫了沒？還沒，我只寫好草稿，現在要把它謄寫清
楚。

1 Pepe: Tengo una duda de la lengua alemana. ¿Tienes un minuto?

Helena: Lo siento, ahora me corre mucha prisa de pasar este documento a la oficina del departamento. Tranquilo que cuando vuelva, te lo explicaré.

Pepe: Oye, ¿y si quedáramos a eso de las 11:00, en la cafetería de abajo, comemos juntos y me lo explicas. Yo, mientras tanto, sigo haciendo los deberes por aquí cerca.

Helena: Estupendo. Así, durante la comida, también podemos comentar lo de la fiesta del viernes.

Pepe: Entonces, hasta la hora de comer.

Helena: Hasta luego.

2 Luis: ¿Lleva usted mucho tiempo aquí?

Juan: Sí, soy de aquí. ¿Usted es coreano o japonés?

Luis: No, soy de Taiwán.

Juan: Pero habla muy bien el español.

Luis: Gracias. Yo hice la carrera de la lengua española y vine a estudiar el doctorado de la Filología en la Universidad Complutense. Ya llevo cuatro años viviendo en Madrid.

Juan: Para nosotros ustedes son parecidos. ¿Qué opina de nuestro país, por ejemplo, cómo es la gente, la comida, la vida, etc.?

Luis: Pues es muy difícil decirlo en unas cuantas palabras. Pero lo he pasado bien hasta ahora. Me cae bien este país.

3 José: Llevo una hora leyendo este artículo y no logro enterarme de lo que trata. ¿Tú te has enterado?

Hugo: ¡Qué va! Yo ni lo he terminado. No se entiende nada.

José: ¿Y tú, Alberto, lo has entendido?

Alberto: Bueno, en realidad es la historia que decribe una serie de conflictos personales sociales que se desencadenan en este pueblo.

José: Me parece que el autor ha descrito unas escenas de guerras, son algo crueles.

Alberto: ¿No sabéis que la historia la hicieron una película? Y ha sido una de las películas más taquilleras en la historia del cine.

José: Eso he oído. La película no sólo batió los records de taquilla sino que ganó muchos premios.

1 貝貝：我有一個德文的疑問。妳有空嗎？

愛蓮娜：很抱歉，我現在急著送這份文件給系辦。別擔心，等我回來，我再跟你解釋。

貝貝：喂，假如說我們約十一點鐘，在樓下的咖啡廳，一起吃午飯然後跟我解釋。這段時間我在這兒繼續做功課。

愛蓮娜：太好了。這樣用餐時，我們也可以評論一下星期五的舞會。

貝貝：那麼吃飯見囉。

愛蓮娜：待會見。

2 路易士：您（住）在這兒很久了嗎？

璜：是的，我是這裡人。您是韓國人或日本人？

路易士：都不是，我來自臺灣。

璜：但是您西班牙語說得很好。

路易士：謝謝。我大學時主修西班牙語，之後來馬德里大學念語文學博士。我在馬德里已住了四年。

璜：對我們來說你們長得都很像。你怎麼看我們的國家，比方說，人們啊、飲食呀、生活啊如何等等？

路易士：嗯，這很難用幾句話說說。但是到目前為止我過得很好。我對這個國家印象不錯。

3 荷西：這篇文章我已經讀了一個小時，可是還是看不懂究竟在講什麼。你有了解嗎？

雨果：才怪！我甚至讀不下去。完全不懂它在講什麼。

荷西：亞伯特，你呢？你有看懂嘛？

亞伯特：嗯，事實上這是描寫人類社會衝突的一段歷史，發生在這個小鎮上。

荷西：我覺得作者描寫了一些戰爭的場景，有一點殘酷。

亞伯特：你們不知道他們把這歷史拍成了電影？而且還是電影史上票房賣座最高的影片。

荷西：這點我聽說了。這電影不僅打破了票房紀錄，還得了好多獎。

雨果：真不敢相信！

Hugo: ¡No me digas!

4 Carmen: Esta muchacha tiene una manera de ser que me recuerda mucho a
su madre cuando tenía la misma edad que ella. Es curioso.

María: Pues yo lo veo normal, ¿no?

Carmen: Es tan caprichosa como su madre. ¿No te parece que es una ton-
tería que primero diga que no queire celebrar su cumpleaños y luego se enfade porque nadie se ha acordado de felicitarle?

María: Sí, es increíble. Pero yo creo que es lógico que una persona cuando
vive lejos de su país lo encuentre a faltar.

5 María: Oye, Marta, ¿sabes quién es aquel chico alto con las gafas de sol?

Marta: ¿Cuál? Hay dos chicos que llevan gafas de sol.

María: El que tiene el pelo rubio.

Marta: Ah, es Pepe, es un nuevo compañero.

María: ¿Cuántos años tiene? Parece muy joven.

Marta: Pues ni idea. ¿Y eso?

María: Nada, nada, por curiosidad.

Marta: Creo que te interesa este chico y quiere conocerlo.

María: ¡Qué va!

6 A: ¿Has elegido muchas asignaturas para este semester?

B: No muchas, pero he elegido un curso del español báscio. Hoy el profesor nos va a explicar las salidas profesionales la situación actual de este
idioma. No quiero perderla. Así que me voy deprisa.

A: Muy bien, pues nos veremos en la cafetería de la facultad a la hora de
comer. ¿De aucerdo?

B: Vale.

El profesor: Hoy les voy a comentar algunos aspectos importantes en relación con la salida profesional del idioma español. En Taiwán esta lengua
no se da tanta importancia como el inglés y el japonés, aunque aproxima-
damente el cincuenta por ciento de los países que mantienen relaciones
diplomáticas con Taiwán son los hispanoamericanos. El gran ámbito hispa-
no crea muchas oportunidades para los estudiantes graduados de español no
sólo en los sectores político y económico antiguamente, sino también en el

4 卡門：這小女孩的個性特別讓我想起她的母親，當她跟她母親同樣的年
紀時。很奇怪。

瑪麗亞：我覺得很正常，不是嗎？

卡門：她跟她媽媽一樣任性反覆無常。妳不覺得這很愚蠢，一開始說不
要慶祝她的生日，一會兒又生氣，因為沒人記得祝福她？

瑪麗亞：對呀，真是不可思議。不過我認為這很合理，當一個人遠離自
己的故鄉時，總覺得缺什麼。

5 瑪麗亞：嗨、瑪爾達，妳知道那位高高戴太陽眼鏡的男生是誰？

瑪爾達：哪一個？有兩個戴太陽眼鏡的男生。

瑪麗亞：那個金頭髮的。

瑪爾達：啊，是貝貝，他是新的同學。

瑪麗亞：他幾歲？好像很年輕。

瑪爾達：嗯，沒概念。怎麼了？

瑪麗亞：沒什麼，沒什麼，只是好奇。

瑪爾達：我感覺妳對這男生有意思，想認識他。

瑪麗亞：才沒有呢！

6 A：這學期你選修很多門課嗎？

B：沒有（很多），不過我選了一門基礎西班牙語課程。今天老師將要
跟我們說明這個語言的現況和未來的工作出路。我不想錯過。所以
我得快點去（上課）。

A：很好。我們吃飯時在學院的咖啡廳見，好嗎？

B：好的。

老師（講課）：今天我要跟各位講述有關西班牙語幾個未來出路的層
面。在臺灣，這個語言不像英文和日語那樣受到重視，儘管外交上接近
百分之五十的邦交國是中南美國家。廣大的中南美地區提供西語系畢業
的學生許多工作機會，不只是在傳統的政治、經濟領域，還有在文化和
觀光旅遊方面。不管怎樣，最重要的是您們在大學時好好培養基本的聽
說讀寫和翻譯的能力，同時去認識與了解中南美文化的價值，拓展國際
視野。

cultural y turístico. Sea lo que fuese, lo importante es que en la universidad ustedes deben desarrollar bien las destrezas básicas escuchar, leer, hablar, escribir y traducir. Al mismo tiempo también tienen que conocer y valorar la cultura hispánica ampliando su perspectiva internacional.

7 Noemí: Oye, te dejo, es que me tengo que ir a la biblioteca a terminar de preparar una conferencia que tengo que dar este viernes.

Carlos: ¿Ah, sí? ¿Y de qué va esta vez?

Noemí: Voy a hablar de lo de siempre: de las diferentes maneras de aprender idiomas extranjeros, y de que eso determina diferentes maneras de enseñar a los niños y a los adultos.

Carlos: Muy interesante.

8 Beatriz: Oye, Carlos, como hablas chino, y ahora estoy aprendiendo el chino, ¿me puedes decir qué diferencias hay entre el español y el chino?

Carlos: En primer lugar, te explico nuestros caracteres. Cada carácter es una unidad gráfica cargada con un ámbito semántico flexible, una pronunciación y un tono. Su apariencia compuesta por trazos verticales, rayados o curvos resulta muy diferente a la de las lenguas alfabéticas como el español...

Beatriz: Sí, para mí es una gran dificultad de acordarme de escribir tantos caracteres.

Carlos: Sin embargo, es posible deducir parcialmente su pronunciación según los elementos que estructuran el carácter: una parte denota el significado básico o radical y normalmente ocupa el lado izquierdo; la otra indica su pronunciación.

Beatriz: Me han dicho que hay dos tipos de la escritura, ¿verdad?

Carlos: Sí, la unificación de la escritura se rompió cuando China Popular hizo una reforma de los caracteres en la época de su 'Revolución Cultural' (1966-1976). Pero la simplificación de numerosos caracteres no cumple las normas de las seis clases etimológicas y ha hecho inaccesible la multisecular literatura clásica. En todo caso, los chinos se identifican con estos caracteres, creen que son ellos los que pueden conservar y continuar su cultura, valores históricos, literatura, etc.

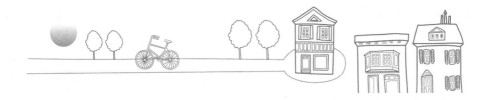

7 諾雅美：喂，我不能陪你了，因為我必須去圖書館完成星期五研討會的
準備。

卡洛斯：啊，是嗎？這次要講什麼（主題）？

諾雅美：我要講同樣的主題：不同的外語學習方式，這將決定不同的方
式教導小孩與大人。

卡洛斯：真有意思。

8 貝雅蒂斯：喂，卡洛斯，你會講中文，而現在我正在學中文，你可以跟
我說西班牙語和中文的差異嗎？

卡洛斯：首先，我跟妳解釋我們的方塊字。每個字是一個圖形單位同時
兼具語意的變化、發音和語調。它的外表（書寫）是由直的、
橫的、彎的（捺）筆畫構成，所以顯現出和像西班牙語這樣的
拼音語言很不一樣。

貝雅蒂斯：對啊，對我來說，要記得這麼多的方塊字是一大困難。

卡洛斯：不過，妳可以從方塊字構成的部分猜出它可能的發音：一邊意
味著基本的意義或部首，通常是構成字的左半部；另一邊則是
它的發音。

貝雅蒂斯：我聽說有兩種書寫方式，真的嗎？

卡洛斯：是的，中國大陸在文化大革命時對漢字做了改革（簡化），打
破了漢字的書寫統一。可是無數的簡體化漢字並未遵循六書的
漢字造字原則，這造成了人們無法閱讀數千年歷史的古典文
學。無論如何，中國人是認同漢字，他們認為是這些漢字保存
與流傳他們的文化、歷史價值、文學等等。

貝雅蒂斯：那麼中文（漢字）沒有這種結尾-ar、-er、-ir方式的動詞變
化？

卡洛斯：沒有，對我們而言，在這一點西班牙語動詞的學習是吃力的工
作，因為同一個動詞依時式、人稱、單複數做變化。

貝雅蒂斯：好，我得去上課了。我有疑問時，我再問你，可以嗎？

卡洛斯：是，是，當然，隨時都可以。

Beatriz: Entonces ¿el chino no tiene las conjugaciones verbales terminadas en -*ar*, en -*er* y en -*ir*?

Carlos: No, en este punto aprender el verbo español es un trabajo chino para nosotros, porque el mismo verbo se conjuga según tiempo, persona y número.

Beatriz: Bueno, ya me tengo ir a la clase. Cuando tenga más dudas, te lo pregunto, ¿vale?

Carlos: Sí, sí, por supuesto. Hasta cuando quieras.

9 Marcos: Mira esta foto de la familia de mi sobrino.

Margarita: A ver, ¡cómo ha envejecido esta chica!

Marcos: ¿Cuál? ¿La vieja?

Margarita: Sí.

Marcos: Es mi heramana, la madre del sobrino Lucas. Parece mucho mayor de lo que es.

Margarita: Antes estaba muchísimo más nerviosa e irritable que ahora.

Marcos: Es que cuanto mayor se hace más tranquila.

Margarita: Veo que no se parece en nada a sus padres este sobrino tuyo.

Marcos: Pues antes se parecía menos que ahora. Pero mi sobrino tiene los mismos ojos que su padre.

Margarita: Es verdad que el color es idéntico. ¿Tú hermana y tú cuánto se llevan?

Marcos: Casi tres años.

10 El español o castellano.

El español o castellano, en la actualidad, es la lengua oficial no solo en España, sino también en muchos países de América: Argentina, Bolivia, Chile, Colombia, Cuba, Costa Rica, República Dominicana, Ecuador, Guatemala, Honduras, México, Nicaragua, Panamá, Paraguay, Perú, El Salvador, Uruguay y Venezuela) y en Guinea Ecuatorial.

Cabe mencioanr que en la isla de Puerto Rico, el castellano junto con el inglés son lenguas oficiales. Además, se habla español en unas zonas como California, Arizona, Nuevo Méjico, Tejas de los Estados Unidos, en Filipinas y entre la población judía de origen sefardí.

El número de personas que hablan español en el mundo es de unos 400 millones. El español es la segunda lengua más internacional, después del inglés, y el número de países de habla hispana es mayor que el de habla china. No se puede ignorar su importancia.

9 馬可士：妳看我外甥這張全家福照片。

馬格麗特：讓我瞧瞧，這女生怎麼變得這麼老！

馬可士：哪一個？ 老的那個？

馬格麗特：對。

馬可士：她是我的姊姊，我外甥路加士的母親。她看起來比實際年齡
　　　　　大。

馬格麗特：她之前比現在更容易緊張且易怒。

馬可士：這正是隨著年紀增長越沉穩。

馬格麗特：我看你這個外甥一點也不像他的父母。

馬可士：嗯，之前比現在更不像。不過我的外甥跟他父親的眼睛一模一
　　　　　樣。

馬格麗特：這是真的，顏色完全一樣。你姊姊跟你差幾歲？

馬可士：快三歲。

10 西班牙語、卡斯提亞語

　　西班牙語或卡斯提亞語，目前作爲官方語言的國家不只是西班牙本
國，同時還有許多美洲的國家：阿根廷、玻利維亞、智利、哥倫比亞、
古巴、哥斯大黎加、多明尼加共和國、厄瓜多、瓜地馬拉、宏都拉斯、
墨西哥、尼加拉瓜、巴拿馬、巴拉圭、秘魯、薩爾瓦多、烏拉圭和委內
瑞拉，還有赤道幾內亞。

　　值得一提的是在波多黎各島，卡斯提亞語連同英文都是官方語言。
此外，在美國許多地區像是加州、亞利桑那州、新墨西哥州、德州，菲
律賓以及古猶太民族sefardí也說西班牙語。

　　世界上說西班牙語的人口大約是四億。西班牙語是第二大國際語
言，僅次於英文，而說西語的國家數目比說中文的還多。它的重要性是
不能忽視的。

1 評論他人的個性

- Es / Creo que es / Me parece / Lo encuentro + muy / bastante + agradable / cariñoso / simpático / amable .

- No es / Creo que no es / No me parece / No lo encuentro + muy + agradable / cariñoso / simpático / amable

- Es + un poco / un + imbécil / pesado / pedante / antipático .

- Me cae + bien / mal .

- Tiene + buen / mal + carácter.

2 談論事物的差異

- ¿ Cuál es la diferencia / Qué diferencia hay + entre + éste / aquélla + y + aquél / ésta ?

- Son iguales.

3 詢問與告知某事的主題

- ¿De qué + trata / va + el libro?

- Trata + de / sobre + el problema de los inmigrantes.

✓ 常用單字

1 文具、出版社、印刷

el aparato de radio	*n.*	頻道
el bolígrafo	*n.*	原子筆
el cajista	*n.*	排版人員
el corrector	*n.*	校正人員
el cuaderno	*n.*	筆記本
el ejemplar	*n.*	部、冊
el escritorio	*n.*	書桌
el estante de libros	*n.*	書櫃
el fascículo	*n.*	書的一冊、一卷
el forro de libro	*n.*	書皮
el grabado	*n.*	照相版
el impresor	*n.*	印刷者
el lapicero	*n.*	自動鉛筆
el lápiz	*n.*	鉛筆
el margen	*n.*	（紙張）空白、天地
el molde	*n.*	模版
el piano	*n.*	鋼琴
el prólogo, el prefacio	*n.*	序言
el taller de imprenta	*n.*	印刷工廠
la casa editorial	*n.*	出版社
la columna	*n.*	欄
la composición fotográfica	*n.*	照相排版
la cubierta, la tapa, la portada	*n.*	封面
la encuadernación	*n.*	裝訂
la hoja	*n.*	張
la imprenta	*n.*	印刷
la línea, el renglón	*n.*	行
la mochila	*n.*	帆布背包
la prueba	*n.*	校正
la publicación	*n.*	出版物
la reimpresión	*n.*	再版

| la tapa posterior | *n.* | 書後的封面 |
| la tirada | *n.* | 發行冊數 |

2 學校、教育

el bachiller	*n.*	學士
el bachillerato elemental	*n.*	中學
el bachillerato superior	*n.*	高級中學
el catedrático	*n.*	教授
el colegio	*n.*	學校、中小學
el curso	*n.*	課程
el deber	*n.*	功課
el diploma	*n.*	證書
el director	*n.*	小學校長、主任
el doctor	*n.*	博士
el doctorado	*n.*	博士學位、博士課程
el ensayo	*n.*	排演
el expediente académico	*n.*	學歷
el expediente profesional	*n.*	工作履歷表
el instituto	*n.*	研究所、機構
el licenciado	*n.*	碩士
el literato	*n.*	文學家
el maestro	*n.*	小學老師
el pabellón	*n.*	館
el profesor ayudante	*n.*	講師
el profesor adjunto	*n.*	助理教授
el profesor agregado	*n.*	副教授
el profesor titular	*n.*	副教授
el profesor catedrático	*n.*	教授
el profesor	*n.*	大學老師
el título	*n.*	學位
la academia	*n.*	學校、院、補習班
la antropología	*n.*	人類學
la asignatura elemental	*n.*	基礎課
la asignatura	*n.*	學科
la botánica	*n.*	植物學
la ciudad universitaria	*n.*	大學城

la clase	n.	班級
la coeducación	n.	男女同校
la educación física	n.	體育
la educación	n.	教育
la enseñanza elemental	n.	中等教育
la enseñanza media	n.	中等教育
la enseñanza primaria	n.	初等教育
la escuela estatal	n.	國立學校
la escuela nacional	n.	國立學校
la escuela oficial	n.	公立學校
la escuela privada	n.	私立學校
la estética	n.	美學
la esucela de párvulos	n.	幼稚園
la etnología	n.	民族學
la facultad	n.	校院
la farmacéutica	n.	藥學
la fisiología	n.	生理學
la lección	n.	課、章
la licenciatura	n.	碩士學位、碩士課程
la lógica	n.	理則學
la metafísica	n.	形上學
la monografía	n.	專題論文
la nota	n.	成績
la psicología	n.	心理學
la segunda enseñanza	n.	中等教育
la tesina	n.	碩士論文
la tesis de fin de carrera	n.	畢業論文
la tesis	n.	博士論文
las carreras de ciencias	n.	理科
las carreras de ingeniería	n.	工科
las carreras de letras	n.	文科

3 學校設施

el borrador	n.	板擦
el chinche, la chincheta	n.	圖釘
el colegio mayor	n.	大學學生宿舍

el cortaplumas	*n.*	摺刀
el cuaderno	*n.*	筆記本
el gimnasio	*n.*	體育館
el laboratorio de lenguas	*n.*	語言實習所
el libro de texto	*n.*	教科書
el papel secante	*n.*	吸墨紙
el patio de recreo	*n.*	校園
el pisapapeles	*n.*	壓紙器
el plumero	*n.*	鉛筆盒
el pupitre y el banco	*n.*	桌椅
el salón de actos	*n.*	講演廳
el aula	*n.*	教室
el tintero	*n.*	墨水瓶
la carpeta	*n.*	書夾
la goma de borrar	*n.*	橡皮擦
la pluma estilográfica	*n.*	自來水筆
la regla, la escuadra	*n.*	尺
la residencia de estudiantes	*n.*	學生宿舍
la residencia universitaria	*n.*	大學宿舍
la sala de clase	*n.*	教室
la tarima, la plataforma	*n.*	講臺
la tinta	*n.*	墨水
la tiza	*n.*	粉筆
los libros de consulta	*n.*	參考書

1 Hoy me han preguntado si me gusta España.
今天有人問我喜歡不喜歡西班牙。

2 Para mí, esto depende de cada uno.
我覺得看個人。

3 Para mí, {bien / así así }.
我覺得還好啦！

4 No he estado (en España), no lo sé.
我沒有去過，不知道。

5 ¿Sabéis qué es esto?
你們知道這是什麼？

6 ¿Sabéis en qué trabaja ella?
你們知道她是做什麼的？

7 ¿Sabéis cuál es su profesión?
你們知道她是做什麼的嗎？

8 Al profesor no le gusta que un alumno diga: 'No lo sé'.
老師不喜歡學生說「我不知道」。

9 ¿Te parece que Juan es {guapo / bien visto}?
妳覺得璜好看嗎？

10 Ayer fui a enseñarle a María el chino.
昨天我去教瑪麗亞中文。

11 ¿Te parece que es fácil aprender la caligrafía?
你覺得學書法很容易嗎？

12 El año que viene quiero ir a Alemania.
明年我想去德國。

13 Dicen que Alemania es bonita.
他們說德國很漂亮。

14 Los alemanes y holandeses son altos.
德國人和荷蘭人很高。

15 No es nada fácil aprender el alemán.
德文不好學。

16 Es difícil aprender el alemán.
德文很難學。

17 Me preguntó que cuántos idiomas sabía hablar.
她問我會説哪幾國話。

18 Puedo hablar chino, taiwanés, inglés, español y un poquito de alemán.
我會説中文、臺灣話、英文、西班牙文和一點點德文。

19 ¿Te parece que es difícil escribir los caracteres chinos o hablarlo?
你覺得寫中文字難呢？還是説中文難呢？

20 Le conozco {de nombre / de vista}.
我只知道 {他的名字 / 他的人}。

21 Soy muy torpe.
我很笨拙。

22 No puedo hacerme comprender.
他們不懂我的意思（我無法讓自己被了解）。

23 He notado que él ha hecho muchos progresos en laredacción del español.
我有注意到他在西班牙語寫作這方面有很大的進步。

24 El español es una de las lenguas más fonéticas del mundo.
西班牙語是世界上最適合人類發音的語言之一。

25 Existe cierta diferencia entre el español de la Madre España y el castel-lano de la América Latina. En Andalucía e Islas Canarias de España y toda América Latina, el sonido [θ] no existe. Y *za, zo, zu-, ce, ci* se pronuncian siempre [s].
西班牙本國的西班牙語和拉丁美洲的卡斯提亞語存在著某些差異。在西班牙安達魯西亞、加納利亞島和整個拉丁美洲 [θ]的音不存在。因此，*za, zo, zu-, ce, ci* 都發 [s] 的音。

26 En cuanto a la pronunciación y entonación, hay más diferencias entre el español de la Castilla y el de otras zonas de España. Aparte de esto, no hay grandes diferencias.

在發音和音調上，卡斯提亞區的發音和西班牙其他地區的發音有些不同。除此之外，沒有什麼差異。

27 ¿Cómo diría usted esta comida en italiano?

這個食物的名稱義大利文怎麼說？

28 Desde que he vuelto a Taiwán, he tenido pocas ocasiones de hablar el español.

回到臺灣後，我現在很少有機會說西班牙語。

29 Aparte de los verbos regulares del tiempo pasado, hay algunos irregulares pero no son demasiados complicados.

動詞的過去式除了規則變化之外，有些是不規則的，但不會太複雜。

30 Mi novia habla alemán. ¿Habla usted alemán? Desgraciadamente no.

我的女朋友會說德語。你會說德語嗎？很遺憾的不會。

31 Los niños cometen muchas faltas de ortografía. Yo también las cometo sin darme cuenta.

小孩們在拼寫上常常犯錯。我也會不自覺地寫錯。

32 No hagas caso de cometer errores cuando aprendes la lengua.

你學語言時，不要太在乎犯錯。

33 Ahora el ordenador puede cambiar el teclado para escribir en español. De modo que tiene la letra ñ, los signos de interrogación y admiración invertidos.

現在的電腦可以把鍵盤改為西班牙文的字鍵。因此就有字母ñ，疑問號及感嘆號倒過來寫的按鍵。

34 Esta leccíon es más interesante que la primera.

這堂課比第一堂課有趣多了。

35 Si se emplea el papel cebolla, se puede sacar hasta diez copias

如果用複寫紙，可複印10張。

36 Ayer me encontré con María en el colegio. Me dijo que ahora estaba aprendiendo el chino.

我昨天在學校遇到瑪麗亞。她跟我說她現在在學中文。

1. Pepe: Hola, Helena, ¿qué tal? ¿Cómo te va la vida de Kaohsiung?

   Helena: Hace muchísimo calor aquí. En Madrid también hace mucho calor y la temperatura es más alta que la de aquí. Pero es insoportable aquí.

   Pepe: Sí. Lo entiendo. El clima de España es muy seco, en cambio la humedad es muy fuerte en Taiwán.

   Helena: Por eso se suda mucho aquí con este calor y el aire húmedo.

   Pepe: En el sur de Taiwán me parece que la estación más agradable es el otoño.

   Helena: ¿Y la primavera?

   Pepe: En primavera a veces llueve a cántaros, especialmente en mayo, y se inunda en algunas zonas.

2. Juana: ¿A qué hora comienza la reunión de la mañana?

   Pedro: A las nueve y media.

   Juana: Date prisa.

   Pedro: ¿Por qué? Todavía es temprano y me gustaría desayunar tranquilamente este pan tostado con mermelada y el café tan rico que me has hecho.

   Juana: Sí, sí, cariño. Pero parece que vaya a llover. Luego habrá mucho tráfico y llegarás tarde a la oficina.

   Pedro: Vale, si llueve, voy a coger el metro.

   Juana: En todo caso lleva paraguas.

3. José: ¡Qué frío hace hoy!

   Chen: Claro. Estamos en invierno y en el norte de Taiwán.

   José: También hace mucho frío en España, pero aquí me siento más incómodo.

   Chen: Bueno aunque hace frío, en el sur de Taiwán tenemos un clima más suave y el tiempo es más agradable en esta estación.

   José: Ya lo sé, lo pasé el año pasado en Tainán. Sin embargo, en verano prefiero quedarme en casa, porque hace sol y siento que me quema.

   Chen: Bueno dejemos este tema. Me gustaría salir a tomar a algo caliente. ¿Te vienes?

   José: No, me tengo que quedar en casa y trabajar para mi examen.

   Chen: Entonces, hasta la cena.

1 貝貝：哈囉，愛蓮娜，別來無恙？妳在高雄生活如何？

愛蓮娜：這裡熱昏頭了。馬德里也好熱，氣溫也比這邊高。但是這兒難以忍受。

貝貝：對。我了解西班牙的氣候很乾燥，然而臺灣很潮溼。

愛蓮娜：所以，這樣的熱和潮溼的空氣讓人流汗不止。

貝貝：在臺灣南部我認為最舒爽的季節是秋天。

愛蓮娜：那春天呢？

貝貝：春天有時候會下起傾盆大雨，特別是五月造成有些地區淹水。

2 華娜：早上的會議幾點開始？

貝得羅：九點半。

華娜：快點。

貝得羅：為什麼？還早啊，我還想把妳為我做好的早餐，烤吐司加果醬，還有美味的咖啡靜靜地享用。

華娜：是，是，親愛的。但是好像要下雨了。待會可能會塞車，你上班會遲到。

貝得羅：好。如果下雨，我就搭地鐵。

華娜：不管怎樣，雨傘帶著。

3 荷西：今天好冷！

陳：當然。現在是冬天，而且是在臺灣北部。

荷西：西班牙天氣也好冷，可是這裡的冷我覺得不舒服。

陳：儘管天氣冷，在南臺灣的氣候較溫和，冬天的天氣更舒適。

荷西：我知道，去年我在臺南過冬，然而夏天我寧可待在家裡，因為太陽好大，我覺得要被烤焦了。

陳：好吧！我們別再說這主題了。我想出去喝點熱東西。你要一起來嗎？

荷西：不，我得留在家裡，準備我的考試。

陳：那麼晚餐見了。

4   Carmen: ¡Diga!

María: Hola, Carmen, soy María. ¿Qué tal? Y ¿dónde estás?

Carmen: Yo estoy otra vez en casa de mis padres hasta el domingo. ¡Qué calor! Mira hoy la temperatura ha ascendido a 37 grados.

María: Sí, hace mucho calor.

Carmen: Estuve el fin de semana pasado en Munich, en el cumpleaños de mi sobrina, ha cumplido 2 años. Está preciosa, y es muy buena.

María: Oye, iré mañana a la playa con unas amigas. ¿Te vienes?

Carmen: Pues no me apetece mucho. Mira, te dejo, porque tenemos visita en casa. Muchas gracias por tu invitación.

María: Bueno, ya quedamos algún día para tomar café, ¿vale?

Carmen: De acuerdo y cuídate mucho.

5   Luis: ¿Has oído la noticia de terremoto que ocurrió ayer en Japón?

Ramón: Sí, fue muy grave. La central nuclear Fukushima 1 fue destruida gravemente y causó la contaminación radiactiva. Fue horrible.

Luis: Primero es el desatre natural 'tsunami', después, el accidente nuclear Fukushima 1. Sin duda, éste es provocado por el hombre.

Ramón: ¿Qué es 'tsunami'?

Luis: Un tsunami es un maremoto que produce una ola gigante que puede viajar gran distancia, por lo visto es la palabra japonesa para decir maremoto. Los medios de comunicación europeos la han utilizado mucho estos dos últimos años sin hacer la traducción a su correspondiente lengua y ahora (por error) la utilizamos como si fuera una palabra nueva sin saber que ya tenemos una para eso, maremoto.

Ramón: Sí, es maremoto.

Luis: La verdad es que dije *tsunami* pero lo preocupante fue vuestro terremoto del año pasado, a eso me refería más bien; este año dicen que habéis tenido amenaza de maremoto (*tsunami*) por lo de Japón pero os llegó de muy poca intensidad, según los medios de comucación.

Ramón: Luego hablaremos de este terrible accidente nuclear Fukushima.

(A continuación ....)

4 卡門：喂！

　　瑪麗亞：哈囉，卡門，我是瑪麗亞。妳好嗎？妳在哪裡？

　　卡門：我又回來我父母親家，我會待到星期日。好熱啊！妳看今天氣溫飆到37度了。

　　瑪麗亞：對啊，好熱呀！

　　卡門：我上個週末去慕尼黑，參加我外甥女的生日。她已經滿兩歲了，看起來很不錯。

　　瑪麗亞：喂，我明天和幾個朋友到海邊去，妳一起來嗎？

　　卡門：嗯，我不是很想。喔，我不能再跟妳聊了，因爲家裡來了客人了。非常謝謝妳的邀請。

　　瑪麗亞：好吧，我們再約一天喝咖啡，好嗎？

　　卡門：好的，妳自己多保重。

5 路易士：你聽說昨天發生在日本地震的消息了嗎？

　　拉蒙：有，很嚴重。福島第一核電廠嚴重受損，而且造成輻射汙染。太可怕了。

　　路易士：首先是海嘯天災，緊接著福島第一核電廠核災。毫無疑問地，這個意外是人爲因素造成的。

　　拉蒙：什麼是'tsunami'(海嘯)？

　　路易士：海嘯是海底地震所造成的巨大波浪，可以傳播到非常遠的距離。看起來這個字（tsunami）是日文的説法。歐洲媒體這兩年多次採用這個字的原文，而沒有將它轉譯爲相同意義的母語字彙，（結果）現在我們錯誤地使用這個字（tsunami），把它當做新字用，卻忘記了我們西班牙語本身已經有海底地震（maremoto）這個字了。

　　拉蒙：沒錯，是海底地震。

　　路易士：事實上我提到海嘯天災，但是我擔心的是你們去年發生的地震，這是我想說；按新聞媒體報導説，今年你們會受到日本海嘯引起的威脅，不過海底地震到你們那邊時強度已很低了。

　　拉蒙：待會我們再聊這個可怕的福島核災。

接續……

119

6 A: Ayer vi en la televisión que había decenas de miles de manifestantes que desfilaban por las calles de Taipei con pancartas a favor de una nación sin energía nuclear.

B: Me parece que la manifestanción de ayer contra la función de la planta de energía neclear 4 fue un éxito.

A: Yo tengo dos hijos y para nuestras generaciones futuras, estoy totalmente a favor de una nación sin energía nuclear. Hasta hoy en día ningún experto en el mundo, excepto nuestro, garantiza la seguridad de las instalaciones nucleares, especialmente después del accidente nuclear Fukushima.

C: Aunque es imposible establecer una nación libre del uso de la energía nuclear en uno o dos años, sin embargo, se puede reducir gradualmente el uso de la energía atómica, desarrollando un entorno ecológico y de baja producción de gases de carbono, etc.

D: Es verdad que hay muchas maneras para llegar a esta meta, y no veo bien que el gobierno nos amenace elevar inaceptablemente los precios en cuanto a racionar la electricidad.

(A continuación ....)

7 A: En Taiwán ya existen tres plantas nucleares; dos están en Nuevo Taipei y uno, en el distrito de Pingtung. Dicen que Gobierno ha hecho el plan de retirar del servicio de estas tres plantas nucleares para 2019, 2023 y 2025, respectivamente.

B: Sí, pero no sabemos nada de qué plan tiene el Gobierno para arreglar residuos nucleares y desarrollar las posibles alternativas nucleares.

C: Los que están a favor de la construcción de la planta de energía neclear 4 toman solamente en consideración el crecimiento económico de la nación. Pero ¿cuál es el más importante: la vida o el dinero?

(A continuación ....)

8 A: ¿Por qué no desarrollamos fuentes de energía alternativas? He oído que la electricidad que ofrecerá la planta de energía neclear 4 sólo ocupa 6% de toda la electricidad que se necesita.

B: Estoy totalmente de acuerdo con lo que habéis dicho. Mirad, Alemania, tras la situación en Japón, comunicó que haría comprobar la seguridad de las 17 centrales nucleares existentes en el país. Anunció el día 15 de

6 A：昨天我在電視上看到成千上萬的遊行示威群眾走上臺北街頭，手持標語，支持無核家園。

B：我認為昨天反對核四運轉的示威（表達訴求）很成功。

A：我有兩個孩子，而且為了我們的後代子孫，我完全支持無核家園。到今天為止，全世界沒有一位專家，除了我們的（專家）以外，敢保證核能設備的安全，特別是在福島核廠意外發生後。

C：雖然一兩年內建立非核家園是不可能的，然後可以逐漸地降低原子能的使用，同時發展符合生態的環境，減少煤碳的生產等等。

D：事實上，要達成這個目標有很多種方法，而且我認為政府藉由人民不能接受電價上漲而在供電需求上威脅我們是不妥的。

接續……

7 A：在臺灣已有三座核電廠：兩座在新北市，另一座在屏東。據說政府已擬定計畫在2019、2023、2025年分別將這三座核電廠除役。

B：對，但是我們完全不知道政府有任何處理核廢料的計畫以及發展可能的核能替代品。

C：那些支持蓋核四廠的只考慮到國家的經濟成長。可是什麼才是重要的：生命或者金錢？

接續……

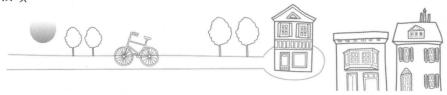

8 A：我們為什麼不發展替代能源呢？我聽說核四廠只會提供所有電力供需的百分之六。

B：我非常同意你們剛剛說的。你們看德國在日本事件後表示，將測試已有的十七座核能發電廠。三月十五日更宣布預防性地關閉其中七座運轉的核電廠，這些都是在1980年之前建造的。在西班牙行動組織生態家要求提前關閉加洛洋的核電廠。奧地利的憲法是禁止在他

marzo el cierre preventivo de siete de las 17 centrales nucleares activas, aquellas construidas antes de 1980. En España, la organización Ecologistas en Acción pidió el adelanto del cierre de la central nuclear de Garoña. La constitución de Austria prohíbe la instalación de plantas nucleares en su territorio.

9 En una carta de correo electrónico

José, gracias por tu correo. Desafortnadamente tuve una caída y me rompí el tobillo de la pierna izquierda. Me han operado y ya estoy en recupración aunque todavía no puedo andar y estoy inmóvil en la cama. No es grave pero requiere tiempo y paciencia. Pero estoy bien. De todos modos si quieres llamarme no hay problema. Mi móvil es 09365....... Perdona los errores de escritura porque estoy usando un portátil y no me acostumbro al teclado. Te deseo un Feliz Año del Dragón a ti y a toda tu familia. Saludos.

10 Carlos: Tienes una voz muy rara. ¿Qué te pasa?
Noemí: Es que tengo un resfriado tremendo.
Carlos: Pero ¿cómo es eso? Si hace un tiempo maravilloso...
Noemí: Ya lo sé, pero es que ayer mientras me estaba duchando, se estropeó el agua claiente y tuve que acabar de lavarme el pelo con agua helada...
Carlos: Por esto cogiste el frío
Noemí: ¡Atchis! Sí, sí. Y como soy muy sensible al frío.... ¡Atchis! Pues, ya ves.

們的土地上建造核能發電廠。

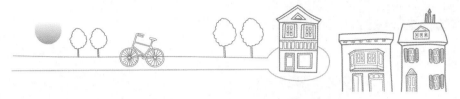

9　一封電子郵件

　　荷西，謝謝你的來信。很不幸地，我跌倒摔斷了左腳踝。我動了手術，現在在復健中。但是我仍然無法走路，還躺在床上。雖然不是很嚴重，還是需要時間和耐心。不過我很好。不管怎樣，如果你想打電話給我，沒有問題。我的手機號碼是09365⋯⋯祝你和你的家人龍年幸福快樂。祝福。

10　卡洛斯：妳聲音怪怪的？ 妳怎麼了？
　　諾雅美：那是因為我受了嚴重風寒。
　　卡洛斯：可是怎麼會這樣？ 這麼好的天氣下⋯⋯
　　諾雅美：我知道，但是昨天我淋浴時，熱水器壞了，我只能用冰冷的水洗完頭髮⋯⋯
　　卡洛斯：所以妳著涼了。
　　諾雅美：哈啾！對，對，而且我對冷很敏感。哈啾！啊！你看到了。

常用會話句型

1 語氣強烈的反對

- ¡Cómo que +
  | sí |
  | no |
  | mañana | !
  | hace mal tiempo |
  | llueve |

2 談論天氣

- ¿Qué tiempo hace?
- {Está nublando / Llueve / Nieva}.

- Hace +
  | mucho |
  | bastante |
  | poco |
  +
  | viento |
  | frío |
  | calor |
  | sol |
  .

- Hay +
  | muchas |
  | bastantes |
  | pocas |
  + nubes.

- Hay +
  | mucha |
  | bastante |
  | poca |
  + niebla.

1 大自然、節氣

el abeto	n.	冷杉
el bosque	n.	森林
el clima extremo	n.	極端的氣候
el clima subtropical	n.	亞熱帶的氣候
el desierto	n.	沙漠
el ecuador	n.	赤道
el interior	n.	內部
el invierno	n.	冬天
el otoño	n.	秋季
el pino	n.	松樹
el subsuelo	n.	底土
el tejo	n.	紫杉
el tiempo	n.	天氣
el tipo	n.	種類
el trópico	n.	回歸線
el verano	n.	夏天
la acacia	n.	洋槐
la conífera	n.	針葉樹
la estación	n.	季節
la imaginaria	n.	保護區
la línea	n.	分界線
la planta	n.	種植
la primavera	n.	春季
la temperatura	n.	溫度、氣溫
la tierra	n.	土地
las condiciones climáticas	n.	氣候的條件
los bosques septentrionales	n.	北方的森林
los grados Celsius	n.	攝氏度數
los grados Fahrenheit	n.	華氏度數
delimitar	v.	分界
caluroso	adj.	熱的

continental	*adj.*	大陸的	
distinto	*adj.*	不同的	
frío	*adj.*	冷的	
helado	*adj.*	冰冷的	
próspera	*adj.*	旺盛的	
seco	*adj.*	乾燥的	

2 地球

el círculo polar antártico	*n.*	南極圈
el círculo polar ártico	*n.*	北極圈
el continente	*n.*	大陸
el ecuador, la línea equinoccial	*n.*	赤道
el equinoccio de otoño	*n.*	秋分
el equinoccio de primavera	*n.*	春分
el hemisferio austral	*n.*	南半球
el hemisferio boreal	*n.*	北半球
el hemisferio occidental	*n.*	西半球
el hemisferio oriental	*n.*	東半球
el mar	*n.*	海
el meridiano, la longitud	*n.*	經度
el mundo	*n.*	世界
el océano	*n.*	海洋
el paralelo, la latitud	*n.*	緯度
el polo norte	*n.*	北極
el polo sur, el Antártico	*n.*	南極
el solsticio de invierno	*n.*	冬至
el solsticio de verano	*n.*	夏至
el trópico de Cáncer	*n.*	北回歸線
el trópico de Capricornio	*n.*	南回歸線
la atmósfera	*n.*	大氣圈
la capa atmosférica	*n.*	大氣層
la estratosfera	*n.*	同溫層
la tierra, la esfera terrestre	*n.*	地球
la zona glacial	*n.*	寒帶
la zona tórrida	*n.*	熱帶
caluroso	*adj.*	熱的

despejado	adj.	晴朗無雲的
fresco	adj.	涼的、冷的
frío	adj.	寒冷的
gélido	adj.	冰冷的
hebuloso	adj.	多霧的
helado	adj.	冰冷的
llovioso	adj.	雨的
nevado	adj.	有雪的
nublado	adj.	多雲的
soleado	adj.	晴的
tormentoso	adj.	暴風雨
ventoso	adj.	大風的

3 氣象學

el anemómetro	n.	風力計
el arco iris	n.	彩虹
el barómetro	n.	晴雨表、氣壓計
el benigno clima	n.	溫和的氣候
el bochorno	n.	悶熱
el buen/mal tiempo	n.	好、壞天氣
el calor	n.	熱
el carámbano, el canelón	n.	冰錐
el chubasco, el chaparrón	n.	驟雨
el ciclón	n.	龍捲風
el clima	n.	氣候
el copo de nieve	n.	雪片
el deshielo	n.	雪融化
el diluvio	n.	洪水
el espejismo, el miraje	n.	海市蜃樓
el fresco, la frescura	n.	涼快
el frío	n.	冷
el granizo	n.	冰雹
el hielo	n.	冰
el huracán	n.	颶風
el parte meteorológico	n.	天氣預報
el pluviómetro	n.	雨量計

el pronóstico del tiempo	*n.*	天氣預報
el punto de congelación	*n.*	冰點
el rayo	*n.*	雷光
el relámpago	*n.*	閃電
el rocío	*n.*	露
el termómetro	*n.*	溫度計
el tiempo	*n.*	天氣
el tifón	*n.*	颱風
el torbellino	*n.*	龍捲風
el trueno	*n.*	打雷
la aguanieves	*n.*	雨雪
la brisa	*n.*	微風
la corriente atmosférica	*n.*	氣流
la corriente de aire	*n.*	空氣流動
la escarcha, la helada blanca	*n.*	霜
la humedad	*n.*	溼氣
la inudación	*n.*	水災
la llovizna	*n.*	毛毛雨
la lluvia	*n.*	雨
la neblina	*n.*	大霧
la nevada	*n.*	降雪
la niebla	*n.*	霧
la nieve	*n.*	雪
la nube	*n.*	雲
la ola de frío	*n.*	寒流
la oscilación de las temperaturas	*n.*	氣溫的變化
la precipitación	*n.*	降雨量
la presión atmosférica	*n.*	氣壓
la ráfaga	*n.*	陣風
la sequía	*n.*	乾燥
la temperatura	*n.*	氣溫
la tempestad, la tormenta	*n.*	暴風雨
la tromba	*n.*	旋風
la ventisca	*n.*	暴風雪

1. ¡Cómo llueve!
   怎麼下雨了！

2. Ya empieza a caer una lluvia torrencial. Vamos a ir más pegaditos a los edificios.
   開始下傾盆大雨了。我們順著屋簷走。

3. ¡Qué calor sofocante!
   多悶熱呀！

4. Tengo calor. ¿Tiene usted también calor ? No, no lo tengo.
   我覺得很熱。你也是嗎？不，我不覺得。

5. Con este tiempo desagradable prefiero quedarme en casa.
   在這種令人不愉快的天氣裡，我寧可待在家裡。

6. Estoy tiritando del frío, a pesar de haberme subido el cuello y embozado en la bufanda.
   我雖然把領子豎高，且用圍巾遮住臉，但是還冷得發抖。

7. Según el pronóstico del tiempo, el invierno va a ser este año muy crudo con el gélido viento del norte.
   根據氣象報告，伴隨著凜冽的北風，今年冬天會很冷。

8. En primavera el tiempo cambia de repente. Después de la lluvia, el tiempo se ha puesto frío.
   春天天氣變化很大。下過雨後，天氣轉涼了。

9. Aquí empieza la temporada de lluvias en mayo o en junio.
   在這兒五月或六月開始梅雨季節。

10. Parece que ha pasado el tifón. Se ha calmado el viento pero ha empezado a llover a cántaros.
    颱風好像過了。風停了，可是開始下起傾盆大雨。

11. Cuando la tierra gira sobre su eje una vez, decimos que eso hace un día.
    當地球自轉一圈，我們說過了一天。

12. Dos semanas hacen una quincena.
    兩星期爲半個月。

13 Los días son largos con las noches correspondientemente cortas.
白天比較長相對的夜晚就比較短。

14 En las regiones tropicales, sobre todo en los países cercanos al ecuador, los días y las noches son de casi igual duración durante todo el año.
在熱帶地區，特別是靠近赤道的國家，白天黑夜終年幾乎都是一樣的長。

15 El tiempo está sofocante hoy.
今天天氣很悶。

16 Estoy sudando a mares.
我流很多汗。

17 Estoy empapado, calado hasta los huesos y tengo que mudarme de pies a cabeza.
我渾身溼透，需要將衣服全換掉。

18 Todavía caen grandes copos de nieve. / Aún nieva a grandes copos.
仍然在下大雪。

19 Corre un viento glacial que me penetra hasta los huesos.
寒風刺骨，冷到骨裡。

20 Generalmente la estación de las lluvias empieza en mayo.
通常五月開始進入雨季。

1 Madre: Pepito, levántate, vas a perder el metro y llegas tarde a la escuela.

Pepe: ¡Qué cansado! ¿Qué hora es?

Madre: Ya son las siete y cuarto.

Pepe: ¿Sí? ¡Tan tarde! ¿Por qué no me has llamado antes?

Madre: ¡Cómo que no! Te he llamado tres veces y estabas durmiendo como un tronco.

Pepe: Es que la semana que viene tengo (tendré) un examen y tengo mucho que estudiar.

Madre: Muy bien. Te he hecho una tostada y un café con leche. Después de desayunar, ya te vas a la escuela.

Pepe: Gracias, mamá.

2 Profesor: Manolo, ¿qué has hecho hoy?

Manuel: Pues hoy me he levantado a las siete de la mañana, me he duchado y he desayunado un café con leche y una tostada. A las ocho en punto he salido de casa y he cogido el autobús a las ocho y media. Soy estudiante de francés y mi clase comienza a las nueve. Después de las clases de la mañana, he comido con mis compañeros en la cafetería de la facultad. La comida ha sido muy rica. Bueno, ahora estoy en su clase.

Profesor: ¿Qué vas a hacer luego?

Manuel: Rosalía y yo pensamos en ir a jugar al tenis. Pero aún no hemos decidido.

Profesor: Muy bien. Has hecho bien el examen oral.

3 Miguel: Hola, ¿qué hay?

Camino: ¿Qué tal? ¡Cuánto tiempo sin verte! ¿Dónde te metes?

Miguel: Tengo mucho trabajo, así que estoy muy ocupado.

Camino: ¿A dónde vas con estas maletas?

Miguel: Tengo que viajar a Estados Unidos (E.E.U.U.) para hacer un negocio. ¿Qué hora es?

Camino: Son las cuatro y diez.

Miguel: Me voy. Adiós, hasta luego.

Camino: Adiós, buen viaje.

1 母親：小貝貝，起床了，你快要錯過地鐵，上課要遲到了。
  貝貝：好累啊！幾點了？
  母親：已經七點一刻了。
  貝貝：是嗎！這麼晚了！爲什麼沒有早點叫我？
  母親：怎麼沒有！我叫你三次了，你睡得好熟（睡得像豬一樣）。
  貝貝：是這樣，下星期我有一個考試，我得念書。
  母親：很好。我幫你做好了烤土司和一杯加了牛奶的咖啡。吃完早餐你
       就去學校。
  貝貝：謝謝，媽媽。

2 老師：馬諾羅，你今天做了哪些事？
  馬努爾：我今天早上七點鐘起床，我沖個淋浴，早餐喝了一杯加了牛奶
         的咖啡和烤土司。八點整我出門（離開家），八點半我搭上公
         車。我學法語（我是法語的學生），我的課九點開始。早上的
         課結束後，我和我的同學在學院的咖啡廳用餐。菜色很棒。
         嗯，現在我在您的課堂上課。
  老師：等一下你要做什麼？
  馬努爾：蘿莎麗亞和我想去打網球。不過我們還沒決定。
  老師：很好。你的口試表現很好。

3 米格爾：哈囉，好嗎？
  卡米諾：怎麼樣？好久沒看到你！你跑去哪兒？
  米格爾：我有很多工作要做，所以我很忙。
  卡米諾：你帶這些行李要去哪兒？
  米格爾：我要到美國一趟談生意。幾點了？
  卡米諾：十點十分。
  米格爾：我走了。再見，後會有期。
  卡米諾：再見，一路順風。

4 Rebeca: Mire, señorita García, le presento al señor Moreno.

Moreno: Mucho gusto, señorita García.

García: Encantada.

Rebeca: ¿Tiene prisa?

García: Un poco. Tengo que llegar al aeorpuerto antes de las diez. ¿Qué hora es?

Rebeca: Pues no llevo el reloj. ¿Tiene hora, señor Moreno?

Moreno: Sí, es la una y media.

García: Bueno me tengo que ir. Adiós, hasta pronto.

5 Pepe: ¿A qué hora hay trenes para Madrid?

Empleada: ¿Por Cuenca o por Albacete?

Pepe: Por Cuenca, por favor.

Empleada: Hay un Talgo a las ocho, otro a las 13:00, otro a las 16:25 ...

Pepe: ¿No hay ninguno por la noche?

Empleada: Sí, hay uno a las 23:00.

Pepe: Pues, voy a coger el tren a las 23:00. Deme el billete de primera clase, por favor.

6 Juan: Buenos días, ¿me podría decir a qué hora llega a Cádiz el tren de las doce menos diez?

Empleado: A ver, el tren de las doce menos diez es el que pasa por Granada, llega a Cádiz a las dos y ocho.

Juan: ¿Hay algún tren para Cádiz por la mañana?

Empleado: Hay un Talgo que sale de aquí a las nueve y media.

Juan: ¿Sabe usted si lleva literas?

Empleado: Sí, lleva literas.

7 José: ¿Le importaría si cierro la ventana? Es que hace frío.

Hugo: No, no. Ciérrela, ciérrela.

José: ¿Podría leer su periódico?

Hugo: Sí, sí, tome, tome.

José: ¿Cuánto rato para aquí el tren?

Hugo: Ni idea.

José: ¿Sabe usted si lleva restaurante este tren?

Hugo: Sí, sí, el restaurante está en el tercer coche. Vaya usted, así que puedo leer mi periódico tranquilo.

4 瑞貝卡：嘿，加西亞小姐，我介紹給您認識莫雷諾先生。
　莫雷諾：幸會，加西亞小姐。
　加西亞：幸會。
　瑞貝卡：妳急嗎？
　加西亞：有一點。我必須十點鐘以前到達飛機場。幾點了？
　瑞貝卡：嗯，我沒戴手錶。您知道幾點了，莫雷諾先生？
　莫雷諾：是，現在一點半。
　加西亞：嗯，我得走了。再見，後會有期。

5 貝貝：幾點有開往馬德里的火車？
　職員：是經由昆卡還是阿爾巴斯特？
　貝貝：經由昆卡。
　職員：八點鐘有一班Talgo火車，另一班十三點，另一班十四點二十五
　　　　分…
　貝貝：沒有晚上發車的嗎？
　職員：有，二十一點有一班。
　貝貝：嗯，我要搭二十一點那班火車。請給我一張頭等艙車票。

6 瑰：早安，您可以告訴我十一點五十分出發的火車幾點到加地斯？
　職員：讓我看看，十一點五十分出發的火車是經過格蘭那達，到加地斯
　　　　時兩點八分。
　瑰：早上有沒有火車開往加地斯？
　職員：有一班Talgo火車，九點半從這裡出發。
　瑰：您知道這是臥鋪車嗎？
　職員：是的，火車上有臥鋪車廂。

7 荷西：您介意我把窗戶關起來嗎？天氣很冷。
　雨果：不會，不會您關起來，關起來。
　荷西：我能看您的報紙嗎？
　雨果：好，好，拿去，拿去。
　荷西：火車在這會停留多久？
　雨果：不知道。
　荷西：您知道這火車有餐廳嗎？
　雨果：有，有，餐廳在第三節車廂。您快去吧，這樣我才可以安靜地看
　　　　這份報紙。

8 Grabación de un detectivo

Hoy ha salido muy pronto de su oficina, a las cuatro y media. Ha cogido el metro y veinte minutos después ha llegado a la Plaza de España. Ha salido de la estación y ha entrado en un bar cerca de la Plaza. Ha salido a las seis y cuarto con una chica rubia, guapa y delgada, seguramente francesa, y han ido al cine. Dos horas después han salido y han ido a cenar a un restaurante japonés en la calle Mendoza. Más tarde a las diez de la noche han cogido un taxi y han vuelto a su casa. A las diez y media he perdido el contacto.

9 Luis: ¿A cuántos estamos?

Ramón: Hoy estamos a 12. (Hoy es 12)

Luis: ¿Sabes qué día termina el curso?

Ramón: Me parece que es el día 22 de diciembre.

Luis: ¿Vuelves a casa?

Ramón: No. Como no cierran este Colegio Mayor, me quedaré durante las vacaciones de Navidad. Puesto que la gente se va a casa, el colegio estará más tranquilo, y podré concentrarme en escribir mi tesis.

Luis: Sí, tienes razón. Eres extranjero aquí. Aprovecha la estancia para conocer las fiestas navideñas de España.

Ramón: Es verdad que nunca había pasado la Navidad en España, tus palabras me dan mucha ilusión.

Luis: Por ejemplo, en la Nochevieja no te olvides de tomar doce uvas cuando el reloj dé doce campanadas, y de brindar con cava por la llegada del año nuevo. Ya verás que te gustará.

10 Juana: ¿Tú estás casado?

Abel: Sí, me casé hace cinco años.

Juana: ¿Cuándo conociste a tu mujer?

Abel: La conocí en 2006.

Juana: ¿Y cómo os conocisteis?

Abel: Pues nada. Conocí a Ema en una fiesta de cumpleaños de nuestra amiga. Nos hablábamos mucho y nos teníamos mucho cariño.

Juana: ¡Ah!

Abel: Recuerdo que un día me llamó por teléfono para consultarme algo del trabajo. Me pareció una mujer muy responsable e inteligente. Le dije que podríamos quedar algún día para tomar café y hablar más sobre

偵探的錄音

今天他很早就離開他的辦公室，四點半的時候。他搭乘地鐵，二十分鐘後到達西班牙廣場。他從地鐵站出來，去了廣場旁的一間酒吧。六點一刻時他和一位高眺、美麗的金髮女郎走出來，像是法國妞。他們去看電影，兩小時後從電影院出來，到曼德莎街的日本餐廳吃晚餐，之後晚上十點他們搭計程車回家。十點半我就看不見他的蹤影（失去連絡）。

⑨ 路易士：今天幾號？

拉蒙：今天十二號。

路易士：你知道什麼時候課結束？

拉蒙：我認為是十二月二十二日。

路易士：你回家嗎？

拉蒙：不。因為這兒學生宿舍不會關，我整個聖誕假期都會留下來。既然大家都回家了，宿舍會更安靜。這樣我可以更專心寫我的論文。

路易士：對，你說得有理。在這兒你是外國人，好好把握留下的機會，認識西班牙的聖誕假期。

拉蒙：真的我從未在西班牙過聖誕節，你的話讓我充滿期待。

路易士：例如，平安夜別忘了鐘敲十二響時，吃十二顆葡萄。還有喝cava葡萄酒慶祝新年的到來。你會喜歡的。

⑩ 華娜：你結婚了嗎？

亞伯：是，我結婚兩年了。

華娜：你什麼時候認識你太太？

亞伯：我2006年認識她。

華娜：你們怎麼認識的？

亞伯：沒什麼。我是在我們朋友的生日舞會上認識愛瑪。我們聊了很多，彼此覺得很親切。

華娜：啊！

亞伯：我記得有一天她打電話給我，問我工作上的問題。我覺得她是個負責任且聰明的人。我跟她說我們可以約一天一起喝咖啡，多聊聊工作上的問題。她馬上回答說好。那時候我就感覺……

las cuestiones de su trabajo. Y ella enseguida me dijo que sí. En ese momento me di cuenta de que ...

Juana: ¡Aja! También le caes bien, ¿no?

Abel: Después estuvimos una temporada sin vernos porque hice un viaje de negocio a Hong Kong, pero seguimos en contacto por correo electrónico.

Juana: ¿Cuánto fue?

Abel: No me acuerdo bien. Tres o cuatro semanas. Y reconozco que ella es muy buena chica y tiene una manera de ser que me pone tranquilo. Al año siguiente le pedí la mano y nos casamos.

Juana: ¡Qué romántico!

華娜：呀！她對你印象也很好，不是嗎？

亞伯：之後我們有一段時間沒有見面，因為我到香港做生意，但是我們一直有用電子郵件保持連絡。

華娜：多久？

亞伯：我不大記得。三、四個星期。我體認到她是很好的女孩，她的個性讓我覺得很平靜。第二年我向她求婚，然後我就結婚了。

華娜：真浪漫！

1 詢問與回答有關未來將發生的事或動作
- ¿{A qué hora llegará el tren / Cuándo llamarás / A dónde vas}?
- {Llegará a as 2 h. / Llamaré esta noche / Voy a la escuela}.

2 談論未來的想法

- ¿ [Cuándo / Qué / A dónde] + piensas + V?

- Pienso + V + [a las 2 h. / a _____] .

3 條件式的句型：表達有關未來將發生的動作

- ¿Y qué + [haréis / pensáis hacer] + si + [hace frío / llueve] ?

- [Bueno / Pues] , + si + [hace frío / llueve] , + nos quedamos en casa.

4 表達旅遊、活動等經驗感受
- ¿Qué tal el viaje?

- [Estupendamente / Muy bien / De maravilla / Fatal / Horrible] , + lo he pasado + [muy bien / muy mal / faltal] .

5 詢問某一動作發生經過所需時間

- ¿ [Cuánto tiempo hace que / Desde cuándo / Hace mucho que] + [estás en Madrid / vives con Miguel / trabaja en esa empresa] ?

- ¿Cuánto tiempo llevas + [viviendo con Miguel / trabajando en esa empresa] ?

6 表達某一動作突然地發生

- Estábamos tomando una copa y + de golpe / en ese momento + se oyó un ruido espantoso.

7 敘述兩個動作發生的時間在同時

- Avisadnos + en cuanto / así que + sepáis algo.
- Mientras tú bañas a los niños, yo preparo la cena.

8 敘述兩個動作發生在過去，先發生的用愈過去完成式

- Lo vi en abril + un mes antes (ya) / (ya) hacía una semana que / cuando ya / y ya + se había casado.

9 日期的確認

- ¿A cuántos estamos (hoy)?
- ▪ A {25 / 12}.
- ¿En qué día cae {el 11 de abril / Navidad}?
- ▪ En {sábado / miércoles}.

10 敘述經常性、習慣的行為、動作

- {Por las mañanas / Antes, después de desayunar}, {suelo / solía} salir a dar una vuelta.
- ▪ Cada vez que / Siempre que + íbamos a la Sierra, dormíamos en aquel hotel.

11 建議一起完成或從事一項工作

- ¿Y si + fuéramos a pasar el fin de semana a la playa / no les decimos nada ?
- ▪ Vale. De acuerdo.

12 指派同時進行兩項工作

- Limpia tú la casa (y), mientras (tanto), yo hago la cena.

- Mientras limpia tú la casa (y), yo hago la cena.

13 表達習慣、經常性副詞

- Cada +
  | día |
  | mañana |
  | semana |
  | mes |
  | verano |
  | ... |
  .

- Todos los +
  | días |
  | meses |
  | años |
  | lunes |
  | veranos |
  | ... |
  .

- Todas las +
  | mañanas |
  | tardes |
  | semanas |
  | ... |
  .

14 頻率副詞

+	siempre	強
	casi siempre	
	normalmente	↓ 愈來愈弱
	a veces	
	casi nunca	
—	nunca	零

15 日期的說法

1			+ enero	/	julio	
2			febreo	/	agosto	
3	+	de	marzo	/	septiembre	+ de + 1999
...			abril	/	octubre	
30			mayo	/	noviembre	
31			junio	/	diciembre	

142

- Hoy es 12 de octubre.
  今天是十月十二號。
- El 15 de mayo voy a España.
  五月十五日我要去西班牙。

16 詢問、表達完成一件事情必須要花的時間

- ¿ Cuánto tiempo falta / Falta mucho + para + el día San Juan / llegar al aeropuerto / que termines tu trabajo ?

- Falta(n) + varias semanas / un ratito taodavía .

17 詢問、表達一件事情或活動持續的時間

- ¿Cuánto tiempo + duró / durarán + el viaje / los ensayos ?

- Duró / Durarán + varias semanas / media hora .

18 表達次數、頻率

- En aquella época había dos vuelos + diarios / semanales / mensuales / anuales .

- El alquieler debe costar al menos 300,000 pesetas + al día / a la semana / por semana / al mes / al año .

- Voy al jugar al tenis + día sí, día no / un lunes sí, y otro no / cada dos días .

- Me llama dos veces + al día / por semana / al mes / al año .

143

19 提及一天裡的某一時間

- Nos veremos a la hora de + [comer / cenar / salir] .

- La fiesta acabó a + [primera / última] + hora de la + [mañana / tarde / noche] .

20 動作發生時大約的時間

- Nos veremos + [a eso de / hacia] + las nueve.

- [Fuimos a casa / Iremos allí] + sobre + [las once / el día 3] .

- [Fuimos a casa / Iremos allí] + a + [principios / mediados / finales] + de + [mes / enero] .

21 提及人生中的某一段時間

- De [pequeño / mayor / soltera] , + hacía más deporte que ahora.

22 表達兩個動作同時發生

- Al + [enchufarlo / salir de casa] [empezó a salir humo / me di cuenta de que no tenía las llaves] .

144

el lunes	*n.*	星期一
el martes	*n.*	星期二
el miércoles	*n.*	星期三
el jueves	*n.*	星期四
el viernes	*n.*	星期五
el sábado	*n.*	星期六
el domingo	*n.*	星期日
el enero	*n.*	一月
el febrero	*n.*	二月
el marzo	*n.*	三月
el abril	*n.*	四月
el mayo	*n.*	五月
el junio	*n.*	六月
el julio	*n.*	七月
el agosto	*n.*	八月
el septiempre	*n.*	九月
el octubre	*n.*	十月
el noviembre	*n.*	十一月
el diciembre	*n.*	十二月
la primavera	*n.*	春天
el verano	*n.*	夏天
el otoño	*n.*	秋天
el invierno	*n.*	冬天

1 ¿Qué hor es?
  幾點了？
  ❶ Es la una.
  一點。
  ❷ Es la una y ocho.
  一點八分。
  ❸ Es la una y cuarto.
  一點一刻。
  ❹ Son las seis y media.
  六點半。
  ❺ Son las dos menos cuarto.
  差一刻兩點。
  ❻ Son las cuatro en punto.
  四點整。
  ❼ Son las cinco y pico.
  五點多。

2 ¿Qué hora marca su reloj de usted? Son las ocho y veinte.
  您的錶幾點了？八點二十分。

3 Ya es muy tarde. Es {mediodía / medianoche} ahora. Vamos a casa.
  已經很晚了。現在是正午。我們回家。

4 El reloj de pared acaba de dar las doce. Ya estamos en el año 2000.
  牆壁上的鐘剛剛敲了十二次（十二點）。現在是兩千年了。

5 Este año me he levantado a las tres de la mañana a escribir la tesis. Sin duda soy un madrugador.
  今年這一年我都早上三點起來寫論文。毫無疑問地我是早起的人。

6 El tren sale puntual de la estación Atocha para Barcelona.
  火車準時從阿多查車站開出駛往巴塞隆納。

7 Aunque he puesto en hora mi reloj, aún no anda bien, adelanta unos minutos diarios.
  雖然我已經把錶對準了，但是它還是走得不準，每天快個幾分鐘。

8 En España generalmente se come entre las dos y tres de la tarde y se cena entre las nueve y diez de la noche.

在西班牙通常中午兩點、三點間吃飯，晚上九點、十點之間吃晚餐。

9 En los fines de semana, muchas veces se me pegan las sábanas para descansar más.

週末我經常會賴床好多休息一下。

10 Todas las mañanas él lleva el periódico bajo su brazo esperando en el andén por el tren que llega a las ocho y media.

每天早上他的報紙夾在他的手臂下，在月臺等著那班八點半的列車。

11 Nunca llega (está) a su hora, dice impacientemente.

永遠不會準時，他不耐煩的說。

12 El autobús de Valencia va a salir dentro de tres cuartos de hora.

瓦倫西亞的巴士將在四十五分鐘（三個一刻鐘）內出發。

13 ¿Qué día es hoy? Hoy es lunes.

今天星期幾？今天星期一。

14 ¿Qué día de la semana es hoy?

今天星期幾？

15 ¿A cuántos estamos hoy? Hoy es el día 6.

今天幾號？今天六號。

16 ¿En qué mes estamos? Estamos en febrero.

現在是幾月？現在是二月。

17 Ahora estamos en primavera.

現在是春天。

18 Altavoz de la estación, Atención, atención

車站廣播、注意、注意

- Tren expreso procedente de Barcelona y con destino a Madrid va a efectuar su entrada por vía 7 en breves instantes.

來自巴塞隆納，目的地馬德里的快車馬上就要在七號線鐵道進站了。

- Tren-tranvía estacionado en vía 5 y con destino a Lleida va a efectuar su salida.

停在五號線鐵道的電聯車，目的地萊德將要出發了。

- Por vía 3 ahora está efectuando su entrada tren Talgo procedente de Bilbao.

來自畢爾包的Talgo火車現在在三號線鐵道進站。

19 ¿Con qué frecuencia viene ella? ¿Cómo a menudo viene ella?

她多頻繁來？

20 El reloj de la pared está dando las doce.

牆上的鐘正敲著十二點。

21 Marcha muy bien su reloj.

您的錶很準。

22 Mi reloj está atrasado cinco minutos más o menos.

我的錶慢了大約五分鐘左右。

23 ¿Desea usted comprar un reloj de bolsillo o de pulsera?

您想要買一個懷錶或手錶呢？

24 Este reloj está atrasado, pero el otro se ha adelantado.

這個時鐘慢了，另一個快了。

25 ¿Fuma usted normalmente? Sí, cada día fumo medio paquete.

你平常會抽菸？是的，我每天抽半包。

26 Lo siento, estoy cansada y quiero acostarme temprano.

很抱歉，我累了，我想早點睡覺。

27 Ojalá encuentres un momento para comunicarme el resultado. Ocurra lo que ocurra vales muchísimo, no lo olvides.

希望你有空告訴我結果。不論發生什麼事，別忘了你是個有用的人。

28 Por mi parte no tengo mucho más que contarte. Pasé el fin de semana con mis padres, celebramos el día del padre el lunes que fue fiesta en la mayor parte de las comunidades autónomas.

我沒有什麼特別的可以跟你說。這個週末我和我的父母一起度過，星期一我們慶祝父親節，這是大部分自治省份的假期。

1 Pepe: ¿Cómo se llama usted?

Helena: ¿Cómo?

Pepe: ¿Su nombre, por favor?

Helena: Me llamo Helena. ¿Y usted, señor?

Pepe: Yo, me llamo Pepe. Y esta es mi mujer, Teresa.

Helena: ¿De dónde son?

Pepe: Somos brasileños.

Helena: ¿Tienen hijos?

Teresa: Sí, tenemos dos hijos. El mayor tiene doce años y la pequeña, ocho años.

Helena: ¿Vienen de viaje?

Teresa: No, vivimos aquí, en Sevilla.

Helena: ¿Qué idiomas hablan?

Pepe: Hablamos español y portugués.

2 Juan: Perdone, ¿está cerca el Barrio Gótico?

A: Pues, no soy de aquí. Lo siento.

Juan: Perdone, ¿podría decirme dónde está el Barrio Gótico? Tengo un plano de Barcelona.

B: A ver... Estamos aquí. Mire, no está lejos. Hay que coger la primera calle a la izquierda, al final de la calle, gire a la derecha y luego siga todo recto unos doscientos metros.

Juan: Muchísimas gracias a usted.

B: De nada. Adiós.

Juan: Adiós.

3 Laura: Oye, Marco ¿tienes el mapa de España?

Marco: Sí.

Laura: ¿Y dónde está?

Marco: Encima de la mesa, entre la lámpara y el diccionario.

Laura: Pues, aquí no está.

Marco: Sí, mujer, allí al lado del ordenador.

Laura: No, tampoco.

Marco: Pues en ese cajón o debajo de los papeles ... ¡Yo qué sé!

1 貝貝：您叫什麼名字？

愛蓮娜：什麼？

貝貝：您的名字？

愛蓮娜：我叫愛蓮娜。那您呢，先生？

貝貝：我叫貝貝。這位是我的太太，泰瑞莎。

愛蓮娜：您是哪裡人？

貝貝：我們是巴西人。

愛蓮娜：您們有孩子嗎？

泰瑞莎：有，我們有兩個孩子。老大十二歲了，小的八歲。

愛蓮娜：你們旅行到這兒？

泰瑞莎：不，我們住這兒，住在塞維亞。

愛蓮娜：您好說什麼語言？

貝貝：我們講西班牙語和葡萄牙語。

2 璜：抱歉，歌德區在這附近？

A：嗯，我不是這裡人。很抱歉。

璜：對不起，可以告訴我歌德區在哪裡？我有張巴塞隆納地圖。

B：嗯，我們在這兒。您看，不會很遠。您從左邊第一條街走，在這條
　　街末端向右轉，之後一直直走大約兩百公尺。

璜：非常謝謝您。

B：不客氣，再見。

璜：再見。

3 蘿拉：喂，馬可，你有西班牙的地圖嗎？

馬可：有。

蘿拉：在哪裡？

馬可：桌子上面，檯燈和字典之間。

蘿拉：可是這裡沒有啊。

馬可：有啦，那裡電腦旁邊。

蘿拉：沒有，還是沒有。

馬可：那麼在那個箱子裡或紙張下面……我什麼都不知道！

4 A: Hoy he visto unos pisos en la calle Marino.

B: ¿Cómo es el piso?

A: No es uno muy grande. Pero tiene dos habitaciones, comedor, cocina y dos cuartos de baño.

B: ¿Tiene terraza?

A: Sí, tiene dos, una es muy grande y da a la calle.

B: Y la cocina, ¿dónde está?

A: A la izquierda del recibidor. Aunque el piso es algo pequeño, las habitaciones tienen mucha luz.

B: ¿También ponen calefacción?

A: Sí, ahora todos los pisos la ponen.

B: Ya, antes la gente pasaba más frío sin calefacción. ¿Cuánto vale el alquiler mensual del piso?

A: Como es un piso amueblado y con la calefacción, se alquila por un precio de 150 euros al mes.

B: Pues es un poco caro. Oye, a mí también me interesa verlo. ¿Me das la dirección completa o te acompaño cuando vuelvas a verlo?

A: Te llamaré cuando vaya a verlo.

5 Luis: Perdone, ¿dónde está el lavabo?

Camarero: ¿Cómo dice?

Luis: Que ¿dónde están los servicios?

Camarero: Hable más alto, por favor, señor.

Luis: Que ¿dónde está el lavabo?

Camarero: ¡Ah! El lavabo. Está al fondo a la izquierda.

6 Juana: ¿Qué haces?

María: Soy puericultora. Trabajo en una guardería infantil.

Juana: ¿Qué horario tienes?

María: Trabajo de 8 a 3. Hago jornada intensiva.

Juana: ¿Y no haces ninguna pausa en toda la mañana?

María: Bueno, si puedo, a las 11 voy a tomar un cortado.

Juana: ¿Estás contenta con tu trabajo?

María: Sí, me encuentro a gusto en mi trabajo, aunque no gano mucho.

4 A：今天我在馬利諾看了幾間租屋（房子）。

B：房子如何？

A：不是很大。不過它有兩個房間，餐廳，廚房和兩間浴室。

B：有陽臺嗎？

A：有，兩個，一個很大，面向街道。

B：廚房呢？ 在哪裡？

A：玄關的左邊。雖然房子有點小，房間光線很充足。

B：他們有裝暖爐？

A：有，現在所有的房子都裝有暖爐。

B：對呀，以前人們沒有暖爐過得比較冷的生活。房租一個月多少？

A：因為房子有家具和暖爐，一個月租金150歐元。

B：喔，有點貴。喂，我也想看看，你可以給我完整的地址？ 或你要再看一次的時候，我陪你去？

A：下次我要去看的時候，我再打電話給你。

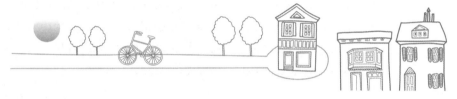

5 路易士：對不起，廁所在哪裡？

侍者：您說什麼？

路易士：嗯，洗手間在哪裡？

侍者：請您大聲點！

路易士：嗯，廁所在哪裡？

侍者：啊！廁所。在盡頭左邊。

6 華娜：妳是做什麼的？

瑪麗亞：我是幼兒保健醫生。我在一間幼稚園工作。

華娜：妳工作時間如何？

瑪麗亞：我從八點工作到三點。是密集式工作。

華娜：整個早上妳不做短暫的休息？

瑪麗亞：嗯，如果我可以十一點鐘我會休息一下。

華娜：妳對妳的工作滿意？

瑪麗亞：是，我對我的工作感覺很好，雖然我賺得不多。

7 A: Oiga, por favor, ¿qué autobús va a la Plaza Mayor?

B: Pues creo que no hay ningún autobús que pare en la Plaza Mayor. Usted puede coger el 10 para ir a la calle Mayor, y siga a pie dos calles más.

A: ¿Puede decirme cuántas paradas hay?

B: Me parece que son cuatro..., no, desde aquí, son cinco. La calle mayor es la quinta parada. Puede pedirle al conductor que le avise cuando llegue.

A: ¿Y está muy lejos?

B: No, tarda unos veinte minutos.

A: Le agradezco mucho su ayuda.

B: Mucho gusto en ayudarle.

8 Beatriz: ¿Qué te pasa? ¿Estás muy preocupada?

Charo: A mi hijo pequeño no le gusta mucho ir al kindergarten. Llora mucho, y no sé qué hacer.

Beatriz: En mi opinión, lo de que a tu hijo pequeño no le guste mucho el kindergarten no debe preocuparte. Seguramente está muy mimado por vosotros y le cuesta no veros, pero con el tiempo hará allí amigos y se sentirá tan a gusto como otros niños .

Charo: Sí.

Beatriz: Mira, si él nota que tú estás preocupada por él cuando le dejas en el colegio, para llamar tu atención, llorará más. Procura ser fuerte y que él no note que te preocupa que llore. Tampoco creo que sus días de llorar sean muchos más, porque pronto hará amigos y le gustará jugar con ellos, porque es divertido.

Charo: También el problema con el comportamiento de los hijos lo hemos tenido todos los padres modernos. ¿Qué haces cuando tus hijos se pelean por jueguetes o se pasan el día jugando a la guerra?

Beatriz: En este caso es muy importante que el padre y la madre se pongan de acuerdo en cómo van a tratar a sus hijos, qué les van a dejar hacer y qué cosas no. Si uno de los dos padres regaña a un hijo, el otro no le debe consolar al niño sino estar de acuerdo con el que ha regañado. Normalmente uno de los padres es más blando y deja que los hijos hagan muchas cosas que al otro padre no le gustan.

Charo: Es verdad que con frecuencia he tenido discusión con mi marido sobre cómo tratar a los hijos. ¿Y eso?

Beatriz: Acuérdate de que todas las conversaciones sobre los hijos debéis

7 A：請問哪一班公車開往梅耶廣場（主廣場）？

B：我認爲沒有公車會停靠在主廣場。您可以搭10號公車前往梅耶街，之後再步行兩條街。

A：您可以告訴我總共經過幾站？

B：我認爲四站，不，從這兒，五站。梅耶街是第五站。您可以請司機到站時告訴您。

A：很遠嗎？

B：不會，大概二十幾分鐘。

A：非常謝謝您的幫忙。

B：很高興能幫您的忙。

8 貝雅蒂斯：妳怎麼了？妳很擔心的樣子？

蕎蘿：我的小兒子不喜歡去幼兒園。他會大哭，而我不知道該怎麼辦。

貝雅蒂斯：依我的看法，妳小兒子不喜歡去幼兒園的問題不用太擔心。可能你們太寵愛他，讓他沒見到你們很難。不過，隨著時間過去，他會在那裡交到朋友，同時跟其他小朋友一樣覺得很快樂。

蕎蘿：對。

貝雅蒂斯：如果他注意到，妳把他留在學校妳會替他擔心，爲了引起妳的注意，他會哭得更厲害。妳試著堅強點，讓他不會以爲他哭會讓妳擔心。我也不認爲他這樣哭的日子會很久，因爲很快地他會交到朋友，他會喜歡跟他們一起玩，因爲這很有趣的。

蕎蘿：還有孩子的行爲也是所有現代父母都有過的問題。當妳的孩子爲爭玩具打架或整天玩打仗的遊戲，妳會怎麼做？

貝雅蒂斯：在這個問題上，父母親之間如何一致地處理事情很重要，哪些東西可以給他們，哪些東西不可以。如果父母親其中一位責罵小孩，另一位就不應該安慰小孩，而是贊同其責備。通常其中一位父母親都會比較溫和讓小孩子做許多事，而另一半卻不喜歡。

蕎蘿：眞的，我經常和我先生爭執如何對待小孩。這怎麼辦？

貝雅蒂斯：妳要記得所有關於孩子事情的對話，不要在孩子的面前進行，避免他們聽到你們的爭吵。他們只應看到你們一致同意時的做法，而這點你們必須做到。雖然很難，但是這是唯一可行的方式。你們兩個要疼愛孩子，但是他們犯嚴重的錯時，你們也要責罰。當父母的很不容易，只會愈來愈難。

155

hacerlas cuando los niños no están delante, para que no oigan vuestras discusiones. Ellos solo tienen que ver que los dos estáis de acuerdo en lo que hacéis, y eso es lo que tenéis que conseguir. Es muy difícil, pero es la única forma de que funcione. Los dos tenéis que dar cariño a los hijos y los dos tenéis que regañarles cuando hagan mal cosas importantes. No es nada fácil ser padres y, ahora que vuestros hijos se están haciendo mayores, cada vez es más difícil.

Charo: Sí, sí. Aunque sean pequeños, se enteran de todo. Están en una edad en que se fijan en todo.

Beatriz: Otro error que hemos cometido casi todos los padres es dar a los hijos más de lo que realmente necesitan y eso, después de un tiempo, no es bueno. No sé si queda claro lo que quiero decir...

Charo: Sí, sí, clarísimo.

9 Hilda: Buenas noches. Doctora, estoy un poco avergonzada de consultarle, pero estoy desesperada y no tengo a casi nadie en quien pueda confiar.

Doctora: Hilda, no debe avergonzarse por pedir un consejo. Dígame.

Hilda: Mi problema es el siguiente: tengo novio y nos hemos llevado siempre muy bien hasta ahora. En este momento hace el servivio militar y nos vemos solo una vez al mes. Sufrí muchísimo por la separación y ahora creo que le he dejado de querer.

Doctora: ¿Has hablado con él alguna vez desde que ha ido a la mili?

Hilda: No. Me gustaría pero no sé cómo decírselo. Parezco tranquila, sin embargo, cuando lo veo, estoy muy nerviosa. Estos días no he podido dormir por las noches ni he tenido ganas de comer. Por favor, ayúdeme, a veces siento que no puedo más...

Doctroa: Mira, tu problema es normal. ¿No crees que es mejor decirle la verdad?

Hilda: Me da miedo porque simpre me dice que no puede vivir sin mí.

Doctora: Es normal que diga así, porque tampoco quiere perderte. Yo, en tu lugar, hablaría con él y le contaría todas tus dudas. Es muy doloroso pero hay que aceptar la realidad. Ya verás como superarás todos tus problemas.

Hilda: No sé...

蕎蘿：對，對。雖然他們都很小，卻什麼都知道。他們正處於對一切事務都專注的年紀。

貝雅蒂斯：另一個幾乎所有當父母都會犯的錯是給孩子多於他們真正需要那麼多，這點長時間來看並不好。我不知道我說的是否清楚？

蕎蘿：是，是，非常清楚。

9 依達：晚安。醫生我有一點不好意思向您諮詢，可是我身心煎熬，也沒有人可以信任。

醫生：依達，您不必覺得不好意思尋求忠告。請跟我說。

依達：我的問題是這樣：我已有男朋友，到目前為止我們相處的很好。他現在在服兵役，每個月我們只見一次面。分離令我痛苦萬分，現在我認為我已不愛他了。

醫生：從他當兵後妳有跟他談過嗎？

依達：沒有。我會想，但是不知道如何跟他說。我看起來似乎很平靜，然而我一見到他，我變得很緊張。這幾天晚上我已無法入睡，也不想吃東西。請幫幫我，有時候我感覺要崩潰了。

醫生：您的問題是正常的。妳不覺得最好是跟他說實話？

依達：我害怕，因為他總是跟我說，沒有我活不下去。

醫生：他這樣說很正常，因為他也不想失去妳。如果我是妳，我就跟他說，並告訴他妳的疑惑。這很痛苦，但是必須接受事實。妳會看到妳能克服妳一切問題的。

依達：我不知道....

醫生：加油，別洩氣。若要成長，這些經歷是必須的，生命是美麗的。如果妳還需要我幫忙，妳知道我在哪兒。

依達：謝謝。

Doctora: Ánimo, adelante. Es necesario pasar por estas experiencias para poder madurar. La vida es bonita. Si vuelves a necesitarme, ya sabes donde estoy.

Hilda: Gracias.

10 Luis: ¿Dónde vives?

Dora: Vivo en la calle Victoria, en el número 23.

Luis: ¿Está bien comunicada?

Dora: Sí. Mira, cerca de mi casa hay una estación de metro y una parada de autobús.

Luis: ¿Cómo es tu barrio, tranquilo o ruidoso?

Dora: Pues en la calle Victoria hay muchas tiendas, restaurantes, cines, farmacias, etc., hace muchos ruidos. Si se quiere la tranquilidad, se puede dar un paseo a un pequeño parque con árboles, que está al final de esta calle.

Luis: Es verdad que todo tiene sus ventajas y sus inconvenientes.

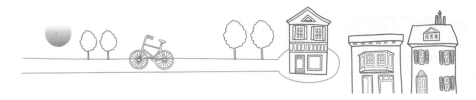

10 　路易士：你住哪裡？

　　　朵拉：我住在維多利亞街，23號。

　　　路易士：交通方便嗎？

　　　朵拉：是的，在我家旁有一地鐵站和公車站。

　　　路易士：妳這一區如何？安靜或吵雜？

　　　朵拉：在維多利亞街有很多商店、電影院、藥房等等，所以很吵。如果
　　　　　　想要安靜，可以散步到街尾的樹林公園。

　　　路易士：這是真的，凡事都有它的好處與不便的地方。

1 國籍

- ¿De dónde es usted?
  - Soy de +
    | Atenas |
    | Kaohsiung | .
    | Tokio |

- ¿De dónde es usted? .
  - Soy +
    | taiwanés |
    | italiano |
    | español |

2 地方位置

- Está +
  | cerca |
  | lejos |
  | aquí (mismo) |
  | allí |
  +
  | a la derecha |
  | a la izquierda |
  .

- Está +
  | a unos ___ metros |
  | a unos ___ minutos |
  +
  | a la derecha |
  | a la izquierda |
  .

- Está +
  | al fondo |
  | al final de ___ |
  +
  | a la derecha |
  | a la izquierda |
  .

- Está +
  | en ___ |
  | al lado de ___ |
  | entre ___ y ___ |
  +
  | a la derecha |
  | a la izquierda |
  .

- Está +
  | por esta calle |
  | todo recto |
  +
  | a la derecha |
  | a la izquierda |
  .

3 東西位置

- ¿Dónde está +
  | el _____ |
  | la ____ |
  ?

- ¿Dónde hay +
  | un _____ |
  | una ____ |
  ?

■ Está +
aquí
allí
en ___
al lado de ___
entre ___ y ___
dentro de ____
debajo de ____
encima de ____
sobre ____
.

4 詢問是否有此一地點

- ¿Hay + un ____ / una ____ + por aquí cerca?

■ Sí, hay + uno / una . Está + ubicación de lugares.

- ¿La + calle ____ / plaza ____ , + por favor?

■ Es ésta. / Está + ubicación de lugares.

5 距離遠近

- Mi casa / Taipei + está + cerca de ___ / lejos de ___ / aquí (mismo) .

■ Mi oficina / El puert + está + a unos ___ minutos / a unas ___ horas + en tren / a pie / en coche .

6 相關位置說明

- La carretera X / La gasolinera + está + antes del puente / después del cruce .

- Está + al + norte / sur / este / oeste + de + Tainán / Barcelona .

161

7 給予辨識的地標

- ¿Ve + aquel edificio alto / aquella torre ?

- ▪ Allí hay + un restaurante chino / un aparcamiento / una estación de autobús .

8 詢問事情的難易度

- ¿Crees que es + fácil / difícil + conseguir trabajo / encontrar piso ?

9 請教與給建議

- ¿Qué crees que es mejor: + un hotel o una pensión / ir en avión o en tren ?

- ¿Es mejor: + un hotel o una pensión / ir en avión o en tren ?

- No sé si ir en avión o en tren?

10 判斷、評價

- Yo, + la decisión de hoy / hablar de eso , + la / lo + veo + lógica / bien / mal / un error / grave .

- Yo, no lo veo + lógico / bien / mal / normal / grave / injusto .

- A mí (no) me parece + un error / una buena idea / una equivocación que + hablen de eso / hayan tomado una decisión así

162

11 評論事情的合理、正常性

- ¿ A ti te parece / Tú encuentras / Tú crees que es + normal / lógico + eso / decir eso / que hicieran esa propuesta ?

- No es + normal / lógico / natural / increíble + eso / decir eso / que hicieran esa propuesta .

- Lo + normal / lógico / natural / increíble + es que + digan eso / llegue tan tarde / hicieran esa propuesta .

- Lo + normal / lógico / natural / increíble + es + eso / decir eso / esta propuesta .

12 表達懷疑

- Me temo que + no van a venir / no hay solución .

13 針對預測的結果提出詢問

- ¿Y si + dice que sí / han decidido no venir ? + ¿ Qué hacemos / Qué haríamos / Cómo lo solucionamos ?

- Pongamos que / Supongamos que / Imaginemos que + dijera que sí / hubieran decidido no venir . + ¿ Qué hacemos / Qué haríamos / Cómo lo solucionamos ?

14 提出條件

- Frimaremos el contrato + siempre que / siempre y cuando + no cambien las condiciones.

163

■ Como + $\dfrac{\text{no vayas al médico}}{\text{no nos suban el sueldo}}$, + $\dfrac{\text{no se te pasará el dolor de cabeza}}{\text{cada día viviremos peor}}$.

15 依照別人的話再加闡釋

■ $\dfrac{\text{O sea, que}}{\substack{\text{Es decir que}\\\text{Entonces}}}$ + tú dices que vetemos a favor.

16 指出對比差異

• María es una chica muy trabajadora.

■ Sí, + $\dfrac{\text{en cambio}}{\text{mientras que}}$ + Ana es una vaga.

1 城市、都市景觀

el acueducto	n.	導水管
el alcázar	n.	王宮、城堡
el anfiteatro	n.	露天半圓形劇場
el arco de triunfo	n.	凱旋門
el barrio comercial	n.	商業區
el caserío	n.	村落
el casino	n.	俱樂部
el castillo	n.	城堡
el cruce a desnivel	n.	立體交叉
el cruce para peatones	n.	十字路口人行橫道線
el edificio	n.	大廈
el estanco	n.	郵票、香菸雜貨店
el faro	n.	燈塔
el farol	n.	燈籠、街燈
el fotógrafo	n.	照相館
el jardín botánico	n.	植物園
el jardín zoológico	n.	動物園
el mirador	n.	瞭望臺
el molino de viento	n.	風車
el monte de piedad	n.	當鋪
el monumento	n.	紀念碑
el museo de Bellas Artes	n.	美術館
el palacio de los deportes	n.	體育館
el parque, el jardín	n.	公園
el paso de cebra	n.	斑馬線
el paso de peatones	n.	人行道
el puente para peatones	n.	行人陸橋
el puesto telefónico	n.	電話亭
el quiosco	n.	街頭書報攤
el rascacielo	n.	摩天大樓
el semáforo	n.	紅綠燈

el surtidor, la fuente	*n.*	噴水池
el tanque de gas	*n.*	煤氣儲槽
el tinte	*n.*	染坊
la acera	*n.*	人行道
la agencia de viajes	*n.*	旅行社
la alameda, la avenida, el bulevar	*n.*	林蔭道路
la alarma de incendio	*n.*	火災警鈴
la aldea	*n.*	村
la biblioteca pública	*n.*	公立圖書館
la bocacalle	*n.*	路口
la botica	*n.*	藥局
la cabina telefónica	*n.*	電話亭
la callejuela	*n.*	陋巷
la calzada	*n.*	馬路、公路、行車道
la capital	*n.*	首都
la casa	*n.*	房子
la cloaca	*n.*	下水道
la columna para anuncios	*n.*	廣告柱
la comtaminación del aire	*n.*	空氣汙染
la discoteca	*n.*	舞廳
la droguería, la farmacia	*n.*	藥房
la encrucijada	*n.*	交叉點
la esquina	*n.*	街角
la estación de bomberos	*n.*	消防局
la estatua	*n.*	銅像
la ferretería, la quincallería	*n.*	五金行
la floristería	*n.*	花店
la fortaleza	*n.*	城堡
la intersección, el cruce	*n.*	交叉點、十字路口
la joyería	*n.*	珠寶店
la librería	*n.*	書店
la manzana	*n.*	街區
la mercería	*n.*	雜貨店
la metrópoli	*n.*	大都市
la modista	*n.*	裁縫店
la muralla	*n.*	城牆

la óptica	*n.*	眼鏡行
la papelería	*n.*	文具店
la peluquería	*n.*	理髮店
la perfumería	*n.*	香水化妝品店
la plaza, la glorieta	*n.*	廣場
la población, el pueblo	*n.*	城鎮
la policía	*n.*	警察局
la polución atmosférica	*n.*	空氣汙染
la relojería	*n.*	鐘錶店
la ruina histórica	*n.*	遺蹟
la sala de fiestas	*n.*	舞廳
la sastrería	*n.*	西裝店
la tintorería, la lavandería	*n.*	洗染店
la torre de agua	*n.*	水塔
la torre	*n.*	塔
la travía	*n.*	有軌電車
la zapatería	*n.*	鞋店
la zona industrial	*n.*	工業區
los almacenes	*n.*	百貨公司
los alrededores, los contornos	*n.*	郊外
los suburbios, las afueras	*n.*	郊外

1 Por favor, siéntese. Parece usted cansado.
請坐。您看起來很疲憊。

2 ¿Desea algo de beber?
您要喝什麼？

3 ¿Podría decirme el camino para el centro de la ciudad?
您可以告訴我市中心怎麼走嗎？

4 ¿Qué distancia hay (cómo lejos es) de aquí al zoo? Oh, no demasiado lejos.
從這裡到動物園有多遠呢？噢，不會很遠。

5 Necesitará (toma) alrededor de diez minutos a pie y sólo dos en coche.
用走的大概10分鐘，坐車的話只要2分鐘。

6 Tome, aquí tiene mi tarjeta.
給您，這是我的名片。

7 Pase, adelante. Siéntase como en su casa (hágase en casa).
請進。把這裡當作自己的家。

8 Soy abogado, trabajo en Madrid. ¿Trabaja usted en Madrid también?
我是律師，我在馬德里工作。你也是嗎？

9 ¿Usted qué cree que es mejor: coger un avión hasta Taipei o ir en tren de alta velocidad?
您覺得哪樣比較好：搭飛機或搭高鐵到臺北？

10 Pues, no sé... Yo, en su lugar, iría en tren de alta velocidad.
嗯，我不知道。如果我是您，我會搭高鐵。

11 Lo siento, no le oigo, dígamelo de nuevo.
抱歉，我沒聽到，請再說一次。

12 ¿No puedes hacerlo mejor (que eso)?
你不能做得更好嗎？

13 ¿Cómo es que usted habla tan bien castellano? Es que soy de origen uruguayo.

您西班牙語怎麼說得這麼好？因為我是烏拉圭人。

14 Un cínico es una persona que conoce el precio de todo.
憤世嫉俗的人知道每樣東西的價格。

15 Es sincero, agradable, amable, considerado (dulce) y noble.
他很誠實、人很好、紳士、體貼和高貴。

16 ¿No es usted señor Wang? Se equivoca usted, soy el señor Huang.
你是不是王先生？您弄錯了，我是黃先生。

17 Servior de usted.
是的，有何指教。

18 Despegar las solapas y empujar bien hacía atrás sin doblar. Tirar el borde de las solapas hacía adelante, empujando a la vez con la punta de los dedos de la otra mano para despegarlas. No tocar el centro para abrir.
打開封口且仔細壓開，封口不要摺到。往前拉開封口邊緣，同時用另一隻手的指尖壓住盒子，不可從中間打開。（牛奶盒開封口標示）。

19 Tú sabes mejor que yo que en el mundo de la enseñanza a alto nivel hay mucha competitividad y hay que tener cuidado con la gente. Bueno, eso realmente pasa en todos los trabajos.
你比我清楚，在高等教育的環境裡有著激烈的競爭，但也要小心週邊的人。嗯，事實上這發生在各行各業。

20 Como eres una persona limpia de corazón seguro que sólo te pasarán cosas buenas.
因為你是一個有純潔心的人，我相信你一切都會很好。

21 ¿Puedo ayudarle?
我能幫忙什麼嗎？

22 Sí, por favor, quiero un mapa de Madrid.
是的，我想要馬德里的地圖。

23 ¿Le gusta éste? Es muy detallado
你要這個嗎？這個非常詳細。

24 Sí,estupendo.¿Cuánto es?
好，這很好。這多少錢？

25 Bueno,vale veinte peniques, pero se lo dejo en (usted puede tenerlo por) quince peniques.

這個20元，但您可以付15元就好。

1 Noemí: Buenas noches. He reservado una mesa para dos personas a nombre de Noemí.

Camarera: Sí, señora. Síganme por favor... Siéntense aquí. ¿Desean tomar algún aperitivo?

Noemí: Sí, por favor. Yo, un Jerez, ¿y tú?

Pepe: Póngame un vermut rojo, por favor. Y tráiganos el menú.

Camarera: Aquí tienen sus aperitivos, y el menú del día.

Pepe: ¿Qué te apetece, bistec de filete o bistec de salmón a la parrilla?
Yo creo que voy a tomar el salmón.

Noemí: Y yo el filete.

Pepe: Camarera, si hace el favor, ya estamos listos para pedir...

---- Después de comer ----

Noemí: Camarera, ¿puede traernos la carta de bebidas?

Camarera: Sí, enseguida.

Noemí: Por favor, deme una Fanta de limón. ¿Y tú, qué quieres beber?

Pepe: Me gustaría una cerveza sin alcohol, porque luego tengo que conducir. Y la cuenta, por favor.

Noemí: ¿Cuánto es, Pepe? ¿Puedo utilizar mis bonos de comida? Tiene su fecha de límite.

Pepe: Vale. ¿Se deja propina? ¿Cuánto se suele dejar?

Noemí: Oh, un 10% (diez por ciento) en general.

Pepe: Te invito la próxima vez.

2 Juan: ¿Está bueno el pescado?

Pedro: Sí, está muy rico, pero le falta limón.

Juan: Pues, pídele al camarero.

Pedro: Camarero! ¿me trae un poco de limón, por favor?

Camarero: Sí, sí, ahora mismo.

3 Camarero: Buenos días. ¿Qué van a tomar?

José: ¿Tiene el bocadillo?

Camarero: Sí, ¿El bocadillo lo quieres de chorizo o de jamón?

José: Lo quiero de jamón. ¿Y tú?

Hugo: Pues, de momento no tengo mucha hambre. Primero me traiga una botella de agua mineral.

Camarero: ¿Con gas o sin gas?

1 諾雅美：晚安。我用諾雅美的名字預訂了一張兩人桌。

侍者：是的，女士。請跟我來…這兒，請坐。您們想點什麼開胃酒？

諾雅美：好的，我要雪利酒。你呢？

貝貝：請給我一杯紅苦艾酒。然後給我們菜單。

侍者：這是您們的開胃酒和今日菜單。

貝貝：妳想吃什麼，菲力牛排或烤鮭魚牛排？我想吃鮭魚。

諾雅美：我牛排。

貝貝：侍者，您可否幫忙，我們可以點菜了。

---- 吃過飯後 ----

諾雅美：侍者，您可以給我們飲料的菜單？

侍者：好的，馬上來。

諾雅美：請給我芬達檸檬。你呢，你想喝什麼？

貝貝：我想要一杯不含酒精的啤酒，因為等一下我還要開車。請給我帳單。

諾雅美：多少錢，貝貝？我可以用我的餐券？它有使用期限。

貝貝：好的。要給小費嗎？通常給多少？

諾雅美：喔，一般給百分之十。

貝貝：下次我請妳。

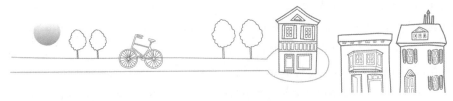

2 瑛：魚不錯嗎？

貝得羅：是的，很美味，不過少了檸檬（味）。

瑛：嗯，跟侍者要。

貝得羅：服務生！請給我一點檸檬？

侍者：好的，好的，馬上來。

3 侍者：早安。您們想吃什麼？

荷西：您有三明治？

侍者：有，您要夾香腸還是火腿？

荷西：我要火腿的。你呢？

雨果：嗯，我現在不會很餓。先給我一瓶礦泉水。

侍者：要有氣泡的還是沒有？

雨果：嗯，我要有氣泡的。你不想喝點什麼？

Hugo: Pues, con gas. Y ¿a tí, no te apetece algo para beber?

José: Sí, claro. Tengo mucha sed también. Deme una naranjada, por favor.

Camarero: ¿Algo más?

José: No.

Camarero: Vale. Gracias. Enseguida se ponen.

4 Camarera: Buenas noches, ¿Van a cenar?

Carmen: Sí.

Camarera: ¿Cuántos son?

Carmen: Somos cuatro.

Camarera: Esperen un minuto. Una mesa para cuatro, por favor.... ¿Les va bien aquí?

Carmen: No, está muy cerca de la puerta. ¿No tiene otra más tranquila?

Camarera: Pues ¿les gusta aquélla, al fondo?

Carmen: Bien. Vamos allí, al fondo.

5 Luisa: Oiga, por favor, ¿nos traiga la carta?

Camarera: Sí, esperen un momentito. Aquí tienen.

Ramón: ¿Qué va a tomar?

Luisa: De primero la sopa de pescado, y de segundo, la ensalada, Y de tercero, voy a pedir la paella.

Ramón: ¿Qué me recomienda?

Camarera: Le recomiendo los espárragos. Le gustarán.

Ramón: De acuerdo. Y después, el gazpacho y la carne de cerdo con salsa picante.

Camarera: ¿Y de postre? Les recomiendo las fresas, que son muy buenas.

Ramón: Pues me apetece el helado.

Luisa: Prefiero la tarta.

Camarera: ¿Para beber? ¿El vino o la cerveza?

Ramón: Yo, la cerveza pero sin alcohol, porque luego tengo que conducir.

Luisa: Por favor, un café con leche.

Camarera: Muy bien, gracias.

6 Juana: Está muy bien este restaurante.

Carlos: Sí. Y siempre está lleno, especialmente los fines de semana, se tiene que reservar antes. Hoy no hay mucha gente porque es lunes.

荷西：對，當然。我也好渴。請給我桔子汁。

侍者：還要別的嗎？

荷西：不用。

侍者：好的。謝謝。馬上就好。

4　侍者：晚安，您們要用晚餐嗎？

卡門：是的。

侍者：幾位？

卡門：我們一共四位。

侍者：請等一下。一張四人座的桌子。這裡您們覺得好嗎？

卡門：不好，太靠近門了。沒有比較安靜的位置？

侍者：嗯，您們喜歡那一張在盡頭的桌子？

卡門：好。我們去盡頭那裡。

5　露易莎：喂，請給我們菜單？

侍者：好，請等一下下。請拿去。

拉蒙：您要吃什麼？

露易莎：首先我要魚湯，第二道，沙拉。第三道，我要點海鮮飯。

拉蒙：您給我推薦什麼？

侍者：我推薦您嚐嚐蘆筍。您會喜歡的。

拉蒙：好的。再來我要西班牙涼湯和豬肉拌辣醬。

侍者：點心要吃什麼？我推薦草莓，非常美味可口。

拉蒙：可是我想吃冰淇淋。

露易莎：我比較想吃蛋糕。

侍者：飲料呢（想喝什麼）？葡萄酒或啤酒？

拉蒙：我要啤酒但是不含酒精，因為待會我要開車。

露易莎：請給我咖啡加牛奶。

侍者：很好，謝謝。

6　華娜：這家餐廳很不錯。

卡洛斯：是的。它總是客滿，特別是週末的時候，得先預訂才行。今天
　　　　沒有很多人，因為是星期一。

Juana: El domingo estuvimos en 'La Zamora', pero éste es mucho mejor.

Carlos: Sí, y los precios no son tan caros como allí.

Juana: Mira el menú de hoy. ¿Qué me recomiendas: vino blanco o tinto?

Carlos: Aquí tienen un tinto muy bueno, pero con el pescado es mejor el blanco.

Juana: Pues, de primero, ensalada. O mejor algo caliente, porque tengo frío. Sí sopa. Y de segundo, el filete de ternera, así puedo pedir el vino tinto.

Carlos: Yo, de primero, ensalada. Y me apetece la paella. La hacen aquí buenísima también. Tiene pollo en trozos, mejillones, chirlas, gambas, merluzas, etc. Y pido el vino blanco, de modo que podemos probar los dos.

Juana: Y de postre, no sé ... Pediré el flan. Toma tú también el flan, seguro que te gustará.

Carlos: Sí, es lo mejor, flan de postre.

7 A: Oiga, ¿cómo es que el restaurante todavía está cerrado? En la puerta pone que abren a las nueve.

B: Lo siento mucho, señorita. Es que aún lo están limpiando.

8 Beatriz: ¿Qué deseas tomar?

Charo: Una cerveza bien fría. Tengo mucho calor y mucha sed.

Beatriz: ¿También quieres algo de comer?

Charo: Pues, ahora no. Quizá más tarde.

Beatriz: ¿Cuánto tiempo piensas quedarte aquí?

Charo: No sé segura. La semana que viene tengo una conferencia en Londres, puede que me vaya el fin de semana.

Beatriz: ¿Te gusta Madrid?

Charo: Sí, sobre todo las comidas.

Beatriz: Pero las cosas aquí no son muy baratas.

9 A: Buenas noches.

B: Buenas noches. Mire, compré la lavadora hace mes y medio, y ahora está estropeada.

A: ¿Ha guardado el certificado de garantía?

B: Sí, lo he guardado.

華娜：星期天我們去「薩摩爾（餐廳）」，不過這家好太多了。

卡洛斯：對，而且價位也沒有那家那麼高。

華娜：你看看今天的菜單。你會推薦我白酒或紅酒？

卡洛斯：這邊的紅酒很不錯，不過吃魚最好是配白酒。

華娜：好，首先我要沙拉。或者是來點熱的，因為我覺得有些冷。好，
　　　湯吧。第二道牛小排，這樣我可以點紅酒。

卡洛斯：第一道我點沙拉。我想吃海鮮飯。這道菜這邊做得也美味極
　　　了。裡面有雞肉塊、蚌殼、蛤蜊、蝦、鱈魚等等、我要喝白
　　　酒，這樣我們兩種（酒）都可以嚐嚐。

華娜：點心嘛，我不知道…我點奶油蛋糕。你也吃奶油蛋糕吧，我相信
　　　你會喜歡的。

卡洛斯：是，這樣最好，點心就奶油蛋糕。

7 A：喂，怎麼餐廳到現在還是關著？門上標示寫著九點開門。

　　B：非常抱歉，小姐。因為還在打掃清理當中。

8 貝雅蒂斯：妳想喝什麼？

　　蕎籠：一杯冰涼的啤酒。我好熱又好渴。

　　貝雅蒂斯：妳也順便想吃點什麼？

　　蕎籠：不，現在不想。也許晚點。

　　貝雅蒂斯：妳想停留在這兒多久？

　　蕎籠：我不是很確定。下星期我在倫敦有一個研討會，可能這個週末我
　　　　就離開了。

　　貝雅蒂斯：妳喜歡馬德里嗎？

　　蕎籠：是的，特別是美食。

　　貝雅蒂斯：不過這兒的東西不是很便宜。

9 A：晚安。

　　B：晚安。喂，我一個半月前買了這洗衣機，結果現在壞了。

　　A：您保證書有留著？

　　B：有，我有留著。

　　A：它（洗衣機）怎麼了？

A: ¿Qué le pasa?

B: No lo sé. La enchufo y no funciona. ¿Pueden venir a arreglármelo?

A: Pasaremos mañana por la tarde. ¿Le va bien?

B: Sí, muy bien. Gracias.

A: Ah, se me olvidaba, ¿su dirección?

B: Calle Alcalá, número 32, Salón de Belleza y Peluquería Rosario. Y mi teléfono, el 2548365 (dos cincuenta y cuatro ochenta y tres sesenta y cinco).

10 José: Hola Gema, ¿qué tal? ¿A dónde vas?

Lee: Voy a tomar algo. Te invitaría si me acompañaras.

José: Vale. Pero ¿no has desayunado?

Lee: Es que todavía no estoy acostumbrada al horario de tres comidas al día de España. Se come a las dos de la tarde y se cena a las nueve y media.

José: Sí, sí. A nosotros los españoles no damos mucha importancia al desayuno. Generalmente se desayuna un zumo de naranja, pan tostado con mermelada y un café. Yo, por ejemplo, mi desayuno favorito es tomar un café con cruasanes.

Lee: Como vivo en un Colegio Mayor, me gusta más el desayuno de un día de fiesta, chocolate con churros. También me encanta un café con leche, y algo dulce, galletas o un bollo.

José: Creo que has visto también que si el trabajo nos lo permite, salimos a media mañana, normalmente a eso de las 11 a tomar otro café con un bocadillo.

Lee: Para vosotros el almuerzo es más importante porque he notado que coméis y echáis una siesta y no volvéis a trabajar hasta las cinco de la tarde.

José: Sí, exacto.

B：我不知道。我把它插電，結果不動。您們可以過來修理嗎？

A：我們明天下午過去。您方便嗎？

B：是的，很好。謝謝。

A：啊，我忘了，您的地址？

B：阿爾卡拉街，32號，羅莎利亞美容院。我的電話是2548365。

10 荷西：嗨，荷瑪，好嗎？妳去哪兒？

李：我要去吃點東西，如果你陪我我會請你。

荷西：好哇。可是妳還沒吃早點嗎？

李：實在是我還沒有習慣西班牙一天三餐的作息時間。下午兩點吃中餐，九點半吃晚餐。

荷西：對，對。我們西班牙人不是很重視早餐。通常喝杯柳橙汁，烤果醬麵包和一杯咖啡。以我為例，我最喜歡的早餐是咖啡配牛角麵包。

李：因為我住在學生宿舍我最喜歡假日的早餐，有巧克力加炸油條。我也很喜歡咖啡加牛奶，還有一些甜的餅乾或小麵包。

荷西：我想妳也看到，如果工作允許，我們早上工作到一半時間，通常十一點左右會去喝一杯咖啡和吃個三明治。

李：對你們來說，午餐是最重要的，因為我有注意到，你們會睡個午覺，然後一直到五點才又工作。

荷西：是的，完全正確。

常用會話句型

1 表達無所謂、不關心
- {Me da igual / Es igual / Me da lo mismo}.

2 表達不確定或不了解
- ¿Abren a las doce?
- {Creo que sí / Me parece que sí / Creo que no / No lo sé / No me acuerdo}.

3 驚嘆句：崇拜、驚訝
- ¡Qué + {bonito / caro / feo} !

4 表達喜歡程度、喜歡與否
- ¿{Te gusta / Te gustan}?

- Sí, me {gusta / gustan} + {mucho / muchísimo / bastante}.

- No, no me {gusta / gustan} + {mucho / nada}.

- {No sé / No está mal}.

- Sí, pero me + {gusta / gustan} + más + _____.

- No, me + {gusta / gustan} + más + _____.

5 警告、提醒
- ¡Cuidado!
- ¡Ojo!
- Ten cuidado.

6 禁止、命令、要求

- No + { corras (tanto) / fumes (tanto) / hagas eso } .

- Eso no + { se dice / se hace / está bien } .

- {Habla más alto / Vaya más despacio}.

7 邀請他人

- ¿{Por qué no / A ver si} + vienes a cenar?
- {Vale, de acuerdo / Lo siento / Me gustaría mucho, pero no puedo}.

8 重複下達命令

- Orden: {ven aquí / sal ahora mismo / no fumes / no hagas ruidos}
- ¿Cómo?
- Que + {vengas aquí / salgas ahora mismo / no fumes / no hagas ruidos}.

9 轉達訊息給第三者

- ¿Qué + { dice / te ha dicho } ?

- José me + { dijo ayer que / ha dicho que / preguntó si } + { tenía mucho trabajo / quería ir a verte } .

- José me + { ha dicho que / ha preguntado si } + { tenía mucho trabajo / tiene mucho trabajo } .

10 轉達命令、要求給第三者

- ¿Qué + {dice / te ha dicho}?

- José me + { dijo ayer que / ha dicho que } + fueras a verlo.

- José me + { ha pedido que / ha dicho que } + { fueras a verlo / te dé recuerdos } .

11 表達需要達成某事或需要某樣東西

- Me hace falta / Necesito + estudiar alemán / dormir unas cuantas horas .

- {Deberías estudiar alemán / ¿Por qué no te compras este piso?}

- No, lo que realmente + necesito / me hace falta + es + perfeccionar mi español / un piso mucho más grande .

12 推薦

- ¿Cuál de + estos / los tres me {recomiendas / aconsejas}?

- ¿Qué + marca / hotel me {recomiendas / aconsejas}?

- Te + recomiendo / aconsejo + este ___ / que te quedes con éste .

13 用餐時點菜建議

- ¿Qué me recomiendas de + primero / primer plato / postre ?

14 指出被誤解

- {Lo que quieres decir es que no salimos para ningún sitio / En tu opinión, ya no volveremos hablar de este asunto}.

- Yo no me refería a eso. Me refería a + cuándo quedamos para ir al cine / que lo de ayer teníamos que hablarlo con calma .

15 有關某項活動的重要性

- Me parece / Es + importante + hablar de este tema / comentar lo de Juan .

- Lo importante es que + se comente lo de Juan / se hable de este tema .

16 請客：接受與拒絕

- ¿{Qué tomas / Te apetece tomar algo / Te invito a tomar algo}?
  - {Un café, gracias / Vale. Gracias. Una cerveza / No, gracias. Acabo de comer ahora mismo / No, gracias. Ahora no me apetece nada}.

17 指責該做而未做

- Podrías + haberme avisado
  habernos llamado que no ibas a venir .

18 請求原諒，將過錯歸咎他人

- No ha sido culpa + mía
  suya . Ha sido culpa de Ana que ha llegado tardísimo.

19 改變稱呼

- ¿Le trato de tú o de usted?
  - {Trátame de tú / Tutéame}.

20 西班牙兩道菜之食譜介紹

- Tallarines con salmón y brécol 「鮭魚花椰菜麵」食譜

Calorías por ración	每盤卡路里
Receta tradicional 398	傳統食譜 398卡
Receta aligerada 370	輕食食譜 370卡

  ① INGREDIENTES (Para 4 personas) 材料 （4人份）
    - 250 g. de cintas paja y heno　　　　250克的條狀麵條（寬麵）
    - 100 g. de salmón ahumado　　　　　100克的燻鮭魚
    - 400 g. de ramitos de brécol, aceite de oliva, sal y pimienta.
      400克切好的花椰菜，橄欖油，鹽與胡椒。

  ② ELABORACIÓN 步驟

  ❶ Corta el brécol en ramitos, lávalos y ponlos a hervir en agua salada hasta que estén tiernos. Cuélalos y conserva el caldo de la cocción.
    將花椰菜切成條形，洗乾淨後放入鹽水中煮到軟。撈起並保留煮開的湯汁。

  ❷ En el mismo agua donde se ha cocido el brécol, cuece la pasta y, a última hora, añade de nuevo el brécol cocido.
    用煮花椰菜的水來煮義大利麵，在最後（麵煮熟時）加入花椰菜

一起烹煮。

❸ Pon a escurrir todo y colócalo en una fuente. Adórnalo con perejil finamente picado y las lonchas de salmón ahumado cortadas al gusto. Alíñalo con un chorrito de aceite de oliva y sírvelo inmediatamente.

把所有煮的食物湯滴乾後，放在大盤子上。用粉碎狀的歐芹和切片的燻鮭魚來裝飾風味。淋上一些橄欖油就可以直接上菜了。

③ CÓMO ALIGERARLA 如何變成輕食

Puedes sustituir las lonchas de salmón por atún claro al natural, sin aceite, que contiene menos calorías.

你可以用無添加橄欖油的鮪魚罐頭來取代鮭魚片使熱量減輕一點。

④ UN ALIMENTO MUY NUTRITIVO　非常有營養價值的食物

100 g. de pasta contienen：每100g包含以下：

Proteínas	14%	蛋白質
Fibra	4%	纖維質
Hidratos de carbono	67%	碳水化合物
Potasio	54 mg.	鉀
Sodio	5 mg.	鈉
Calcio	22 mg.	鈣
Fósforo	144 mg.	磷
Magnesio	38 mg.	鎂
Hierro	1,6 mg.	鐵
Calorías	348	卡路里

⑤ VOCABULARIO 單字

adornar	裝飾	agua	水
alimento	食物	chorrito	一道（液體）
aliñar	添加	añadir	增加
brécol	花椰菜	cuece	煮熟
cocido	熟的	sustituir	替換
de nuevo	再次	atún	鮪魚
elaboración	步驟	ramito	小支
escurrir	倒乾淨	hervir	煮熟
loncha	片	cortador	切
mismo	相同的	ingrediente	材料
nutritivo	營養	sal	鹽
perejil	歐芹	finamente	細
picado	切碎	pimienta	胡椒

receta	食譜	calorías	卡路里
todo	全部	fuente	來源
última	最後的	salmón ahumado	燻鮭魚

- Lasaña de queso y espinacas乳酪菠菜千層麵

Cocínalos con trucos que bajan calorías 降低卡路里的技巧

① INGREDIENTES (Para 4 personas) 材料（4人份）

- 4 láminas de pasta para lasaña, 300g.

4塊麵團300克

- De espinacas cocidas, 1 queso de brie, piñones

煮熟的菠菜，1塊乳酪

- dos dientes de ajo, media cebolla, 500g.

2顆蒜頭，一半的洋蔥500克

- De salsa de tomate, aceite.

番茄醬汁、油

② VOCABULARIO 單字

aceite	食油	ajo	蒜、大蒜
brie	布里	cebolla	洋蔥
cocida	煮的	acelgas	甜菜、甜蘿蔔
espinaca	菠菜	lámina	薄片
tomate	番茄	lasaña	義大利式寬麵條
pasta	麵糊、麵團	piñón	松子、松仁
queso	乳酪	salsa	醬油
picados	切碎、剁碎	cucharadas	勺、匙（量詞）
paño	布	seco	乾的
escurrir	使流出	limpio	乾淨
sácala	拿出	diente	顆
sofríe (sofreír)	稍煎、微炸		

③ ELABORACIÓN 製作

❶ Sofríe con aceite (3 cucharadas) el ajo y la cebolla picados, añade los piñones y las acelgas, también picads.

三湯匙的油加蒜頭和剁碎的洋蔥微炒，灑上松子和切碎的甜菜。

❷ Hazlo unos 5min. Junto con 5 cucharadas de salsa de tomate.

再微炒5分鐘後，一起淋上5湯匙的番茄醬汁。

❸ Pon a hervir agua con sal, y una vez que rompa a hervir incorpora las láminas de lasaña.

把水燒開，加鹽，一旦煮沸了之後放入義大利麵條。

❹ Cuando estén en su punto, sácalas y déjalas escurrir sobre un paño bien limpio y seco.

煮到味道剛好的時候，取出把它們放在乾淨的布上讓湯汁滴乾。

❺ En una fuente de horno, coloca una lámina.

在烤盤上，放一份義大利式寬麵條。

❻ Pon sobre ella un tercio del preparado de espinacas y encima varias porciones de queso de brie y piñones.

將準備好三分之一量的菠菜放在義大利麵上，和少量的布里乾酪起司及松子。

❼ Sigue con otra lámina, más espinacas y queso; otra lámina, más espinacas y queso, y acaba con otra lámina.

按此製作方式，另一份菠菜和奶酪，再另一份，直到煮的義大利麵、菠菜和奶酪都放到烤盤上。

❽ Baña la fuente con la salsa de tomate hasta casi cubrir la lasaña.

將番茄汁淋在盤上直到將麵條幾乎完全覆蓋上。

❾ Coloca más porciones de brie para rematar y mete al horno, previamente calentado a 180º C, durante 15 minutos.

最後要完成時再加些小塊乳酪，放入事先已加熱至180度的烤箱中烤15分鐘。

④ CÓMO ALIGERARLA 如何變成輕食

Suprime los piñones y utiliza queso bajo en calorías.

不要加松仁，使用低脂乳酪。

1 餐館、店面

el alimento	n.	食物
el gastrónomo	n.	講究美食的人
el apetito	n.	食慾
el autoservicio	n.	自助
el camarero	n.	侍者、服務員
el cantinero	n.	男服務員
el cocinero	n.	廚師
el comedor	n.	餐廳
el mesón	n.	簡易飯館
el restaurante	n.	餐廳
el tabernero	n.	酒店老闆
el terminal punto de venta	n.	結帳櫃臺

2 餐飲用具

el abrelatas	n.	開罐器
el aparador	n.	餐具櫃、碗櫥
el bol para ensalada	n.	沙拉盤
el bol para sopa	n.	湯碗
el cubierto	n.	成套餐具
el cuchillo	n.	刀子
el cuenco	n.	碗
el escurridor	n.	壓汁機、濾器
el fregadero	n.	水槽
el hornillo	n.	火爐
el horno	n.	烤箱、爐、灶
el mantel	n.	桌布
el pimentero	n.	胡椒瓶
el platillo	n.	淺碟
el plato llano	n.	菜盤
el plato para ensalada	n.	沙拉盤
el plato para pan y mantequilla	n.	麵包與奶油盤

el plato sopero	*n.*	湯盤
el plato	*n.*	盤、食物
el salero	*n.*	鹽瓶
el vaso	*n.*	玻璃杯
la aceitera	*n.*	油瓶
la azucarera	*n.*	糖罐
la bandeja para canapés	*n.*	小吃托盤
la cocina	*n.*	廚房
la copa	*n.*	高腳杯
la cuchara	*n.*	湯匙
la cuchara de mesa	*n.*	湯匙
la cuchara para café	*n.*	咖啡匙
la cuchara para helado	*n.*	冰淇淋勺
la cuchara para postre	*n.*	甜點匙
la cuchara para sopa	*n.*	湯匙
la cuchara para té	*n.*	茶勺
la despensa	*n.*	餐具室
la ensaladera	*n.*	沙拉碗
la fuente	*n.*	泉水
la fuente de servir	*n.*	大盤子
la fuente de verdura	*n.*	蔬菜盤
la fuente para pescado	*n.*	魚盤
la jarra para agua	*n.*	水壺
la jarra para café	*n.*	咖啡壺
la jarrita de la leche	*n.*	牛奶罐
la mantequera	*n.*	奶油碟
la mesa	*n.*	桌子
la nevera	*n.*	冰箱
la olla	*n.*	水罐、壺
la pimentera	*n.*	胡椒瓶子
la salsera	*n.*	醬盤、醬汁碟
la sartén	*n.*	煎鍋
la servilleta	*n.*	餐巾
la sopera	*n.*	湯盆
la tacita de café	*n.*	咖啡杯
la taza para café	*n.*	咖啡杯

la taza	*n.*	杯子
la tetera	*n.*	茶壺
la vajilla	*n.*	（瓷）餐具

3 描述味道形容詞

ácido	*adj.*	酸的
acre	*adj.*	鋒利的，酸的
agrio	*adj.*	酸的
alimenticio	*adj.*	營養的，供養的
amargo	*adj.*	苦的
blando	*adj.*	軟的
comestible	*adj.*	可食的
dulce	*adj.*	甜的
duro	*adj.*	硬的
fresco	*adj.*	新鮮的
maduro	*adj.*	成熟的
picante	*adj.*	辣的
soso	*adj.*	無味的
viejo	*adj.*	老的

4 熟食

el huevo escalfado, el huevo duro	*n.*	水煮蛋
el huevo revuelto	*n.*	炒蛋
la tortilla	*n.*	西班牙蛋餅
los huevos estrellados	*n.*	荷包蛋

5 海產

el arenque	*n.*	鯡魚
el atún	*n.*	鮪魚
el bacalao, el abadejo	*n.*	鱈魚、醃鱈魚
el besugo	*n.*	海鯛
el bonito	*n.*	松魚
el calamar	*n.*	烏賊
el camarón, la gamba	*n.*	蝦
el cangrejo	*n.*	蟹

el escabeche	*n.*	沾檸檬醋的魚
el lenguado	*n.*	比目魚
el mejillón	*n.*	蚌
el pescado	*n.*	魚
el pulpo	*n.*	章魚
el salmón	*n.*	鮭魚
la almeja	*n.*	貝類
la anguila	*n.*	鰻魚
la caballa	*n.*	鯖魚
la langosta	*n.*	龍蝦
la oreja marina	*n.*	鮑魚
la ostra	*n.*	牡蠣
la sardina	*n.*	沙丁魚
la trucha	*n.*	鱒魚
los mariscos	*n.*	海鮮

6 五穀雜糧、飯食

el almuerzo	*n.*	午飯
el arroz	*n.*	米
el desayuno	*n.*	早餐
el guisante	*n.*	豌豆
el garbanzo	*n.*	鷹嘴豆
el maíz	*n.*	玉米
el té	*n.*	茶
el trigo	*n.*	麥子
la avena	*n.*	燕麥
la cena	*n.*	晚飯
la comida	*n.*	食物、飯食
la judía	*n.*	豆
la lenteja	*n.*	扁豆
las legumbres	*n.*	豆類
los cereales	*n.*	穀物

7 蔬菜、肉類

el ajo	*n.*	大蒜
el apio	*n.*	芹菜
el asado	*n.*	烤肉
el bistec	*n.*	牛排
el brécol	*n.*	花椰菜
el camote, la batata	*n.*	甘薯
el champiñón	*n.*	香菇、蘑菇
el espárrago	*n.*	蘆筍
el fréjol	*n.*	菜豆
el huevo	*n.*	蛋
el nabo	*n.*	蕪菁、蕪菁甘藍
el pepino	*n.*	黃瓜、胡瓜
el perejil	*n.*	歐芹、荷蘭芹
el pimiento	*n.*	辣椒的種子
el pimiento amarillo	*n.*	黃燈籠椒
el pimiento rojo	*n.*	紅燈籠椒
el pimiento verde	*n.*	青燈籠椒
el pollo	*n.*	雞
el puerro	*n.*	大蔥
el rábano	*n.*	蘿蔔
el tomate	*n.*	番茄
la alcachofa	*n.*	朝鮮薊、洋薊
la berenjena	*n.*	茄子
la calabaza	*n.*	南瓜
la carne picada	*n.*	碎肉
la carne	*n.*	肉
la cebolla	*n.*	洋蔥
la cebolla roja	*n.*	紅蔥頭
la cebollita	*n.*	小紅蔥頭
la chuleta de cerdo	*n.*	豬排
la chuleta de cordero	*n.*	羊排
la col	*n.*	甘藍菜、捲心菜
la coliflor	*n.*	花椰菜、花椰菜的花
la espinaca	*n.*	菠菜
la lechuga	*n.*	萵苣

la panceta	*n.*	培根
la patata	*n.*	馬鈴薯
la seta	*n.*	蘑菇
las verduras	*n.*	菜
las verduras congeladas	*n.*	冷凍蔬菜

8 水果

el aguacate	*n.*	鱷梨
el albaricoque	*n.*	杏、杏樹
el cacahuete	*n.*	花生
el caki	*n.*	柿子
el coco	*n.*	椰子
el higo	*n.*	無花果
el limón	*n.*	檸檬
el mango	*n.*	芒果樹、芒果
el melocotón	*n.*	桃樹、桃子
el melón	*n.*	甜瓜、香瓜
el olivo	*n.*	橄欖
el plátano	*n.*	香蕉
la almendra	*n.*	扁桃、杏仁
la castaña	*n.*	栗子、栗色
la cereza	*n.*	櫻桃
la ciruela	*n.*	李子
la fresa	*n.*	草莓
la fruta	*n.*	水果
la granada	*n.*	石榴
la manzana	*n.*	蘋果
la mora	*n.*	黑莓
la naranja	*n.*	橙、柑
la nuez	*n.*	胡桃、核桃
la papaya	*n.*	木瓜
la pasa	*n.*	葡萄乾
la pera	*n.*	梨、洋梨
la piña	*n.*	松球、梨
la sandía	*n.*	西瓜
la toronja	*n.*	柚子

la uva	*n.*	葡萄

9 點心、甜點

el almendrado	*n.*	餡餅
el benuelo	*n.*	酥皮點心
el bizcocho	*n.*	海綿蛋糕
el bocadillo	*n.*	點心、甜點
el bollo	*n.*	小麵包、鬆
el bombón	*n.*	夾心糖
el caramelo	*n.*	焦糖
el chocolate	*n.*	巧克力
el churro	*n.*	帶餡油炸麵團
el confite	*n.*	糖果
el entremés	*n.*	開胃食物
el flan	*n.*	果餡餅
el granizado	*n.*	雪花冰
el helado	*n.*	冰淇淋
el mazapán	*n.*	杏仁糖膏
el pan	*n.*	麵包
el panecillo	*n.*	麵包捲
el pastel	*n.*	餡餅、糕餅
el postre	*n.*	飯後點心
el pudín	*n.*	布丁
el queso	*n.*	乾酪、乳酪
el requesón	*n.*	乾酪、奶酪
el sandwich	*n.*	三明治
el sorbete	*n.*	果凍、果汁牛奶凍
el tentempié	*n.*	小吃、點心
el turrón	*n.*	西式牛軋糖
la aceituna	*n.*	橄欖
la confitura	*n.*	蜜餞、果醬
la empanada	*n.*	炸餡餅
la ensalada	*n.*	沙拉
la galleta	*n.*	餅乾
la galleta salada	*n.*	薄脆餅乾
la jalea	*n.*	果子凍、果醬

la mantequilla	*n.*	奶油、黃油
la merienda	*n.*	點心
la mermelada	*n.*	果醬
la nata, la crema	*n.*	奶油、乳脂製品
la remolacha	*n.*	甜菜
la tarta	*n.*	糕、餅
la tostada	*n.*	吐司
la yema	*n.*	蛋黃

10 湯類

el caldo	*n.*	清湯（牛肉等的）
el consomé	*n.*	清燉肉湯
el gazpacho	*n.*	冷蔬菜湯
el guisado	*n.*	燉肉、燉煮的食物
el potaje	*n.*	薄脆小甜餅
el puchero	*n.*	砂鍋、燉煮的菜
el puré	*n.*	煮爛或製漿的濃湯
la empanada	*n.*	派
la sopa	*n.*	湯
la sopa de fideos	*n.*	麵湯

11 飲料、飲品

el agua	*n.*	水
el agua mineral	*n.*	礦泉水
el aguardiente	*n.*	白蘭地
el café	*n.*	咖啡
el champán	*n.*	香檳
el cocktel	*n.*	雞尾酒
el coñac	*n.*	白蘭地
el güisqui (whiskey)	*n.*	威士忌
el jugo de naranja	*n.*	橘子汁
el ponche	*n.*	雞尾酒
el refresco	*n.*	茶點、飲料
el ron	*n.*	萊姆酒
el té	*n.*	茶

el vino	*n.*	酒
el yogur	*n.*	優酪乳
el zumo de naranja	*n.*	柳橙汁
la bebida alcoholica	*n.*	含酒精的飲料
la bebida no alcohólica	*n.*	不含酒精的飲料
la cerveza	*n.*	啤酒
la coca cola	*n.*	可口可樂
la gaseosa	*n.*	軟性飲料
la ginebra	*n.*	杜松子酒
la horchata	*n.*	西班牙豆漿
la leche	*n.*	牛奶
la limonada	*n.*	檸檬水
la manzanilla	*n.*	不甜的雪莉酒
la naranjada	*n.*	橘子水
la pepsicola	*n.*	百事可樂
la sangria	*n.*	桑格里厄世酒
la sidra	*n.*	蘋果汁
la soda	*n.*	蘇打水

1　Juana cocina en casa si no está demasiado cansada.
假如華娜不累，她就會在家煮。

2　Déme un paquete de galletas. Bueno. ¿algo de pan? Sí, por favor. Dos hogazas (barras). Ah, y media libra de mantequilla. Eso es todo.
給我一包餅乾。那一些麵包呢？好，麻煩了。兩個麵包。哦，和半斤的黃油。就這樣。

3　¡Qué rica la paella!
海鮮飯好可口喔！

4　Está malo el arroz!
飯好難吃！

5　¡Qué asca esta ternera fiambre!
這冷牛肉好難吃！

6　Él come muy normal.
他吃得很簡單。

7　El bocadillo sabe a mostaza.
這三明治有芥末的味道。

8　Hemos tomado el desayuno en el comedor de abajo.
我們在樓下餐廳吃過早餐了。

9　Oiga, por favor, ¿este plato lleva + {pimienta / ajo / cebolla / vino / ....}?
喂，請問，這道菜裡有（加）+ ｛胡椒／大蒜／洋蔥／酒／…｝嗎？

10　Oiga, por favor , ¿qué me recomienda + {de postre / para beber / ...}?
喂，請問，（點心／飲料／…）+您有什麼可推薦給我的？

11　Oiga, por favor , ¿me trae el menú del día?
喂，請給我今天的菜單？

12　Oiga, por favor , ¿nos traiga + {un cuchara / una cuchillo / un tenedor}?
喂，請給我們（一個）+ ｛湯匙／刀子／叉子／…｝？

13　Oiga, por favor , ¿nos traiga + {más vino / más agua}?

喂，請給我們加 + ｛酒／水／…｝ ？

14 Oiga, por favor , ¿nos traiga un poco de + {limón / salsa}?
喂，請給我們一些 + ｛檸檬／醬汁／…｝ ？

15 Voy a tomar + {la paella / los canelones / los guisantes con jamón}.
我要點（吃）+ ｛海鮮飯／捲麵／豌豆加火腿／…｝ 。

16 He pedido + {la sopa marinera / la crema catalana / el consomé de pollo}.
我點了 + ｛海鮮湯／加泰隆那蛋奶甜點／雞肉濃湯／…｝ 。

17 Sí, me gusta + {el flan / el pastel de manzana / la macedonia de frutas}, pero hoy no me apetece.
是的，我喜歡 + ｛布丁（圓形奶油蛋糕）／蘋果餡餅／水果拼盤／…｝，可是今天我不想吃這些。

18 Sí, me gusta la tarta helada, pero hoy no me gusta como lo hacen aquí.
是的，我喜歡冰淇淋蛋糕，可是今天我不喜歡這兒做的（口味）。

19 Sí, me gustan los huevos + {al plato / duros / estrellados o frítos / revuel-tos}, pero el camarero me ha recomendado la ensalada.
是的，我喜歡 + ｛煎的雞蛋／水煮雞蛋／荷包蛋／炒雞蛋｝，可是服務生跟我推薦沙拉。

20 Las comidas chinas 中餐菜餚

- Carne de vacuno salteada con puerros	蔥爆牛肉
- Cerdo frito	軟炸里脊
- Cerdo trozado con salsa de frijoles	京醬肉絲
- Pollo trozado salteado con nueces	醬爆核桃雞丁
- Bolitas de camarones fritas	炸烹明蝦
- Sopa caliente y ácida	酸辣湯
- Pollo borracho （pollo frío en vino）	醉雞
- Costillsa Wu Hsi	無錫排骨
- Camarones salteados con brotes de soja	豆苗蝦仁
- Cerdo agridulce	糖醋里脊
- Pescado amarillo trozado	雪菜黃魚片
- Camarones salteados con huevo	蝦仁爆蛋
- Pollo guisado con cuajado de soja frito	砂鍋油豆腐雞
- Carne a la cacerola	滷肉
- Pollo tres copas	三杯雞

197

- Anguila tres copas   三杯小卷
- Chuletas de camarones   金錢蝦餅
- Bolitas de calamar fritas   花枝丸
- Tan-tze mien (fideos)   擔仔麵
- Buda salta el muro (aleta de tibutón, tendones y verduras)   佛跳牆
- Carne de vacuno seca y trozada   乾扁牛肉絲
- Brotes de soja fríos con salsa picante   麻辣豆魚
- Camarones hervidos   乾燒明蝦
- Trocitos de pollo salteados con pimientos rojos secos   宮保雞丁
- Tofu con trozos de cerdo picante   麻婆豆腐
- Porotos verdes secos fritos   乾扁四季豆
- Berenjenas salteadas con salsa picante   魚香茄子
- Pollo virrey   左宗棠雞
- Cacerola de pollo silvestre   山雞鍋
- Camarones trozados envueltos en lechuga   生菜蝦鬆
- Chuletas de camarones salteadas   生煎蝦餅
- Sopa de pescado   魚生湯
-Pollo trozado en cono de bambú   竹節肉
- Aleta de tiburón estofada   紅燒排翅
- Bistec salteado al estilo chino   中式煎牛排
- Rodajas de abalón con hongos negros   北菇鮑片
- Mariscos al vapor   清蒸海上鮮
- Sopa de langosta a la cacerola   上湯焗龍蝦
- Cerdo agridulce con piña   鳳梨咕咾肉

1 Pepe: Por fin me han arreglado lo del sueldo.

Helena: ¿Te han subido?

Pepe: No. Pero han aceptado mi petición del nuevo horario de trabajo.

Helena: ¿Cómo es?

Pepe: Pues voy a trabajar sólo media jornada, o sea, cuatro horas diraias, cinco días a la semana.

Helena: Parece bien, ¿no?

2 Carmen: ¿Qué te pasa? ¿Tienes cara de estar de mal humor?

Juan: Sí. Primero he tenido que ir al banco a sacar dinero esta mañana. Los bancos cierran a las dos y falta poco para cerrar. He ido andando rápidamente.

Carmen: Sí, ¿y qué tal?

Juan: Cuando llegaba a la boca de la calle Martínez, de repente salió un coche por la izquierda, me aparté antes de que me atropellara. Me caí en el suelo y me hice daño en las rodillas.

Carmen: ¡Uf! ¡Qué horrible! ¿Al final has sacado el dinero?

Juan: Sí. Luego he tenido una reunión de cinco horas, ha sido pesadísima.

Carmen: Ya, ya. Menudo día.

Juan: Bueno, tengo la clase de gimnasia a las siete y media. Ahora voy a tomar un café para despejarme. ¿Vienes conmigo?

Carmen: Vale, de acuerdo.

3 A: Buenos días.

B: Buenos días. Mire, me gustaría enviar esta carta a Alemania.

A: ¿Cómo la quiere? ¿Una carta ordinaria o una carta certificada?

B: Una carta certificada, por favor. ¿Y podría decirme el franqueo?

A: Mire, señor, es necesario poner el código postal, y el franqueo de esta carta certificada por avión son dos euros.

B: Aquí tiene dos euros. Muchas gracias.

A: Espere, señor, aquí tiene el recibo. Guárdelo por si acaso se necesita para la reclamación.

4 José: Hola, Emilia, ¿Qué hay?

Emilia: Hombre, José, ¿qué tal? ¿qué haces por aquí?

José: Mira, estoy buscando una oficina de correo, ¿sabes dónde está?

1 貝貝：終於他們把我薪資的問題處理了。

愛蓮娜：他們給你加薪嗎？

貝貝：沒有，不過他們已接受我新的工作時間要求。

愛蓮娜：（工作時間）如何？

貝貝：我只需半個工作日，也就是說，一週工作五天，每天四個小時。

愛蓮娜：好像很好，不是嗎？

2 卡門：你怎麼了？你的臉看起來心情很差？

璜：是啊！首先今天早上我得去銀行領錢（提款）。銀行兩點關門，眼看就要關門了，我快步前去。

卡門：對啊，結果呢？

璜：當我到達馬丁尼茲街口時，突然間一輛車從左邊跑出來，在我被輾過之前，我趕緊跳開。我摔倒在地上，結果弄傷了膝蓋。

卡門：嗚！好可怕！最後你領到錢了嗎？

璜：有，之後我開了一個五小時的會，討厭極了。

卡門：是啊，是啊，真是精彩的一天！

璜：好吧，我七點半要上健身課。現在我要去喝杯咖啡，讓頭腦清醒一下。妳要一起來嗎？

卡門：好的。

3 A：早安。

B：早安。我想寄這封信到德國。

A：您想怎麼寄？平信或掛號信？

B：請用掛號信寄。順便告訴我郵資多少？

A：嗯，先生，這兒需要您寫上郵遞區號。這封航空掛號信的郵資是兩塊歐元。

B：這裡一共兩塊歐元。非常謝謝。

A：等一下，先生，您的收據。把它收好，萬一將來沒寄到需要查詢（索賠）。

4 荷西：哈囉，愛蜜莉雅，好嗎？

愛蜜莉雅：哇，荷西，好嗎？你在這兒做什麼？

荷西：我在找郵局，妳知道在哪嗎？

Emilia: Hay una que está en la calle Zamora. Mira sigue todo recto hasta al final de esta calle y gira a la derecha, enseguida ves una ahí.

José: ¿Me acompañas?

Emilia: Me gustaría, pero no puedo. Tengo una cita con el dentista.

José: Bueno. Gracias y hasta luego.

(en la oficina de correo)

José: Buenas tardes. Me gustaría enviar esta carta ordinaria a Sevilla. No sé exactamente qué franqueo necesita, pero ya he puesto un sello de 0.5 (medio) euro.

Empleada: Démela, por favor. La voy a pesar. A ver... Mire, la carta excede de peso. Usted tiene que poner otro sello de 0.5 (medio) euro.

José: Vale. Gracias.

5 Ramón: ¿Por qué no me acompañas a comprarme el libro esta noche?

Luisa: No sé, no me apetece mucho quedarme por aquí.

Ramón: ¿Qué te pasa? ¿Estás de mal humor?

Luisa: De mal humor es poco.

Ramón: Pero, ¡bueno! Nunca te había visto así.

Luisa: Es que nunca me había pasado lo de ayer. Ayer salí traquilamente de casa como cada día. Fui al aparcamiento a coger el coche y no me arrancó. Como no me daba tiempo, cogí un taxi. Cuando estábamos ya muy cerca del centro, se nos pinchó una rueda. Le pagué y me fui a coger el metro para no perder más tiempo. Salí de la estación de metro, vi a mucha gente por la calle San José y la policía había cortado el tráfico. Decían que había unos atracadores en el banco y ellos habían dicho que iban a poner una bomba en la puerta del edificio.

Ramón: Y la habían puesto...

Luisa: Sí, de repente se oyó una explosión y un ruido de cristales rotos. Nos dimos un susto tremendo.

Ramón: Y con todas ésas, ¿qué hora era?

Luisa: Bueno, eran ya las tantas. Fui corriendo por otra calle. Sin duda yo llegaba tarde a todo: a la entrevista con un director de otro departamento, a una reuión de administración...

Ramón: Y además, a ti te molesta llegar tarde a las citas...

Luisa: Pues imagínate cómo debía estar.

愛蜜莉雅：在薩摩拉街有一家郵局。你從這兒直直走到街底，然後右轉就會看到它在那裡。

荷西：妳陪我去嗎？

愛蜜莉雅：我很想，可是我沒辦法。我跟牙醫有約了（我要看牙齒）。

荷西：好吧。謝謝，待會見。

（在郵局）

荷西：午安，我想用平信寄這封信到塞維亞。我不知道正確的郵資是多少，不過我已貼了一張0.5歐元的郵票。

職員：請給我。我來秤一下，嗯，這信超重了，您得再貼一張0.5歐元的郵票。

荷西：好的，謝謝。

5 拉蒙：妳今天晚上為什麼不陪我去買書？

露易莎：不知道，我不是很想待在這兒。

拉蒙：妳怎麼了？心情不好？

露易莎：心情不好是小事。

拉蒙：可是，嗯，我從未見過妳這樣。

露易莎：實在是我從未發生昨天那樣的情形。昨天我如每天一般很平靜地出門。我去停車場取車，結果車子發不動。由於我時間不夠，我搭計程車走。當我們很靠近市中心的時候，輪胎被刺破了。我付了司機錢後，為了不浪費時間，我改搭地鐵。我從地鐵站走出來時，看見很多人在聖荷西街上，而且警察封鎖交通。聽說有銀行搶匪，他們嗆說要在大樓門口放炸彈。

拉蒙：他們炸彈放了……

露易莎：有，突然間聽到一聲爆炸聲和玻璃破碎的聲音。我們大家都嚇壞了。

拉蒙：所有這些事情發生後，幾點了？

露易莎：嗯，已經很晚了。我從另一條街跑去（公司）。毫無疑問地，我遲到了，什麼也沒趕上：包括和另一部門主管的會議，一個行政會議……

拉蒙：此外，妳很在意約會遲到……

露易莎：嗯，你可以想像我的窘態。

6   A: Oiga, por favor, ¿podría decirme cuál es la ventanilla de admisión de los paquetes?

B: Está allí, la ventanilla 6.

A: Mire, señora, estos son los libros que me gustaría enviar a Taiwán. ¿Qué es más barato, enviarlos por paquete o como impreso?

C: Es más barato enviarlos como impreso. ¿Y usted quiere enviarlos por aire o por mar?

A: ¿Tarda mucho si se envían por mar?

C: Tarda tres meses más o menos si se envían por mar, pero es mucho más barato.

A: Si es así, los envío por mar, por favor.

7   Noemí: ¡Hola Carlos! ¿Qué tal el viaje a Barcelona?

Carlos: Pues fatal, muy mal. Tuve mala suerte. El tren se averió y todos los pasajeros tuvimos que esperar dentro del vagón hasta que vinieran los autobuses a recogernos. Como estuvo lloviendo todo el día, nadie pudo salir afuera.

Noemí: ¡Qué mala suerte!

Carlos: ¡Eso no fue todo! Cuando estábamos en carretera, el radiador del autobús se estropeó, tuvimos que esperar otro autobús.

Noemí: ¿Dónde hiciste por la noche?

Carlos: Pasé la noche en un hostal cerca de Zaragoza y a la mañana siguiente, alquilé un coche y volví a Madrid.

Noemí: ¿Llegaste al Colegio Mayor sin problemas?

Carlos: Bueno, como hizo mal tiempo, no pude ver bien por la lluvia y la espesa niebla, la carretera estaba muy peligrosa y tuve que conducir muy despacio. Al llegar al Colegio Mayor, estaba rendido.

Noemí: ¡Cuánto lo siento tu soñado viaje!

8   Beatriz: ¡Qué tarde has llegado!

Charo: No me riñas. No ha sido la culpa mía.

Beatriz: Pues ¿qué ha pasdo? Te he estado esperando una hora aquí.

Charo: Hoy he salido un poco antes de mi casa y he cogido el autobús. Me han dado tantos empujones en este autobús y he tenido que estar de pie todo el tiempo. Pero lo peor es el tráfico. Ha habido unos minuntos que todos los vehículos se han quedado inmóviles en las calles.

6 A：請告訴我哪一個窗口是收包裹（寄送）？

B：在那裡，六號窗口。

A：女士，這些書我想寄到臺灣。哪一種比較便宜呢？用包裹還是印刷品寄？

C：用包裹寄會比較便宜。您想要用航空或海運寄？

A：如果用海運寄會很久嗎？

C：用海運寄大概需要三個月左右，不過便宜很多。

A：如果是這樣，我就用海運寄。

7 諾雅美：嗨，卡洛斯！巴塞隆納之旅如何啊？

卡洛斯：很慘，糟透了。我運氣很不好。火車壞了，所有的旅客我們都必須留在車廂內直到巴士來接我們。由於整天都在下雨，沒有人可以到（車廂）外面。

諾雅美：真倒楣！

卡洛斯：這還沒完！當巴士行駛在公路上，車子的散熱器壞了，我們又得等另一輛巴士。

諾雅美：晚上你在哪裡過夜？

卡洛斯：我在靠近薩拉各莎的旅店過夜，然後隔天早上，我租了一輛車回到馬德里。

諾雅美：你後來平安回到學生宿舍？

卡洛斯：嗯，天氣很差，因為下雨又起濃霧，視線不是很好，高速公路顯得很危險，所以我開得很慢。回到宿舍後，我已疲憊不堪。

諾雅美：我真替你的夢幻之旅感到難過！

8 貝雅蒂斯：妳怎麼這麼晚才到！

蕎蘿：妳別罵我。不是我的錯。

貝雅蒂斯：那是怎麼一回事？我已經在這兒等妳一個鐘頭了。

蕎蘿：我今天已經提早出門搭公車。這輛巴士擠滿了人，我只得從頭站到尾。不過最糟糕的是交通。有好幾分鐘街道上的車子是靜止不動的。

貝雅蒂斯：之後妳怎麼來到這裡？

La gente ha empezado a hablar de la propaganda que están haciendo ahora: 'gane en comodidad', 'coja transportes públicos'...

Beatriz: ¿Y después qué has hecho para venir aquí?

Charo: Para no perder tiempo, me he bajado y he venido andando.

Beatriz: Bueno al menos has hehco un poco de ejercicio. Ahora vamos corriendo al cine. No quiero perder la película.

9 A: Buenos días, quisiera certificar esta carta.

B: Haga el favor de llenar este formulario, ponga el nombre, la dirección y el código postal del destinatario.

A: Ya está. Tome. Si no recibiera mi carta, ¿qué haría?

B: Usted puede venir aquí a hacer una indagación sobre este asunto. Normalmente se trata de los casos como 'desconocido', 'no reclamado', 'caer en rezago', 'dirección incompleta' y 'franqueo faltante'.

A: Muchas gracias por explicarme. ¿Cuánto es el franqueo?

B: Dos euros.

A: Aquí tiene usted.

10 Había un capitán que nunca tomaba vino, pero su ayudante siempre estaba borracho. Un día el ayudante se embriagó una vez más y vomitó en la cabina; se enfadó mucho el capitán y apuntó en el cuaderno de bitácora: 'Hoy ha estado borracho otra vez mi ayudante'. Cuando se despertó éste y vió lo que había escrito el capitán, inmediatamente apuntó lo siguiente: 'Hoy no ha pillado una cogorza el capitán'.

蕎蘿：爲了不浪費時間，我下車，然後走路過來。

貝雅蒂斯：好吧，至少妳做了點運動。現在我們得飛快去電影院，我不
想錯過影片。

9 A：早安，這封信我想用掛號寄。

B：麻煩您填一下這張表格，寫上收件人的名字、住址和郵遞區號。

A：寫好了。給您。如果（對方）沒有收到我的信，我該怎麼做？

B：您可以來這裡對此事提出查詢。通常處理的問題有:查無此人、無人
領取、地址不詳無法投遞、欠資。

A：非常謝謝您的說明。郵資多少？

B：兩塊歐元。

A：請拿去。

10 有一位船長從來不喝酒，可是他的副船長總是喝得酩酊大醉。有一天副
船長又喝得醉醺醺，而且吐得整個駕駛艙都是；船長很生氣，在航海日
記上寫道：「今天我的副船長又喝醉了。」副船長醒來後，看到船長寫
的，馬上他在下面補上這些話：「今天船長沒有喝醉酒。」

1 敘述

- El otro día <u>no tenía nada en la nevera</u> y <u>fui a comer a casa de Pedro</u>.

                  Situación   Acciones

- El día de mi cumpleaños estaba en casa y llegó Juan Carlos.
- En aquella época salía mucho con Noemí y nos hicimos muy amigos. .

- Relacionar dos momentos o acciones: anterioridad / posterioridad.

- Vi a Pepe + { antes de / después de } + jugar el partido.

2 敘述過去先後發生的兩個動作

- { El día de Navidad / En abril empecé a trabajar } + y + { a los / al cabo de } + { pocos días / tres meses } + { lo volví a ver / me despidieron }.

- { El día de Navidad / En abril empecé a trabajar } + y + { pocos días / dos años } + { después / más tarde } + { lo volví a ver / me despidieron }.

- { El día de Navidad / En abril empecé a trabajar } + y al + { día / mes / año } + siguiente + { lo volví a ver / me despidieron }.

3 敘述發生在未來的動作是基於某一項因素

- Cogeré las vacaciones cuando vuelva mi director.

4 強調對某件事情、人的評論與感覺

- { No sabes / No puedes imaginarte } + lo + { difícil / nerviosos } + que + { es / se ponen }.

- { No sabes / No puedes imaginarte } + { lo que / como } + { nos divertimos / me duele el estómago }.

5 抱怨、申訴、抗議

* ¿Verdad que + $\begin{array}{l}\text{abren a las siete} \\ \text{me dijeron que estaría para hoy}\end{array}$? Pues + $\begin{array}{l}\text{está cerrado} \\ \text{no ha venido}\end{array}$.

* Tendrían que + $\begin{array}{l}\text{avisar} \\ \text{decirlo}\end{array}$.

* $\begin{array}{l}\text{No hay derecho} \\ \text{No puede ser} \\ \text{Ya está bien}\end{array}$, + oiga.

209

✓ 常用單字

■ 郵局、郵政業務

el apartado de correos	*n.*	郵政信箱
el buzón de correos	*n.*	郵筒
el cartero	*n.*	郵差
el cheque postal	*n.*	郵政支票
el correo aéreo	*n.*	航空信
el correo certificado	*n.*	掛號郵件
el correo	*n.*	郵政
el destinatario	*n.*	收信人
el destino	*n.*	收信地址
el estanco	*n.*	郵票售票（雜貨）店
el exceso de peso	*n.*	超重
el exceso	*n.*	超過
el franqueo, el porte	*n.*	郵運費
el giro postal	*n.*	郵政匯票
el jefe de correos	*n.*	郵政局長
el mostrador	*n.*	郵局櫃臺
el nombre	*n.*	姓名
el paquete bajo faja	*n.*	封帶郵件
el paquete, la encomienda	*n.*	小包裹
el peso	*n.*	重量
el remitente	*n.*	寄信人
el sello	*n.*	郵票
el sobre	*n.*	信封
la caja postal de ahorros	*n.*	郵政儲金
la carta certficada	*n.*	掛號信
la carta confidencial	*n.*	親啓信
la carta urgente	*n.*	限時信
la carta	*n.*	信
la casa de correos	*n.*	郵局
la casilla de correos	*n.*	郵政信箱
la comunicación	*n.*	通信

la dirección	*n.*	住址
la estampilla	*n.*	郵票
la multa	*n.*	罰鍰
la oficina de correos	*n.*	郵局
la tarifa postal	*n.*	郵資
la tarjeta postal, la postal	*n.*	明信片
la ventanilla, la taquilla	*n.*	郵局櫃臺小窗口
las comunicaciones postales	*n.*	郵政
las muestras sin valor	*n.*	免費商品樣本
las señas	*n.*	門牌
los impresos	*n.*	印刷品
certificar	*v.*	寄掛號郵件
echar al buzón	*v.*	投入郵筒
franquear	*v.*	付郵資
lacrar	*v.*	封蠟
sellar	*v.*	貼郵票
libre de porte	*f.*	免郵資
por avión	*f.*	航空運
por vía marítima	*f.*	海運

1. Disculpa por tardar tanto en responder. A la vuelta de las vacaciones de verano no he visto el momento de ponerme a responder correos importantes como éste.

   請原諒這麼晚才回信。暑假假期回來我一直找不到時間回覆諸多重要的信件，比如這一封。

2. No he podido escribirte antes. Estoy bastante estresada con el trabajo, la situación en general.

   之前我沒辦法寫信給你。我的工作給我相當多的壓力，通常是這樣。

3. Perdona que haya tardado unos días en contestarte, he tenido muchísimo trabajo en la universidad y no he podido leer con atención los archivos que me habías enviado.

   很抱歉我拖了好幾天才回覆你，我學校（大學）裡有一大堆工作，所以我沒辦法專心閱讀你寄給我的檔案。

4. Ahora estoy de vacaciones en casa de mis padres esta semana. Y bueno, no hay mucho más que contar estoy contenta y sobre todo, me alegra mucho recobrar el contacto contigo.

   這星期的假期我待在我父母親家。嗯只能說我很高興，特別是能和你重新再連絡。

5. Seguiré en este correo hasta que sea una abuelita. Así que, si me escribes, aquí me vas a encontrar.

   我會一直用這個帳號到我變成了老奶奶。所以你寫信給我，都找得到我的（我都收得到）。

6. Ya no te robo más tiempo, hoy es mi último día de vacaciones, he recargado pilas para volver al trabajo con fuerza, después ya se me habrás olvidado las vacaciones.

   我不再占用你更多時間了。今天是我假期的最後一天，我已重新充電好回去努力工作，之後我就會忘了放假的事。

7. ¿Cuál es la tasa?

   價錢是多少？

8　Quisiera certificar esta carta.
　這封信要寄掛號。

9　Por favor, ponga el nombre y la dirección del remitente para que se le devuelva la carta si no se halla al destinatario.
　請在寄件人的位置寫上名字和地址，以便找不到目的地時可以寄還。

10　¿Me da usted un recibo por la carta certificada?
　可以給我掛號信的收據嗎？

11　¿Cuánto es el franqueo?
　郵資多少錢？

12　Una carta certificada se paga la tarifa más alta.
　掛號郵件要付更多的錢。

13　正式書信格式
　　-中文版

寄件者
名字（個人／公司名稱）
住址
電話／傳眞／電子郵件

　　　　　　　　　　　　　　收件者
　　　　　　　　　　　　　　公司名稱
　　　　　　　　　　　　　　實際收件者
　　　　　　　　　　　　　　城市，日、月、年

抬頭、稱呼、稱謂
我敬愛之先生／我敬愛之加里西雅先生：

空4格
--------- 信函內容（段落之間2行間距）

空4格

-------------- 告別（皆用第三人稱）

謹信中所言並無其他特別之事，在此向您們致敬

簽名

姓名＿＿＿＿＿＿

職位：系所長

- Carta Formal（對照西文版）

Remitente

Nombre (Particular / Empresa)

Dirección.

TEL./ FAX./ Correo Electrónico

Destinatario

Nombre de empresa

A La Atención de (Destinatario Real)

Ciudad, Día de Mes de Año

1 - V May - 2003 [1]

Encabezamiento [2]

Muy Señor Mío: / Sr. García:

4 espacios

– – – Cuerpo de la carta

(ENTRE LOS PARRAFOS PONEN DOBLE LINEAS)

4 espacios

– – – Fórmula Despedida. [3]

(SIEMPRE LA TERCERA PERSONA)

Sin otro particular, les saluda

Firma

Cargo: Director del Departamento

Fdo.- Nombre y Apellidos

<Cargo se pone aquí>

(1) 日期

日期依日、月、年順序書寫。日與月之間的de可以省略，但月與年之間不可。例如：14, febrero de 2012；14 de febreo de 2012。月份的第一個字母不用大寫，亦可用羅馬數字表示月份。例如：14 de febreo de 2012 =14 / II / 2012。

(2) 稱謂（Encabezamiento）

Queridísmos padres	親愛的爸媽
Distinguido señor Wang	尊敬的王老師
Mi querido hijo	我摯愛的兒子
Reverendo padre	尊敬的父親
Estimada Noemí	敬愛的諾雅蜜
Querido tío	親愛的姨丈（姑丈）
Querido respetado padrino	親愛尊敬的教父
Querido amigo Juan	親愛的朋友璜
Mis queridos amigos	我親愛的朋友

Apreciados profesores	尊敬的老師們
Mi distinguida amiga	我尊敬的朋友

(3) 問候語（Despedidas）

Atentamente	誠摯地
Abrazo	擁抱
Un fuerte abrazo	熱情擁抱
Besos	親吻
Un beso	親吻
Muchos besos	親吻

- 信封正面格式

SELLO [8]

Srita. D.ª Beatriz García Martínez [1]

Colegio Mayor Casa Do Brasil [2]

Avda/ Arco de la Victoria, s/n [3]

28040 Ciudad Universitaria, Madrid [4]

España (Spain) [5]

POR AVIÓN [6]

Favor de no doblar ni engrepar esta carta [7]

(1) 收件人姓名、稱呼	(2) 公司、行號、學校名稱
(3) 街道名稱	(4) 郵遞區號、區域、城市
(5) 國家	(6) 經航空寄送
(7) 請勿折疊與裝訂此信件	(8) 郵票

- 信封反面格式

```
Rte: Ignacio Pérez Marco [9]

C/Hontanar, NO.1, 28223, Madrid, España [10]
```

(9) 寄件人姓名   (10) 寄件人地址

1 Pepe: ¿Estudias o trabajas?

Helena: Trabajo en un Banco de Madrid. Y tú, ¿estás de viaje o vuelves a casa?

Pepe: Estoy de viaje, así que tengo que buscar un hotel para esta noche. Por cierto, eres de Madrid, ¿conoces alguno céntrico y bien de precio?

Helena: Hombre, el Queena Plaza, por ejemplo, es bueno.

Pepe: Muchas gracias, a ver qué tal no me irá...

Helena: Ya verás que te gustará.

2 Recepcionista: Diga.

Pedro: ¿Hotel Queena?

Recepcionista: Sí, dígame, por favor.

Pedro: Me gustaría reservar una habitación.

Recepcionista: ¿Para qué días?

Pedro: Desde el sábado, 12, hasta el lunes, 14.

Recepcionista: ¿Y cómo la quiere usted?

Pedro: Quería una habitación individual, y con baño.

Recepcionista: ¿A nombre de quién?

Pedro: Pedro Alonso Martínez.

Recepcionista: Muy bien, señor. Hasta el día 12. Adiós.

3 José: Buenas noches. Quiero una habitación doble, y con baño para una noche.

Recepcionista: Muy bien. Señor. Tenemos libre la 637. Es exterior, da a la calle Gran Vía.

José: ¿Y cuánto es?

Recepcionista: 100 euros para una noche, desayuno incluido.

José: De acuerdo.

Recepcionista: ¿Me da su nombre, por favor?

José: José Antonio López.

Recepcionista: ¿Cuándo llega usted?

José: Llego mañana por la tarde y me voy el día siguiente por la mañana.

Recepcionista: Muy bien. Entonces hasta mañana.

1 貝貝：妳在念書還是工作？

愛蓮娜：我在馬德里一家銀行工作。你呢？你在旅行或者是要回家？

貝貝：我在旅行，所以今晚我必須找一家旅館住。對了，妳是馬德里人，妳知道有沒有哪一間靠近市中心且價錢不錯（的旅館）？

愛蓮娜：喔！比如說，桂田酒店就很好。

貝貝：非常謝謝，到時看看如何…

愛蓮娜：你會喜歡的。

2 接待員：喂！

貝得羅：桂田酒店嗎？

接待員：是，請說。

貝得羅：我想預訂一間房間。

接待員：哪幾天？

貝得羅：從星期六開始，12號，到星期一，14號。

接待員：您要什麼樣的房間？

貝得羅：我要一間單人房，包含衛浴。

接待員：登記的名字是？

貝得羅：貝得羅‧阿隆索‧馬丁尼茲。

接待員：很好，先生。12號見。再會。

3 荷西：晚安。我今晚要一間雙人房，含衛浴。

接待員：很好，先生。我們有一間637的空房。它位於外圍，面向格蘭比亞街。

荷西：價錢呢？

接待員：一個晚上一百歐元，包含早餐。

荷西：好的。

接待員：請給我您的名字？

荷西：荷西‧安東尼亞‧羅培茲。

接待員：您什麼時候會到？

荷西：我明天下午會到，然後第二天早上離開。

接待員：很好。明天見。

4 Carmen: Cariño, ¿Qué hacemos este verano, vamos a un hotel como el año pasado?

Mario: No sé; ¿a ti qué te parece?

Carmen: Para mí, no está mal si vamos al Hotel Queena otra vez. Tiene las habitaciones con música ambiental y baño completo. Además hay piscina para adultos y para niños, discoteca, restaurante y supermercado.

Mario: Ya. Como es de cinco estrellas, tiene todo y es muy caro.

Carmen: Hombre, un poco... Podemos buscar alguno más barato.

Mario: ¿Y si vamos a un apartamento? Creo que no salen tan caros. Además nunca lo habíamos pasado en un apartamento. Será una experiencia especial.

Carmen: Piénsalo bien porque en verano es temporada alta, el alojamiento para una semana tampoco será tan barato como esperábamos. Es más tenemos que cocinar todos los días y pagar la electricidad, la gas, etc.

Mario: Bueno, primero vamos a ver precios. Luego ya decidiremos cuál es mejor para nosotros. ¿Vale?

Carmen: De acuerdo.

5 A: ¿Cómo es que el ascensor todavía no funciona? Es increíble. Tendrían que arreglarlo.

B: Sí, es verdad. No puede ser que tengamos que subir siete pisos a pie en un hotel de cinco estrellas.

A: Ayer ya fui a protestar y me dijeron que hoy estaría arreglado. No hay derecho. ¡Ya está bien!

6 Juana: Hola, ¿Qué tal el fin de semana?

Carlos: Muy bien. He estado en Toledo. ¿Tú ya lo has visitado?

Juana: No, yo nunca lo había visitado. Pero me gustaría ir.

Carlos: Es muy bonito. Desde la montaña se ve toda la ciudad y el río alrededor del castillo.

Juana: ¿Qué vas a hacer el próximo fin de semana?

Carlos: Aún no lo sé.

Juana: Yo voy a ir a Monteserrat. Es una montaña muy bointa también. Está a cuarenta kilómetros de Barcelona. Si quieres, puedes ir conmigo y

4 卡門：親愛的，這個夏天我們怎麼做，跟去年一樣找一間旅館？

馬里歐：我不知道，妳覺得呢？

卡門：我覺得如果我們再去一次桂田酒店也不錯。他們的房間配有音響和全套衛浴設備。此外，還有大人和小孩的游泳池，舞廳，餐廳和超級市場。

馬里歐：是啊！因為是五星級飯店，它什麼都有，而且很貴。

卡門：對啊，有一點…我們可以找一間比較便宜的。

馬里歐：如果我們找一間公寓呢？我認為不會那麼貴。此外，我們從來都沒有在一間公寓度假過。這會是很特別的經驗。

卡門：你想好，因為夏天是旺季，租公寓住一個星期也不會比我們想像中便宜。而且每天我們得自己煮，還要付電費、瓦斯等等。

馬里歐：好吧，我先看看價格。之後我們再決定哪一種方式對我們較好。

卡門：好的。

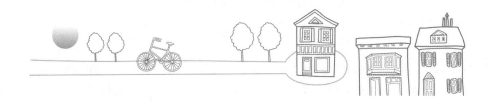

5 A：怎麼搞的電梯到現在還不能用？這真是不可思議。他們早就該修理好了。

B：對，沒錯。五星級的飯店真不應該讓我們爬七層樓的樓梯。

A：昨天我已經去表達不滿了，他們說今天會修好。真不應該如此。受夠了！

6 華娜：哈囉，週末過得好嗎？

卡洛斯：很好。我去了托雷多。妳去過了嗎？

華娜：沒有，我從未去過。但是我想去。

卡洛斯：托雷多很漂亮。從山上可以眺望整個城市和環繞著城堡的河流。

華娜：下星期週末你要做什麼？

卡洛斯：我還不知道。

華娜：我要去蒙特塞拉山。那座山也很漂亮。距離巴塞隆納四十公里遠。如果你願意，可以跟我和我的一些朋友一起去。

con unos amigos míos.

Carlos: ¡Qué bien! Muchas gracias. Voy a viajar con vosotros.

7 Noemí: ¿Qué te pasa? ¿Estás de mal humor?

Carlos: Es que esta mañana he ido a la policía para renovar mi tarjeta de estudiante.

Noemí: ¿Y qué tal?

Carlos: Cuando llegaba, ya había una cola muy larga. He estado esperando cuatro horas, y a las 11:30, un policía dijo que no había números para hoy. Es decir, que tengo que vovler mañana por la mañana.

Noemí: ¡Qué lata! La burocracia es un rollo, ¿verdad?

Carlos: Sí, y lo que me da rabia es que a las 11:00 han salido a tomar café y nos han dejado esperar sin arreglar nada. Bueno, ¿y tú, qué?

Noemí: Pues yo muy bien. He hecho la limpieza de mi habitación y he visto un rato la tele. Ha sido una mañana muy tranquila.

Carlos: ¡Qué suerte, hija!

8 Beatriz: Mira, tengo yo las fotos de los primeros días. Estuvimos dos días en Madrid y al tercer día alquilamos un coche para recorrer toda la ciudad.

Luis: Sí. Mira, estos son los alrededores del parque Retiro. ¿No te acuerdas de que fue donde me robaron la cartera y fuimos a la policía?

Beatriz: Sí. Fue un susto tremendo. Mira esta foto, ¡Qué bonitas! ¡Están las flores más ricas en aroma! Se han obtenido con cebollas. Las flores bonitas como rosas, claveles, orquídeas siempre dan placeres a los ojos de los visitantes.

Luis: También me gustan mucho andar en estos caminos de piedrecillas. En ambos lados los espléndidos manzanos y perales ya dan frutos.

Beatriz: Estoy pensando si el año que viene volveremos a Madrid a pasar las vacaiones.

Luis: Ya veremos.

9 A: ¿Tiene habitaciones libres? No hemos llamado antes para hacer la reserva.

B: Nos queda disponible una habitación doble con baño completo en el tercer piso.

卡洛斯：太好了！非常謝謝。我會跟妳們旅行去。

7 諾雅美：你怎麼了？你心情不好？
卡洛斯：那是因為今天早上我去了警察局，為換發新的學生證。
諾雅美：結果呢？
卡洛斯：當我到的時候，隊伍已經排很長了。我排了四個小時，結果十一點半的時候，一個警察說，今天已經沒有號碼牌了。換句話說，我明天早上還得再回去一趟。
諾雅美：真討厭！這官僚體制是一團糟，對吧？
卡洛斯：是啊，而且令我生氣的是，他們十一點鐘的時候出去喝咖啡，把我們全部的人留在那邊等，什麼事也沒做。嗨，妳怎麼樣？
諾雅美：我很好。我整理清掃了我的房間，看了一會兒電視。整個早上我過得很平靜。
卡洛斯：妳真幸運！

8 貝雅蒂斯：你看，我有前面幾天拍的照片。我們在馬德里待了兩天，第三天我們租了一部車，把整個城市逛了一圈。
路易士：對。妳看，這些是綠蒂蘿公園附近拍的。妳不記得了嗎？在那兒我被偷了皮夾，然後我們去了警察局。
貝雅蒂斯：是，那次真是令人害怕。你看這張照片，（花）好漂亮啊！這些花香味撲鼻且都已經結球根了。這些美麗的花朵像是玫瑰花、百合、蘭花總是讓所有前來觀賞的遊客賞心悅目。
路易士：我也很喜歡走在這些小石子路上。兩旁壯碩的蘋果樹和梨樹都結果實了。
貝雅蒂斯：我在想明年我們是不是再回馬德里度假。
路易士：再看看吧。

9 A：您有空房間嗎？我們沒有事先預訂。
B：我們只剩下三樓一間雙人房，內有全套衛浴設備。
C：有電梯嗎？
A：有，在那裡，樓梯的旁邊。

C: ¿Hay ascensor?

A: Sí, allí está, al lado de las escaleras.

B: ¿A qué hora se desayuna?

A: El desayuno se ofrece en el comedor desde las seis hasta las diez de la mañana. El comedor está en el sótano. Ustedes tienen que bajar por las escaleras.

C: ¿Cuál es el número de la habitación?

A: El 301. ¿Tienen mucho equipaje?

B: Sí, por favor, sírvase hacernos subir las maletas a la habitación.

10   Jorge: ¿Cuánto tiempo piensas quedarte en este Colegio Mayor?

Beatriz: No estoy segura. Un mes, más o menos.

Jorge: Luego ¿a dónde vas?

Beatriz: Voy a un piso porque es muy caro vivir en un Colegio Mayor.

Jorge: ¿Cuánto te cobran por mes?

Beatriz: 150,000 pesetas (al mes).

Jorge: ¡Huy es carísimo!

Beatriz: Tengo una amiga que vive en un piso. Todavía tiene una habitación libre. Pero su piso no es tan céntrico como el Colegio Mayor, aunque da a la calle.

Jorge: ¿Entonces hay mucho ruido?

Beatriz: Es posible, por eso voy a verlo esta tarde.

B：早餐幾點開始？

A：餐廳從早上六點到十點提供早餐。餐廳在地下室。您們必須從樓梯下去。

C：房間號碼幾號？

A：301號。您們的行李很多嗎？

B：是的，請幫我們把行李拿到樓上房間去。

10 侯赫：妳想住在這間學生宿舍多久？

貝雅蒂斯：我不確定。大約一個月。

侯赫：之後妳會去哪兒？

貝雅蒂斯：我會租房子，因為學生宿舍很貴。

侯赫：它一個月收妳多少？

貝雅蒂斯：十五萬西幣。

侯赫：哇！貴得要命！

貝雅蒂斯：我有一個朋友在外租房子。她還有一間空房。不過那房子雖然是面向街道，但不像學生宿舍那樣靠近市中心。

侯赫：所以很吵了？

貝雅蒂斯：很可能，所以今天下午我要去看看。

常用會話句型

1 發生在過去的動作

- ¿Has estado en Londres?
- {Sí, he estado / No, no he estado / Sí, estuve el año pasado}.
- ¿Qué has hecho este fin de semana?
- {He ido al cine / Me he quedado en el hotel}.
- ¿A dónde fuiste el año pasado?
- {Fui a España / A ningún sitio. Me quedé en casa}.

2 從一個人的外表辨識身分

- Tiene + | ___ años / el pelo largo / los ojos azules |.

- Lleva + | chaqueta roja / pantalones negros / barba / bigote / reloj |.

3 對人的描寫

- | Aquél de / El de | + | pelo rizado / ojos verdes |.

- | Aquél que lleva / El que lleva | + | gafas / barba / bigote / chaqueta azul |.

- | Aquél / El | + | alto / bajo / gordo / delgado / moreno / rubio |.

4 提到事件發在過去的某一時間點

- Fui
  Estuve + el día 11 .
  Fue   en 1999
           hace 5 años

5 詢問他人的經驗

- ¿{Has estado en _____ alguna vez / No has estado nunca en _____}?

- Sí, he ido   + muchas veces .
       estado   varias veces

- No, no he + ido   + nunca.
             estado

6 喚起對某件事物的注意

- Fíjate + en + ese cuadro .
  Fíjese   aquel edificio

- Mira + cuanto humo .
  Mire   cuanta gente

- ¿ Ha visto   + qué + dibujo + tan + bonito ?
    Has visto   puerta   más   rara

7 確認辨識的東西

- Este edificio + que + ves ahí   + es + un palacio .
  Esto   está al fondo   el Museo

- Este edificio + de + ahí   + es + un palacio .
  Esto   la derecha   el Museo

8 指出所要求的東西必須具備的特色條件

- Una habitación doble pero que tenga baño y de a la calle.
- Un café que (no) esté muy caliente.

■ 旅行、旅館

el alojamiento	*n.*	住宿費、旅館費
el andén	*n.*	月臺
el arancel	*n.*	關稅率、稅則
el ascensor	*n.*	電梯
el asiento	*n.*	座位
el balcón	*n.*	陽臺
el bar del tren	*n.*	餐室
el baúl	*n.*	箱子
el botiquín	*n.*	急救藥箱
el botón	*n.*	按鈕
el botones	*n.*	穿制服的服務生
el coche-cama	*n.*	臥鋪車
el coche-comedor	*n.*	餐車
el conserje	*n.*	（門口）傳達員
el cupón	*n.*	票據
el enchufe	*n.*	插座
el espejo del tocador	*n.*	穿衣鏡
el expreso	*n.*	快車
el extinguidor	*n.*	滅火器
el garaje	*n.*	車庫
el gimnasio	*n.*	健身房
el grifo	*n.*	水龍頭
el horario de ferrocarriles	*n.*	火車時刻表
el hostal	*n.*	青年旅館
el interrupor	*n.*	開關
el jefe de estación	*n.*	站長
el jefe de tren	*n.*	列車長
el libro de registro	*n.*	登記簿
el maletero	*n.*	搬運行李人
el minibar	*n.*	小酒吧
el motel	*n.*	汽車旅館

el mozo, el camarero	*n.*	服務生
el pasillo	*n.*	走道
el permiso de residencia	*n.*	居留許可
el portero	*n.*	門房
el quiosco	*n.*	雜貨店
el retrete	*n.*	抽水馬桶
el revisor	*n.*	查票員
el sótano	*n.*	地下室
el taquillero	*n.*	售票員
el vagón de carga	*n.*	貨車
el vagón de pasajeros	*n.*	客車
el vagón	*n.*	車廂
el ventilador	*n.*	風扇
el vestíbulo	*n.*	前廳
encender	*n.*	開（關）、點燃
facturar	*v.*	托運
la agencia de viajes	*n.*	旅行社
la alfombra	*n.*	地毯
la cafetería	*n.*	咖啡廳
la calefacción de la estufa de gas	*n.*	煤暖器
la calefacción de la estufa eléctrica	*n.*	電暖器
la calefacción	*n.*	暖氣
la cantina	*n.*	飲茶室
la carta de identidad	*n.*	身分證
la consigna	*n.*	行李間
la cortina	*n.*	窗簾
la ducha	*n.*	淋浴蓮蓬頭
la estación	*n.*	車站
la estación de servicio	*n.*	服務站
la garita de revisor	*n.*	剪票口
la hotelería	*n.*	旅館業
la inspección de pasaportes	*n.*	檢查護照
la litera	*n.*	臥鋪
la maleta	*n.*	旅行箱
la oficina de información	*n.*	詢問處
la parada	*n.*	站牌

la pensión	*n.*	簡易旅館
la permanencia, la estancia	*n.*	停留
la piscina	*n.*	游泳池
la planta baja	*n.*	西班牙一樓
la propina	*n.*	小費
la rejilla para los equipajes	*n.*	置放行李架
la sala de espera	*n.*	候車室
la terraza	*n.*	平臺
la validez del billete	*n.*	票的有效期限
las zapatillas de baño	*n.*	浴室拖鞋
prolongar el visado	*v.*	護照延期
renovar un pasaporte	*v.*	換新護照

1. En la habitación, hay cinco tamaños de los zapatos a escoger.
   房間裡有五種尺寸的鞋子可供挑選。

2. Tenga un cigarrillo. ¿Les importa si fumo? Sí, nos importa. Además, aquí es la zona para no fumadores.
   來根菸吧。您們介意我抽根菸嗎？是的，我們介意。此外，這邊是禁菸區。

3. Anoche estuve muy cansado y dormí como un tronco en el hotel. Aunque puse el despertador en las seis de la mañana, no he oído y ha sonado en vano.
   昨晚我很疲憊，我在旅館睡得很熟。雖然我有把鬧鐘撥到早上六點，我還是沒聽見，響了也沒用。

4. ¿Quiere que llame a un taxi? - No gracias, caminaré, tengo mucho tiempo.
   要幫您叫一台計程車嗎？不用謝謝，我要用走的。我有很多時間。

5. Un viaje en avión se ordena lógicamente del sieguiente modo: (a) encargar cheques de viaje, (b) ir a la taquilla de registro, (c) pedir la zona de no fumadores, (d) pasar la aduana, (e) hacer compras en la zona de duty-free, (f) encontrar el pasillo de embarque o la puerta, (g) presentar la tarjeta de embarque, (h) embarcar, (i) meter el equipaje de mano en el compartamiento destinado a ese uso, y (j) hacer escala.
   搭乘飛機旅行所需辦的事情程序如下：(a) 訂旅行支票，(b) 到售票處訂位，(c) 要求非吸菸區，(d) 通關，(e) 在免稅商品區採購，(f) 找到登機走道或登機門，(g) 出示登機證，(h) 登機，(i) 將手提行李放在客艙上方置物櫃，(j) 飛機著陸。

6. No he hecho la reserva de habitaciones.
   我沒有預訂房間。

7. A nadie quiere echarse atrás en el acuerdo.
   沒人想毀約。

8. Deseo una habitación para dos personas, con vista a la calle.
   我要面向街道的雙人房。

9. Me quedo con esta habitación individual.
   我就訂這間單人房。

231

10 Infomación del Hotel Europlalace.
  歐洲皇宮旅館資訊

  Avda. de Victoria, 55.Tel: 34-91-5682233
  維多利亞林蔭大道55號。電話：34-91-5682233

  Situación: a unos dos kilómetros de la playa y con servicio de autobús gratuito.
  位置：距離海灘約兩公里，免費公車接送。

  Habitaciones: con baño completo, teléfono, música ambiental, y terraza con
      vista al mar.
  客房：全套衛浴設備，電話、音響設備，面海的陽臺。

  Complementos: snack-bar, peluquería, cafetería, restaurante, boutiques.
      Hotel enteramente climatizado.
  其他（服務）：簡易快餐廳、理髮廳、咖啡廳、餐廳、小商店。整間旅
      館有空調。

11 Tiene un voltaje de 220 kilovatios en España.
  西班牙的電壓是220伏特。

12 No hay plazas en el tren rápido para Segovia.
  開往塞哥維亞的快車票已賣完了（沒有座位了）。

13 ¿De qué andén sale el tren para Taipei?
  開往臺北的火車從哪個月臺出發？

14 ¿En qué andén se para el tren procedente de Kaohsiung?
  從高雄發車的火車在哪個月臺靠站？

15 ¿En qué estación debo transbordar?
  我必須在哪一站換車？

16 Usted tiene derecho hasta 20 kilos de equipaje.
  您可以攜帶多達20公斤的行李。

17 Por favor, coloque su mochila en la red o debajo del asiento.
  請將您的背包放在行李網架上或椅子下方。

18 Por favor, ¿me puede decir dónde está la consigna?
  可否請您告訴我行李寄放處在哪裡？

19 Deme por favor su billete para ver si está escrito OK u OPEN.
  請給我您的機票看看是否已寫上確認或開票。

20 No hay vuelos directos desde Taiwán hasta España. Tienes que transbordar en algún aeropuerto en País, Londres, Franfurt o Viena.

從臺灣沒有直飛西班牙的航線。你必須在巴黎、倫敦、法蘭克福或維也納轉機。

21 ¿Qué días hay vuelos para París?

哪幾天有飛巴黎的航班？

22 En el aeropuerto siempre hay televisiones para informar el horario de los aviones.

在機場都有電視提供飛航班次的時刻表。

23 Atese por favor el cinturón de seguridad, porque ahora nos encontramos baches en el aire, el avión tembla bruscamente.

請繫上安全帶，因為現在我們遇到亂流，飛機振動得很厲害。

24 El avión vuela a una altura de 10,000 metros y lleva una velocidad de 750 kilómtros por hora.

飛機的飛航高度一萬公尺，速度每小時750公里。

1 Dependiente: ¿Le atienden ya?

Señor: Me gustaría comprar unos pantalones para mí.

Dependiente: ¿Cómo los quiere usted? ¿De pana, o de lana?

Señor: De lana, para llevar con esta chaqueta mía.

Dependiente: ¿Le gustan éstos de azul?

Señor: Sí, no está mal. A mí me gustan más los de color negro.

Dependiente: Muy bien, pase por caja, por favor.

2 Juana: Buenos días, quería una falda.

Dependiente: ¿Para usted?

Juana: No. Para una chica joven .

Dependiente: Mire, esta falda roja de 50 euros está muy bien. Y ésta azul
de 65 euros, también.

Juana: ¿No tiene otra más barata?

Dependiente: Sí, mire: ésta, 40 euros.

Juana: Pues son caras, mire ¡qué falda tan bonita!, aquélla del escaparate.
¿Cuánto es?

Dependiente: Aquella falda vale 36 euros.

Juana: Bueno, pues ésta. La pago en efectivo.

Dependiente: Muy bien. Pase por caja, por favor.

Juana: Mire, tres de diez euros, uno de cinco euros y un euro en moneda.

Dependiente: Gracias.

3 B = peluquero

A: Buenos días.

B: Buenos días. Caballero, ¿cómo lo desea usted?

A: Haga usted de cortarme el pelo por atrás y los lados.

B: ¿Y lo de arriba?

A: Pues no me corte mucho el pelo de arriba. Y por favor, utilice las tijeras
en vez de la máquina.

B: Depués de cortarse el pelo, ¿quiere lavarse la cabeza?

A: Sí, y péineme tal como estaba antes. Por cierto no me ponga brillantina.
No me gusta el sabor.

B: Mire, le veo que tiene muchas canas, ¿quiere teñirse?

A: No, gracias. Aunque tengo muchas canas, no soy amigo de teñirme el pelo.
He oído que el tinte no es bueno para la salud. Mire, ¿se da la propina?

1 職員：有人招呼您了嗎？
　　先生：我想買一件褲子，我要穿的。
　　職員：您希望什麼樣的呢？燈芯絨的或羊毛的？
　　先生：羊毛的，搭配我這件夾克。
　　職員：您喜歡這件藍色的？
　　先生：是，還不錯。我更喜歡黑色的。
　　職員：很好。請到收銀臺。

2 華娜：早安，我想要一件裙子。
　　職員：您要穿的嗎？
　　華娜：不是。是要給一個年輕女孩穿的。
　　職員：您看，這件紅色的，50塊歐元很不錯。這件藍色的，65塊歐元也
　　　　　是。
　　華娜：您沒有比較便宜的嗎？
　　職員：有，您看，這件40塊歐元。
　　華娜：嗯，都好貴。喂，好漂亮的裙子啊！櫥窗裡的那件，多少錢？
　　職員：那件36塊歐元。
　　華娜：好，就這件。我用現金付款。
　　職員：很好。請到收銀臺。
　　華娜：嗯，三張十塊歐元，一張五塊歐元和一個一塊歐元硬幣。
　　職員：謝謝。

3 B＝理髮師
　　A：早安。
　　B：早安。先生，您希望頭髮怎麼剪？
　　A：請幫我修剪後面和兩旁的頭髮。
　　B：那上面呢？
　　A：嗯，上面的不要剪太短，而且請用剪刀，不要用電動刀剪頭髮。
　　B：剪完頭髮後，您要洗頭嗎？
　　A：要，同時幫我把頭髮梳成跟之前一樣。對了，不要抹髮油。我不喜
　　　　歡那個味道。
　　B：我看您有好多白頭髮，您想要染髮嗎？
　　A：不用了，謝謝。雖然我有很多白頭髮，但是我並不會想染髮。我有
　　　　聽說染劑對身體健康不好。嗯，要給小費嗎？
　　B：隨意。我坦白跟您說之前要，但是現在（小費）已經含在服務費裡

B: Bueno, como quiera usted. Le digo francamente que antes sí, pero ahora está incluida en el servivio.

4 A: Buenas tardes.

B: Buenas tardes. Quería unos zapatos para mí.

A: ¿Qué número tiene usted?

B: El 37.

A: ¿Y cómo los quiere?

B: Me gustan blancos. Pero enséñeme primero qué tiene.

A: Mire, éstos están muy bien.

B: ¿Cuánto valen?

A: Valen 30 euros.

B: Pues son muy caros para mí. Los quiero más baratos.

A: Mire, estos otros, 25 euros; éstos 22 euros....

B: Entonces, póngame los de 22 euros.

5 A: ¿Cuánto vale un litro del aceite de oliva en botella de vidrio?

B: El litro sale a 9,90 €(nueve coma noventa euros).

A: ¿Y uno en botella de plástico es más barato?

B: Sí, un litro en botella de plástico sale a 6€.

A: Póngame una de vidrio y otra de plástico. ¿Cúanto es todo? ...

6 Emilio: Mira, aquélla del fondo es Teresa Tesouro.

Ema: ¿La del fondo? ¡Qué va! No la conozco. Pues tú dime, ¿quién es ella?

Emilio: Que sí. Está un poco más delgada y es tu amiga Teresa Tesouro. ¿No te acerdas de que aquel día llevaba un vestido azul precioso?

Ema: ¿Un vestido azul? Nunca le había visto ponerse un vestido azul. No soporta el azul.

Emilio: Te digo que sí.

Ema: ¡Y dale! ¿Por qué no vas y se lo preguntas?

7 Noemí: Mañana es cumpleaños de mi hermana. ¿Qué quieres comprarle?

Carlos: ¿Un jarrón? No, no. Vamos a buscar otra cosa. Tú la conoces mejor, decídelo tú.

Noemí: Bueno, un libro. Pero ¿cuál?

Carlos: Recuerdo que a su hermana le gusta cocinar, le regalemos unlibro

236

面了。

4 A：午安。
   B：午安。我想（買）我自己要穿的鞋子。
   A：您穿幾號？
   B：37號。
   A：您要什麼樣（款式）的鞋子？
   B：我喜歡白色的。不過先讓我看看您有什麼款式。
   A：您看，這些很不錯。
   B：多少錢？
   A：30塊歐元。
   B：對我來說，很貴呀。我想要比較便宜點的。
   A：您看，這兒另一雙25歐元；這雙22歐元。
   B：好吧，給我22歐元這一雙。

5 A：玻璃瓶裝的橄欖油一公升多少錢？
   B：一公升要9塊90分歐元。
   A：塑膠瓶裝的橄欖油一公升會比較便宜？
   B：是的，一公升塑膠瓶裝的橄欖油六塊歐元。
   A：請給我一瓶玻璃瓶裝的和一瓶塑膠瓶裝的。總共多少錢？

6 艾密里歐：妳看，那位在最後面的是泰瑞莎‧泰索羅。
   愛瑪：最後面那位？才不是呢！我不認識她。那你告訴我她是誰？
   艾密里歐：是她沒錯。她現在比較瘦，是妳的朋友泰瑞莎‧泰索羅。妳
             忘了那天她穿一件很漂亮的藍色的衣服？
   愛瑪：藍色的衣服？我從來沒有看過她穿藍色的衣服。她無法忍受藍
         色。
   艾密里歐：我跟妳說就是她。
   愛瑪：又來了！你為什麼不直接去問她呢？

7 諾雅美：明天是我姊姊的生日。你想買什麼給她？
   卡洛斯：一個花瓶？我們找找別的東西。妳跟她比較熟。妳來決定。
   諾雅美：好啊。買本書。可是哪一本？
   卡洛斯：我記得妳姊姊喜歡下廚，我們送她一本《西班牙廚藝》。妳覺
           得好嗎？

como éste: 'Cocina española'. ¿Te parece bien?

Noemí: De acuerdo.

Carlos: Señorita, por favor, ¿puede envolverme este libro para regalo?

Dependienta: Sí, vaya usted a la caja 3 y allí se lo envolverán.

8 Beatriz: Oye, Charo, ¿qué vas a comprarle a María Rosa?

Charo: Yo ya le he comprado un regalo.

Beatriz: ¿Qué? ¿Dime? Todavía no sé qué le voy a regalar para su cumpleaños.

Charo: Unos calcetines muy monos. Es que voy muy mal de dinero.

Beatriz: ¿Sabes si necesita algo?

Charo: Pero... ¿Qué quieres comprarle? ¿Algo para ella o algo para la casa?

Beatriz: Pues, la verdad no sé... Cómprale un jersey, porque ha empezado a hacer frío estos días.

Charo: ¿Sabes qué talla tiene?

Beatriz: Me parece que ella es tan alta y delgada como yo, la 34.

Charo: ¿Estás segura? Creo que está menos delgada que tú, ¿no?

Beatriz: Como no estamos seguras, pues cómprale una lámpara para la mesa de estudio. Recuerdo que no la tiene.

Charo: Puedes comprarle una mejor que la mía.

Beatriz: Vale. En todo caso me costaría lo mismo que un jersey bueno. Iré esta tarde a comprársela.

9 A: ¿En qué puedo servirle, señora?

B: Quisiera cortarme el pelo.

A: ¿Cómo lo hacemos?

B: Me lo corta por aquí y sin raya. También quisiera teñirme y una ondulación permanente.

A: Si quiere usted una ondulación, no le aconsejaría un corte de pelo a lo de hombre.

B: Vale. ¿Cuánto tiempo hace falta para una ondulación?

A: Dos horas más o menos.

B: A propósito también me gustaría lavarme el pelo. ¿Aquí tiene algún champú bueno?

A: Éste, por ejemplo, es muy bueno. Siempre les recomiendo a mis clientes.

諾雅美：好的。

卡洛斯：小姐，可以麻煩您幫我把這本書包裝送禮？

職員：好的，請您到3號收銀臺，那兒他們會幫你包裝。

8 貝雅蒂斯：喂，蕎蘿，妳要買什麼給瑪麗亞·蘿莎？

蕎蘿：我已經買好給她的禮物了。

貝雅蒂斯：什麼（禮物）？妳跟我說？我還不知道要買什麼給她當作生日禮物。

蕎蘿：幾雙可愛的襪子。實在是我手頭很緊。

貝雅蒂斯：妳知道她需要什麼嗎？

蕎蘿：不過…妳想買什麼（禮物）給她？

貝雅蒂斯：嗯，老實說，我不知道。買一件毛線衣給她好了，因為這幾天天氣開始變冷了。

蕎蘿：妳知道她穿幾號？

貝雅蒂斯：我覺得她跟我差不多高和瘦，34號。

蕎蘿：妳確定？我覺得她沒有妳那麼瘦，對吧？

貝雅蒂斯：既然我們不是很確定，那麼買給她一盞桌燈。我記得她沒有。

蕎蘿：妳可以給她買一盞比我的更好的。

貝雅蒂斯：好的。不管怎樣，花的錢跟我買一件好的毛線衣差不多。今天下午我就去買給她。

9 A：女士我能為妳效勞？／我能幫您什麼？

B：我想剪頭髮。

A：您想怎麼剪？

B：我這邊修剪一下。

A：如果您想燙髮，我不建議您剪成像男士一樣的短髮。

B：好的。燙髮需要多久的時間？

A：大概兩個小時。

B：我順便也要洗頭。您這兒有不錯的洗髮乳嗎？

A：這個（洗髮乳），比如說，很好。我每次都會推薦給我的客人。

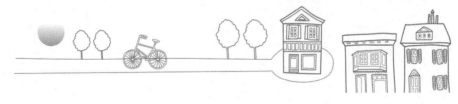

10 A: Buenas tardes, ¿Qué desea?

B: A ver, ¿cuánto vale el queso?

A: Tres euros el kilo.

B: Póngame un cuarto de kilo, por favor.

A: ¿Algo más?

B: Sí, póngame también cuatrocientos gramos de judías y un paquete de café.

A: ¿Usted quiere pan y leche?

B: Sí, pues me gustaría dos botellas de leche y dos barras de pan. Oiga, casi se me ha olvidado, también deme un paquete de sal y azúcar.

A: Aquí tiene usted.

B: ¿Cuánto es todo?

A: Espere un momento, el queso, las judías, café, leche, pan, sal y azúcar, diez euros, por favor.

B: Aquí tiene.

A: Muy bien, muchas gracias a usted. ¿Quién es ahora?

C: Ahora soy yo.

A: ¿Qué desea?

....

10 A：午安，您要什麼？

B：嗯，乳酪多少錢？

A：一公斤三塊歐元。

B：請給我四分之一公斤。

A：還要別的嗎？

B：要，也請給我四百公克的四季豆和一包咖啡。

A：您要麵包和牛奶嗎？

B：是的，我要兩瓶牛奶和兩條麵包。喔，我差點忘了，也給我一包鹽和糖。

A：（您要的）在這兒。

B：總共多少錢？

A：請等一下，乳酪、四季豆、咖啡、牛奶、麵包、鹽和糖，十塊歐元。

B：給您。

A：很好，非常謝謝您。現在輪到誰了？

C：現在換我。

A：您要什麼？

....

常用會話句型

1 詢問功用

- ¿Para qué sirve + esto / este botón ?

- Para + ponerlo en marcha / desmontarlo .

- ¿Cómo + va / funciona / se pone en marcha + esto / este aparato ?

- Pues + hay que apretar / se aprieta + y ya está.

- ¿Qué hay que hacer para + pararlo / desmontarlo ?

- Pues + hay que apretar / se aprieta + y ya está.

2 談論事物之間的差異

- ¿ Cuál es la diferencia / Qué diferencias hay + entre éste y aquél?

- {Ninguna / Son (casi) iguales}.

- Este es + bastante / un poco / mucho + más + caro / resistente + que + el otro / aquél .

- Este es el + más caro / mejor / peor .

- Este es + de importación / de plástico + y el otro + no / es de madera .

✓ 常用單字

1 美容、美容用品

el agua de colonia	*n.*	古龍水
el astringente	*n.*	收斂水
el barbero, la barbería	*n.*	理髮師，理髮店
el champú	*n.*	洗髮精
el lápiz de cejas	*n.*	眉筆
el limpiauñas	*n.*	指甲刀
el líquido para la permanente de frío	*n.*	定髮冷液
el neceser	*n.*	旅行用的盥洗用品盒
el neceser de tocador	*n.*	化妝品盒
el peluquero, la peluquera	*n.*	理髮師
el perfume	*n.*	香水
el planchado	*n.*	熨衣服
el pulverizador	*n.*	噴霧器
el secador de aire caliente	*n.*	吹風機
el tónico capilar	*n.*	生髮水
la barra de labios	*n.*	唇膏、口紅
la crema	*n.*	乳液
la lima de uñas	*n.*	指甲銼刀
la loción facial	*n.*	化妝水
la plancha	*n.*	熨斗
la pomada, la brillantina	*n.*	美髮油
las tijeras de peluquero	*n.*	理髮刀
los cosméticos	*n.*	化妝品
los polvos	*n.*	化妝粉

2 服裝款式：外衣

el abrigo	*n.*	外套，長大衣
el abrigo cruzado	*n.*	女生穿的大衣
el bolsillo	*n.*	口袋
el chaleco	*n.*	背心
el chaquetón	*n.*	短大衣

243

el frac	*n.*	燕尾服
el guante	*n.*	手套
el impermeable	*n.*	雨衣
el jersey, el suéter	*n.*	毛衣
el pantalón corto	*n.*	短褲
el pantalón, los pantalones	*n.*	長褲
el poncho	*n.*	披風式外套
el suéter	*n.*	毛衣
el traje	*n.*	套裝
el traje cruzado	*n.*	雙排扣的衣服
el uniforme	*n.*	制服
el vestido	*n.*	連衣裙、洋裝
el vestido de cóctel	*n.*	雞尾酒禮服
el vestido de señora	*n.*	女用套裝
la blusa	*n.*	女上衣
la capa	*n.*	大衣、披肩、斗篷
la cazadora	*n.*	運動夾克
la correa	*n.*	腰帶
la chaqueta	*n.*	外套、夾克
la chaqueta del deporte	*n.*	運動上衣
la falda, la pollera	*n.*	裙子
la gabardina, el guardapolvo	*n.*	防塵罩衣
la hebilla	*n.*	皮帶扣（環）
la rebeca	*n.*	羊毛外套
la trinchera	*n.*	雨衣
los pantalones vaqueros	*n.*	牛仔褲

3 服裝款式：內衣

el corsé	*n.*	束腹
el negligé, el camisón de noche	*n.*	晚上穿的襯衣
el pijama	*n.*	睡衣褲
el sostén	*n.*	胸罩
el sujetador	*n.*	胸罩
el traje de baño	*n.*	游泳衣
el traje	*n.*	睡袍
la blusa	*n.*	女襯衫

la camisa	*n.*	襯衣、恤衫
la camiseta	*n.*	短袖圓領汗衫、T恤
la camisón	*n.*	女睡衣
la enaguas	*n.*	底、襯裙
la ropa blanca, la ropa interior	*n.*	內衣
las bragas	*n.*	女用三角褲
los calzoncillos	*n.*	男用內褲、三角褲

4 服裝款式：帽子

el casquillo	*n.*	鴨舌帽、便帽
el sombrero de copa	*n.*	高帽子
el sombrero de hongo	*n.*	禮帽
el sombrero de la lluvia	*n.*	雨帽
el sombrero	*n.*	帽子
el visera	*n.*	帽舌
la ala	*n.*	帽沿
la boina	*n.*	圓而扁的帽子
la chistera	*n.*	大禮帽
la gorra de cuartel	*n.*	軍營帽
la gorra noruega	*n.*	挪威帽
la gorra	*n.*	（網球）帽
la mantilla	*n.*	頭巾

5 服裝款式：鞋類

el betún	*n.*	鞋油
el calzado	*n.*	鞋
el calzador	*n.*	鞋拔
el chanclo	*n.*	木屐
el cordón de zapato	*n.*	鞋帶
el cordón	*n.*	鞋帶
el deslizador	*n.*	拖鞋
el tacón	*n.*	鞋後跟
el zapatero	*n.*	鞋匠
la sandalia	*n.*	涼鞋
la suela	*n.*	鞋底

la zapatilla de deporte	*n.*	運動鞋
las botas	*n.*	長筒靴
las medias	*n.*	長襪、女用絲襪
las pantimedias	*n.*	絲褲襪
las zapatillas	*n.*	拖鞋
los calcetines de la rodilla	*n.*	中統襪
los calcetines	*n.*	襪子
los zapatos de señora	*n.*	女鞋
los zapatos	*n.*	鞋

6 裝飾、打扮用品

el alfiler	*n.*	別針
el anillo dominante	*n.*	鑰匙圈
el anillo	*n.*	戒指
el barrete	*n.*	圓形帽
el bolsillo	*n.*	口袋
el bolso	*n.*	女用手提包
el bolso del hombro	*n.*	掛包
el bordado	*n.*	刺繡
el botón	*n.*	釦子
el brazalete	*n.*	手鐲
el broche	*n.*	別針
el cinturón	*n.*	腰帶
el clip del dinero	*n.*	錢夾
el collar	*n.*	項鍊
el corchete	*n.*	鉤狀釦子
el cuello	*n.*	衣領
el dedo	*n.*	手指
el delantal	*n.*	圍裙
el diamante	*n.*	鑽石
el encaje	*n.*	花邊
el gemelo	*n.*	領口鈕、袖扣
el guante a la muñeca	*n.*	手套腕
el guante corto	*n.*	短手套
el guante de brazo largo	*n.*	長臂手套
el pendiente	*n.*	耳環

el perno	*n.*	胸針
el reloj	*n.*	手錶
el ribete	*n.*	邊
el sastre	*n.*	花邊
la ala	*n.*	邊
la barra de lazo	*n.*	別針、領帶夾
la barra del collar	*n.*	項夾
la bufanda	*n.*	圍巾
la collar	*n.*	項鍊
la copa	*n.*	冠
la corbata	*n.*	領帶
la correa	*n.*	腰帶
la costura	*n.*	縫紉、裁縫
la cremallera	*n.*	拉鏈
la estancia	*n.*	領尖定型簽
la faja	*n.*	腰帶
la hebilla	*n.*	皮帶扣（環）
la manopla	*n.*	手套
la mantilla	*n.*	頭巾
la máquina de coser	*n.*	縫紉機
la medida	*n.*	尺寸
la moda	*n.*	流行
la modista	*n.*	女裁縫
la orejera	*n.*	耳罩
la palma	*n.*	縫合
la perloración	*n.*	鑽孔
la pulsera	*n.*	手鐲
la solapa	*n.*	衣服的翻領
la sortija	*n.*	戒指
la sudadera	*n.*	圓領運動衫
la tachuela del lazo	*n.*	領帶別針
los encajes finos	*n.*	精細的紗織花邊
los gemelos	*n.*	袖扣
los guantes	*n.*	手套
los tirantes	*n.*	吊帶褲
lavar	*v.*	洗

planchar	*v.*	燙
ponerse, vestirse de	*v.*	穿
remendar, zurcir	*v.*	修補
teñir	*v.*	染色

7 服裝編織樣式

el (color de) rosa	*n.*	粉紅
el amarillento	*n.*	米色
el amarillo	*n.*	黃
el anaranjado(a)	*n.*	橙
el azul	*n.*	藍色
el blanco	*n.*	白色
el brocado de seda natural	*n.*	天然絲花緞
el bronceado	*n.*	黃褐色
el cuadro	*n.*	方格子的
el delantal de blonda	*n.*	絲織花邊的圍裙
el estampado de cachemir	*n.*	渦紋形圖案
el floreado	*n.*	花形圖
el gris	*n.*	灰色
el llano	*n.*	純色
el marrón	*n.*	棕色
el material impreso	*n.*	印花布
el negro	*n.*	黑色
el punto del patrón	*n.*	圓點圖案
el rayado	*n.*	條紋的
el refajo a rayas (de franela)	*n.*	法蘭絨的內裙
el rojo	*n.*	紅色
el verde	*n.*	綠色
la pana	*n.*	燈芯絨
la pañoleta	*n.*	三角形的圍巾
la púrpura	*n.*	紫
la tela de cuadro	*n.*	格子花呢
la turquesa	*n.*	天藍色
los mitones	*n.*	無指手套

1 Ese traje te está de molde.
你穿那件衣服很合適。

2 Mientras me secas el pelo, no hagas la raya al lado ni en el centro. Péiname todo el cabello hacía atrás.
你幫我吹乾頭髮時，不要梳到旁邊也不要中分。全部都往後面梳就可以了。

3 Quería el pelo rizado por atrás.
我想要燙後面的捲髮。

4 ¿De qué color quieres teñirte el pelo? Me gustaría teñirme en el mismo tono que el de la foto.
你喜歡染什麼顏色的頭髮？我想染成照片裡一樣的顏色。

5 ¿Quiere que le vaya a trazar las rayas?
您要我為您分髮線嗎？

6 ¿Acaso no sabes que su madirdo lleva peluca?
你難道不知道她先生戴假髮？

7 Quiero solamente un corte de pelo. Más corta atrás que adelante.
我只要把頭髮剪短，後面要比前面短。

8 El remedio es muy fácil, no tiene más que aflojar la cinta.
治療很簡單，只要解開繃帶即可。

9 Voy a tomarle las medidas.
我要量一下尺寸。

10 ¿Qué número calza usted?
你穿幾號？

11 Son demasiados estrechos estos zapatos. Me aprietan.
這鞋子太窄了，我覺得很緊。

12 Esta temporada de descanso te vendrá que ni de molde.
這次的休假對你來說真是太及時了。

13 Mi madre lleva un ondulado permanente y teñido.
我母親的頭髮是固定的捲髮且染過。

14 Mi abuelo lleva bigote, también patilla, pero no perilla.
我的祖父嘴唇上頭蓄鬍子，也留了連鬢鬍鬚，但是沒蓄唇底三角鬍。

15 Me tuvo media hora diciéndome que si patatín, que si patatán.
他對我說這說那，說了半小時。

16 Ese señor tiene las mejillas hundidas.
那位先生兩頰凹陷。

17 El balancín se empina por un extremo mientras baja por el otro.
天平的一頭向上，一頭向下。

18 No lo creas, no es natural, es mano de gato.
你別相信，那不是自然的，是化妝的。

19 Usted tiene aspecto saludable. = Va vendiendo salud.
你看來很健康。

20 La niña se empina para besar a su padre.
小女兒踮起腳尖親吻她的爸爸。

21 Tiene usted cara de sueño.
你好像很想睡覺的樣子。

22 ¡Qué cara más larga traes!
你的臉拉得那麼長啊！

23 Estas gafas te echan años encima.
這副眼鏡讓妳看起來老多了。

24 Ella tiene una mirada dulce y cariñosa.
他的眼神溫和又親切。

25 ¿Es su amiga guapa? No es ni guapa ni fea. No es ni fu ni fa.
他的女朋友漂不漂亮？不漂亮，但也不難看，差不多就是了。

26 Los dos gemelos se paracen como un hueyo a orto huevo.
雙胞胎看起來像雞蛋一樣，非常相像。

27 Se parecen como un huevo a una castaña.
看起來，如雞蛋和栗子，一點也不像。

28 Esa gorra no te va bien.
那頂便帽你戴起來不適合。

29 No quiere hablarte, está de mal humor.
他是不會跟你交談的。他現在心情很差。

30 No sé. Tal vez sea por falta de ejercíos físicos.
我不知道，也許是缺少運動的緣故。

31 Mi madre tambíen es regordeta.
我母親也很胖。

32 A menudo me encuentro encorvado sin darme cuenta.
我常在不知不覺中，駝起背來。

33 ¿Tiene usted un traje hecho que me venga bien?
有沒有一件適合我的現成的衣服？

34 Se puede alargarlo, acortarlo y también ensancharlo si lo halla demasiado estrecho.
如果您覺得太窄，可以加長、縮短，也可以放寬。

1   Pepe: ¡Uf! Perdona el retraso.

Helena: ¿Estás bien?

Pepe: Ya sé que es muy tarde pero es que había un embotellamiento terrible en la carretera. Dicen que había un accidente. Estaba la policía y habían cortado el tráfico. Así que me quedé allí casi media hora sin poder hacer nada.

Helena: No te preocupes. Yo también acabo de llegar. Hoy es viernes, por eso hay muchos coches y no es fácil encontrar sitio para aparcar.

Pepe: Es que me sabe muy mal llegar tarde.

2   Juan: ¡Qué temporada llevo!

Pedro: ¿Qué te ha pasado?

Juan: Se me estropea todo... Ayer mismo, sin ir más lejos, no me arrancó la motocicleta y la volví a tener en el taller.

Pedro: ¿Y qué era?

Juan: Que me había quedado sin batería y ya, de paso pedí que me cambiaran el aceite y que me hiciera una puesta a punto.

Pedro: ¿Cuántos años has tenido esta motocicleta?

Juan: Veinte años. Sin duda es mayor que mis hijos.

Pedro: ¿No te parece que lo que realmente necesitas es cambiarte de ella?

Juan: No, ni hablar. Ya es un miembro de mi familia.

3   Altavoz: ¿De quién es el coche Mercedes 320 negro que está aparcado en doble fila? Ya viene la grúa.

Cliente: Mío, mío.

4   Carmen: Oye, ya son las diez de la noche y no ha llegado todavía el tren de Barcelona.

María: No te preocupes tanto. Dicen que los retrasos en Talgo son frecuentes.

Carmen: Pero en el horario se indica que el tren que cogen mis padres llegaría a las nueve y media. Espero que no les haya ocurrido nada.

María: No seas tan nerviosa. Escucha, ya están comunicando los altavoces, que el tren procedente de Barcelona está efectuando su entrada en la estación.

Carmen: ¡Mira, allí están mis padres! ¡Menos mal que por fin han llegado!

Señor Lee: Hola, hija. ¿Qué tal estáis? Habéis esperado mucho tiempo,

1 貝貝：呼！很抱歉遲到了。

愛蓮娜：你還好嗎？

貝貝：我知道已經很晚了，但是高速公路上塞車塞得太厲害了。聽說有車禍。警察已經到了，同時交通管制。結果我在那兒耽擱了快半個小時，什麼事也做不了。

愛蓮娜：你別擔心。我也剛剛才到。今天是星期五，所以車子很多，而且很不容易找到停車位。

貝貝：嗯，我覺得遲到很不好。

2 璜：真是不順！

貝得羅：你怎麼了？

璜：我全部東西都壞了…。就在昨天，我騎沒多遠，摩托車就發不動了，我又牽回修車廠。

貝得羅：那是怎麼了？

璜：我的電瓶沒電了，我也順便要求換機油，還有仔細檢查一遍。

貝得羅：你摩托車幾年了？

璜：二十年了。毫無疑問地它比我的孩子歲數還大。

貝得羅：你不覺得你真正需要的是換一輛（摩托車）？

璜：不，才不呢！它已是我們家庭的一份子了。

3 廣播：是誰的黑色賓士320並排停車？拖吊車已經來了。

客人：我的，我的。

4 卡門：喂，已經晚上十點了，從巴塞隆納開出的火車還沒到。

瑪麗亞：妳不要那麼擔心。聽說Talgo（火車）常常誤點。

卡門：不過時刻表上寫著我父母搭的那班火車，應該九點半到才是。希望他們沒發生什麼事。

瑪麗亞：妳不要那麼緊張妳聽擴音器已經在廣播了，從巴塞隆納出發的火車已經在進站了。

卡門：妳看我爸媽在那裡！還好他們總算到了！

李先生：哈囉，女兒妳們好嗎？妳們等了很久，對吧？因為火車在經過瓜達拉馬山區時，下起了大雨和濃霧，所以開得很慢。

李太太：我們很高興妳們來接我們。妳好嗎，瑪麗亞？

¿no? Es que el tren al pasar la Sierra Guadarrama ha venido muy despacio, debido a la intensa lluvia y niebla que había.

Señora Lee: Nos alegra mucho que hayáis venido a recogernos. ¿Qué tal, María?

María: Muy bien. Miren, el coche está aparcado en el aparcamiento. Vamos allí.

5 A: ¿A qué hora sale el próximo tren para Valencia?

B: A las cinco y diez, en el andén ocho.

A: ¿No hay otro antes?

B: ¿Antes? ¡Si ya son las cinco menos cuarto! El otro antes acaba de salir a las cuatro y media.

A: ¿Cómo dice? ¿No son las cuatro en punto?

B: No, ya son las cinco menos diez. Usted tiene el reloj retrasada casi una hora.

6 Juana: El tren que cogemos sale a las dos y media. Ya son las dos menos diez. ¡Date prisa! ¡Vamos a perderlo!

Carlos: Tranquila, mujer, podemos coger un taxi.

Juana: Vale, si no te parece caro.

Carlos: Taxi.

Taxista: ¿Adónde vamos?

Carlos: A la estación Atocha. Por favor, aprisa, porque el tren sale a las dos y media.

Taxista: Haré todo lo posible a estas horas punta. Pónganse el cinturón de seguridad.

Juana: Sería mejor que cogiéramos el metro sin preocuparnos de embotellamiento.

Taxista: Ya hemos llegado, señores. Aquí está la estación.

Carlos: ¿Cuánto le debo?

Taxista: Son 4,5 euros.

Carlos: Aquí tiene 5 euros. Quédese con la vuelta.

Juana: Venga, vamos corriendo.

瑪麗亞：很好。車子停在停車場。我們去那裡吧。

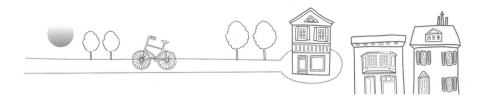

5 A：下一班開往瓦倫西亞的火車幾點出發？
B：五點十分，八號月臺。
A：沒有其他比較早班的嗎？
B：早點的？可是已經四點四十五分了！另一班四點半剛剛離開。
A：（您說）什麼？現在不是四點整嗎？
B：不是，已經四點五十分了。您的手錶慢了快一個小時了。

6 華娜：我們搭的火車兩點半出發。已經一點五十分了。你快一點！我們
　　　要錯過火車了！
卡洛斯：（別急）靜下來，我們可以搭計程車去。
華娜：好啊，如果你不認為很貴。
卡洛斯：計程車。
計程車司機：我們去哪兒？
卡洛斯：（請載我們）到阿多查火車站。請開快點，因為火車兩點半發
　　　　車。
計程車司機：現在是尖峰時間，我盡可能就是了。麻煩您們繫上安全
　　　　　　帶。
華娜：我們應該搭地鐵，這樣就不用擔心交通阻塞。
計程車司機：先生、女士，我們到了。這裡就是火車站。
卡洛斯：我要付給您多少？
計程車司機：四塊半歐元。
卡洛斯：這兒五塊歐元。其餘您留著當小費。
華娜：走吧，我們快一點。

7 A: Por favor, señor, ¿podría decirme a qué hora tiene la salida el vuelo Spainair para Mallorca?

B: A las diez y veinte. Ya son las nueve y media. Usted tiene que presentarse una hora antes en la ventanilla dos de Spainair para facturar el equipaje.

C: Buenos días. ¿Puede darme el billete del avión? Y ponga la maleta en la báscula, por favor.

A: Sí.

C: Mire usted, la maleta pesa más de veinte kilos. Tiene que pagar exceso de equipaje.

A: Pues no sabía que permitían sólo veinte kilos para cada pasajero. ¿La multa es alta?

.....

8 Beatriz: ¿Cuántas líneas de metro hay en Madrid?

Charo: Pues me parece que hay once líneas construídas antes de marcharme de la ciudad en 2006.

Beatriz: Este fin de semana voy a Frankfurt. Me han dicho que es mejor ir en metro al aeropuerto, aunque no son malos los autobuses en línea.

Charo: Si no llevas muchas maletas, te conviene ir en metro al aeropuerto Barajas. ¿Dónde vives? Y ¿hay algún metro que está cerca de tu casa?

Beatriz: Vivo en un Colegio Mayor. Puedo ir andando a unos diez minutos al metro Moncloa.

Charo: A ver, tengo un plano de metro. Primero coge la línea 6 circular para la estación de Avenida de America, allí cambia la línea 4 para la estación Mar de Cristal, que se conecta con la línea 8 para llegar directamente a Barajas.

Beatriz: ¿Me puedes dejar este plano de Madrid?

Charo: Claro, toma.

Beatriz: Muchas gracias. Al volver de Frankfurt, ya nos veremos.

Charo: De acuerdo.

7 A：先生，可否請您告訴我，飛往馬尤卡的西班牙航空幾點起飛？

B：十點二十分。已經九點半了。您必須提早一個小時到二號窗口西班牙航空，辦理登機報到和拖運行李的手續。

C：早安。您可以給我機票嗎？同時請您將行李放上秤臺。

A：好的。

C：您的行李超過二十公斤了。您必須付超重費。

A：我不知道每位旅客只允許二十公斤的行李。罰鍰很重嗎？

......

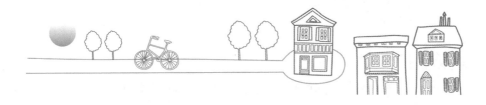

8 貝雅蒂斯：馬德里有幾條地鐵線？

蕎蘿：嗯我認為2006年我離開這個城市的時候已經建好十一條（地鐵）線了。

貝雅蒂斯：這個週末我要去法蘭克福。他們跟我說最好搭地鐵去飛機場，雖然公路線也不差。

蕎蘿：如果妳沒有太多行李，搭地鐵去馬德里機場是合適的。妳住哪裡？妳家附近有地鐵站嗎？

貝雅蒂斯：我住在學生宿舍。我可以走十幾分鐘的路到蒙卡羅地鐵站。

蕎蘿：嗯，我有一張地鐵路線圖。首先妳搭六號環繞線到美洲大道站，在那裡換搭四號線到瑪蒂克里斯塔，然後接八號線直達馬德里機場。

貝雅蒂斯：妳這張馬德里地鐵路線圖可以留給我嗎？

蕎蘿：當然，拿去。

貝雅蒂斯：非常謝謝。等我從法蘭克福回來，我們再見了。

蕎蘿：好的。

9 Marcos: Como vamos a viajar en coche este fin de semana, es conveniente
hacer una revisión al coche.

Margarita: De acuerdo. Me parece una idea estupenda.

Marcos: Pero no creo que sea absolutamente necesario hacerle todo eso.

Margarita: ¿Por qué?

Marcos: Mire qué factura.

Margarita: Como el coche ya tiene años, ¿no te parece que merece la pena
que le hagan una revisión de todo en vez de tener alguna avería
en el camino?

Marcos: Sí, tienes razón.

10 Altavoces

- ¡Atención, atención! Señores pasajeros, el vuelo IBERIA, Nº.356 con destino a Frankfurt, pasen por el control de pasaportes.

- ¡Atención, atención! Señores pasajeros, el vuelo Lufthansa, Nº.585 con
destino a Bremen diríjanse a la puerta de embarque número 12.

- ¡Atención, atención! Señores pasajeros, el vuelo British Airways, Nº.747
procedente de Londres, llega a Madrid con una hora de retraso.

9　馬可士：因為這個週末我們要開車去旅行，最好把車子做個檢查。

　　瑪格麗特：好的。我認為是個好意見。

　　馬可士：不過，我不認為有絕對地必要做全部的檢查。

　　瑪格麗特：為什麼？

　　馬可士：你看發票好貴。

　　瑪格麗特：因為車齡已有了，你不覺得值得做一次完整的檢查，才不會
　　　　　　　在半路上拋錨？

　　馬可士：是，妳說得對。

10　擴音器廣播

　　- 注意！注意！旅客搭乘飛往法蘭克福356班次的伊比利航空，請通關檢
　　　查護照。

　　- 注意！注意！旅客搭乘飛往布萊梅585班次的漢莎航空，請前往12號登
　　　機門。

　　- 注意！注意！旅客搭乘由倫敦起飛，747班次的英國航空，將延誤一個
　　　小時抵達馬德里。

常用會話句型

1 表達目的

- $\begin{array}{l} \text{Un sello} \\ \text{Un bolso} \end{array}$ + para + $\begin{array}{l} \text{Sevilla} \\ \text{una chica} \end{array}$.

- $\begin{array}{l} \text{Cogemos el metro} \\ \text{Te ayudo} \end{array}$ + así + $\begin{array}{l} \text{no llegamos tarde} \\ \text{no llores} \end{array}$.

2 提供乘坐不同交通工具的資訊

- ¿Se puede ir en + $\begin{array}{l} \text{coche} \\ \text{autobús} \\ \text{avión} \end{array}$?

- {Sí / No, hay que ir a pie}.

3 時刻表

- ¿ $\begin{array}{l} \text{Hay} \\ \text{A qué hora hay} \end{array}$ + $\begin{array}{l} \text{trenes} \\ \text{vuelos} \end{array}$ + para + $\begin{array}{l} \text{Madrid} \\ \text{Londres} \end{array}$?

- (Sí) hay uno + $\begin{array}{l} \text{por la tarde} \\ \text{a las doce} \\ \text{cada dos horas} \\ \text{al día} \\ \text{por semana} \end{array}$.

- (Sí) está el + $\begin{array}{l} \text{Talgo} \\ \text{Expreso} \\ \text{vuelo Iberia} \end{array}$.

- No, no hay ninguno.

4 確定行駛方向

- ¿Este/a + $\begin{array}{l} \text{autopista} \\ \text{carretera} \\ \text{autobús} \end{array}$ + $\begin{array}{l} \text{va a} \\ \text{pasa por} \end{array}$ + $\begin{array}{l} \text{Madrid} \\ \text{el Museo Prado} \end{array}$.

1 交通號誌指示

alto
f. 停車再開

ceda el paso
f. 讓路

curva a la derecha
f. 右彎

curva doble
f. 連續彎路

dirección obligatoria
f. 遵行方向（僅准右轉）

dirección obligatoria
f. 遵行方向（僅准左轉）

dirección obligatoria
f. 遵行方向（僅准直行）

dirección obligatoria
f. 遵行方向（僅准直行或右轉）

doble via
f. 雙向車道

badén
f. 路面顛險

261

camino resbaladizo
f. 路面溼滑

extintor de incendios
f. 滅火器

estrechamiento del camino
f. 狹路

gasolinera
f. 加油站

altura máxima
f. 車輛高度限制

bajada pronunciada
f. 斜坡

información
f. 詢問中心

obras
f. 前方道路施工

paso de peatones
f. 行人穿越

prohibido acampar
f. 禁止露營

prohibido adelantar
f. 禁止超車

prohibido dar vuelta en U
f. 禁止迴車

prohibido el paso
f. 禁止進入

semáforo
f. 注意號誌

señal de unión
f. 岔道會車（右側插會）

zona de derrumbes
f. 注意落石

zona escolar
f. 學校區域

cafetería
f. 咖啡館

restaurante
f. 餐廳

servicios (caballeros)
f. 男廁所

servicios (señoras)
f. 女廁所

teléfono
f. 電話

acceso para minusválidos
f. 行動不便者通道

2 車輛、機械

el acelerador	*n.*	油門
el aparcamiento	*n.*	停車場
el camino	*n.*	道路
el carnet de conducir	*n.*	駕照
el volante	*n.*	方向盤
el choque, la colisión	*n.*	衝撞
el combustible	*n.*	燃料
el conductor, el chófer	*n.*	駕駛
el parabrisas	*n.*	擋風玻璃
el estacionamiento	*n.*	停車場
el faro	*n.*	車燈
el freno	*n.*	煞車
el garaje	*n.*	車庫
el motor	*n.*	引擎
el neumático	*n.*	車輪（氣胎）
el parque de automóviles	*n.*	停車場
el túnel	*n.*	隧道
la autopista, la autovía	*n.*	汽車道
la bicicleta	*n.*	腳踏車
la carretera	*n.*	公路
la circulación, el tráfico	*n.*	車流、交通
la electricidad	*n.*	電力
la intersección	*n.*	交叉點
la llanta	*n.*	車輪（輪圈）
la motocicleta	*n.*	摩托車
la paralización de tráfico	*n.*	交通癱瘓
la rueda	*n.*	車輪胎
la ventanilla	*n.*	車窗

3 海上運輸、交通

el ancla	*n.*	錨
el barco de pesca	*n.*	漁船
el barco de vela	*n.*	帆船
el bote de salvamento	*n.*	救生船
el buque tanque	*n.*	運油船

el camarote	*n.*	客艙
el casco	*n.*	船身
el cinturón de chaleco	*n.*	救生衣
el cinturón de salvavidas	*n.*	救生帶
el dique	*n.*	船塢
el maquinista	*n.*	機械師
el muelle	*n.*	碼頭
el pasaje	*n.*	運費
el pasajero	*n.*	乘客
el petrolero	*n.*	運油船
el puerto de tránsito	*n.*	轉口港
el sobrecargo	*n.*	事務長
el talón de equipaje	*n.*	行李票
el timón	*n.*	舵
el tonelaje	*n.*	噸位
el transporte marítimo	*n.*	海上運輸
el tripulante	*n.*	船員
el vapor	*n.*	輪船
el yate	*n.*	遊艇
el interventor	*n.*	查票員
la bodega	*n.*	船艙
la carga	*n.*	裝載的貨物
la consigna	*n.*	隨身行李寄存處
la cubierta	*n.*	甲板
la chimenea	*n.*	煙囪
la declaración de aduana	*n.*	海關報單
la embarcación	*n.*	船隻
la grúa	*n.*	起重機
la lancha	*n.*	下水典禮、汽艇
la procedencia	*n.*	出發地（港）
la tonelada	*n.*	噸
la tripulación	*n.*	全體船員
la popa	*n.*	船尾
la proa	*n.*	船頭
el transbordor	*n.*	換車
levar el ancla	*v.*	起錨

echar el ancla	*v.*	拋錨
facturar el equipaje	*v.*	行李

4 空中運輸、交通

la aeronáutica	*n.*	航空
el abono	*n.*	定期票
el aeropuerto, el aeródromo	*n.*	飛機場
la aeronáutica	*n.*	航空
el exceso de equpajes	*n.*	超重行李
el aterrizaje forzoso	*n.*	緊急降落（著陸）
el aterrizaje	*n.*	著陸
el avión de línea	*n.*	定期航班
el avión de propulsión a chorro	*n.*	噴射機
el avión de transporte	*n.*	運輸機
el avión	*n.*	飛機
el billete	*n.*	車（機）票
el despegue	*n.*	起飛
el equipaje	*n.*	行李
el garaje de reparaciones	*n.*	維修廠
el hangar	*n.*	飛機庫
el paracaídas	*n.*	降落傘
el piloto	*n.*	飛行員
el puesto de gasolina	*n.*	加油站
el transporte aéreo	*n.*	航空運輸
el velocímetro	*n.*	（行車）速度計
el volante	*n.*	方向盤
la azafata	*n.*	空中小姐
la carretilla	*n.*	手推車、小孩學步車
la ida y vuelta	*n.*	來回
la línea aérea	*n.*	航線
la llegada	*n.*	到達
la pista	*n.*	飛機跑道
la reservación de asiento	*n.*	預訂座位
la salida	*n.*	出口、出發
aterrizar	*v.*	著陸
despegar	*v.*	起飛

266

1 ¿Cómo irá usted a trabajar? Como el metro está en huelga, voy a coger mi coche.
你要怎麼去工作？因爲地鐵罷工了，我坐自己的車去。

2 ¿Quiere que llame a la oficina y les diga que llegará usted tarde?
要不要我打電話給辦公室，告訴她們你將會遲到？

3 Al acercarse a un cruce, el conductor debe tener mucho cuidado con las luces de tráfico. Cuando un semáforo está en rojo, hay que detenerse y no avanzar.
開車接近十字路口時，司機要非常注意紅綠燈號誌，紅燈時要停下來，不可前進。

4 Es mejor abstenerse de hacer sonar la bocina, a menos que sea absolutamente necesario.
除非有必要，不要按喇叭。

5 ¿Tendrá usted que reducir la marcha y pisar un poco el freno cuando esté acercándose a una curva?
您接近轉彎時會要退檔、輕踩煞車嗎？

6 Si avanza cuando la luz de tráfico está en rojo, le van a imponer una multa porque es una infracción a las normas del tráfico.
闖紅燈是要罰款的，因爲這是違反交通規則。

7 Las gotas de lluvia resbalaban por el parabrisas.
雨滴順著擋風玻璃滑下來。

8 ¿Usted quiere conducir hasta Granada? Será un viaje largo.
您想開車到格蘭那達？會是很長的旅途。

9 ¿Piensa usted que irán en tren o en coche?
您覺得他們會搭火車或汽車去呢？

10 ¿Cuánto tiempo dura el viaje? / ¿Cómo largo dura el viaje?
這趟旅程花了多久時間？

11 ¿Camina derprisa? ¿Por qué?
他走路很快嗎？爲什麼？

12 Por favor, siéntese. No, prefiero estar de pie.
請坐下。不，我比較喜歡站著。

13 Luis va (viaja) a trabajar todas las mañanas en (por) metro.
路易斯每天早上搭地鐵去工作。

14 Se paga conforme a la distancia que se quiera recorrer (viajar) por el metro.
地鐵票是依照想要去的距離支付的。

15 Se puede comprar un abono (billete de temporada) que permite viajar durante (por) un cierto período a precio más bajo.
你可以買月票，它可以以較低的價格在一定的期間內搭乘。

16 Aunque la mayor parte del metro está (es) automatizado, aún hay empleados que revisan los billetes a la salida.
雖然大部分地鐵自動化通行，仍有車長檢查驗票。

17 Por tanto hay que guardar el billete hasta que se termine el viaje.
所以你必須保存票根，直到旅程結束。

18 También se puede ir (viajar) en autobús, que es más lento pero ofreceun panorama (vista) mejor.
你也可以坐巴士去，雖然速度較慢，但欣賞到的風景較好。

19 La mayor parte de los autobuses son de dos pisos y se permite fumar en la parte de arriba.
大部分的雙層巴士上層是吸菸區。

20 Guarde el vuelto como propina.
剩下的錢留著當小費。

21 Estos vehículos son apropiados para los caminos rurales.
這些車子適合於鄉間道路行駛。

22 El avión hizo un aterrizaje forzoso en el aeropuerto Barajas de Madrid.
飛機在馬德里Barajas機場迫降。

23 Por favor, déme un recibo.
請給我一張收據。

24 Ya verá lo bien comunicado está este lugar.
您會看到這個地方交通聯繫四通八達。

25 No saque usted la cabeza por la ventanilla. Está prohibido asomarse porque es peligroso.

請您別把頭伸出窗外，因爲這是很危險的。

26 ¿Usted desea el billete de avión de una sola vía o ida y vuelta? ¿Quiere uno válido por un mes o por un año?

您要單程還是來回的機票？有效期限爲一個月或一年？

27 Aquí viene el revisor a quien debemos mostrar nuestros billetes o abonos.

查票員來了，我們得向他出示我們的票。

28 ¿Sabe usted algún remedio contra el mareo?

你知道有什麼方法可以克服暈船嗎？

29 Cuando llueve, tengo que poner en marcha el limpiador del parabrisas.

下雨天我得啓動擋風玻璃的雨刷。

30 ¿Quiere usted que le infle los neumáticos?

您要我幫您的輪胎打氣嗎？

31 Muchas veces tengo que pagar una multa por exceso de velocidad.

我常因爲超速而付罰單。

32 Hemos tenido una avería en el vehículo; una de las llantas delanteras se ha pinchado y llevamos la llanta de respuesto.

我們的車子壞掉了，前輪被刺破了，所以我們用備胎。

33 Si el peso del equipaje excede 20 kilos libres de pago, el pasajero tiene que pagar por cada kilo de exceso generalmente 1% de la tarifa.

如果行李的重量超過20公斤，需付罰款，每超過一公斤乘客必須支付1%的機票費。

34 Antes de comprar el pasaje, los pasajeros deben saber que la tarifa del viaje de ida y vuelta es por lo general 10% menos del valor que la de una sola vía.

在買機票之前，乘客必須知道旅行來回機票的費用通常是單程費用的10%。

35 Todo mi equipaje va en la sección de equipajes pero conservo el saquito de mano conmigo.

除了手提行李帶著之外我全部的行李都托運。

36 El avión hace dos escalas en el trayecto sin la menor sacudida.

飛機很平穩並會著陸兩次。

37 Antes del accidente, le había advertido mil veces que no condujera tan rápidamente.

意外發生前，我已警告他上千次不要開那麼快。

38 La cola para comprar {billetes / entradas} es muy larga, pero dichosamente despachan pronto y ahora me llega el turno a mí.

買入場票的隊伍排很長，不過還好馬上就散了，現在輪到我了。

39 Con el auge del turismo, Barcelona es uno de los puertos que registran mayor tráfico.

由於觀光熱，巴塞隆納是交通最繁忙的港口之一。

40 Deme un billete de ida y vuelta de primera clase hasta Sevilla.

給我一張到塞維亞頭等座位的來回票。

1 Dependienta: Buenos días, ¿le han atendido ya?

Pepe: Buenos días. Mire, ayer vine a comprar esta radio grabadora. Al ponerla en marcha, empezó a hacer un ruido raro y de repente se paró...

Dependienta: A ver, déjeme a examinar...

Pepe: Le aseguro que la usé tal como pone el libro de instrucciones.

Dependienta: Sí, no funciona. ¿Ha traído la garantía?

Pepe: Sí, aquí la tiene. En este caso ¿no podría cambiármela por otra nueva?

Dependienta: Pues, en este momento no nos queda ninguna. Pero no se preocupe, enseguida la arreglaremos. ¿Le corre mucha prisa?

Pepe: Francamente, sí, la necesito para este fin de semana porque voy de viaje.

Dependienta: Si es así, déjenos su teléfono o vuelva, por favor, mañana por la mañana que ya volveremos a tener la misma nueva que usted quiere cambiar.

Pepe: De acuerdo.

2 Juan: Oiga, ¿está seguro de que este videograbadora que me enseña es igual que el del escaparate?

Dependiente: Sí, señor, segurísimo. Es la misma marca y el mismo modelo.

Juan: ¿Puede explicarme cómo funciona?

Dependiente: Mire, primero se tiene que encender y meter la cinta. Para ver la película apriete el botón que pone 'play'.

Juan: ¿Y para qué sirven estos dos botones?

Dependiente: Si aprieta el de la izquierda, va hacia atrás, y el de la derecha, va hacia adelante.

Juan: ¿Podría cambiarlo por otro modelo en caso de que no me guste?

Dependiente: Sí, dentro de una semana y no se olivde de traer la factura.

Juan: Vale.

3 Paula: Buenas noches.

Dependiente: Buenas noches. ¿qué desea?

Paula: Me gustaría comprar unos zapatos.

Dependiente: ¿Son para usted?

Paula: No, para mi hija.

Dependiente: ¿Sabe qué número calza su hija?

Paula: Es el 24. Es una muchacha de seis años.

Dependiente: Pues no tenemos muchos números pequeños. Mira, niña, ¿a ti

1 職員：早安。有人招呼您了嗎？

貝貝：早安。昨天我來買了一台收錄音機。開始使用播放時，就出現了怪聲音，然後一下子突然停止不動了…

職員：嗯，讓我檢查一下…

貝貝：我向您保證，我是按照手冊上的說明指示操作的。

職員：對，壞掉了。您保證書有帶來嗎？

貝貝：有，在這兒。在這種情況下，您不能換一台新的給我嗎？

職員：目前我們沒有任何庫存。不過別擔心，我們會馬上處理。您很急嗎？

貝貝：坦白說，是的，這個週末我會用到它，因為我要去旅行。

職員：如果是這樣，請留下您的電話或者明天早上再過來一趟，到時我們會有你要換新的機型。

貝貝：好的。

2 璜：喂，您確定給我看的這台錄影機和櫥窗裡的那台一樣？

職員：是的，先生，我非常確定。它們是一樣的品牌和款式。

璜：您可以跟我說明如何操作？

職員：首先必須插電，然後放入帶子。再來按播放按鈕影片觀賞。

璜：這兩個按鈕是做什麼用的？

職員：如果您按左邊的按鈕，是倒帶；右邊的按鈕則是前進。

璜：萬一我不喜歡您可以給我換一台新的款式？

職員：可以，一星期以內，同時別忘了帶發票過來。

璜：好的。

3 寶拉：晚安。

職員：晚安。您要什麼？

寶拉：我想買一雙鞋子。

職員：您要穿的？

寶拉：不是，給我女兒穿的。

職員：您知道您女兒穿幾號？

寶拉：24號。她是六歲大的女孩。

職員：我們沒有很多小的尺碼。妳看，小女孩，妳喜歡櫥窗裡的款式

te gusta el modelo que está en el escaparate?

Niña: Sí, pero me gusta más los de color blanco.

Dependiente: Primero prúebatelos, a ver cómo te quedan.

Niña: Me están un poco pequeños.

Paula: ¿Puede traerle un número mayor?

......

Dependiente: Lo siento, señora, por desgracia su número está agotado en este modelo. Seguramente lo tendremos dentro de una semana.

Paula: Pues, niña, volveremos otro día.

4 Carmen: ¿Qué vas a hacer esta tarde?

María: Nada, todavía no tengo ningún plan. ¿y qué?

Carmen: Quiero comprar un bolso.

María: Pero ya lo tienes, ¿no?

Carmen: Sí, es que me gustaría comprar uno para llevar bien con este traje.

María: ¿Para qué tienes tantos bolsos?

Carmen: Para mí es un gusto de coleccionar distintos modelos de bolso. Además, ahora están todos rebajados y algunos en oferta.

María: Vale, mujer, yo te acompañaré esta tarde.

5 A: ¿Enséñeme su pasaporte, por favor?

B: Sí, aquí tiene usted.

A: ¿Cuánto tiempo piensa quedarse en España?

B: Una o dos semanas. Vengo a participar en una Conferencia celebrada en la Universidad Complutense de Madrid. Luego me gustaría viajar un poco por España.

A: Pues bien. ¿Tiene algo que declarar?

B: No. Sólo llevo ropa y libros.

A: Ya puede pasar usted. Que lo pase bien en nuestro país.

B: Gracias.

6 Juana: Me gustaría ir a hacer algunas compras. ¿Vienes conmigo?

Carlos: ¿A dónde vamos?

Juana: Prefiero ir a los grandes almacenes, que están bien surtidos y tienen buen precio.

Carlos: Bien, también necesito una chaqueta americana. Vámonos.

嗎？

小女孩：是的，但是我更喜歡白色的。

職員：妳先試穿看看，是否合腳。

小女孩：我覺得有點小雙。

寶拉：您可以給她一雙尺寸大號一點？

……

職員：很抱歉，太太，她要的這一款尺寸真不巧缺貨。

寶拉：好吧！親愛的，我們改天再來。

4 卡門：妳今天下午要做什麼？

瑪麗亞：沒有，我還沒有任何計畫，怎麼了？

卡門：我想買一個女用手提包。

瑪麗亞：可是妳已經有了，不是嗎？

卡門：對，我想買一個（手提包）搭配這一件衣服。

瑪麗亞：妳為什麼需要這麼多皮包？

卡門：對我來說，蒐集不同款式的手提包是一種喜好。

瑪麗亞：好啦，下午我陪妳去就是了。

5 A：請出示您的護照？

B：好的，請拿去。

A：您打算留在西班牙多久？

B：一、兩週。我來參加馬德里大學舉辦的研討會。之後我想在西班牙
　　短暫旅行。

A：好的。您有東西要報關的嗎？

B：沒有。我只帶了衣服和書。

A：您可以通關了。希望您在我們的國家玩得愉快。

B：謝謝。

6 華娜：我想去做一些採買。你想跟我去嗎？

卡洛斯：我們去哪裡？

華娜：我比較想去百貨公司，那裡貨物齊全價格合理。

卡洛斯：好，我也需要一件西裝外套。我們走吧。

A：哈囉，早安。有人招呼您們了嗎？

A: Hola, buenos días. ¿Les atienden ya?

Carlos: ¿Tiene alguna chaqueta americana de mi talla?

A: A ver, pruebe ésta.

Carlos: Pues me queda muy bien.

Juana: Mire, señorita, me queda demasiado grande esta camisa, además, el modelo y el color no son de mi gusto. ¿No tienen otro diseño?

A: Lo siento. Sólo nos queda la que tiene usted en la mano.

Juana: Pues me llevaré ésta.

Carlos: ¿Cuánto es en total?

A: Por favor, pasen a la caja.

7 A: ¿Qué desea usted?

B: ¿A cuánto están las manzanas?

A: A 0,6 € el kilo.

B: Muy bien. Póngame tres kilos. Y déme también tres limones.

A: Sí.

B: Hija, ¡No toques nada!

8 Beatriz: Por favor, señorita, ¿en qué piso se venden artículos de primera necesidad?

Señorita: ¿Usted qué quiere comprar?

Beatriz: Me gustaría comprar cubrecamas, cochones, almohadas, etc.

Señorita: Pues tiene que subir al séptimo piso. Allí están las tiendas de ropa de hombre, de mujer, también los útiles de cama.

Beatriz: Muchas gracias.

Señorita: De nada.

9 A: Buenas noches, ¿le atienden ya?

B: Me gustaría comprar unas copas.

A: Mire, tenemos copa de coñac, copa de cava, copa para licores...., y también tenemos vaso largo, vaso corto, jarra para cerveza, etc.

B: Pues quería cinco copas de coñac y una jarra de cerveza. Si pago al contado, ¿hace descuento en efectivo?

A: Si le gusta regatear, mírelo bien, que aquí las cosas se venden siempre a precio fijo. Si se considera la calidad, es un precio equitativo.

B: Bueno, ¿cuánto me cobra?

卡洛斯：您有適合我的西裝外套？

A：我看看，您試試這件。

卡洛斯：嗯，很合身。

華娜：小姐，這件襯衫對我來講太大件了，而且款式和顏色都不是我喜
　　　 歡的。

A：很抱歉。我們只有您手上拿的那件。

華娜：好吧，我買這一件。

卡洛斯：總共多少錢？

A：請到收銀臺。

7 A：您要什麼？

B：蘋果怎麼賣？

A：一公斤0.6塊歐元。

B：很好。給我三公斤。也給我三個檸檬。

A：好的

B：小孩，不可以碰（水果）！

8 貝雅蒂斯：小姐，請問哪一樓層是賣生活必須品？

小姐：您想買什麼？

貝雅蒂斯：我想買床罩、墊子、枕頭等等。

小姐：您必須上到七樓。那裡有男士、女士服裝店，還有寢具用品。

貝雅蒂斯：非常謝謝。

小姐：不客氣。

9 A：晚安。有人招呼您了嗎？

B：我想買一些杯子。

A：您看，我們有白蘭地酒高腳杯、雞尾酒杯，一般酒杯…，我們也有
　　長的、短的玻璃杯、大的啤酒壺等等。

B：好，我要五個白蘭地酒高腳杯和一個大的啤酒壺。如果付現，有現
　　金折扣嗎？

A：您如果喜歡殺價，看清楚了，這裡的東西都是不二價的。如果考慮
　　一下品質，就會覺得價錢很公道。

B：好吧，多少錢？

A: Son 20 euros. ¿Desea que le enviemos sus compras a casa?

B: No, gracias. Basta con envolverlas.

10 A: ¿Qué desea?

B: Quería un pañuelo.

A: ¿Un solo pañuelo o una caja de pañuelos?

B: Pues yo quisiera un pañuelo grande y bonito para regalar a mi novia.

A: Sí, bueno, un solo pañuelo grande y bonito. ¿En qué color?

B: Hum, en ninguno en especial.

A: Mire, aquí tenemos uno rojo de pura seda...

B: Sí, perfecto. El rojo le sienta bien. Oiga, ¿se puede usar detergente para lavarlo?

A: El detergente es igual, pero sólo se lava en agua fría, no se puede lavar en la lavadora.

B: ¡Cómo! No se puede lavarlo en la lavadora. Pues no es práctico. No lo llevo. Gracias. Hasta otro día.

A: ....

B: Bueno, bueno, al fin he hablado español y me he hecho entender.

A：二十塊歐元。您希望我們把東西寄到家裡?

B：不用,謝謝。包裝起來就可以了。

10 A：您要什麼?

B：我想要一條手帕。

A：就一條手帕,還是一盒手帕?

B：我想要一條大的、漂亮的手帕,要送給我的女朋友。

A：好的,一條又大又漂亮的手帕。什麼顏色的?

B：嗯,沒特別的要求。

A：您看,我們這兒有一條紅色純絲的…

B：好,太好了。紅色很適合她。請問可以用洗滌劑清洗嗎?

A：用什麼洗滌劑都一樣。不過,只能用冷水清洗,不可以用洗衣機洗。

B：什麼!不可以用洗衣機洗。那很不實用。我不買了。謝謝。改天再看吧。

A: .....

B：好啊,終於我說西班牙語了,而且我說的別人聽得懂。

1 描述事物

■ una falda +

> verde
> de lana
> para mí
> como ésta

.

■ un reloj +

> barato
> de plata
> para un chico
> como el del escaparate

.

2 詢問賣的東西是否有其他樣式

• ¿No tiene otro un poco más +

> grande
> barato
> bonito

?

✓ 常用單字

■ 關稅、貿易、商業

el catálogo	*n.*	商品目錄
el certficado de origen	*n.*	原產地證明
el certificado de sanidad	*n.*	健康證明
el cliente	*n.*	客戶
el comercio al por mayor	*n.*	批發貿易
el comercio al por menor	*n.*	零售貿易
el comercio de comisión	*n.*	代理貿易
el comercio de valores	*n.*	證券交易
el comercio en mercado	*n.*	市場貿易
el comercio exportador	*n.*	出口貿易
el comercio exterior	*n.*	對外貿易
el comercio importador	*n.*	進口貿易
el comercio internacional	*n.*	國際貿易
el comercio libre	*n.*	自由貿易
el conocimiento de embarque	*n.*	提單
el contrato	*n.*	契約
el costo de operación	*n.*	營業成本
el costo	*n.*	成本
el crédito	*n.*	信用
el debe, el deudor	*n.*	借方
el descuento	*n.*	折扣、打折
el dividendo	*n.*	紅利
el egreso, la salida	*n.*	支出
el encargo	*n.*	訂貨
el impuesto predial	*n.*	土地房屋稅
el impuesto sobre la renta	*n.*	所得稅
el impuesto sobre las herencias	*n.*	遺產稅
el impuesto, los derechos	*n.*	稅金
el impuesto de bienes raíces	*n.*	不動產稅
el impuesto de patentes	*n.*	專利稅
el impuesto de transacción	*n.*	營業稅

281

el pedido, la orden	*n.*	訂購、訂單、訂貨
el precio de garantía	*n.*	保證價格
el precio general (redondo)	*n.*	一般價格
el precio global	*n.*	總價
el precio impuesto	*n.*	固定價
el precio inabordable	*n.*	不合理價格
el precio preferencial	*n.*	優惠價格
el precio real	*n.*	實價
el precio reductivo	*n.*	減價
el precio	*n.*	價格
el precio aceptable (accesible)	*n.*	合理價格
el precio al contado	*n.*	付現款價格
el precio corriente	*n.*	時價
el precio de mercaderías	*n.*	商品價格
el precio de mercado	*n.*	市場價格
el precio de origen	*n.*	產地價格
el precio de referencia	*n.*	參考價格
el precio escatimado	*n.*	減價
el visado	*n.*	簽證
la aduana	*n.*	海關
la agencia	*n.*	代理商
la apertura	*n.*	開盤
la atmósfera bursátil	*n.*	市場景氣
la balanza comercial	*n.*	貿易（收支）平衡
la bonanza	*n.*	景氣好
la carta de crédito irrevocalbe	*n.*	不能取消之信用狀
la casa comercial	*n.*	貿易公司
la casa exportadora	*n.*	出口貿易公司
la casa importadora	*n.*	進口貿易公司
la casa matriz	*n.*	總公司
la cesión	*n.*	轉讓
la comisión	*n.*	佣金
la compañía, la casa comercial	*n.*	公司
la compra	*n.*	採購
la contabilidad	*n.*	簿記
la cotización a término	*n.*	期貨行情

la cotización	n.	估價
la demanda	n.	需求
la dependncia	n.	分公司
la depresión	n.	不景氣
la divisa extranjera	n.	外幣
la empresa	n.	企業
la entrega	n.	交貨
la especulación	n.	投機
la estación de cuarentena	n.	檢疫站
la exención de impuestos	n.	免稅
la existencia	n.	存貨
la exportación	n.	出口
la factura comercial	n.	發票
la formalidad de entrada	n.	入境手續
la formalidad de salida	n.	出境手續
la formalidad de tránsito	n.	過境手續
la ganancia, el rédito	n.	利益
la gran realización	n.	大賤賣
la importación	n.	進口
la inversión	n.	投資
la letra de cambio	n.	匯票
la letra	n.	票據
la licitación	n.	拍賣
la liquidación	n.	結帳
la mercadería, el artículo	n.	商品
la mercadería aduanada	n.	已納稅商品
la mercadería de contrabando	n.	走私貨
la mercadería de difícil venta	n.	滯銷貨
la mercadería de fácil venta	n.	暢銷貨
la mercadería elaborada	n.	製成品
la mercadería embarcada	n.	已裝船貨物
la mercadería en almacén	n.	庫存商品
la mercadería en consignación	n.	寄售商品
la mercadería sujeta a pérdida	n.	漏損商品
la escasez de mercadería	n.	缺貨
recoger la mercadería	f.	提貨、取貨

la mercancía deteriorada	n.	受損貨物
la mercancía de uso corriente	n.	日用品
la mercancía empaquetada	n.	已包裝的貨物
la mercancía entrante	n.	進口貨、舶來品
la mercancía frágil	n.	易碎品
la mercancía no retirada	n.	不退換商品
la mercancía sujeta a aduana	n.	課稅商品
la mercancía transportada	n.	運輸中的貨物
las mercancías de larga duración	n.	耐用商品
las mercancías en montón	n.	散裝貨、大宗貨
las mercancías peligrosas	n.	危險品
la muestra	n.	樣本
la oferta	n.	報價、供貨
la pérdida	n.	損失
la revisión de aduana	n.	海關檢查
la sede principal	n.	總公司
la sesión de la bolsa	n.	開市
la solvencia	n.	支付能力
la subasta	n.	拍賣
la subastación	n.	拍賣
la sucursal	n.	分公司
la tarifa de aduana	n.	關稅表
la tendencia	n.	行情
la venta	n.	販賣
la vitrina	n.	陳列櫥
las condiociones	n.	條件
las mercancías en existencia	n.	存貨
las obligaciones	n.	公司債
los costos de montaje	n.	安裝費用
los costos de transporte	n.	運輸費用
los costos directos	n.	直接成本
los costos estimados	n.	估計成本
los costos extinguidos	n.	折舊費
los costos fijos	n.	固定成本
los derechos aduanas	n.	關稅
los documentos de embarque	n.	裝船文件

los fonods	*n.*	資金
a plazos	*f.*	分期的
al contado	*f.*	現金給付
al por mayor	*f.*	批發的
al por menor	*f.*	零售的
confiscar	*v.*	沒收
el arancel de aduana	*n.*	關稅表
el artículo prohibido	*n.*	違禁物品
el cambio	*n.*	兌換
el impuesto sobre el valor agregado	*n.*	增值稅
el impuesto sobre las ventas	*n.*	營業稅
los impuestos sobre la renta personal	*n.*	個人所得稅
el impuesto sobre el timbre nacional	*n.*	印花稅
el precio por libre a bordo (F.O.B.)	*n.*	離岸價格
el impuesto de aduana sobre objetos de lujo	*n.*	奢侈品關稅
el impuesto sobre el rendimiento de capital	*n.*	資本所得稅
el impuesto sobre el tráfico de mercanciás	*n.*	商品交易稅
el excedente de las exportaciones sobre las importaciones		
	n.	貿易出超
el excedente de las importaciones sobre las exportaciones		
	n.	貿易入超
el precio por libre al costado de vapor	*n.*	船邊交貨價格
el precio por el costo, seguroy flete （C.I.F.）	*n.*	包含運費保險價格
el precio franco almacén del comprador	*n.*	買方倉庫交貨價格
el precio franco almacén del suministrador	*n.*	賣方倉庫交貨價格
el precio franco buque puerto del destino	*n.*	目地港船上交貨價格
el precio franco gabarra puerto de embarque	*n.*	裝船港船上交貨價格
el precio franco puerto de embarque	*n.*	裝貨港交貨價格
la mercadería entregada franco a bordo	*n.*	船上交貨商品
la mercancía de primera necesidad	*n.*	生活必須品
la mercancía no destinada a la venta	*n.*	非賣品
las mercancías exentas de derechos	*n.*	免稅商品

1. En la aduana, las mercancías se depositan en almacenes.
   在海關貨物存放在倉庫裡。

2. Cuando a un minorista se le agotan las existencias, tiene que hacer un pedido al mayorista.
   當零售商沒有庫存貨時，他必須向批發商訂購。

3. Si se quiere, se puede pagar al contado, pero hoy día la mayoría de las ventas se hacen a plazos, pagando un anticipo.
   如果需要可以支付現金，不過今日批發商買賣都先付頭款，再分期付款。

4. Las mercancías exportadas pueden estar sujetas a derechos de exportación o a cuotas de limitación de las importaciones en determinados países.
   出口貨物可以受出口關稅約束或某些國家進口配額限制。

5. Las exportaciones se expresan generalmente en dólares.
   出口通常使用美元表示。

6. Me permito llamarle a usted la atención sobre la lista de precios.
   我可不可以提醒你有關價格表的事。

7. Por favor, ¿podría decirme cómo se va a la aduana?
   您可以告訴我如何走到海關？

8. Buenos días, ¿si usted tiene cosas que declarar, debe llenar este formulario?
   早安，您如果有東西要報稅，您必須先填這個表格。

9. ¿Tendría la amabilidad de decirme cuáles son las cosas que debo declarar?
   可否請您好心告訴我哪些東西我必須申報？

10. Pues, por ejemplo, la cantidad de monedas extranjeras, toda clase de tabaco, bebidas alcohólicas, joyas, etc.
    嗯，例如大量外幣、所有菸草、酒精飲料、珠寶等等。

11. Por favor, ¿podría mostrar su pasaporte? Sí, claro, aquí tiene mi pasaporte turístico y también el certificado de sanidad.
    請出示您的護照？當然，這是我的旅行護照和健康證明。

12 No llevo más que un equipaje de mano conmigo. No tengo nada que declarar.

我只帶一只隨身行李。我沒有要申報的東西。

13 Señor, por favor, abra sus baúles para que se revisen.

先生，請打開行李箱受檢。

14 Como usted ha llevado bebidas alcohólicas, joyas de oro y plata, no son cosas libres de impuestos. Así que usted debe pagar derechos por estos artículos en la aduana.

因爲您攜帶酒精飲料、金銀珠寶，這些並非免稅商品，因此您必須在海關替這些物品繳稅。

15 El barco descargó el 14 de febrero.

二月十四日船已卸貨。

16 El pago deberá efectuarse en plazo de 10 días.

十天內必須完成付款。

17 Este certificado es válido del 18 de junio al 16 de septiembre.

這張證書有效期限到九月十六日。

18 Me complace comunicarle que no ha habido retraso; las mercancías llegaron en el plazo previsto.

我很高興告知您並無延後，商品在期限內送達。

19 Los daños se produjeron seguramente durante el viaje.

商品受損很可能是運送期間造成。

20 Esta carta de crédito es válida a 60 días.

這張信用卡有效期限六十天。

21 Se le entregarán las mercancías a finales de esta semana.

商品這個週末會交付給您。

22 El contenedor salió de nuestros almacenes el 7 de marzo.

這個貨櫃三月七號離開我們的倉庫。

23 El camión se retrasó al salir de la fábrica, pero llegó a tiempo para coger el ferry.

卡車從工廠出貨（離開）時耽誤了，不過準時到達。

24 Les rogamos que disculpen los retrasos de entrega debido a la huelga portuaria del mes de junio.

請您們原諒我們延誤交貨，因爲六月份發生了港口罷工事件。

25 El 'conocimiento' es la prueba de un contrato de transporte marítimo + comprobante de las mercancías enviadas + certificado de propiedad.
所謂「提貨單」是有關海運+貨物寄送憑單+所有物證明的合約證明。

26 El 'certificado de origen' es la declaración del país de origen de las mercancías.
原產地證明是商品貨物源自何國之報單。

27 La 'carta de porte aéreo' es el billete de avión.
「航空貨運單」等同於（貨物之）飛機票。

28 La 'carta de porte ferroviario' es el billete de tren.
「鐵路貨運單」等同於（貨物之）火車票。

29 El 'certificado de inspección' es la garantía de que las mercancías han sido inspeccionadas por un organismo independiente.
「檢測證明」是保證商品已經過獨立機構的檢查。

30 El 'certificado de seguro' es la prueba de que las mercancías están aseguradas.
「安全證明」表示商品是合格安全的。

31 La 'factura' es la solicitud de pago.
發票（帳單）是表示要求付款。

32 El 'certificado sanitario' es la garantía de que los productos o los animales cumplen con las normas sanitarias.
「健康證明」是針對產品（食品）或動物符合健康規範的保證。

33 El aduanero me pregunta: '¿Tiene usted algo que declarar?'
海關人員問我問題：「您有什麼要報稅的嗎?」

34 Si usted desea permanecer más tiempo en este país, debe ir a la comisaría de policía para solicitar una prolongación del visado por algunos meses más.
如果您想要在這個國家停留更長的時間，就必須去警察局申請多幾個月的延簽。

35 Si la validez de su pasaporte expira, tiene que renovarlo.
如果您的護照有效期限到了，就必須更新。

1. Pepe: ¡Qué mala cara tienes! ¿No te encuentras bien?

   Helena: No. No sé qué me ha pasado. No me he encontrado bien desde que me he levantado esta mañana.

   Pepe: ¿Has ido al médico?

   Helena: No, no he ido.

   Pepe: Pues tendrías que ir.

   Helena: Vale.

2. Doctor: Buenas tardes, siéntese. Dígame, ¿Qué le pasa?

   Juan: Buenas tardes, doctor, me parece que tengo fiebre. Toso mucho y me duelen la cabeza y el pecho.

   Doctor: ¿Le han puesto el termómetro?

   Juan: No, no me lo he puesto.

   Doctor: Ahora va a ponérselo la enfermera. Y ¿desde cuándo empezó a sentirse mal?

   Juan: Hace dos días, a ver, desde el viernes. ¿Qué temperatura tengo?

   Doctor: Tiene 38.2 (treinta y ocho coma dos grados). Sí, tiene un poco de fiebre. Y el tos, ¿fuma mucho?

   Juan: Pues, he fumado un paquete cada día porque tengo que trasnochar para trabajar y no quedarme dormido.

   Doctor: Abra la boca y saque la lengua..... Ahora voy a auscultarle, respire profundo, por favor.

   Juan: ¿Qué tengo?

   Doctor: No se preocupe, no es grave. Le aconsejo que no fume y tenga que descansar y dormir bien hasta que se recupere. Tómese estas pastillas y vuelva la semana que viene si no se siente mejor.

   Juan: Las pastillas... ¿Cómo las tomo?

   Doctor: Una con cada comida.

   Juan: Gracias.

3. José: Doctor, se ha caído mi abuela y se ha hecho daño.

   Doctor: ¿Cómo ha sido?

   José: Al bajarse de las escaleras.

   Doctor: Pasen por aquí. Abuela, ¿dónde le duele?

   Abuela: Aquí, en la rodilla.

   Doctor: A ver... Bueno, no es muy grave. Le voy a recetarle alguna medici-

1 貝貝：妳臉色真難看！妳不舒服嗎？

　愛蓮娜：對（不舒服）。我不知道我怎麼了。從今天早上起來我就覺得
　　　　　不舒服。

　貝貝：妳去看醫生了嗎？

　愛蓮娜：沒有，我沒有去。

　貝貝：那妳應該去看（醫生）。

　愛蓮娜：好的。

2 醫生：晚安，請坐。請跟我說，您怎麼了？

　璜：晚安，醫生，我感覺我發燒了。我咳嗽咳得很厲害，頭痛，胸部也
　　　痛。

　醫生：您量過體溫了嗎？

　璜：沒有，我還沒有量。

　醫生：護士現在幫您量一下。您什麼時候開始覺得不舒服？

　璜：兩天前，嗯，從星期五開始。我幾度？

　醫生：38.2度。是的，您有一點發燒。至於咳嗽，您菸抽很多嗎？

　璜：嗯，因為我必須熬夜工作，為了不睡著，我每天抽一包菸。

　醫生：張開嘴，伸舌頭…。現在我用聽診器聽一下，請深呼吸。

　璜：我怎麼了？

　醫生：別擔心，不是很嚴重。我建議您不要抽菸，同時多休息，睡眠要
　　　　充足，一直到復原為止。

　璜：藥片…我要怎麼服用？

　醫生：每餐一片（藥片）。

　璜：謝謝。

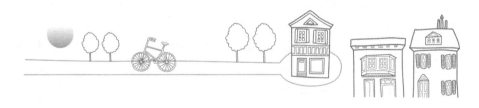

3 荷西：醫生，我的祖母摔倒，受傷了。

　醫生：怎麼發生的？

　荷西：從樓梯下來的時候。

　醫生：請過來這裡。奶奶，您哪裡痛？

　奶奶：這裡，膝蓋。

　醫生：我看看，不是很嚴重。我會給您開一些膝蓋痛的藥。您拿這藥

na para el dolor de rodilla. Tome la receta y vaya a la farmacia por las medicinas.

José: ¿Cómo se toman?

Doctor: Tres veces al día, cada vez dos pastillas después de las comidas. Acompáñele a su abuela a verme otra vez después de tres días. Tenga cuidado.

José: Gracias.

4 Mamá: ¿Por qué lloras, guapo?

Niño: Me duele muchísimo aquí.

Mamá: ¿La garganta?

Niño: No sé... Me duele....

Mamá: Toma agua, vamos a ir al médico... Doctor, a mi hijo le duele la garganta. Además estornuda y tose.

Doctor: Siéntese aquí y abra la boca ...

Niño llorando

Mamá: Mira, a esta niña le duelen los oídos y no llora...

5 Luis: ¿Cuándo te dan de alta?

Clara: No sé. Anoche sentí un dolor debajo del pecho, que no podía ni respirar, como si fuera un ataque de corazón. Pensaba que me moría.

Luis: ¿Y qué dijo el doctor?

Clara: Me dijo que probablemente sea a consecuencia de la herida. Luego me dieron un calmante y no me dormí hasta que me hizo efecto. ¿Te puedo pedir un favor?

Luis: Sí, claro, lo que quieras.

Clara: Como la comida del hospital no me ha gustado, me muero de hambre. Mañana tráeme algo de comer y beber. Y también tráeme algún libro para que me distraiga.

Luis: Vale.

6 Juana: Me alegro muchísimo de que te encuentres mejor. Ya verás como todo sale bien.

Carlos: Sí, gracias.

Juana: Mira, te he traído unas frutas y vitaminas para que te recuperes pronto.

方，然後去藥房取藥。

荷西：藥怎麼服用？

醫生：一天三次，每次三餐飯後，兩粒藥片。三天後再陪您奶奶過來給
我看一下。保重。

荷西：謝謝。

4 媽媽：你爲什麼哭呢，帥哥？

小男孩：我這裡痛得要命。

媽媽：喉嚨嗎？

小男孩：不知道⋯我好痛啊⋯

媽媽：喝個水，我們去看醫生⋯。醫生，我兒子喉嚨痛，另外有打噴嚏
和咳嗽。

醫生：請坐，張開嘴巴⋯

小男孩（哭）

媽媽：你看，這小女孩耳朵痛也沒哭⋯

5 路易士：什麼時候讓妳出院？

葛拉拉：我不知道。昨晚我胸口下面感覺疼痛，我快要不能呼吸，好像
心臟病發一樣。我想我快死了。

路易士：醫生怎麼説？

葛拉拉：他跟我説可能是因爲受傷的關係。之後他們給我服止痛藥，我
一直到藥效開始才睡著。我可以請你幫個忙嗎？

路易士：好，當然，照妳的意思。

葛拉拉：由於醫院的伙食我已經不喜歡，我快餓死了。明天幫我帶一些
吃的和喝的。也帶本書給我好讓我輕鬆一下（轉移注意力）。

路易士：好的。

6 華娜：我非常高興你好多了。你看一切都會很好的。

卡洛斯：是的，謝謝。

華娜：我給你帶了一些水果和維他命，希望你早點復原。

卡洛斯：妳不用麻煩了。我很感謝妳過來看我。

華娜：你打算留下來多久？

Carlos: No hacía falta que te molestaras. Te agradezco que hayas venido a verme.

Juana: ¿Hasta cuándo piensas quedarte?

Carlos: No sé. Creo que debo estar aquí hasta que me quiten los puntos.

7 Carlos: Doctor, he notado algo como una pelota en mi inguinal derecha.

Doctor: Pase por aquí, quítese los pantalones y le haré un examen...

Carlos: ¿Qué tengo?

Doctor: Es hernia inguinal. Lo que ves es tumoración en región inguinal derecha que aumenta con el esfuerzo y se reduce en reposo.

Carlos: ¿Cómo se va a curar? ¿Con medicina?

Doctor: No, el tratamiento es la intervención quirúrgica. Se realizará hernioplastia inguinal derecha con malla de polipropileno.

Carlos: ¿La operación?

Doctor: Sí, pero no se preocupe. Es una operación pequeña. Aquí tiene la consulta de anestesia y con el fin de evitar complicaciones, que puedan comprometer su salud, le rogamos siga rigurosamente las recomendaciones para antes y después de la intervención.

Carlos: ¿Es doloroso y tarda mucho en reponerme?

Doctor: Es un dolor aguantable y para realizar esfuerzos físicos intensos deberá esperar 6 semanas desde la intervención.

8 Doctora: Buenos días. ¿Cómo está, señora?

Charo: Pues no muy bien. Algún dolocillo de barriga alguna vez, como si me clavaran algo y muy seguido.

Doctora: Bueno, vamos a ver qué tiene. Desnúdese de cinturón para arriba, desabróchese el cinturón. A ver... respire hondo, ahora no respire, aguante el aire. ¿Y si le aprieto aquí?

Charo: ¡Huy! ¡Qué daño!

Doctora: El dolor es a consecuencia de la operación. Tome estas pastillas, una en cada cuatro horas. Y ya veremos si se encuentra mejor.

Beatriz: Gracias, doctora. Venga, mujer, anímate. Ya verás como no será nada grave.

Charo: ¿Cómo no voy a estar preocupada? Con ésta, ya llevo cuatro operaciones.

卡洛斯：我不知道。我認為我必須一直待到我拆線完。

7 卡洛斯：醫生我發現我右邊的腹股溝有個像球的東西。

醫生：請過來這裡，脫掉褲子，我再幫你檢查⋯

卡洛斯：我怎麼了？

醫生：這是右邊疝氣。你看到的是右側腹股溝的腫瘤，你用力它會突出，靜躺時就不那麼明顯。

卡洛斯：那要怎麼治療呢？吃藥嗎？

醫生：不，只能用外科手術治療。治療方式用網狀的聚丙稀在右側腹股溝做疝氣修補術。

卡洛斯：是開刀嗎？

醫生：對，不過別擔心。這是一個小手術。這裡有一麻醉諮詢，同時為了避免問題產生，危害到您的健康，我們要求您嚴格遵循術前術後的建議。

卡洛斯：會很痛嗎？要花很長時間復原嗎？

醫生：術後疼痛是可以忍受的。若要做粗重的體力勞動，必須等到開完刀六週以後。

8 女醫生：早安。您好嗎，女士？

蕎蘿：嗯，不是很好。偶爾肚子會輕微疼痛，好像釘子連續釘一樣。

女醫生：好的，讓我們看看怎麼了。請脫掉腰帶以上的衣服，解開腰帶，好，深呼吸，現在停止呼吸，憋氣。如果我壓您這裡呢？

蕎蘿：唉！好痛！

女醫生：這個疼痛是因為手術的關係。您吃這些藥片，每隔四個小時。然後我們再看看有沒有好一些。

貝雅蒂斯：謝謝，醫生。好了，振作起來。妳看不會很嚴重的。

蕎蘿：我怎麼不會擔心。加上這一次，我已開刀四次了。

9 Enfermera: ¿Dónde le duele?

Paciente: Por aquí donde me operaron. Siento como un pichazo al moverme.

Enfermera: Mire, le vamos a poner una inyección para aliviarle.

Paciente: ¿Cómo? ¿La inyección?

Enfermera: Sí. No ponga esa cara, hombre.

Paciente: Lo que más miedo me da es que me pongan inyecciones.

Enfermera: No seas miedoso. Si es un pinchazo y ya está.

Pacinete: ¡Huy!

Enfermera: Ahora procure descansar y no le de más vueltas.

10 José: A mí, cuando me encuentro bien, estar enfermo no me preocupa nada. Pero cuando me encuentro mal, siento que puede ser algo grave y quiero que me cuiden enseguida.

Gema: Yo también me molesta mucho estar enferma. Cuando me encuentro mal me pongo de muy mal humor. Sin embargo, no me gustaría decirle a nadie, porque no me gusta parecer débil. Tampoco me gusta que me cuiden.

Víctor: Yo a mí estar enfermo no me da ningún miedo. Lo veo como un partido de tenis en el que voy a ganar. Hago caso de lo que dicen los médicos, me tomo las medicinas y ya está.

Luisa: Cuando estoy bien, ni me preocupo de la enfermedad. Y cuando me duele algo, la cabeza, la espalda, la garganta, esas cosillas que a todos nos duelen, pues me tomo lo que recetan y en paz.

9 護士：您哪裡痛？

病人：我開刀這裡（附近）。我走動時會感覺像針刺一樣。

護士：我們會幫您打一針緩和疼痛。

病人：什麼？打針？

護士：對。老天別擺這個表情（臉）。

病人：我最害怕的事就是打針。

護士：別那麼害怕。刺一下就好了。

病人：嗚！

護士：現在您試著休息，不要想那麼多了。

10 荷西：對我來講，當我沒有不舒服時，我一點也不擔心生病這回事。可是如果我覺得不舒服時，我認為可能是有什麼嚴重的問題，而且我希望馬上能給我照料。

荷瑪：生病這事也會讓我很困擾。我覺得不舒服時，心情變得很差。可是我不會想跟任何人說，因為我不想表現得很脆弱。我也不喜歡讓人照顧。

維特：對我來講，生病一點也不會讓我感到害怕。我把它看做一場網球比賽，而且我會贏的。我會聽從醫生的指示，吃吃藥，就這樣。

露易莎：當我很好（健康）時，我才不擔心生病這回事。如果我感到疼痛，像頭痛，背痛，喉嚨痛，那些都會讓我們疼痛的小問題，我也就按醫師處方服藥，沒什麼大不了。

常用會話句型

1 表達奇怪

- ¡Qué + {curioso / raro} !

- Nunca había + {estado en un sitio / visto algo} + así!

2 表達滿意

- ¡Qué bien haber + {venido / estado aquí} !

3 驚訝

- ¿Cómo es que + {habla tan bien español / no vas nunca en tren} ?

4 描寫自身個性

- Parezco (muy) + {tranquilo / agresivo} + pero soy + {muy cariñoso / un poco tímido / bastante nervioso} .

- Parezco (muy) + {tranquilo / agresivo} + pero tengo + {muy mal carácter / mal genio} .

- Lo que me pasa a mí es que soy + {muy perezoso / tímido / bastante nervioso} .

- Lo que me pasa a mí es que + {me tomo las cosas con calma / me pongo nervioso} .

- Yo, por ejemplo, cuando + {me enfado, se me pasa enseguida / estoy nervioso, me enfado con todo el mundo} .

- Lo que más me gusta de ti es que eres muy + {generoso / cariñoso} .

- Lo que más me gusta de ti es que + | tienes muy buen carácter / te llevas bien con todo el mundo / nunca te pones de mal humor | .

5 表達沮喪

- No me + | va / ha ido / fue | + tan bien como + | pensaba / esperaba / creía | .

- No me ha + | interesado / gustado | + tanto como + | pensaba / esperaba / creía | .

- No + | me parece / lo encuentro / fue | + tan + | interesante / divertido | + como + | pensaba / esperaba / creía | .

6 表達擔心

- No sé + | qué tal me irá / cómo saldrá / si voy a encontrar el billete | .

7 表達忍受、屈服

- ¡{Qué le vamos a hacer / Así es la vida}!

8 表達疼痛

- ¡Qué daño me + | ha hecho el médico / he hehco | !

- ¡Cómo me + | duele / duelen | + | la rodilla / las piernas | !

9 表達害怕

- | Me dan(n) miedo / Tengo (un) miedo de | + | la oscuridad / ir al médico / que me tengan que operar | .

299

10 給予鼓勵與安慰

- Venga, +
  | anímate |
  | no se preocupe |
  . Ya verás como +
  | todo se arregla |
  | no será nada grave |
  .

  ▪ {Ojalá / Eso espero}.

11 表達希望、期待

- ¡Ojalá +
  | salga todo bien |
  | llegue al aeropuerto a tiempo |
  .

- A ver si +
  | sale todo bien |
  | llega al aeropuerto a tiempo |
  .

✓ 常用單字

1 疾病

el asma	*n.*	氣喘
el atagque	*n.*	疾病的發作
el beriberi	*n.*	腳氣病
el cáncer	*n.*	癌症
el catarro intestinal	*n.*	腸炎
el catarro nasal	*n.*	鼻炎
el catarro	*n.*	感冒
el cojo	*n.*	跛子
el daltoniano	*n.*	色盲的人
el derrame cerebral	*n.*	中風
el desmayo	*n.*	昏厥
el dolor de cabeza	*n.*	頭痛
el dolor de muelas	*n.*	牙痛
el eczema	*n.*	溼疹
el endurecimiento de las arterias	*n.*	動脈硬化
el escalofrío	*n.*	顫抖
el estómago caído	*n.*	胃下垂
el estreñimiento	*n.*	便祕
el grano	*n.*	粉刺
el inválido	*n.*	殘廢者
el jorobado	*n.*	駝背的人
el lisiado, el mutilado	*n.*	殘障者
el manco	*n.*	獨臂人
el mudo	*n.*	啞巴
el paralítico	*n.*	中風的人
el resfriado	*n.*	感冒
el reumatismo	*n.*	風溼病
el sarampión	*n.*	麻疹
el sordo	*n.*	聾子
el tartamudo	*n.*	口吃的人
el tuerto	*n.*	獨眼人

el vértigo	*n.*	暈眩
la amigdalitis, la tonsilitis	*n.*	扁桃腺炎
la anemia	*n.*	貧血
la angina, la laringitis	*n.*	咽喉炎
la apendicitis	*n.*	闌尾炎
la bronquitis	*n.*	支氣管炎
la cólera	*n.*	霍亂
la diabetes	*n.*	糖尿病
la diarrea	*n.*	腹瀉
la difteria	*n.*	白喉
la disentería	*n.*	痢疾
la dislocación	*n.*	脫臼
la dispepsia	*n.*	消化不良
la duodenitis	*n.*	十二指腸炎
la empiema	*n.*	積膿
la enfermedad cardíaca	*n.*	心臟病
la enfermedad contagiosa	*n.*	流行病
la enfermedad por parásitos	*n.*	寄生蟲病
la epidemia	*n.*	接觸傳染的疾病
la epilepsia	*n.*	羊癲瘋
la erupción cutánea	*n.*	疙瘩
la escarlatina	*n.*	猩紅熱
la estomatitis	*n.*	口腔炎
la fiebre tifoidea	*n.*	傷寒
la fiebre	*n.*	發燒
la gripe, la constipado	*n.*	感冒
la hemorragia nasal	*n.*	鼻出血
la hemorroide, la almorrana	*n.*	痔瘡
la herida, la lesión	*n.*	受傷
la hernia	*n.*	疝氣
la hiperacidez gástrica	*n.*	胃酸過多
la hipertonia	*n.*	急性肌肉收縮
la histeria	*n.*	歇斯底里
la ictericia	*n.*	黃疸
la indisposición	*n.*	疾病
la inflamación de riñones	*n.*	腎臟發炎

la insolación	*n.*	中暑
la intoxicación	*n.*	中毒
la lombriz intestinal	*n.*	蛔蟲
la malaria	*n.*	瘧疾
la meningitis	*n.*	腦膜炎
la menstruación	*n.*	月經
la miopía, la vista corta	*n.*	近視
la neuralgia	*n.*	神經痛
la neurastenia	*n.*	腦神經衰弱
la neurosis	*n.*	神經官能症、恐懼症
la ocena	*n.*	嗅鼻症
la papera	*n.*	流行性腮腺炎
la parálisis cardíaca	*n.*	心臟麻痺
la parálisis	*n.*	麻痺、癱瘓
la paratifoidea	*n.*	副傷寒
la peritonitis	*n.*	腹膜炎
la peste, la pestilencia	*n.*	鼠疫、瘟疫
la picadura, la caries	*n.*	齲齒
la pleuresía	*n.*	胸膜炎
la presbicia, la vista cansada	*n.*	老花眼
la psicosis, la psicopatía	*n.*	神經病、精神病患者
la pulmonía, la neumonía	*n.*	肺炎
la secuela	*n.*	後遺症
la septicemia	*n.*	敗血症
la sífilis	*n.*	梅毒
la sordera	*n.*	聾
la timpanitis	*n.*	氣鼓
la torcijón de tripas	*n.*	腸絞痛
la tos ferina	*n.*	百日咳
la tracoma	*n.*	砂眼
la tuberculosis, la tisis	*n.*	肺結核
la úlcera de duodeno	*n.*	十二指腸潰瘍
la úlcera estomacal	*n.*	胃潰瘍
la uremia	*n.*	尿毒症
la varicela	*n.*	水痘
la viruela	*n.*	麻子、天花

los tuertos	*n.*	產後痛
intoxicarse	*v.*	中毒
reponerse, recuperarse	*v.*	復原

2 醫生、醫療、醫院

el antibiótico	*n.*	抗生素
el bacilo	*n.*	黴菌
el cardiógrafo	*n.*	心電圖
el cirujano	*n.*	外科醫生
el dentista	*n.*	牙醫
el esparadrapo	*n.*	膠布
el estafilococo	*n.*	葡萄球菌
el ginecólogo	*n.*	婦科醫生
el inyección	*n.*	注射
el oculista	*n.*	眼科醫生
el otorrinolaringólogo	*n.*	耳鼻喉科醫生
el pediatra	*n.*	小兒科醫生
el psiquiatra	*n.*	精神科醫生
el remedio casero	*n.*	家庭常備藥
el tocólogo	*n.*	產科醫生
el tratamiento	*n.*	治療、處理
el ungüento	*n.*	藥膏
la ampolla	*n.*	藥瓶
la anatomía	*n.*	科醫學
la bacteria	*n.*	細菌
la cama	*n.*	床位
la camilla	*n.*	擔架
la cápsula	*n.*	膠囊
la cardiografía	*n.*	心臟科醫學
la cirujía	*n.*	外科醫學
la cura	*n.*	治療
la dermatología	*n.*	皮膚科醫學
la diatesis	*n.*	特異體質
la dosis	*n.*	服用量
la droga	*n.*	藥劑
la ginecología	*n.*	婦科醫學

la medicina de uso interior	*n.*	內服藥
la medicina en polvo	*n.*	藥粉
la medicina	*n.*	醫學
la muleta	*n.*	拐杖
la neurología	*n.*	神經科醫學
la obstetricia, la tocología	*n.*	產科醫學
la oftalmología	*n.*	眼科醫學
la operación	*n.*	手術
la otorrinolaringología	*n.*	耳鼻喉科醫學
la pasteurización, la esterilización	*n.*	殺菌
la pastilla, la tableta	*n.*	藥片
la patología	*n.*	病理學
la píldora	*n.*	藥丸
la poción	*n.*	藥水
la psiquiatría	*n.*	精神科醫學
la receta, la prescripción	*n.*	處方
la reumatología	*n.*	風溼科醫學
la titura de yodo	*n.*	碘酒
la transfusión de sangre	*n.*	輸血
la urología	*n.*	泌尿科醫學
la uroscopia	*n.*	驗尿
la vacuna	*n.*	牛痘
la venda	*n.*	繃帶
los primeros auxilios	*n.*	急救
la intervención	*n.*	開刀、動手術
esparadrapo	*n.*	膠布

3 中醫

la medicina (tradicional) china	*n.*	中醫
la acupuntura	*n.*	針灸
la diagnosis	*n.*	診斷
diagnotigar	*v.*	診斷
la farmacopea	*n.*	藥典
la farmacología	*n.*	藥物學
la gastritis	*n.*	胃炎
el masaje	*n.*	按摩、推拿

305

la energía	*n.*	氣、精力
el pasillo	*n.*	通道
el meridiano	*n.*	經絡
el punto	*n.*	穴位
la víscera	*n.*	內臟
la artritis	*n.*	關節炎
hipertensión	*n.*	高血壓
la rotación	*n.*	捻
la moxibustión	*n.*	針灸療法
la artemisa	*n.*	艾草
la píldora	*n.*	藥丸
el polvo	*n.*	藥粉
el emplasto	*n.*	膏藥
el comprimido	*n.*	藥片
la tintura	*n.*	酊（劑）
la infusión	*n.*	藥熬成湯
hacer las infusiones	*v.*	熬藥
observar	*v.*	望（中醫四診之一）
oler	*v.*	聞（中醫四診之二）
tomar el pulso	*v.*	切（中醫四診之三）
preguntar	*v.*	問（中醫四診之四）
el yin y el yang	*n.*	陰、陽（中醫八綱辨證）
fuera y dentro	*n.*	內、外（中醫八綱辨證）
frío y calor	*n.*	冷、熱（中醫八綱辨證）
vacío y lleno	*n.*	虛、實（中醫八綱辨證）
'Compendio de Materia Médica'	*n.*	本草綱目（李時珍）
'Asuntos Médicos de Shen Nong'	*n.*	神農百草經

1. Mi hijo es zurdo, escribe siempre con la mano izquierda.
   我兒子是左撇子。他總是用左手寫字。

2. Doctor, al niño le duele la cabeza cuando se levanta.
   醫生，這小男孩起床後頭痛。

3. Paco siempre se acuesta muy tarde. Hoy se ha levantado pronto porque va a ir al médico. Es que le duelen los ojos.
   巴可總是很晚才睡。今天他很早起來，因爲要看醫生。他眼睛痛。

4. Niño, tienes las uñas sucias. Vete a limpiártelas.
   孩子，妳的指甲很髒，去洗一洗。

5. Como tengo una ampolla en el talón, cojeo un poco.
   因爲我的腳後跟起了一個水泡，走起路來一瘸一瘸的。

6. Como soy gordo, tengo que encargar siempre el traje al sastre.
   因爲我很胖，我的衣服都是向裁縫訂做的。

7. Hijo, deja de leer en este cuarto tan obscuro, se va a estropear la vista.
   兒子，不要在這光線很暗的屋裡看書，眼睛會傷到。

8. Ya soy muy corto de vista. Es necesario llevar lentes apropiados.
   我有近視。必須戴合適的眼鏡。

9. Permítame tomarle el pulso.
   讓我量量你的脈搏。

10. Las partes principales del oído son: el pabellón de la oreja con el lóbulo, el conducto auditivo, el fímpano, el oído medio y el oído interno.
    這張圖是聽覺器官的斷面圖解。聽覺的主要部分是外耳耳廓，外耳道，鼓膜，中耳及内耳。

11. Las partes del ojo, que son: la cuenca, el globo y los párpados con las pestañas y las cejas.
    眼睛的各部位是：眼眶、眼球、眼瞼、睫毛和眉毛。

12. Ese vieja mete las narices en todas partes, por tanto sus vecinos le han dado con la puerta en las narices.

那老太婆很愛管閒事，所以她的鄰居都拒絕和她來往。

13 ¿Qué tal anda usted de apetito?
您的胃口如何？

14 Cuando subo escaleras siento palpitaciones al corazón.
我上樓梯時，覺得心跳的很厲害

15 Cuando se enfada, ese homre frunce el ceño y le salen arrugas en el rostro.
那個人生氣的時候，會皺眉頭，而且臉上出現皺紋。

16 Tome usted esta medicina después de cada comida. Y no coma carnes grasientas.
每餐飯後吃這個藥。還有不可以吃肥肉。

17 Cuando corro de prisa, siento punzadas en el lado izquierdo, y tamién me falta el aire.
我跑得很快時，左腹感到疼痛，同時上氣不接下氣。

18 Doctor, tengo jaquecas, náuseas y fiebre. Apenas he comido estos dos últimos días.
我頭痛，噁心和發燒。這兩天來我幾乎沒吃什麼。

19 ¿Desde cuándo se siente usted enfermo? Desde anoche.
您從什麼時候起，感到不舒服？昨天晚上開始。

20 Es necesario comer más verduras y frutas todos los días, y menos carne.
每天多吃蔬菜水果，少吃肉是必須的。

21 Hace media hora sentí de repente agudos dolores en el abdomen.
半小時前，我突然覺得下腹劇烈地疼痛。

22 Se ha descuidado esta temporada y ha caído enfermo.
他這段時間不注意身體，結果病倒了。

23 Esta muela está cariada y la encía me sangra.
我這顆牙齒蛀牙而且牙齦出血。

24 Como no he llevado el paraguas, me he mojado y me he enfriado.
因為我沒帶傘，我渾身淫透，著涼了。

25 No permanezcas en lugares cerrados, llenos de gente, porque la inhalación de polvo, tabaco o humo será inevitable.

避免待在擠滿人的封閉場所，這樣會吸進灰塵和菸味。

26 Los síntomas de la gripe normalmente empiezan con dolores musculares y de las articulaciones, debilidad generalizada y molestias con aparición de fiebre.
流行性感冒的症狀，一開始是肌肉和關節的疼痛，之後全身虛弱、不適伴隨著發燒。

27 En el catarro predominan los síntomas de tipo de congestión nasal con estornudose incluso tos, pero en general no aparece fiebre.
感冒初期的症狀是鼻塞、打噴嚏，甚至咳嗽，不過通常不會出現發燒。

28 Para sentirnos fuertes y saludables es muy importante que nos alimentemos bien, a partir de una dieta equilibrada y en cantidad suficiente.
為了身體強壯和健康，攝取好的營養非常重要，就從均衡、不過量的飲食做起。

29 Tengo diarrea. Me duele la cabeza. Quiero vomitar.
我拉肚子。我頭痛。我想吐。

30 La obscuridad infunde miedo.
黑暗使人產生恐懼。

31 Me pican los ojos.
我覺得眼睛癢癢的。

32 Tengo fiebre.Estoy constipado.
我發燒了。我感冒了。

33 Después del accidente, no queda sangre en el cuerpo.
車禍後她嚇得魂飛魄散（毛骨悚然）。

34 Es punzante en sus palabras cuando se enfada.
他生氣時說話很尖酸刻薄。

35 Él se ha curado e irá venciendo su debilidad.
他病好了，逐漸恢復健康。

36 Tu familia está protegida mientras te mantienes de forma. Trabajas para ellos, cuidas de que nada les falte y tal vez quieras asegurarte de que eso siga siendo así.
當你保持健康時，你的家人會同時得到保護。你的工作對他們來說是一

種保障，你可能想要這樣的情況能確保下去，生活不虞。

37 El cuidado dental es fundamental para nuestra salud y bienestar. Pero el gasto económico que supone, imposibilita muchas veces que podamos prestarle la atención debida.
關心牙齒的保健，是使我們健康和舒適的基本要素。但經濟的負擔常常讓原本應該給予的重視變得不可能。

38 Estaremos encantados de ampliarte cuantos detalles quieras sobre el cuidado dental y de informarte sobre otros productos que te puedan interesar.
我們願意增加任何你想要有關牙齒保健的詳細資料，並告知你其他你想知道的商品。

39 La posición horizontal y un lecho equilibrado es lo que necesita para el perfeco cerecimiento.
為了良好成長，床的位置水平和平穩是需要的。

40 Un seguro que le permite acceder a los mejores profesionales y centros hospitalarios que han alcanzado un reconocimiento mundial, por sus posibilidades técnicas y humanas, en el tratamiento de enfermedades.
這樣的保險讓您在治療疾病時，不論技術上與人道上都有最好的專業醫療團隊與世界公認的醫護中心。

41 Cabeza triangular pequeña que facilita los movimientos dentro de la boca. Dos filamentos: los laterales más largos y suaves; los centrales, más cortos y fuertes para conseguir una limpieza eficaz.
小的三角形牙刷容易進入口腔做清洗的動作，那些刷毛側面較長且軟，中間的刷毛較短且硬，以達到有效的清洗。

42 Mi hija tiene la piel sensible, se le irrita con facilidad.
我女兒皮膚很敏感，很容易過敏。

1 Pepe: ¿Qué podemos hacer este fin de semana?

Helena: No sé... Todavía no tengo planes. ¿Te gusta ver museos?

Pepe: Sí, mucho. Y aún no he visto ninguno en Madrid.

Helena: Yo estuve en el Museo Reina Sofía hace un mes, vi el Arte Románico y me gustó mucho. Ahora me gustaría ver el Museo del Prado.

Pepe: Es una buena idea. Dicen que es gratis los sábados por la tarde. Entonces, ¿vamos mañana?

Helena: De acuerdo. Vamos mañana.

2 Juana: Oye, yo creía que ella cantaba sólo en español.

Pedro: No, mujer, no. Los discos los hace o en español o en inglés. Pero en su primer recital canta sólo en español.

Juana: He oído algún disco suyo. No sé. A lo mejor fue el verano pasado en la casa de María Rosa.

Pedro: ¿A qué hora empieza el concierto?

Juana: Enseguida.

3 José: Vamos, que estoy cansado ya.

Rosa: No, hemos venido a Madrid a ver el Museo del Prado y vamos a verlo todo.

José: Bueno, si insistes.

Rosa: Mira, ¿Es este el cuadro 'Las meninas' de Velázquez?

José: Sí, es la obra maestra del pintor Velázquez. El tema central es el retrato de la infanta Margarita de Austria.

Rosa: El propio Velázquez se autorretrata trabajando en él. Es impresionante. Me gusta mucho. ¿Tú sabes qué significa 'meninas'?

José: Qué sé yo.

Rosa: Ni yo tampoco. Se trata de la familia de Felipe IV. ¿A ti, no te gusta?

José: No, me gusta más la pintura de Goya.

4 Luis: Oiga, ¿la sala de Picasso?

María: Hombre, Luis, ¿viniste también a ver el Museo?

Luis: Sí, vine a ver las pinturas de Goya.

María: Dicen que está en esta planta, en la sala 23. ¿Sabes dónde está?

Luis: Pues lo siento, no lo sé.

María: Y tú, ¿ya te vas?

1　貝貝：這週末我們做什麼好？

　　愛蓮娜：不知道... 我還沒有計畫。你喜歡參觀博物館嗎？

　　貝貝：是，很喜歡。我在馬德里還沒有參觀過任何一間（博物館）。

　　愛蓮娜：我上個月參觀索菲雅皇家博物館，看了羅馬藝術，非常喜歡。
　　　　　　現在我想參觀普拉多美術館。

　　貝貝：這是個好主意。聽說星期六下午的門票是免費的。

　　愛蓮娜：好的。我們明天去。

2　華娜：喂，我以為她只唱西班牙語歌曲。

　　貝得羅：不，才不呢。她灌的唱片有西班牙語的或英文的。但是她的第
　　　　　　一次演唱會只唱西班牙語歌曲。

　　華娜：我聽過她的某張（專輯）唱片。我不知道。可能是去年夏天在瑪
　　　　　麗亞・蘿莎家裡。

　　貝得羅：幾點鐘音樂會開始？

　　華娜：馬上要開始了。

3　荷西：走吧，我已經累了。

　　蘿莎：不要，我們來馬德里為的是看普拉多美術館，所以我們要看完全
　　　　　部。

　　荷西：好吧，如果妳堅持的話。

　　蘿莎：這幅畫是委拉奎茲的「宮廷侍女」圖？

　　荷西：是的，這幅畫是委拉奎茲的傑作。主題是奧地利公主瑪格麗特的
　　　　　肖像圖。

　　蘿莎：委拉奎茲本身的自畫像也在這幅畫裡。這真是令人印象深刻。我
　　　　　很喜歡。你知道'meninas'的意思嗎？

　　荷西：我怎麼會知道。

　　蘿莎：我也不知道。畫的主題是菲力普四世皇室家庭。你不喜歡嗎？

　　荷西：不，我比較喜歡哥雅的畫。

4　路易士：喂，畢卡索的展覽廳（在哪兒）？

　　瑪麗亞：哇，路易士，你也來參觀博物館？

　　路易士：是的，我來看哥雅的畫。

　　瑪麗亞：聽說在這一層樓，23號廳。你知道在哪兒嗎？

　　路易士：很抱歉，我不知道。

　　瑪麗亞：你呢？你要走了嗎？

Luis: No. Voy a ver otra vez 'Los caprichos', y después quiero comprar unas postales para mandar a mi hermana.

María: Vamos juntos, luego te acompaño a la tienda de recuerdos. ¿Vale?

Luis: Sí, perfecto.

5 Luis: Mira, en el teatro están haciendo 'Un marido de ida y vuelta' de Enrique Jardiel Poncela.

Ramón: Ah, sí, es verdad. No tenía ni idea. ¿Tú has leído la obra?

Luis: Sí, la leí hace mucho. El autor cambió el teatro cómico español del siglo XX. Él no se propuso escribir un teatro intelectual sino que se entrega un teatro vivo, en el que la risa brota del espanto frente a la nada.

Ramón: O sea que la risa es lo único que entrega a sus espectadores. El resto es silencio.

Luis: Sí, eso es.

6 Juana: ¿Quieres que vayamos al teatro esta noche?

Carlos: ¿Qué se pone en escena?

Juana: Mira, en el teatro ése cerca de la Puerta de Sol están haciendo 'La casa de Bernarda Alba'.

Carlos: ¿Es la obra de Lorca?

Juana: Sí.

Carlos: No tenía ni idea. ¿Tú la has leído?

Juana: Bueno, no me acuerdo muy bien. Creo que se trata de unas mujeres que viven solas y juntas y de los problemas que cada una de ellas tiene. Tenemos que ir a verla aunque es un poco triste.

Carlos: Vale, de acuerdo.

7 Noemí: Hola, Carlos, ¿te apetece ir al cine mañana?

Carlos: Vale. Pero ¿qué película vamos a ver?

Noemí: Aquí tienes la cartelera, por ejemplo, podemos elegir 'Sleepless in Seattle', que se pone en el cine Príncipe.

Carlos: Como mañana es sábado, podemos ir a la sesión de la mañana.

Noemí: Yo prefiero ir a la sesión de la noche, porque no quiero levantarme tan temprano y por la tarde tenemos que ir al supermercado a comprar unas cosas.

Carlos: Vale, como quieras.

路易士：沒有。我要再去看一次'Los caprichos'，之後我想買一些名信片寄給我的妹妹。

瑪麗亞：我們一起參觀，待會我陪你去紀念品店，好嗎？

路易士：好，太棒了。

5 路易士：喂，現在劇院正在上演安爾奎‧哈狄耶‧邦塞拉的「不死的丈夫」。

拉蒙：啊，是的，確實是。我完全不了解。你讀過這部作品嗎？

路易士：有，很久以前我讀過。這位作者改變了二十世紀西班牙的喜劇（風格）。他不打算寫（上層社會）需費神理解的戲劇，而是展現一個活生生的戲劇，在舞臺上充滿了爆笑，其他什麼都沒有。

拉蒙：也就是說，笑聲是他唯一帶給觀眾的。剩下的都是安靜無聲。

路易士：對，正是如此。

6 華娜：你想我們今晚去看戲劇嗎？

卡洛斯：有什麼（戲劇）在演出？

華娜：你看，這家靠近太陽廣場的劇院正在上演「貝爾納達‧阿爾巴之家」。

卡洛斯：那是羅卡的作品嗎？

華娜：是的。

卡洛斯：我完全不了解。妳讀過這部作品嗎？

華娜：嗯，我不太記得。我想劇情是有關幾個女人孤獨地住在一起，還有她們各自的問題。我們應該去看這部作品，雖然有點悲傷。

卡洛斯：好的。

7 諾雅美：哈囉，卡洛斯，你明天想去看電影嗎？

卡洛斯：好啊。不過，我們要看什麼影片？

諾雅美：這裡有電影廣告欄，比如說，我們可以選「西雅圖徹未眠」，在王子戲院有播放。

卡洛斯：因為明天是星期六，我們可以去看早場的。

諾雅美：我比較喜歡看晚場的，因為我不想這麼早起床，而且下午我們必須去超級市場買些東西。

卡洛斯：好的，隨妳的意思。

8 En la taquilla.

Taquillera: Buenas noches.

Noemí: Buenas noches. Por favor dos entradas para la película 'Sleepless in Seattle'.

Taquillera: ¿De butaca o de entresuelo?

Noemí: De butaca, por favor.

Taquillera: 6 euros.

Carlos: Mira, la película empieza a las ocho y cuarto. Aún falta una hora para que empiece la función. ¿Te apetece que vayamos a dar una vuelta y tomamos un café en aquella cafetería?

Noemí: Esta película romántica me da mucha ilusión.

Carlos: Es una película americana y los dos protagonistas son actores muy famosos.

Noemí: Ya verás, que nos gustará.

9 A: Buenos días, ¿se puede reservar aquí entradas para la ópera Carmen?

C: Sí, usted puede reservar aquí entradas para el domingo. Las entradas para el sábado se han acabado.

B: Da igual.

C: ¿Qué localidad quiere? y ¿cuántas?

A: Vamos a comprar dos del palco.

B: Pero prefiero una localidad cercana al escenario.

A: Vale, de acuerdo. Mire, por favor, denos dos entradas y nos gustaría una localidad cercana al escenario.

C: Tome, aquí tiene dos entradas para este domingo, y de la tercera fila. Son 20 euros.

A: Muchas gracias.

B: Coge el programa, ...

10 José: Te invito al cine esta noche.

Gema: Pues no me interesa ir al cine. Vamos al teatro.

José: ¿Qué ópera va a ponerse esta noche?

Gema: Me han dicho mis socios que hoy va a estrenar una nueva comedia.

José: ¿A qué hora empieza la función?

Gema: La función de la noche comienza a las ocho.

José: De acuerdo. Vamos a verlo.

8 在售票亭

售票員：晚安。

諾雅美：晚安。請給我兩張「西雅圖徹未眠」的票。

售票員：您要正廳前排座，還是閣樓的座位？

諾雅美：請給我正廳前排座。

售票員：六塊歐元。

卡洛斯：影片八點一刻才開始播放。還有一個小時的時間才上演。妳想
　　　　不想我們去轉一圈，在哪家咖啡廳喝個咖啡？

諾雅美：這部浪漫影片給了我許多憧憬（想像空間）。

卡洛斯：這是美國電影，兩位男女主角都是有名的演員。

諾雅美：你拭目以待，我們會喜歡的。

9 A：早安，這邊可以買歌劇「卡門」的預售票嗎？

C：可以，您可以在這兒預購星期日的門票。星期六的票已售完了。

B：沒差。

C：您要什麼位置（的票）？還有幾張？

A：我們買兩張樓上的邊座。

B：不過我比較喜歡靠近舞臺的位置（票）。

A：好的。請給我們兩張門票，我們想要靠近舞臺的位置。

C：請拿去，這兒有兩張星期日的門票，第三排的位置。一共20歐元。

A：非常謝謝。

B：你拿一份節目表……

10 荷西：今晚我請妳去看電影。

荷瑪：我不想看電影。我們去看戲劇。

荷西：今晚有什麼歌劇上演？

荷瑪：我同事跟我說今天有一齣喜劇首次演出。

荷西：演出幾點開始？

荷瑪：晚上八點開始演出。

荷西：好。我們就去看這齣喜劇。

317

常用會話句型

1 徵詢意見

- ¿{Usted qué opina sobre / Cómo ves} +
  este problema
  lo del paro
  lo de que hagan huelga
  lo que pasó ayer en Madrid
  ?

2 提供意見

- {Para mí / A mi modo de ver / Estoy convencido de que / Tengo la impresión de que} + hay muchas soluciones.

- Esto es un problema muy serio, +
  para mí
  a mi modo de ver
  me parece a mí
  creo yo

- {Tal vez / Quizás} + esté equivocado, pero + opinión.
- A lo mejor + estoy equivocado, pero + opinión.

3 起承轉合

- {En primer lugar / Por una parte / Por un lado}, + ...
- {En segundo lugar / Por otra parte / Por otro lado}, + ...
- {Y, además / Es más}, +...
- Y, por eso, +...

4 請求與讓步、同意

- ¿Te {importa / molesta} + que +
  abra las ventanas
  ponga esto aquí
  ?

- {Sí, sí / No, no}, +
  ábralas, ábralas
  póngalo
  póngalo
  .

表達驚訝與回應

- ¡Qué raro que + hayan despedido a Luis
  Beatriz no esté con su novio .

- {Sí, es verdad / A mí no me extraña nada}.

表達懷疑
- ¿Habrán tenido + algún problema?
- ¿Estará + en la oficina?

- {Es posible que / Puede ser que} + hayan tenido + algún problema
  esté + en la oficina .

- {Seguramente / Seguro que / A lo mejor} + han tenido + algún problema
  está + en la oficina .

分享情感與強調喜好
- ¿No te {gusta / encanta}?

- ¿{Gustarme / Encantarme}? + Me encanta
  Me entusiasma .

表達個人喜好情感

- A ti no sé pero a mí + me encanta
  me entusiasma .

- Tú no sé pero yo lo encuentro + precioso
  fantástico .

1 音樂

el acompañamiento	*n.*	伴奏
el acorde	*n.*	和音
el acordeón	*n.*	手風琴
el actor	*n.*	男演員
el actriz	*n.*	女演員
el arco	*n.*	琴弓
el bailarín	*n.*	芭蕾舞男演員
el baile de disfraces	*n.*	化裝舞蹈
el baile de etiqueta	*n.*	社交舞
el bajo	*n.*	低音提琴
el ballet	*n.*	芭蕾舞
el cantante	*n.*	歌手
el cartelera	*n.*	廣告招貼版
el clarinete	*n.*	單簧管、黑管
el compás	*n.*	拍子
el compositor	*n.*	作曲家
el concierto	*n.*	演奏會
el contrabajo	*n.*	低音提琴
el coro	*n.*	合唱隊
el cuerno francés	*n.*	法國號
el director de orquesta	*n.*	樂隊指揮者
el ejecutante, el intérprete	*n.*	演奏者
el etapa	*n.*	舞臺
el fagot	*n.*	巴松管
el flauta de pico	*n.*	直笛
el footlight	*n.*	腳燈
el himno nacional	*n.*	國歌
el hoyo de la orquesta	*n.*	樂隊池
el instrumento de cuerda	*n.*	弦樂器
el intrumento musical	*n.*	樂器
el marquesina	*n.*	（戲院外）遮簷

el oboe	*n.*	雙簧管
el pasillo	*n.*	走道
el pentagrama	*n.*	五線譜
el piano	*n.*	鋼琴
el público	*n.*	觀眾
el reflector	*n.*	聚光燈
el rock concierto	*n.*	搖滾音樂會
el saxofón	*n.*	薩克管
el solista	*n.*	獨唱（奏）者
el soporte de la música	*n.*	樂譜架
el tambor	*n.*	鼓
el triángulo	*n.*	三角鐵
el trombón	*n.*	長號、伸縮喇叭
el trompeta	*n.*	小號、小喇叭
el tuba	*n.*	大號、低音大喇叭
el villancico	*n.*	聖誕歌
el viola	*n.*	中提琴
el violín	*n.*	小提琴
el violinista	*n.*	小提琴家
el violonchelo	*n.*	大提琴
el zapato del dedo del pie	*n.*	芭蕾舞鞋
la armónica	*n.*	口琴
la bailarina	*n.*	芭蕾舞女演員
la banda	*n.*	樂隊
la batuta	*n.*	指揮棒
la compañera de baile	*n.*	舞伴
la danza	*n.*	舞蹈
la dirección	*n.*	指揮
la escala mayor	*n.*	長音階
la escala menor	*n.*	短音階
la flauta	*n.*	長笛
la guitarra	*n.*	吉他、大弦琴
la interpretación	*n.*	演奏
la melodía	*n.*	旋律
la música clásica	*n.*	古典音樂
la música vocal	*n.*	聲樂

la música	*n.*	音樂
la nota	*n.*	音符
la ópera	*n.*	歌劇
la orquesta	*n.*	管弦樂隊
la sinfonía	*n.*	交響樂
las catañuelas	*n.*	響板
el flamenco	*n.*	安達魯西亞的音樂和歌曲

② 歌劇、電影院

el acomodador	*n.*	驗票員
el acto	*n.*	幕
el anuncio de las próximas películas	*n.*	影片上映預告
el argumento	*n.*	故事情節
el asiento, la localidad	*n.*	座位
el cartón, la caricatura	*n.*	漫畫
el chiste	*n.*	笑話
el corto metraje	*n.*	短篇電影
el director de escena	*n.*	舞臺監督
el drama romántico	*n.*	浪漫劇
el drama	*n.*	劇
el espectáculo	*n.*	戲劇場面
el estreno, el debut	*n.*	首演
el guión	*n.*	劇本
el intermedio	*n.*	幕間休息
el largo metraje	*n.*	長篇電影
el melodrama	*n.*	鬧劇
el noticiario documental	*n.*	記錄片
el noticiero	*n.*	新聞片
el papel	*n.*	角色
el reparto	*n.*	分配角色
el salón de cine	*n.*	電影院
el teatro	*n.*	劇場
el telón	*n.*	幕
la butaca, el patio	*n.*	劇院正中央座位
la cámara cinematográfica	*n.*	攝影機
la comedia	*n.*	喜劇

la escena	n.	場景
la escena, el tablado	n.	舞臺
la función de la nocturna	n.	夜間戲劇演出
la función de la tarde	n.	午後戲劇演出
la función de la vespertina	n.	黃昏戲劇演出
la galería, el paraíso, la platea	n.	上層樓座
la guardarropa	n.	寄放處
la ópera	n.	歌劇
la opereta	n.	小歌劇
la pantomima	n.	啞劇
la película, la cinta	n.	影片
la representación	n.	演出、上映
la revsita	n.	時事諷刺劇
la taquilla	n.	售票處
la tragedia	n.	悲劇
la tragicomedia	n.	悲喜劇
la zarzuela	n.	音樂劇
las candilejas	n.	腳燈
las variedades	n.	各式各樣的表演藝術
los dibujos animados	n.	漫畫製作

3 繪畫、雕刻

el artista	n.	美術家
el bosquejo	n.	素描、寫生畫
el cante jondo	n.	吉普賽人之歌
el croquis	n.	速寫畫
el cubista	n.	立體派畫家
el desnudo	n.	裸體畫
el dibujo, el boceto	n.	畫稿、草圖
el grabado	n.	版畫
el impresionista	n.	印象派畫家
el modelo	n.	模特兒
el museo de bellas artes	n.	美術館
el paisaje	n.	景物畫
el paisajista	n.	風景畫家
el perfil	n.	人物側面圖

el retratista	*n.*	肖像畫家
el retrato	*n.*	肖像、人物畫
el taller, el estudio	*n.*	畫室
la caricatura	*n.*	漫畫
la exposición	*n.*	展覽會
la falsificación	*n.*	膺品
la figura	*n.*	人物畫
la galería	*n.*	美術畫廊
la naturaleza muerta	*n.*	靜畫
la naturalista	*n.*	自然主義派畫家
la obra maestra	*n.*	傑作
la pintura, el cuadro	*n.*	繪畫
la rueda	*n.*	邊唱邊跳
las bellas artes	*n.*	美術

1 ¡Ni que fuese yo tonto!
好像我是傻瓜似的!

2 Esta obra (pieza) es una sinfonía de Mozart. Supongo que es algo nuevo.
這件作品是莫札特的交響樂。我想這是新的東西。

3 A mí me hubiera gustado que mis intentos en hacer una tesis hubieran seguido adelante pero en eso no he tenido mucho éxito.
我曾經想要我論文撰寫的企圖心能持續下去,可是在這點我做得並不是很好。

4 Aquí se suele defender la tesis ante un tribunal que en mi opinión propone el director de tesis.
這裡論文的考(口)試通常會有一考試委員會,依我的想法,這委員會(名單)是由論文指導教授提出。

5 Aquí estamos pasando frío también pero en mi casa tengo buena calefacc-ción.
這兒天氣也好冷,不過我家裡有很不錯的暖爐。

6 Las entradas se puede sacar con una semana de antelación.
門票可以提前一週購票。

7 ¿Quién hace el papel de protagonista?
誰扮演主角?

8 ¿Quién actúa de Don Juan?
誰飾演唐璜?

9 El actor fue llamado tres veces a la escena.
男演員出來謝幕三次。

10 ¿Qué película va a proyectarse en la televisión esta noche?
今天晚上電視要播放什麼電影?

11 A mis hijos les gusta ver películas de dibujos animados.
我的孩子們喜歡看卡通影片。

12 Nótese que se prohibe que los niños de menos de 12 años vean la película.

325

請您注意，未滿十二歲小朋友是禁止觀賞這部影片。

13 Se levanta el telón. / Cae el telón.
幕布升起了。 / 幕布降下來了。

14 Hay un entreacto de 15 minutos al acabar cada acto.
每一幕結束後有十分鐘休息時間。

1 Juan: Fuiste al partido del sábado?

Pedro: Hombre, por supuesto.¿Cómo no voy a ir?

Juan: Cuéntame, ¿qué tal?

Pedro: Era emocionante de verdad.Lo del Real Madrid esta temporada es increíble.Es impecable.

Juan: Ya será menos.

Pedro: Tú, por ejemplo, eres uno de los del Barcelona siempre dispuestos a criticar al Real Madrid, pero esta vez no vais a poder porque vamos a ganar la Copa de Europa.

Juan: Bueno, bueno, ya veremos.Pero el sábado, ¿qué pasó?

Pedro: Pues Luis estaba en el centro del campo, le pasó la pelota a Castro, mientras Rafael se situó delante mismo de la portería.Castro le envió la pelota y, antes de que los del Barcelona se dieran cuenta, Rafael marcó un gol maravilloso.

Juan: ¡Ah!

Pedro: Y cinco minutos después, el Real Madrid marcó otro gol menos espectacular.A partir de ese momento los de Barcelona se hundieron y el partido fue nuestro.¡Qué partidazo!

2 José: Diga (en el teléfono).

Hugo: ¿Está José?

José: Sí, soy yo.¿Con quién hablo?

Hugo: Con Hugo Antonio Martí n.

José: Hombre, Hugo.¡Cuánto tiempo! ¿Qué tal? ¿Cómo te va?

Hugo: Bien, bien. ¿Y tú qué tal?

José: Yo, así, así, nada particular para contarte.

Hugo: Pues de soltero, siempre salíamos para jugar al tenis, venías con nosotros a tomar algo después de echar un partido...Y ahora, desde que te casaste, te pasas el día encerrado en casa.Por lo menos llevamos dos meses sin vernos.

José: Bueno, bueno, ya veremos.Luego os llamo.

1 璜：你去（觀戰）星期六的比賽嗎？

貝得羅：喔，當然，我怎麼可能不去？

璜：跟我說，（比賽）如何？

貝得羅：真是扣人心弦。皇家馬德里隊本季真是不可思議。可說是無懈可擊。

璜：沒那麼誇張啦。

貝得羅：譬如說，你是巴塞隆納隊支持者之一，總是要批評皇家馬德里隊，但是這一次你們不能再這麼做了，因為我們將要贏得歐洲杯。

璜：好，好，我們走著瞧。可是，星期六戰況如何？

貝得羅：嗯，路易士在球場中央，他把球傳給卡斯楚，這時候拉法葉他就在足球門前面，卡斯楚把球傳給他，在巴塞隆納隊注意到之前，拉法葉起腳射門，得到漂亮的一分。

璜：啊！

貝得羅：五分鐘之後，皇家馬德里隊又得了一分，雖然這分沒那麼精彩。而從那一刻起，巴塞隆納隊就一蹶不振，比賽已經掌控在我們手裡了。真是不錯的比賽！

2 荷西：喂（電話中）。

雨果：荷西在嗎？

荷西：是，我就是。請問是誰？

雨果：我是雨果・安東尼奧・馬丁。

荷西：嘿，雨果，好久不見！好嗎？近來如何？

雨果：好，好。你呢？

荷西：我嘛，普普通通，沒什麼新鮮事可跟你說的。

雨果：你還單身的時候，我們總是一起去打網球，打完一場比賽，你都會跟我們一起吃點東西…可是現在，自從你結婚之後，你整天都待在家裡。我們至少有兩個月沒見面了吧。

荷西：好啦，好啦，再看看。待會我再打電話給你們。

3 Marcos: Hola, Pepe, yo sé que juegas muy bien al tenis, quedamos algún día para echar un partido, ¿te parece bien?

Pepe: Vale.

Marcos: ¿De pequeño ya has empezado a jugar al tenis?

Pepe: Sí.Cuando tenía ocho años, mi padre me eseñaba algunas técnicas, por ejemplo, "no golpear la bola 'a romper', sino 'cepillar' su parte posterior."; 'La clave de swing está en iniciarlo abajo y terminarlo arriba'; etc.Pero hasta hoy en día, todavía no me ha salido bien el revés.

Marcos: Yo, por ejemplo, empiezo el revés tan abajo que rozo el suelo con la rodilla de la pierna retrasada.Cuando hago el drive, utilizo una curva controlada al iniciar el swing desde atrás.Esto me proporciona más efecto vertical, más control y mayor penetración y profundidad.

Pepe: Generalmente, ataco la pelota en línea recta, sin esa curva.

Marcos: Recuerdo que el ex-número uno mundial Pete Sampras dice: 'Hay que sacrificarse para mejorar su tenis.He tenido que esforzarme mucho para llegar donde estoy, pero el camino me ha llenado de satisfacción. '

Pepe: Estoy totalmente de acuerdo con lo que dice.

4 Luis: ¿Sabes jugar al billar?

Ramón: No muy bien. Es un deporte que se necesita agilidad y destreza.Yo sólo puedo usar el taco para hacer las carambolas muy fáciles, de bola a bola.

Luisa: A mí me gusta nadar, especialmente en verano cuando hace mucho calor.

Ramón: También me encanta la natación, pero soy gordo, me cansa pronto. A veces floto como una boya en la piscina.

Luis: Es verdad que últimamente tú has engordado mucho, que necesitas más ejercicios físicos.

Ramón: También me han aconsejado que haga gimnasia todas las mañanas después de levantarme y por las noches antes de acostarme.Pero eso se necesita perseverancia.

Luisa: Además cada uno tiene que hacer ejercicos adecuados a su edad, y lo más importante, con moderación.

3 馬可士：哈囉，貝貝我知道你網球打得很好，我們約一天來比（賽）一
　　　　場，你覺得好嗎？

貝貝：好的。

馬可士：你從小時候就開始打網球了吧？

貝貝：是的。我八歲的時候，我父親有教我一些技巧，例如：「擊球不
　　　是要把球打破，而是（用球拍）刷球的後方；揮拍的技巧在於開
　　　始時球拍放低，然後在高處收拍」等等。不過，直到今天，我的
　　　反拍仍然不是打得很好。

馬可士：以我為例，我的反拍開始時，後腳膝蓋彎曲的程度幾乎要碰到
　　　　地面。我揮正拍時，我會先適當的將球拍畫個弧線拉到後方，
　　　　然後開始揮拍的動作。這會幫我產生更多垂直（上旋）的效
　　　　果，球控制得更好，更有穿越性和（擊出的）深度。

貝貝：通常我是直線般揮拍擊球（也就是平擊），少了那樣揮拍的弧線
　　　動作。

馬可士：我記得前網球世界排名第一的彼得‧桑普拉斯說道：「要提升
　　　　您的網球（技巧），必須先受苦犧牲。我必須努力不懈才能達
　　　　到今天的成就，但是這條路上我感到十分滿意」。

貝貝：我完全同意他所說的。

4 路易士：你會打桌球嗎？

拉蒙：不太會。這項運動需要敏捷與技巧。而我只會使用球桿做些簡單
　　　的連續擊球。

露易莎：我喜歡游泳，特別是夏天天氣很熱的時候。

拉蒙：我也喜歡游泳，不過我很胖，一下就累了。有時候我會像浮標浮
　　　在游泳池裡。

路易士：的確最近你胖了許多，你應該多做些運動才是。

拉蒙：他們也建議我每天早上起床後和晚上睡覺前做體操。不過這需要
　　　毅力堅持。

露易莎：此外，每個人必須做適合他年紀的運動，而且最重要的是適度
　　　　即可。

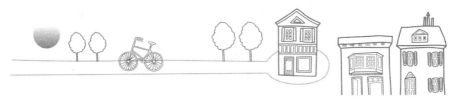

5 Juana: Mañana es sábado, ¿te apetece ir al parque Retiro? Allí hay un lago en que podemos remar.

Carlos: Pues no sé.

Juana: Podemos alquilar un bote para remar una hora tomando el sol.Será muy interesante.

Carlos: ¿Sabes que este verano he ido al lago de Retiro con mi familia?

Juana: ¡Ah! sí.¿Y cómo era?

Carlos: La verdad es que para mí no es fácil dominar este deporte, especialmente cuando se rema contra la corriente y con viento contrario. Recuerdo que estaba agobiado al terminar de remar toda la tarde. Empecé a sentir agujetas en la espalda y me salieron callos en las palmas de las manos.

Juana: Pues esta vez remo yo, tú te sientas en el bote a gozar de la tranquilidad del lago y verás lo bonito que es.

Carlos: También me temo que el bote se volcará.No sé nadar y acabaré por hundirme.

Juana: Hombre, ¡qué dices!

6 Pepe: El agua me da miedo.

Helena: No seas estúpido, la gente no se ahoga nunca en estas aguas.

Pepe: ¿Estás segura?

Helena: Por supuesto que lo estoy, los tiburones no dejan nunca que nadie se ahogue.

Pepe: ¡Qué dices!

7 En un pueblo de 3500 habitantes, los $\frac{2}{5}$ se han marchado a la ciudad, los $\frac{2}{7}$ trabajan fuera durante la semana y los restantes viven permanentemente en él. ¿Cuántos habitantes residen siempre en el pueblo?

8 Dos excursionistas deciden recorrer 2500 metros cada uno. El primero recorrió los $\frac{3}{5}$ y el segundo 2000 metros. ¿Cuántos metros ha recorrido más uno que otro? ¿Qué fracción del total representa esa distancia?

5 華娜：明天是星期六，你想去綠蒂公園嗎？那兒有一座湖可以划船。

卡洛斯：嗯，我不知道耶。

華娜：我們可以租一艘船划一個小時曬曬太陽。會很有趣的。

卡洛斯：妳知道嗎，今年夏天我和我的家人有去綠蒂公園的湖畔？

華娜：啊，是嗎！怎麼了？

卡洛斯：說真的，要玩好這項運動並不容易，特別是在逆流逆風的時候
划船。我記得整個下午划完船後我累壞了。我的背部開始感到
刺痛，我的手掌心起繭。

華娜：這一次我來划船，你就坐在船上享受湖光山色的寧靜，你會看到
景色多優美啊。

卡洛斯：我也怕會翻船。我不會游泳，最後會溺斃。

華娜：老天，你說什麼（你怎麼這樣說）！

6 貝貝：我怕水。

愛蓮娜：不要傻了，人們從來沒有在這片水域溺斃。

貝貝：妳確定嗎？

愛蓮娜：我當然確定，鯊魚從不讓任何人溺水。

貝貝：妳說什麼呀！（妳真是亂說！）

7 在一個3500個居民的小鎮，五分之二的居民前往大都市，七分之二的人
一整個星期在外工作，剩下的居民一直留在小鎮上。有多少的居民始終
留在小鎮上？

8 兩位徒步旅行者，各自決定繞行2500公尺。第一位走了五分之三的路
程，第二位2000公尺。走比較遠的那位比另一位多了幾百公尺？這個
距離占全長用分數如何表示？

9 Advertencias a montañeros.

Antes de iniciar una actividad montaña, infórmate de la predicción meteorológica.Si hay indicios que presagien mal tiempo, inicia la retirada o busca refugio.Antes de empezar, es importante que estudies con plano y brújula el recorrido.Cualquier actividad en montaña debes afrontarla con la condición física y la experiencia adecuada.Procura salir acompañado. Aunque tu excursión sea de un solo día, vete siempre sobrado de alimento, líquido y ropa de abrigo.No te olvides de un botiquín de emergencia, linterna frontal y manta térmica.Los manuales sobre orientación, supervivencia e interpretación meteorológica son de gran ayuda.Un teléfono móvil -mejor se admite pilas- o un radiotransmisor son muy útiles.En caso de pérdida: espera a que se forme un claro que te pueda dar referencia de un punto conocido.Si desconoces los prinicipios básicos de orientación, baja al fondo del valle y desciende siguiendo el curso de un río.Te llevará a algún camino o población. Si tienes que pasar la noche al raso, protégete del viento y la humanidad.El calor del cuerpo de un compañero es la mejor de las estufas.

10 Pedro tiene 1600 pesetas, Juan tiene $\frac{1}{4}$ de lo que tiene Pedro y José tiene $\frac{1}{2}$ de lo que tiene Juan. ¿Cuánto dinero tiene Juan? ¿Y José? ¿Y los tres juntos?

9 給登山的忠告。

在開始登山活動之前，先掌握氣象預報的資訊。如果有跡象預告壞天氣，就準備取消（登山活動）或者尋找避難的地方。在（登山活動）開始之前，用地圖和指南針研究路線是很重要的工作。任何的登山活動，你必須要有好的身體狀況和適度的經驗來面對。試著有同伴隨行。儘管你的登山健行只是一天，但你出門時總是要帶多餘的食物、水和外套衣物。別忘了急救包、手電筒和熱毯子。有關方位指引、求生存和氣象解說的手冊都會有很大的幫助。手機──最好是裝電池的──或無線電發射器也很有用。萬一迷路了：在原地等待直到天氣明朗，讓你能從辨識的據點了解自己的相對位置。如果你不清楚基本的方位引導原則，先往山谷底走，順著河流下山。這會帶你接到某個小路或村莊。如果你必須露天過夜，要保護自己免於吹風和潮溼。同伴的身體熱是最好的暖爐。

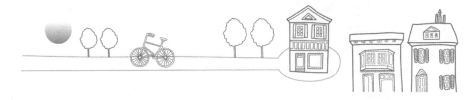

10 貝得羅有1600塊比塞塔，璜有貝得羅的四分之一，荷西有璜的二分之一。璜有多少錢？荷西呢？他們三個人加起來多少錢？

常用會話句型

1 談論別人的嗜好

- ¿Qué le gusta hacer?

- Le gusta + | hacer deporte / jugar al tenis / tocar el piano | .

- {Hace deporte / Juega al tenis / Toca el piano / Nada}.

2 談論別人的改變

- ¡Cómo ha + | envejecido / cambiado / engordado / adelgazado / crecido | !

- ¡Qué + | cambiado / viejo / gordo / alto | + está!

3 談論個性

- María tiene una manera de ser que + | me encanta / no entiendo / me pone nervioso | .

- Yo, a Luisa + | no lo puedo ver / le tengo una manía / (no) le tengo mucha simpatía | .

4 表達不悅

- | Estoy harto de / Me fastidia(n) / No soporto | + | hablar de este tema / las bodas / Ana | .

336

1 運動項目、場地、器材

el badminton	*n.*	羽毛球
el bañador	*n.*	游泳衣
el barco de vela	*n.*	帆船
el béisbol	*n.*	棒球
el boliche	*n.*	保齡球
el bote de remos	*n.*	划船
el bote salvavidas	*n.*	救生船
el boxeo, el boxing	*n.*	拳擊
el campamento	*n.*	營地
el canal	*n.*	水道
el casco	*n.*	頭盔
el castillo de la arena	*n.*	沙堡
el cojín de lucha	*n.*	摔角墊
el corte	*n.*	球場
el criquet	*n.*	板球
el crol	*n.*	自由式
el cubo	*n.*	桶
el chaleco salvavidas	*n.*	救生衣
el esquí acuático	*n.*	衝浪
el esquí del agua	*n.*	滑水橇
el estadio	*n.*	運動場
el fútbol	*n.*	足球
el golf	*n.*	高爾夫球
el guante	*n.*	手套
el guante de boxeo	*n.*	拳擊手套
el hielo	*n.*	冰場地
el hipódromo	*n.*	賽馬場
el juego mojado	*n.*	潛泳衣
el kayak	*n.*	皮艇
el lanzamiento de peso	*n.*	投鉛球
el maratón	*n.*	馬拉松賽跑

el mástil	n.	桅桿
el pantalón	n.	運動短褲
el paraguas	n.	雨傘
el partido	n.	比賽
el pase	n.	傳球
el patinaje	n.	溜冰
el remo	n.	划槳
el rugby americano	n.	美式足球
el salto de altura, pértiga	n.	跳高
el salto de longitud	n.	跳遠
el salto de pértiga	n.	撐竿跳
el saque	n.	發球
el sombrero del sol	n.	遮陽帽
el tablero de boxeo	n.	拳擊臺
el tablero de salto	n.	跳板
el tanque del aire	n.	氣瓶
el tatami, la alfombra de junco	n.	草席
el torneo	n.	大滿冠賽
el trineo sled	n.	雪橇
el trineo sledding	n.	滑雪橇
el tubo respirador	n.	潛游通氣管
el velódromo	n.	自行車競賽場
el volante	n.	羽毛球
el volibol	n.	排球
el water-polo	n.	水球
el yate, el balandro	n.	快艇
el yudo	n.	柔道
la huella	n.	滑道
la arena	n.	沙
la balsa	n.	橡皮艇
la barra de pesca	n.	釣竿
la bola de bowling	n.	保齡球
la bola de la calabaza	n.	壁球
la bola de playa	n.	沙灘球
la bola del ping-pong	n.	乒乓球
la botella del bowling	n.	球瓶

la braza de costado	n.	側泳
la braza de pecho	n.	俯泳
la cancha	n.	球場、競技場
la canoa	n.	獨木舟
la carrera de autos	n.	賽車
la carrera de caballos	n.	賽馬
la carrera de obstáculos	n.	翻越障礙賽跑
la carrera de vallas	n.	跳欄賽跑
la caucha de tenis	n.	網球場
la correa negra	n.	黑腰帶
la cuerda	n.	圍繩
la espalda	n.	仰泳
la figura raya	n.	溜冰鞋
la hoja	n.	冰刀
la huella ski	n.	雪板
la línea (de la pesca)	n.	釣絲
la línea de fondo	n.	底線
la línea de llegada, salida	n.	終點線、起點
la lucha japonesa Sumo	n.	相撲
la manta	n.	毯子
la mariposa	n.	蝴蝶式
la máscara	n.	面罩
la meta	n.	球門
la motora	n.	汽船
la natación	n.	游泳
la paleta	n.	小槳、球拍
la palillo del hockey	n.	冰球桿
la patín	n.	冰鞋
la patín de ruedas	n.	輪式溜冰鞋
la pelota del tenis	n.	網球
la pesca submarina	n.	潛水
la piscina	n.	游泳池
la pista	n.	溜冰場、跑道
la polo pole	n.	雪杖
la primera base, la meta	n.	一壘、本壘
la puerta	n.	閘

la raja	n.	溜冰鞋
la raqueta de bádminton	n.	羽毛球拍
la raqueta de la calabaza	n.	壁球拍
la raqueta del tenis	n.	網球拍
la red	n.	球網
la regata	n.	賽船
la resaca	n.	浪花
la silla del salón	n.	躺椅
la skiing tapar	n.	滑雪帽
la skiing tapar (ski) boot	n.	滑雪鞋
la tabla de surf	n.	滑浪板
la tabla del ping-pong	n.	乒乓球檯
la tienda de campaña	n.	帳篷
la toalla	n.	大毛巾
la vela	n.	帆
los Juegos Olímpicos	n.	奧林匹克運動
los patines de ruedas	n.	滾輪溜冰

2 運動選手、相關人員

el abandono	n.	棄權
el adversario	n.	對手
el agua-skier	n.	滑水者
el árbitro	n.	裁判
el bateador	n.	打擊手
el boxeador	n.	拳擊者
el campeón	n.	冠軍
el castigo	n.	處罰
el corredor	n.	賽跑者
el deportista	n.	運動員
el empate	n.	平手
el entrenamiento	n.	訓練
el espectador	n.	觀眾
el esquiador skier	n.	滑冰者
el esquiador	n.	滑雪者
el juez	n.	裁判
el jugador de bolos	n.	打保齡球者

el jugador de la calabaza	*n.*	打手球者
el jugador del bádminton	*n.*	打羽毛球的人
el jugador del balonmano	*n.*	打手球者
el jugador del ping-pong	*n.*	乒乓球運動員
el jugador del tenis	*n.*	網球運動員
el jugador del volibol	*n.*	排球運動員
el kayaker	*n.*	划橡皮艇的人
el lanzador	*n.*	投手
el luchador	*n.*	摔角者
el nadador	*n.*	游泳者
el patinador del rodillo	*n.*	輪式溜冰鞋者
el pescador	*n.*	釣魚人
el portero	*n.*	守門員
el receptor	*n.*	補手
el rower	*n.*	划船者
el salvavidas	*n.*	救生設備
el soporte del salvavidas	*n.*	救生員、瞭望臺
el suplente	*n.*	候補
el windsurfer	*n.*	駕風帆者
el zambullidor	*n.*	跳水者
la canoísta	*n.*	划獨木舟者
la escalada en rocas	*n.*	攀岩者
la figura esquiador	*n.*	花式溜冰者
la medalla de oro, plata, cobren	*n.*	金銀銅牌
la persona que practica surf	*n.*	滑浪者
la piscina	*n.*	游泳池
el trapecista	*n.*	空中飛人
el equilibrista, el volatinero	*n.*	走鋼絲的人
el volteador	*n.*	空中翻筋斗人

3 動作

aclarar la cara	*v.*	沖臉
acostarse	*v.*	躺下、就寢
acurrucarse	*v.*	蹲下
adelantar, avanzar	*v.*	前進
afeitarse	*v.*	刮臉

agitar, revolver	v.	揮動
andar	v.	行走
apretar	v.	壓
arrodillarse	v.	跪下
arrojar	v.	擲（球）
bajar	v.	跌
bajar, descender	v.	下降
barrer	v.	掃地
beber	v.	飲
borrar	v.	擦掉、抹去
cepillar dientes	v.	刷牙
columpiar	v.	擺動、盪鞦韆
comer	v.	吃
correr	v.	跑
cortar	v.	剪
dar	v.	給
desgarrar	v.	撕
dibujar	v.	畫
dormir	v.	睡覺
ducharse	v.	淋浴
empujar	v.	推
encorvar	v.	駝背
enganchar	v.	接（球）
enseñar	v.	教
escribir	v.	寫
escuchar	v.	聽
esculpir	v.	雕塑
extender	v.	伸展
fruncir el entrecejo	v.	皺眉
golpear, batir	v.	打、捆
hacer la comida	v.	煮
inclinarse	v.	曲身、彎腰
indicar	v.	指
ir abajo	v.	向下走
ir arriba	v.	向上走
lanzarse, echarse, arrojarse	v.	擲出去

lavarse la cara	*v.*	洗臉
leer	*v.*	讀
levantar	*v.*	舉起
levantarse	*v.*	起床
limpiar	*v.*	清潔
menear	*v.*	搖動
moverse	*v.*	移動
patalear	*v.*	踢
peinar el pelo	*v.*	梳頭髮
pintar	*v.*	上色
pintarse	*v.*	化妝
recoger	*v.*	取、接
reírse	*v.*	大笑
saltar	*v.*	跳
secar	*v.*	抹乾
sentarse	*v.*	坐
sonreír	*v.*	微笑
subir, ascender	*v.*	爬、升
tirar	*v.*	拉
tocar	*v.*	摸
tomar el baño	*v.*	洗澡
traer	*v.*	捧、拿
ver TV	*v.*	看（電視）
vestirse	*v.*	穿衣
voltearse	*v.*	向後

4 遊戲

el balacín	*n.*	翹翹板
el columpio	*n.*	鞦韆
el escondite	*n.*	捉迷藏
el laberinto	*n.*	迷宮
el rompecabezas	*n.*	猜謎
el saltacabrilla	*n.*	跳蛙遊戲
el sorteado	*n.*	獎券銷售
el sorteo de cara o cruz	*n.*	猜硬幣（正反面）遊戲
el sorteo de pares o nones	*n.*	猜單雙遊戲

el sorteo	*n.*	摸彩
el tiovivo	*n.*	旋轉木馬
el tirachinas, el tirador de goma	*n.*	彈弓
el volatín	*n.*	雜技
la adivinanza, el acertijo	*n.*	謎語
la carrera de sacos	*n.*	袋鼠跳
la casa de muñeca	*n.*	娃娃屋
la cometa	*n.*	風箏
la deslizadera	*n.*	溜滑梯
la gallina ciega	*n.*	捉迷藏
la lucha de cuerda	*n.*	拔河
la pelea a caballo	*n.*	賽馬
la pelea de gallos	*n.*	鬥雞
la pídola	*n.*	跳蛙遊戲
las canicas	*n.*	彈珠
las palabras cruzadas	*n.*	填字遊戲
los zancos	*n.*	高蹺

1 Nosotros jugamos al tcnis por la mañana y nuestros vecinos juegan por la tarde.
我們在早上打網球,我們的鄰居則是在下午打網球。

2 Ellos tienen una pista de tenis en su jardín.
他們有一個網球場在他們的花園。

3 ¿Quiere usted jugar ? Sí, pero no tengo mucho tiempo.
你想要玩嗎?是的,但是我沒有太多的時間。

4 Aquí hay una raqueta para usted. Hay algunas pelotas en el jardín.
這個球拍給你。在花園那裡有一些球。

5 Debemos hacer mucho más ejercicio, sobre todo al aire libre.
我們必須做更多的運動,尤其是戶外活動。

6 Ese medicamento no puede hacerte daño.
那藥對你不會有害處。

7 Al caer se ha dañado una rodilla.
他跌倒時把膝蓋摔傷了。

8 Todo lo que he tomado lo he devuelto.
我吃的全部都吐出來了。

9 He tomado parte en una carrera de maratón.
我參加了馬拉松競賽。

10 Basta (es suficiente) por hoy. Ya estoy cansado.
今天就到此為止吧。我已經累了。

11 Yo conozco a alguien que juega al fútbol tan bien como usted.
我知道那個打的跟你一樣好的人是誰。

1 Pepe: Buenos días, ¿está el señor Gómez, por favor?

Helena: Lo siento, le han dado un número de extensión equivocado. Le paso otra vez a la centralita.

Pepe: ¡Leches! Se cortó.

(Pepe vuelve a llamar)

Pepe: Mire, acabo de llamar y se ha cortado. ¿Está el señor Gómez, por favor?

Operador: No se retire, por favor. La línea del señor Gómez está comunicando.

Pepe: Por supuesto.

Secretaria: Sección de contabilidad.

Pepe: ¿Está el señor Gómez, por favor?

Secretaria: Lo siento, el señor Gómez está de vacaciones. ¿Desea algo?

Pepe: Sí, ¿puedo dejarle un recado?

Secretaria: Sí, por supuesto.

Pepe: ¿Le puede decir que ha llamado el señor Muñoz de COPESA y que me llame lo antes posible?

Secretaria: Sí, cuando vuelva de vacaciones, se lo diré.

Pepe: Muchas gracias.

Secretaria: De nada.

2 Juan: A la salida, me gustaría que habláramos de un asunto confidencial.

Pedro: ¿De qué se trata?

Juan: Luego se lo contaré.

Pedro: Ya puedes contármelo.

Juan: Sí. Es que me parece mal que vaya Ana Rosa a Salamanca, porque es una mujer poco responsable y no se lleva bien con sus socios.

Pedro: Lo importante es buscar alguien con más experiencia.

Juan: Sí, ten en cuenta que Mario Gómez es un hombre con mucha más experiencia, habituado a este tipo de operaciones, mientras Ana Rosa sólo lleva medio año con nosotros.

Pedro: Entonces tú dices que votemos a favor de Mario Gómez.

Juan: Yo no me refería a eso, sino que expresaba simplemente mi opinión.

3 José: ¡Eh, Hugo! ¿Qué pasa? ¿Por qué vas tan aprisa?

Hugo: Voy a la oficina. Tengo una reunión a las nueve en punto. Como no sonaba el despertador, me he levantado tarde.

José: Tranquilo, no importa. Vamos a tomar un café y comentamos el par-

1 貝貝：早安。請問戈梅茲先生在嗎？

愛蓮娜：很抱歉，他們給您接錯分機了。我幫您重新轉回總機。

貝貝：可惡！（電話）斷線了。

（貝貝重新打電話）

貝貝：喂，我剛剛有打（電話），可是被切斷了。請問戈梅茲先生在嗎？

接線生：您電話請別掛上。戈梅茲先生正在講電話。

貝貝：當然。

祕書：會計室。

貝貝：請問戈梅茲先生在嗎？

祕書：很抱歉，戈梅茲先生去度假了。您有什麼事嗎？

貝貝：是的，我可以給他留言嗎？

祕書：是的，當然。

貝貝：您可以告訴他COPESA的慕尼茲先生打電話找他，請他盡快回電？

祕書：好的，等他度假回來，我會告訴他。

貝貝：非常謝謝。

祕書：不客氣。

2 璜：等一下出去的時候，我想我們討論一件機密的事情。

貝得羅：是有關什麼？

璜：之後我再告訴你。

貝得羅：你可以跟我說了。

璜：好的。我認為安娜·蘿莎去薩拉曼加不好，因為她是個缺乏責任感的人，而且和她的同事處得也不好。

貝得羅：最重要的是找一位較有經驗的人。

璜：對，你若注意一下，馬里歐·戈梅茲是位更有經驗的人，適合處理這一類的事情，相反地安娜·蘿莎只跟我們共事半年而已。

貝得羅：所以你的意思是我們投票支持馬里歐·戈梅茲。

璜：我沒這的意思，只是單純地表達我的想法。

3 荷西：嘿，雨果！怎麼了？你為什麼這麼急啊？

雨果：我要去辦公室。我九點整有會議。因為鬧鐘沒有響，我起床晚了。

荷西：別急，沒關係。我們去喝杯咖啡，評論一下昨天的比賽。瓦倫西

tido de ayer. Lo del Valencia esta temporada es fatal.

Hugo: Lo siento, no puedo. Quedamos para la próxima vez. Mi jefe me va a echar una bronca si no asisto al mintin al tiempo.

José: ¡Qué vida más triste la tuya!

Hugo: Sí, lo mismo digo yo, pero ¡qué le vamos a hacer! ¡Así es la vida! ¡Quien fuera soltero como tú!

José: ¿Por qué no trabajas tu mujer?

Hugo: Ya ha empezado a trabajar. Mira, con tres hijos necesitamos dos sueldos.

4 A: A mí me parecía que era importante que todo el mundo supiera cuanto antes que iban a despedir a la mitad de sus trabajadores en la sucursal de Cádiz. Pero el jefe de personal no opinaba así.

B: ¿Y por qué?

A: Pues no lo sé, tal vez se imaginaba que los compañeros protestarían por la decisión o que harían huelga o algo así.

C: A mí me parece una equivocación que hayan tomado una decisión así.

D: También he oído hablar de que si no despidieran la mitad de los trabajadores, les bajarían el sueldo.

B: A mí no lo veo justo y me temo que van a cerrar esta sucursal.

A: ¿Y si hubieran decidio cerrarla, qué haríamos?

......

5 Luis: Hola Ramón, he oído que te han ascendido al director de tu departamento. Te doy mi más sincera enhorabuena por el éxito que has obtenido en el trabajo.

Ramón: Gracias. Aunque ha pasado el año nuevo chino, también te deseo muchas felicidades de todo, oye, especialmente por el nacimiento de tu hijo.

Luis: Mira Ramón, tengo que contestar otra llamada. Te dejo y te vuelvo a llamar.

Ramón: Vale. Adiós.

6 Juana: Yo me he quedado en Madrid, trabajo en el hospital RamónCajal, como especialista en Anatomía Patológica que es una especialidad médica muy interesante aunque bastante desconocida por la gente en general.

亞隊本季糟透了。

雨果：很抱歉，我沒辦法。我們約下一次吧。

荷西：你的生活真悲慘啊！

雨果：是啊，我也這麼說，可是又能怎麼樣呢！

荷西：你太太爲什麼不工作？

雨果：她已經開始工作了。我們需要兩份薪水來養三個孩子。

4 A：我認爲大家要盡早知道：他們準備裁掉加第斯分公司一半的工作人員，這很重要。可人事主管卻不這麼認爲。

B：爲什麼？

A：嗯，我不知道。可能他預料同事們對這個決定會表達抗議，或者訴諸罷工，諸如此類吧。

C：我認爲他們做這樣的決定是錯誤的。

D：我也聽說了，若不裁掉一半的工作人員，他們會裁薪。

B：我不覺得這樣做公平，而且我擔心他們會關掉分公司。

A：如果他們已決定關掉，我們怎麼辦？

....

5 路易士：哈囉，拉蒙，我聽說他們把你升上來當部門的主任。對於你工作上的成就，我在此給你最誠心的祝賀。

拉蒙：謝謝。雖然舊曆新年已經過了，我也祝福你萬事如意，特別是你喜獲麟兒。

路易士：嘿，拉蒙，我必須回另一通電話。先這樣了，我再打電話給你。

拉蒙：好的。再見。

6 華娜：我留在馬德里，在拉蒙·卡哈爾醫院工作，擔任病理學研究員。這門專業醫學很有趣，只是不爲一般人所知。

卡洛斯：妳很幸運。我們很擔心會失業。

華娜：真的嗎？

Carlos: Tienes suerte. Nos tememos que nos quedamos sin trabajo.

Juana: ¿En serio?

Carlos: Pues mira, en mi empresa nos vamos a reunir unos cuantos, los que estamos en la misma situación, a fin de evitar que nos despidan o nos reduzcan la jornada.

Juana: Si en vez de presentar protestas ante la compañía os hablarais con calma, ahora no estaríais tan nerviosos.

Carlos: ¿Pero tú crees que los jefes van a hablar con nosotros?

Juana: Si lo hubierais intentado...

Carlos: Mira, han despedido a Manolo, Yo, la verdad, veo que es una injusticia, una auténtica injusticia que lo despidan. Con lo trabajador que es...

Juana: Bueno, bueno, si lo que dices es verdad, me parecería una buena idea formular protestas...

Carlos: Ya te diré cómo va el asunto.

7 A: Pues por lo que dice todo el mundo, montar una estación de gasolina es un auténtico negocio.

B: Si es realmente así, vale la pena que lo pensemos seriamente.

C: Pero ¿vosotros creéis que es normal que ayer los directores estuvieran a punto de firmar el contrato y hoy digan que no lo firman?

A: Es increíble, desde luego.

C: Si en lugar de considerar tanto tiempo lo hubiéramos firmado hace unas semanas, como yo decía, ahora no tendríamos estos problemas.

8 Beatriz: ¿Por qué tuviste que contarle lo de Ema a Hugo? Mira, a ests horas ya sabe todo el mundo de la oficina.

Charo: Y dale. Cuántas veces he de repetirte que no se lo conté a Hugo. Fue a Tino a quien se lo conté. Y, además, Tino es un chico muy discreto, también estaba muy interesado en saber lo que había pasado porque a Ema la quiere mucho.

Beatriz: ¿De qué le conoces a Tino?

Charo: Pues como vivimos en el mismo apartamento, nos vemos de vez en cuando. Precisamente nos conocimos en una reunión de vecinos el mes pasado. Estaba sentado a mi lado, nos pusimos a hablar y descubrimos que los dos éramos amigos de Ema.

卡洛斯：嗯，公司裡我們幾個人，處境相同的，準備連合起來避免被裁員，或降低工時。

華娜：如果你們之前有心平氣和地坐下來談，而不是向公司表達抗議，現在你們不會這樣緊張了。

卡洛斯：不過，妳認爲這些董事會想跟我們談？

華娜：如果你們曾經試著…

卡洛斯：妳看，他們已經解聘了馬諾羅，在我看來這是不公平的，把他解聘完全不公平。他是那麼努力工作…

華娜：好啦，好啦，如果你說的是眞的，我會認爲提出抗議是好的…

卡洛斯：我再告訴妳事情如何發展。

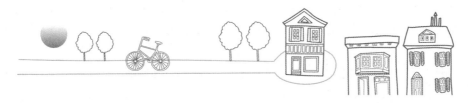

7 A：嗯，有關大家在說的，設立加油站確實是一項投資生意。

B：如果眞的是這樣，這倒是值得我們審愼地考慮。

C：可是你們認爲這樣是正常的嗎？昨天主管們準備要簽約，今天卻說不簽了？

A：的確，眞是不可思議。

C：與其考慮了這麼長的時間，若是幾個星期前我們就簽約了，正如同我說的，現在就不會有這些問題了。

8 貝雅蒂斯：爲什麼妳有必要告訴雨果有關愛瑪的事？妳看，此刻辦公室全部的人都知道了。

蕎籮：又來了。我跟妳講過多少次了，我不是跟雨果說，而是跟提諾說。此外，提諾是很謹愼的人，他也很想知道愛瑪怎麼了，因爲他也非常愛她。

貝雅蒂斯：妳是怎麼認識提諾的？

蕎籮：因爲我們住在同一層公寓，我們偶爾會遇見。準確地說，我們是上個月在住戶會議中認識的。他坐在我旁邊，我們開始交談，然後發現我們兩個都是愛瑪的朋友。

9 Marcos: Hola, Luis, ¡Qué bien volver a saber de ti! Eres una máquina, siempre tan trabajador, a ti no te echa nadie de ningún sitio porque vales muchísimo.

Luis: Tengo muchas responsabilidades en mi trabajo, pero me divierte mucho.

Marcos: Yo también. Pero a mi mujer no le gusta. En su opinión, mi hijo no está tan bien pagado como su padre, pero trabaja menos, y las vacaciones son mejores.

Luis: Sí, sí. Las mujeres siempre se quejan de los hombres.

Marcos: Por ejemplo, esta mañana le he dicho que llegaría a casa tarde esta noche, porque tengo que preparar un nuevo artículo sobre los impuestos. Y me dijo: 'siempre vas a la oficina pronto y vienes a casa tarde'.

Luis: ¡Así es la vida de un redactor! Mira, cuando termine mi trabajo, también me gustaría que hablaramos un rato sobre impuestos. ¿de acuerdo?

Marcos: Sí, de acuerdo.

10 Gema: Señor García, ayer a mediodía cuando usted ya había salido a comer, lo llamó el señor Del Olmo para comentarle un asunto de su empresa.

Sr. García: ¿De qué se trataba?

Gema: De lo de la huelga que han convocado los trabajadores para pedir un aumento de sueldo.

Sr. García: Bueno, cuando me llame, ya hablaré con él.

Gema: ¿Qué le va a aconsejar?

Sr. García: Lo de hablar con los trabajadores tranquilamente para poder llegar a un acuerdo me parece muy importante. Si no, hubieran tendio más problemas con las operaciones de la empresa.

Gema: Sí, es muy importante eliminarse las diferencias entre el capital y el trabajo.

9　馬可士：哈囉，路易士，再次知道你的消息眞好！你像機器般，總是不停的工作，沒有人會把你趕走的，因爲你是很有價値的人。

路易士：我工作上有許多的責任，但是我還是非常喜歡。

馬可士：我也是。可是我太太她不喜歡。在她眼裡，我兒子工作的薪水雖然沒有他父親那麼好，但是工作量少，而且假期也較好。

路易士：是啊，是啊。女人總是抱怨她的男人。

馬可士：例如，今天早上我跟她說，因爲我必須準備一篇有關稅金的新文章，晚上我會晚點回到家。她回答我：「你總是早早去辦公室，很晚才回家」。

路易士：這就是編輯的生活！喂，下班後我也想談一下關於稅金的事。好嗎？

馬可士：是，好的。

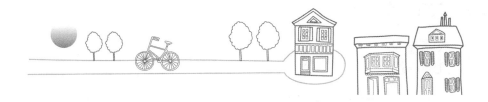

10　荷瑪：加西亞先生，昨天中午你出去用中餐的時候，德歐爾摩先生打電話給您，他想跟您說說他公司的事。

加西亞先生：關於什麼？

荷瑪：是有關於員工已發起罷工行動，要求提高薪資。

加西亞先生：好的，等一下他打給我，我再跟他談。

荷瑪：您要給他什麼忠告？

加西亞先生：就是跟員工坐下來冷靜地談，彼此達成協議，這點我認爲很重要。如果不這樣做，公司的營運會有更多的問題產生。

荷瑪：對，化解勞資雙方的歧見是很重要的。

✔ 常用會話句型

1 詢問職業與看法

- ¿{Qué hace / A qué se dedica}?

■ Es + { economista / profesor / cantante } .

■ Pero (no) es + { muy / un } + buen + { economista / profesor / cantante } .

2 與人約定時間

- ¿ { Qué día / Dónde } + quedamos?

■ Quedamos + { el día 20 / el jueves / en la Puerta de Sol } .

- ¿Te va bien + { a las 5 / en la Plaza Mayor } ?

■ {Sí, vale / No, mejor a las 5 / No mejor delante de la torre}.

3 表達疑慮、不確定

- ¿ { Quién / Qué / Dónde } + puede + { ser / pasar / estar } ?

■ Debe + { ser Luis / estar en la escuela } .

■ { Quizás / A lo mejor / Me parece que } + { es Luis / está en la escuela } .

- $\bullet$ $\begin{matrix}\text{Supongo que}\\\text{Me imagino}\end{matrix}$ + que + $\begin{matrix}\text{llegará esta noche}\\\text{se dio cuenta}\end{matrix}$.

- $\bullet$ Igual + $\begin{matrix}\text{llega esta noche}\\\text{se dio cuenta}\end{matrix}$.

4 表達確定

- $\bullet$ $\begin{matrix}\text{Seguro que}\\\text{Estoy seguro de que}\end{matrix}$ + $\begin{matrix}\text{es Luis}\\\text{está en la escuela}\end{matrix}$.

5 電話接起時用語

- • Diga.

- ▪ ¿ $\begin{matrix}\text{Puedo hablar con_____}\\\text{El señor_____}\end{matrix}$,+ por favor?

6 電話接起時，確認對方身分

- • ¿{De parte de quién / Con quién hablo}?
- ▪ {De parte de _____ / Con _____}.

7 電話接起時，身分確認，打錯電話

- • Soy yo.
- ▪ {No es aquí / Se equivoca}.

8 電話接起時，確認對方身分

- • {Me oyes / No te oigo bien / No se oye / Habla más alto}.

9 反駁與表達意見

- • Luis es muy antipático.
- ▪ No es que + {sea antipático},+ sino que {es muy tímido}.

10 重新解釋

- $\bullet$ $\begin{matrix}\text{Tal vez}\\\text{A lo mejor}\end{matrix}$ + me he explicado mal. Lo que quería decir es que +...

11 中斷談話

- $\bullet$ $\begin{matrix}\text{Oye}\\\text{Mira}\end{matrix}$ + te dejo porque +...

355

- **Oiga / Mira** + tengo que dejarte porque +...

12 忘了事情

- **No recuerdo / No me acuerdo de** + lo que **dijo / pasó** .

- **No recuerdo / No me acuerdo de** + **qué / dónde / cuándo / cómo / quién** + **pasó / la vi por última vez / fue** .

13 強調是誰

- Fue + **Luis / a Luis / con Luis** + **quien / a quien / con quien** + **lo dijo / se lo dije / fui** .

✓ 常用單字

1 電話、電信

el alfabeto morse	*n.*	摩爾斯電報
el cable eléctrico	*n.*	電線、電纜
el cablegrama	*n.*	海底電報
el directorio telefónico	*n.*	電話號碼簿
el disco numerado	*n.*	撥號盤
el disco selector	*n.*	撥號盤
el formulario de telegrama	*n.*	電報紙
el impresor telégrafo, el teletipo	*n.*	打字電報機
el radiograma	*n.*	無線電報
el teléfono de fichas	*n.*	插卡式電話
el teléfono público	*n.*	公共電話
el telegrama urgente	*n.*	急電
el telegrama	*n.*	電報
el texto telegráfico	*n.*	電文
la cabina de teléfono	*n.*	電話亭（室）
la guía telefónica	*n.*	電話號碼簿
la lista de abonados	*n.*	電話號碼簿
la llamada, la conferencia	*n.*	通話
la tarifa	*n.*	費用
la telefonista	*n.*	電話接線生
la telegrafía sin hilos	*n.*	無線電報
la telegrafía	*n.*	電信
equivocarse de teléfono	*n.*	打錯電話
poner a alguien con el número	*n.*	把電話轉接給某人
telefonear	*n.*	打電話
telegrafiar	*n.*	打電報
poner una conferencia de larga distancia	*n.*	打長途電話

2 辦公室、辦公用品

el abrecartas	*n.*	拆信刀

el archivador	*n.*	檔案櫃
el archivo	*n.*	檔案、卷宗
el calendario	*n.*	日曆、月曆、年曆
el celofán	*n.*	捆綁用玻璃紙條
el clip	*n.*	夾子
el contestador automático	*n.*	自動答錄機
el corchete	*n.*	方括號[ ]、大括號{ }
el corrector	*n.*	校正員
el cuaderno	*n.*	筆記本
el escritorio	*n.*	辦公桌
el fax	*n.*	傳真
el folio	*n.*	（書、本子）張
el lápiz	*n.*	鉛筆
el ordenador	*n.*	電腦
el papel de calcar	*n.*	複寫紙
el pegamento	*n.*	膠水、黏合物
el perchero	*n.*	掛鉤
el pisapapeles	*n.*	鎮紙
el portalápiz	*n.*	鉛筆套
el rotulador	*n.*	簽字筆
el sacapuntas	*n.*	卷筆刀
el sello	*n.*	郵票
el sobre	*n.*	信封
el tampón	*n.*	印臺、印泥盒
el tarjetero	*n.*	名片盒
la alarma	*n.*	警報
la almohadilla	*n.*	小枕頭、坐墊
la caja fuerte	*n.*	保險箱
la calculadora	*n.*	計算機
la carpeta	*n.*	文件夾
la chincheta	*n.*	圖釘
la estantería	*n.*	架子
la fotocopia	*n.*	影印
la goma de borrar	*n.*	橡皮擦
la grapa	*n.*	釘書釘
la grapadora	*n.*	釘書機

la impresora	*n.*	印表機
la máquina de escribir	*n.*	打字機
la papelera	*n.*	字紙簍、造紙廠
la pluma	*n.*	鋼筆
la regla	*n.*	尺
la taladradora	*n.*	鑽孔的人
la tarjeta	*n.*	名片
la tijeras	*n.*	剪刀
la tinta	*n.*	墨水

3 辦公、電器用品

el altavoz	*n.*	擴音器
el amplificador	*n.*	擴音器
el aparato de radio	*n.*	收音機（機器）
el canal	*n.*	頻道
el condesador	*n.*	冷凝器、蓄電池
el control de volumen	*n.*	音量調整鈕
el enchufe	*n.*	插座
el fusible	*n.*	保險絲
el interruptor	*n.*	開關、電門
el locutor, el anunciador	*n.*	播音員
el modulador de sonidos	*n.*	音量調整鈕
el noticiario	*n.*	新聞報導
el boletín informativo	*n.*	新聞報導
el programa	*n.*	節目
el pulsador	*n.*	按鈕
el radioyente, el radioescucha	*n.*	收音機聽眾
el receptor	*n.*	接收機
el retransmisión	*n.*	轉播
el selector de canales	*n.*	頻道選擇器
el sintonizador de estaciones	*n.*	選臺鈕
el televidente, el telespectador	*n.*	電視觀眾
el televisor	*n.*	電視機
el transformador	*n.*	變壓器
el tubo de imágenes	*n.*	映像管
la antena	*n.*	天線

la banda de ondas cortas, medias	*n.*	短波帶，中波帶
la banda de ondas largas	*n.*	長波帶
la banda de ondas extracortas	*n.*	超短波帶
la bobina	*n.*	線圈
la emisión	*n.*	電臺廣播節目
la emisora, la estación emisora	*n.*	廣播電臺
la frecuencia	*n.*	頻率
la grabación	*n.*	錄音、錄影
la lámpara para la mesilla noche	*n.*	檯燈、床頭燈
la pila	*n.*	電池
la radio	*n.*	收音機
la sala de control	*n.*	控制室
la televisión en color	*n.*	彩色電視機
la televisión	*n.*	電視
la válvula de seguridad	*n.*	安全閥

1　No han perdonado esfuerzo para haccrlc hombre de provecho.
　　他們用盡一切辦法使他成爲有用的人。

2　¡Diga! ¿Está el señor López? No, (él) no está aquí.
　　喂！羅貝茲先生在嗎？不，他不在這。

3　¿Tiene usted el número de su oficina? Espere un minuto. Es (el) 7254268
　　(Siete veinticinco cuarenta y dos sesenta y ocho). Y pida (por) la extensión
　　35 (treinta y cinco).
　　你有他的辦公室號碼嗎？等一下，是7254268。他的分機是35。

4　Entonces llamaré más tarde.
　　那我待會兒再打來。

5　¡Diga! ¿Quién es? / ¿De parte de quién? / ¿Con quién hablo?
　　喂！請問是誰？

6　Se ha equivocado usted de número (tiene usted el número equivocado).
　　您打錯號碼了。

7　¿Tiene (usted) un minuto? Esta frase es muy extraña. ¿Me puede explicar?
　　可以打擾一下嗎？這個句子很奇怪。可以解釋給我聽嗎？

8　Es una frase hecha, que significa: 'yo estoy harto' (estoy aburrido, estoy
　　hasta la coronilla).
　　這是個成語，意思是「我受夠了」、「我很無聊」。

9　¿Puedo usar este teléfono? Deseo una conferencia con el número siete, dos,
　　tres, seis, nueve, cinco,siete de Taipei.
　　我可不可以用這個電話？我想打長途電話到臺北723-6957。

10　¿Podría usted hablar un poco más alto? Apenas le oigo.
　　您能不能大聲一點？我幾乎聽不見。

11　Parece que este teléfono no funciona bien. Hay que usar otro.
　　這個電話好像壞了。要用另外一個。

12　El número que yo busco está ocupado.
　　我叫的電話號碼占線了。

13 ¿Puedo hablar con la señorita María?
我可不可以和瑪麗亞小姐講電話？

14 ¿Puede usted ponerme con el director?
你能不能替我接到主任那裡？

15 David recibe una llamada de su jefe.
大衛接到老闆的電話。

16 Suena el teléfono. Contéstalo, por favor.
電話響了，請接起來。

17 Su mujer trabaja la jornada completa (tiempo completo), pero éltrabaja sólo media jornada (tiempo parcial).
他的太太工作整天，但是他只有兼差。

18 El 'software' es el programa para hacer funcionar un ordenador.
「軟體」是能讓電腦執行作業的程式。

19 La 'salida por impresora' es la copia en papel de información almacenada en el ordenador.
「列印」是將存放電腦裡的資料用紙張印出來。

20 El 'correo electrónico' es el correo enviado de un ordenador a otro.
「電子郵件」是信件透過電腦互相傳送。

21 El 'tratamiento de texto' es la utilización de un ordenador para la elaboración de un texto escrito.
「文書處理」是用電腦來撰寫文章。

22 El 'servicio de mensajeros' es el medio rápido de reparto del correo, generalmente en moto.
「快遞服務」是快速分送郵件，通常用機車。

23 El 'ratón' es el aparato para mover el cursor en la pantalla del ordenador.
「滑鼠」是一種在電腦螢幕上移動游標的裝置。

24 El 'fax' es el documento en papel enviado por teléfono.
「傳眞」是紙張文件經由電話機傳遞。

25 Un ordenador consta de una pantalla, en la que se visualizan los datos, de un teclado, que se utiliza para introducir la información, de una memoria, que puede comprender un disco duro y algunos periféricos que conecta al ordenador con otros ordenadores a través de internet.

個人電腦配備包括可以閱讀資訊的螢幕，輸入資料的鍵盤，硬碟記憶體和一些可與其他電腦連線的網路周邊配件。

26 Los plazos de pago son de 90 días. Lamentamos informarle que nuestra factura Nº 123 siga impagada.

付款期限是九十天。我們很遺憾通知您我們編號123的發票仍未付款。

27 Todos nuestros productos tienen una garantía de dos años.

所有我們的產品都有兩年的保證期限。

28 Como parece que quieren comprar el producto, es probable que firmen el contrato dentro de unos días.

由此看來他們會想買這個產品，很可能他們這幾天會簽約。

29 Como tenemos una buena red de distribución, están dispuestos a concedernos la exclusividad.

由於我們有很好的經銷網，他們準備授予我們專利權。

30 Una de las características de nuestro servicio postventa es el servicio gratuito durante los dos primeros meses.

我們售後服務的特色之一就是前兩個月的服務不收費。

31 ¿Hacen ustedes un descuento cuando se compra al por mayor?

批發採購您們會打折扣嗎？

32 Acusamos recibo de su factura del día 30 del pasado mes y adjunto le enviamos un cheque por un importante de 80.000 pesetas.

我們收到了上個月三十號您的發票，現連同發票我們寄給您一張八萬西幣的支票。

33 La factura que corresponde a las mercancías que le entregamos el 14 de febrero está todavía sin pagar.

我們二月十四號交付給您的貨物發票仍未付款。

34 Por favor, inserta la moneda antes de hacer una llamada.

打電話前，請先投入硬幣。

35 Para marcar, usted debe primero descolgar el auricular, entonces marcar el número que desea.

撥號時，請先拿起話筒後再撥打您要的號碼。

36 Por favor, {no se retire / no se cuelgue}.
請不要掛斷。

37 ¿Podría hacer una llamada de larga distancia?
請問我能打一通長途電話嗎？

1 A: ¿Por favor, me podría decir dónde puedo cambiar monedas extranjeras?

B: Allí en la ventanilla 9.

A: Gracias.

......

A: Buenos días, por favor, ¿podría decirme cuál es la tasa de cambio hoy?

C: Está a 38 $NT.

A: Me gustaría retirar euros por valor de 10,000 dólares NT.

C: Si quiere cambiar estos diez mil dólares taiwaneses en euros, por favor llene este recibo de cambio.

A: De acuerdo. Y por favor, págame en billetes y algo en sencillo.

C: Tome, aquí tiene los euros en billetes y en sencillo. Guárdelo bien el recibo.

2 A: Buenos días, me gustaría abrir una cuenta.

B: Para abrir una cuenta en el banco, primero escriba en esta hoja su nombre, dirección y el total de la cantidad que desea depositar.

A: Sí, de acuerdo. Y ¿en su banco se puede sacar una tarjeta de crédito?

B: Claro que sí.

A: ¿Cuántos son los gastos para sacar una tarjeta de crédito?

B: No tiene que pagar ningún gasto. Sólo tiene que firmar su nombre en esta hoja. La tarjeta de crédito le mandamos por correo dentro de tres semanas. Cuando la reciba, por favor, para su seguridad, firme al dorso de su tarjeta.

3 El uso de esta tarjeta se rige por las condiciones especificadas al dorso. A partir de su llamada, su Estw-Card tendrá validez inmediata. No pagará ni una sola peseta en caso de robo o extravío. Disfrute las ventajas que le ofrece Estw-Bank Visa, el mayor emisor de tarjetas de crédito del mundo. No pagará ni una sola peseta por uso fraudulento de la misma. Puede personalizar su tarjeta. Le atenderá para aclarar en el acto cualquier duda y ayudarle en lo que necesite.

4 Un recurso que le ayudará a afrontar cualquier imprevisto. Dispone de un seguro gratuito de accidentes de hasta 100,000,000 de pesetas. Estw-Bank Visa Oro tiene un seguro gratuito a todo riesgo. Usted no pagará ni una sola peseta incluso si el uso fraudulento se ha producido antes de que usted pu-

366

1 A：可否請您告訴我在哪裡可以兌換外幣？

B：在那裡，9號窗口。

A：謝謝。

……

A：早安，請告訴我今天的匯率（兌換率）是多少呢？

C：一塊歐元兌換38塊台幣。

A：我想要換台幣10,000元等值的歐元。

C：如果您想把這一萬元台幣兌換成歐元，請先填寫這張兌換收據。

A：好的。請付給我鈔票和一些零頭。

C：這是您的歐元鈔票和零頭。把收據收好。

2 A：早安，我想開戶（銀行戶頭）。

B：若您要在銀行申請（開）新的帳戶，首先在此單上寫下您的名字、住址和您想要存入的金額總數。

A：好的。在貴銀行可以辦信用卡嗎？

B：當然可以。

A：辦信用卡的手續費要多少？

B：您不須要付任何手續費，只須要在這張卡上簽名。信用卡我們會在三個星期內郵寄給您。當您收到時，為了安全起見，請在卡片的背面簽名。

3 在卡片的背面有詳細說明使用該卡片的要求。

從您打電話開卡起，您的Estw卡就立即生效了。您的卡片一旦遭竊或損壞，您無須付任何損失。請您好好利用世界最大發卡量，Estw信用卡，所提供給您的好處。您的卡片一旦遭詐領（盜刷）也無須付任何一毛錢。你的卡片可以客製化。若有任何疑問或需要，馬上為您服務。

4 我們會幫助您面對各種意外狀況。您享有免費的意外險，金額高達一億西幣。Estw銀行的信用卡金卡會為您免費承擔任何風險。如果信用卡被盜刷是在您發現之前，您甚至不用付一毛錢。只要打一通24小時免付費服務電話到Estw銀行。您的信用卡將被取消，我們會發給您一張新的。

eda notificar. Basta con una llamada a cobro revertido al Servicio de Estw-Bank. Su tarjeta quedará anunlada y la haremos llegar una nueva.Distrutará de todas las ventajas que le ofrece Estw-Bank Visa Oro. Sacar dinero en las oficinas Estw-Bank o en cualquier cajero automático o afiliado a la red.

5 A: ¿En su banco se puede cambiar el cheque de viaje en euros?

B: Por supuesto, aquí se puede cambiarlo. Por favor, tiene que firmar su nombre en cada uno de los cheques de viaje.

A: ¿Cómo desea usted para cobrar estos mil euros del cheque de viaje?

B: Me gustaría que me pagaran ochocientos euros en cheques de viaje y lo que reste en dinero en efectivo. Por cierto, ¿podría cambiarme estos cien dólares en billetes de a diez?

A: Sí, no hay problema.

6 Errores y disculpas

Muy señor nuestro:

En el pago de su cuenta a fecha de 23 de mayo de 2006, que le enviamos la semana pasada, se ha producido un error.

La cifra de la última columna a la izquierda se escribió 325, pero debería ser 532. Esta última es, por consiguiente, la cantidad que nos adeudan.

En el caso de que haya efectuado ya el pago, le agradeceríamos nos enviara la diferencia por cheque.

Le pedimos disscculpas por las molestias causadas.

Sinceramente suyos,

7 Pedido

Muy señores míos:

Les damos gracias por su carta del 5 de octubre.

He decidido comprar, para esta primera expedición, los cinco artículos relacionados en el formulario de pedido adjunto.

Como tenemos necesidad urgente de estas piezas, desearíamos que nos las enviaran sin demora.

Atentamente,

Adjunto pedido n.º 2356

您將會享有Estw銀行金卡提供的一切服務。您可以在Estw銀行、或任何自動提款機或是加盟的網路提款。

5 A：在貴銀行可以將旅行支票換成歐元嗎？
B：當然可以，我們這兒可以換。請您在每張旅行支票上簽上您的名字。
A：這一千歐元旅行支票您希望怎麼付給您？
B：我想換成八百塊歐元的旅行支票，剩下的付給我現金。順便一提，可否幫我把這一百美元換成每張十元紙鈔？
A：好的，沒問題。

6 錯誤與請求原諒
我們尊敬的先生：
我們上星期寄給您「付款的帳單」，日期是2006年5月23日，有一項錯誤。
在左邊最後一欄的數目寫成325，不過應該是532。因此，這個數目才是向我們借貸的金額。
如果帳單已經付清了，我們仍感謝您用支票寄給我們差額。
造成的不便，我們期望您的見諒。
您誠摯夥伴

7 訂單
我尊敬的先生們：
謝謝您們10月5日的來信。
本人決定購買第一份單據上的五件貨物，隨信附上相關的訂單表格。
由於我們急需這些零件，我們希望能立即寄給我們。
敬祝，
附上訂單編號2356。

8 Acuse de recibo del pedido

Muy señores nuestros:

Acusamos recibo de su pedido n.º 2356

Las mercancías se han envíado hoy y deben llegarles mañana o pasado mañana.

Mañana les enviaremos los documentos que las acompañan, de manera que puedan tenerlos por adelantado.

Atentamente,

9 Cartas de reclamación

Estimados señores:

El envío correspondiente a nuestro pedido acabó de llegar. Les acusamos recibo de 100 gafas. Pero nos ha sorprendido descubrir que unas 20 gafas, cuyos lentes están raspados. Les avisamos que queríamos poner fin a los pedidos de este artículo, cuyo nivel de calidad no corresponde a nuestras expectativas.

En consecuencia, les devolvemos las mercancías por paquete expreso.

No obstante, en el caso de que lanzaran un nuevo modelo, estaríamos dispuestos a hacer un pedido de prueba por la cantidad habitual.

Muy atentamente.

10 La propaganda de un seguro médico.

Desde World Seguro Médico queremos ofrecerle una asistencia médica de máxima calidad que contribuye a la mejora de su salud. En nuestro cuadro médico contamos con profesionales de la atención primaria con una dilatada experiencia profesional y conocimientos médicos actualizados sobre las distintas especialidades.

En World Seguro Médico y le proponemos que conozca a su médico de familia y recupere esa relación personal. En muchas ocasiones, el médico de cabecera es la persona más indicada para decirle los pasos a dar o atender directamente su dolencia ante cualquier problema de salud. Está preparado para indicarle a qué especialista acudir en caso necesario. Gracias por la confianza que viene depositando en World Seguro Médico. Un cordial salud.

8 收到訂單

我們尊敬的先生：

我們收到您的訂單編號2356。

貨物今天已寄出，明日或後天應該會寄達。

明天我們會再寄上文件。

敬祝，

9 索賠（抗議）信件

敬愛的先生：

我們之前下訂單的貨物剛剛寄到。我們在此告知收到100副眼鏡。但我們很驚訝發現其中20副眼鏡的鏡片已刮傷。我們在此通知您們，我們想終止這貨品的訂單，因它們的品質水準不符合我們的期望。

因此我們已將商品用包裹快遞寄回給您們。

然而若您們有新的樣品上市，我們應會下商品試用訂單，數量如往常。

敬祝。

10 醫療保險廣告

世界醫療保險提供您最好的醫療品質，改善您的健康。我們的醫療團隊擁有各項專業經驗和不同領域最新的醫療知識。

世界醫療保險建議您認識您的家庭醫師，並重新維持這樣私人關係。許多情況下，主治醫師是最合宜的人來告訴你治療的步驟，以及處理你任何健康問題的疾病。必要時他可以建議你應該去尋求什麼樣的專家協助。感謝您對世界醫療保險的信任。誠摯的祝福。

常用會話句型

1 遺憾、指責

- Si en + ⎰ vez ⎱ + de + ⎰ enfadarse con ella ⎱ , + ⎰ hubieras hablado con calma ⎱
        ⎱ lugar ⎰   ⎱ salir tan tarde ⎰   ⎱ hubieras salido a las cinco ⎰ ,

  + ⎰ no habrías tenido tantos problemas ⎱ .
      ⎱ hubiéramos llegado a tiempo ⎰

- Si en + ⎰ vez ⎱ + de + ⎰ enfadarse con ella ⎱ , + ⎰ hubieras hablado con calma ⎱ ,
        ⎱ lugar ⎰   ⎱ salir tan tarde ⎰   ⎱ hubieras salido a las cinco ⎰

  + (ahora) ⎰ os hablarías normalmente ⎱ .
            ⎱ no estaríamos tan nerviosos ⎰

2 表達願望

- Me gustaría + ⎰ tener un sueldo mejor ⎱ .
                ⎱ cenar a las siete ⎰

- Me gustaría que + ⎰ me dijeran lo que han pasado ⎱ .
                    ⎱ nos viéramos con más frecuencia ⎰

■ 經濟、銀行、金融

el capital	*n.*	資本
el dependiente, el empleado	*n.*	雇員、職員
el comercio interior	*n.*	對內貿易
el crédito	*n.*	信用貸款
el déficit	*n.*	赤字
el equilibrio	*n.*	平衡
el fisco	*n.*	國庫
el interés	*n.*	利息
el ejercicio, el año fiscal	*n.*	會計年度
el presupuesto	*n.*	預算
el superávit	*n.*	餘額
el tribunal de cuentas	*n.*	會計事務所
la estabilización de la moneda	*n.*	金融的建立
la actividad económica	*n.*	經濟活動
la acumulación del capital	*n.*	資本累積
la balanza de pagos	*n.*	收支平衡
la carestía de la vida	*n.*	生活費高漲
la financiación	*n.*	財力
la hacienda pública, las finanzas	*n.*	財政
la ley de oferta, demanda y precio	*n.*	供需、價格法則
la mano de obra	*n.*	勞工
la propiedad	*n.*	所有權
la propiedad privada	*n.*	私有財產
la salud económica	*n.*	經濟情況良好
la situación financiera	*n.*	財政狀況
los gastos superfluos	*n.*	冗費
el Banca	*n.*	銀行業
el banco de emisión	*n.*	發行紙幣銀行
el banco de giro	*n.*	匯兌銀行
el banco hipotecario	*n.*	抵押銀行
el billete inconvertible	*n.*	不可兌換幣

el crédito, el empréstito	*n.*	信用貸款
el dinero contante y sonante	*n.*	現金
el dinero suelto, la moneda suelta	*n.*	小錢、零頭
el impuesto adicional	*n.*	附加稅
el impuesto de consumo	*n.*	消費稅
el cajero automático	*n.*	自動提款機
el cheque	*n.*	支票
el cheque en blanco	*n.*	空白支票
el depósito	*n.*	存款
el extracto de cuenta	*n.*	帳目摘要
el flete	*n.*	運費
el interés	*n.*	利息
el interés compuesto	*n.*	複利
el interés simple	*n.*	單利
el mercado monetario	*n.*	金融市場
el mostrador de depósitos	*n.*	存款臺
el pánico financiero	*n.*	金融恐慌
el papel moneda, el billete	*n.*	紙幣
el plazo	*n.*	期限
el préstamo	*n.*	借貸
el principal	*n.*	本金
el saldo	*n.*	結帳
la crisis monetaria	*n.*	金融危機
la cuenta bloqueda	*n.*	凍結帳戶
la cuenta corriente	*n.*	活期存款帳戶
la cuenta corriente	*n.*	經常往來帳戶
la cuenta de ahorros	*n.*	活期存款帳戶
la cuenta de depósito	*n.*	存款帳
la cuenta de divisas	*n.*	外匯帳戶
la devaluación monetaria	*n.*	貨幣貶值
la factura	*n.*	發票、帳單
la imposición	*n.*	課稅
la inflación monetaria	*n.*	通貨膨脹
la moneda corriente	*n.*	流通貨幣
la moneda (dura)	*n.*	貨幣
la tarifa de tasas de cambio	*n.*	匯率表

la tarjeta de crédito	*n.*	信用卡
la tasa de interés	*n.*	利率
la transferencia	*n.*	轉帳、過戶
los derechos reales	*n.*	贈與稅
ahorrar	*v.*	存
cobrar	*v.*	取款
contabilizar	*v.*	入帳
cotizar	*v.*	報價
descontar	*v.*	打折
efectuar	*v.*	進行
endosar	*v.*	轉讓、背書
facturar	*v.*	開發票、開帳單
pagar	*v.*	付款
prestar	*v.*	借貸
rentabilizar	*v.*	使生利
retribuir	*v.*	付報酬
sacar dinero	*v.*	領錢
el ambiente firme	*n.*	行情穩定
el gerente	*n.*	經理
el giro documentado	*n.*	押匯
el giro	*n.*	匯款
el haber, el crédito	*n.*	貸方
el hombre de negocio	*n.*	生意人
el impuesto	*n.*	稅金
el ingreso, la entrada	*n.*	收入
el inversionsita	*n.*	投資人
el mercado de acciones	*n.*	股票市場
el mercado de valores	*n.*	有價證券市場
el mobiliario	*n.*	動產
el mostrador	*n.*	櫃臺
el pago	*n.*	付款
el salario, el sueldo	*n.*	薪水
el saldo	*n.*	餘額
el seguro contra accidente	*n.*	意外險
el seguro contra incedio	*n.*	火險
el seguro contra robo	*n.*	竊險

el seguro contra todo riesgo	*n.*	全保險
el seguro marítimo	*n.*	海上保險
el suministro	*n.*	供給
el trámite	*n.*	手續
el tipo de cambio	*n.*	換算率
el título de acción	*n.*	股票
el trueque, la permuta	*n.*	以物易物貿易
el vendedor	*n.*	賣方、推銷員

1 Me gustaría ahorrar el dinero a plazo fijo.
這筆錢我想存定期存款。

2 ¿Qué interés dan ustedes para los depósitos fijos y para las cuentas corrientes?
您這兒定期存款利率和活期存款利率是多少？

3 ¿Cuál es la tarifa de tasas de cambio de hoy?
今天的外幣匯率是多少？

4 ¿En Taiwán en qué banco puedo cambiar euros?
在臺灣我可以在哪家銀行兌換歐元？

5 Por favor, ¿podría cambiarme estos diez dólares en menudo (dinero suelto, moneda menuda)?
可否幫我把這十美元換成零錢？

6 ¿Qué trámites debo hacer para vender euros?
賣歐元需要什麼手續？

7 En el aeropuerto usted puede cambiar la moneda nacional por la moneda que lleva.
在飛機場可以把本國貨幣換成想用的外幣。

8 Normalmente voy a sacar el dinero cuando estoy mal de fondos.
通常我手頭緊時我會去領錢。

9 Puedes elegir la frecuecia de pago que más te convenga (mensual, trimestral, semestral o anual).
您可以選擇最適合您的付費週期（月付、三個月付一次、半年付一次、一年付一次）。

10 Si te desplazas al extranjero, te acompañará un seguro gratuito de asistencia de viaje.
如果你出國，你將會得到免費的旅行救援險。

11 ¿Por favor, hay Banco por aquí cerca?
請問這附近有銀行嗎？

12 ¿Aqué hora se abre el Banco en España?

在西班牙銀行幾點開門？

13 ¿Cuál es el interés del Banco Caja Madrid?
Caja Madrid銀行給的利率是多少？

14 Una comisión de investigación especial de la sucursal bancaria se encargó
de estudiar el estado de cuentas del Sr. Wang para considerar la concesión
del crédito bancario.
銀行分行的特別審查委員會負責審查王先生的戶頭狀況，以便考慮給予
銀行貸款。

15 Un banco concede un préstamo a alguien cuando considera que puede re-
embolsarlo.
銀行認爲借方有能力償還時才同意貸款。

16 Un extracto bancario contiene información relativa a la situación de una
cuenta.
銀行對帳單指出目前帳戶的金額訊息。

17 Es cómodo tener una cuenta en una sucursal que está cerca del domicilio
personal.
在住家旁的銀行分行開戶（有銀行戶頭）很方便。

18 ¿Podrá hacer frente a este trabajo suplementario?
您可否應付這額外的工作？

19 Un precio todo incluido incluye el IVA (impuesto sobre el valor añadido).
價格全部包括了附加稅。

20 Se le llama 'congelación de precios' al período durante el cual no se pueden aumentar los precios.
「價格凍結」指的是某一期間不可以哄抬物價。

21 Una 'rebaja' es una reducción de precio.
「大減價」指的是降低價格。

22 El servicio postventa no se paga durante el período de garantía.
保證期間的售後服務是不收費的。

23 Una red de distribución es un medio de poner el producto a la disposición
del consumidor.
分配銷售網是建構消費者取得產品的一種方式。

24 Un punto de venta es un lugar donde se vende la producción de una empresa.
銷售點是一家公司出售其產品的地方。

25 Un concesionario es una persona autorizada por un productor a vender sus productos en una zona determinada.
代理商是獲得廠商授權的人，他可以在指定區域銷售其產品。

26 Acabamos de recibir una solicitud de informació n.
我們剛剛接到索取資料的要求。

27 Después de pagar un anticipo se efectúan pagos escalonados.
在付完頭款之後，始履行分期付款。

28 Una deuda impagada es una deuda pendiente.
未付的債款就是未償債務。

29 Le quedaría a usted agradecido si abriese la carta de crédito.
要是你開出信用狀，我會非常感謝的。

30 ¿Quiere usted hacer el favor de darme su estimada opinión sobre ese asunto?
你能不能告訴我你對那件事情的高見？

31 ¿Acepta su banco avalar su solvencia?
您的銀行願意擔保您的償付能力？

1 Helena: ¡Qué bien haber venido! ¡Qué buena idea has tenido de visitar Barcelona!

Pepe: La Sagrada Familia, ¿A ti te encanta?

Helena: ¿Encantarme? ¡Me entusiasma! A ti no sé pero a mí me gusta muchísimo.

Pepe: ¿Tú has entendido algo? Pues a mí el estilo gótico no me dice nada.

Helena: Mira, la Sagrada Familia es la obra maestra de Gaudí. Se empieza a construir en 1883 (mil ochocientos ochenta y tres). Él se hizo cargo del proyecto hasta 1926 (mil novecientos veintiséis) cuando murió en un accidente.

Pepe: Dicen que el templo, cuando esté terminado, dispondrá de 18 torres.

Helena: Sí. Una de las torres se acaba en 1925 (mil novecientos veinticinco). Un año más tarde muere Gaudí, la obra queda suspendida pero se continúa en 1954 (mil novecientos cincuenta y cuatro). Gaudí deja unos planos, bocetos y dibujos difíciles de interpretar.

Pepe: Mira ya está abierto y podemos entrar a visitar.

Helena: ¡Qué cantidad de símbolos religiosos y artísticos que hay por todas partes! Fíjate en las torres.

Pepe: No enitendo nada. ¡Debo ser tonto! Cuando me pasa algo así, me siento como un idiota.

Helena: Pues yo la he encontrado muy interesante. Nunca había visto algo tan original y tan bien tratado.

2 Juan: ¿Qué tal te ha ido la estancia en Pamplona este verano?

Pedro: Uy, me ha ido fantástico. Si pudiera, volvería a asistir a las fiestas de San Fermín el año que viene.

Juan: Pues cuéntame, me interesa saberlo...

Pedro: Las fiestas sanfermines se celebran en honor a San Fermín en Pamplona, capital de la Comunidad de Navarra. Los festejos comienzan con el lanzamiento de cohetes desde el balcón del Ayuntamiento a las 12 del mediodía del 6 de julio.

Juan: Y ¿qué te ha impresionado más?

Pedro: Sin duda es el 'encierro', una de las actividades más conocidas durante estos días festivos.

Juan: ¿Cómo es el 'encierro'?

Pedro: Pues, mira, el 'encierro' consiste en un recorrido de unos 849 (ocho-

1 愛蓮娜：眞高興來此一遊！你這個巴塞隆納旅遊的點子眞不錯！

貝貝：聖家堂，妳喜歡？

愛蓮娜：我喜歡？我愛得不得了！我不知道你怎麼樣，我非常地喜歡。

貝貝：妳有看懂什麼嗎？對我來說，歌德式風格我一點也不了解。

愛蓮娜：聖家堂是高第大師的傑作。大教堂於1883年開始建造。高第本身負責建築計畫，一直到1926年時死於一場車禍。

貝貝：據說大教堂完成時將會有十八座高塔。

愛蓮娜：對，其中一座高塔完成於1925年。一年後高第過世，這（建築）作品停擺下來，不過1954年又繼續（建造）。高第留下一些難以理解的設計圖、草圖和圖像。

貝貝：妳看教堂開放了，我們可以進去參觀了。

愛蓮娜：到處都充滿了宗教和藝術的象徵！你仔細看那些高塔。

貝貝：我什麼都看不懂。我一定是笨蛋！當我碰到這樣的情形，我覺得我像白癡。

愛蓮娜：可是我覺得很有趣。我從來沒有見過這樣獨創性和精心設計的作品。

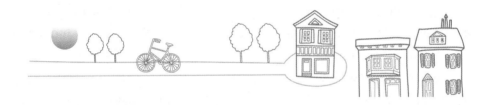

2 璜：你今年夏天在龐普隆那旅遊（停留）如何？

貝得羅：哇，我感覺太棒了。如果可以的話，明年我會再次參加聖菲明的慶典。

璜：跟我說，我很想知道…

貝得羅：聖菲明的慶典在龐普隆那，那瓦拉自治區的首府舉行，主要是紀念城市的守護者聖菲明。七月六號的中午十二點，從市政府的陽臺點燃發射炮竹的一刻起，就開始了節慶活動。

璜：什麼最讓你印象深刻？

貝得羅：毫無疑問的是「把牛關進牛欄」，這個活動是這幾天裡最爲大家所知的慶典項目之一。

璜：「把牛關進牛欄」要怎麼做呢？

貝得羅：「把牛關進牛欄」（這項活動）是人在牛前面奔跑，整條（奔跑）路線大約849公尺。活動（人、牛街道奔跑）早上八點開

cientos cuarenta y nueve) metros delante de los toros. El recorrido comienza a las ocho de la mañana con una duración promedio de entre dos y tres minutos y culmina en la plaza de toros.

Juan: ¿Es peligroso, no?

Pedro: Sí, porque el recorrido se realiza a lo largo de las calles estrechas de la ciudad Pamplona. La manada está compuesta por seis toros y va a unos 25 km/h. Los toros pueden resbalar en el suelo, especialmente cuando pasan por la esquina entre las calles Mercaderes y Estafeta. Es una gran curva. También la gente se cae y está bajo el riesgo de quedarse herida.

Juan: Cuando me estás descirbiendo lo de esta fiesta, ya me pongo emocionado.

3 José: ¿Qué tal el viaje?

Lee: De maravilla. Lo he pasado estupendamente en Madrid, Barcelona, Toledo, Sevilla, etc. Ha sido un viaje de recorrer casi toda España.

José: ¿Qué imagen tienes de los españoles?

Lee: A mi modo de ver, sobre los españoles hay muchos tópicos.

José: ¿Qué quieres decir con eso?

Lee: Antes de viajar a España, es un país que se conoce como todos tocan la guitarra, bailan flamenco, van por la calle vestidos de toreros, se pasan el día comiendo paella y todo eso.

José: Pues esto no es verdad. A lo mejor están equivocados.

Lee: Desde luego. Cuando yo estaba viajando por España, tenía la impresión de que eso que dice la gente no es cierto. Estoy convencido de que la mayoría de la gente sabe que es una imgen que se ha querido explotar y vender.

José: Estoy totalmente de acuerdo contigo. Cada día hay más gente que ha visitado y visita España se da cuenta de que esa imagen es falsa.

Lee: Exacto.

4 Carmen: Oye, Carmen, tú eres española, ¿conoces la historia contemporánea de España?

María: Sí, más o menos. ¿Qué te interesa conocer?

Carmen: Por ejemplo, la historia de la transición española a la democracia.

María: Es una historia en la que hay muchos acontecimientos que decir.

Carmen: Si no te importa, ¿te puedo grabar lo que me cuentas?

始，經過差不多兩到三分鐘的時間，最後抵達鬥牛場時是活動的最高潮。

瑂：很危險，不是嗎？

貝得羅：是的，因為奔跑路線是沿著狹窄的龐普隆那街道而行。牛群是由六頭公牛組成，奔跑時速度可達每小時25公里左右。公牛很可能會滑倒在地上，特別是在通過梅爾卡得列斯街和艾斯費達街這兩條街的轉角處。那裡是個大彎。（奔跑的）人也會跌倒，冒著受傷的危險。

瑂：我聽你描述這慶典活動的場景時，我就已經熱血沸騰（興奮）了。

3 荷西：旅行怎麼樣啊？

李：太美妙了。我在馬德里、巴塞隆納、托雷多、塞維亞等地方的旅行感覺棒極了。這一趟旅程走遍了幾乎整個西班牙。

荷西：你對西班牙人有什麼印象？

李：依我的看法，關於西班牙人這一主題有許多可聊的話題。

荷西：你這樣說是有什麼含意？

李：在我去西班牙旅行之前，大家對這個國家的認識是所有的人都彈吉他，跳佛朗明哥舞蹈，走在街上，穿著鬥牛士的服裝，每天吃海鮮飯等等諸如此類的事。

荷西：可是這不是真的。他們可能錯了。

李：當然。我在西班牙旅行時，我的印象是人們說的這些話不是真的。我相信大部分的人了解這種假象是被利用了，還有被拿來作商業消費的。

荷西：我完全同意你的看法。每天有愈來愈多的人到過和在西班牙旅遊參觀，他們注意到那樣的印象是錯的。

李：沒錯（正確）。

4 卡門：喂，卡門妳是西班牙人，妳了解西班牙現代史嗎？

瑪麗亞：是的，還好。妳想知道什麼？

卡門：比如說，西班牙從過度時期到民主的歷史。

瑪麗亞：這段期間的歷史有許多重大事件可述說的。

卡門：如果妳不介意，我可以錄下妳講的內容嗎？

瑪麗亞：好的。一般認為，西班牙從過度時期到民主法治的國家是從佛

María: De acuerdo. La historia de la transición española a un estado democrático y de derecho suele decir que comenzó con la muerte de Francisco Franco, quien hubo ejercido la dictadura sobre España casi cuarenta años.

Carmen: Despúes de Franco, ¿cómo se convierte en una demaocracia?

María: Franco gobernó España hasta su muerte en 1975 (mil novecientos setenta y cinco), y empezó la historia de la transición española, que es larga y complicada. Para poder entender mejor voy a presentarte unas fechas importantes en forma de esquema:

-En 1976 (mil novecientos setenta y seis) el rey Juan Carlos viaja a Estados Unidos y declara el deseo de convertir a España en una demaocracia. En este mismo año Adolfo Suárez forma su primer gobierno y empiezan los contactos con la oposición democrática.

-La tarea fundamental de Adolfo Suárez es redactar la Constitución, que se aprobó por referéndum en 1978 (mil novecientos setenta y ocho).

-En 1981 (mil novecientos ochenta y uno) hubo un intento de golpe de Estado pero fracasó gracias a la intervención del rey Juan Carlos.

-De 1979 (mil novecientos setenta y nueve) a 1982 (mil novecientos ochenta y dos) es la época de consolidación democrática. En 1982 (mil novecientos ochenta y dos) gana el partido PSOE (Partido Socialista Obrero Español), cuyo líder es Felipe González.

Carmen: ¿Y fue en 1982 (mil novecientos ochenta y dos) cuando España ingresó en la Organización del Tratado del Atlántico Norte?

María: Sí, esto es.

5 Luis: Oye, Ramón, tú estabas en Madrid cuando lo del intento de golpe de Estado, ¿verdad?

Ramón: No, no estaba. Me acuerdo de que la primera vez que viajé a Madrid fue el 1985 (mil novecientos ochenta y cinco). Y para entonces ya habían ganado los socialistas.

Luis: Lo del golpe de Estado, ¿lo sabes?

Ramón: Sí. Fue algo tremendo y todo el mundo pasó muschísimo miedo.

Luis: Cuéntamelo, ya sabes que me interesan las cosas que han pasado en España en los últimos tiempos.

朗西斯哥‧佛朗哥死後算起，他實施獨裁專制，統治了西班牙近四十年。

卡門：佛朗哥之後，如何變成一個民主政體？

瑪麗亞：佛朗哥統治西班牙一直到1975年死後，西班牙才開始了漫長複雜的過度時期歷史。為了讓妳較能了解，我把幾個重大時事日期作以下安排介紹：

-1976年國王璜‧卡洛斯飛往美國，並宣布希望將西班牙改變成一個民主政體。同一年，阿多爾夫‧史瓦雷茲組成第一政府，開始和反對民主者接觸。

-阿多爾夫‧史瓦雷茲的主要任務是起草憲法，該憲法在1978年公投通過。

-1981年發生政變，但是失敗，這要感謝璜‧卡洛斯國王的影響介入。

-從1976年到1982年是民主制度奠定時期。1982年西班牙工人社會黨贏得執政，該黨領導人是菲利普‧岡薩雷茲。

卡門：西班牙是在1982年那一年加入北大西洋公約組織的嗎？

瑪麗亞：是的，沒錯。

5 路易士：喂，拉蒙，發生政變事件的時候，當時你在馬德里，對吧？

拉蒙：沒有，我不在。我記得第一次飛到馬德里是1985年。那個時候工人社會黨已贏得政權。

路易士：有關政變，你知道嗎？

拉蒙：是的。那真是令人震驚，全國人民都驚恐萬分。

路易士：跟我說，你是知道的，我對西班牙最近這段時期發生的事情很有興趣。

拉蒙：嗯，國會當時正在舉行國會議員的投票，對是否接受史瓦雷茲的民主中心聯盟黨之成員，雷歐博多‧卡波‧索得羅，成為政府總

Ramón: Pues mira en el Congreso se estaba realizando una votación de los Diputados para aceptar o no a Leopoldo Calvo Sotelo, un miembro de la UCD (Unión de Centro Democrático), el partido de Suárez, como Presidente del Gobierno.

Luis: Sí.

Ramón: Todo funcionaba normal, la televisión estaba grabándolo y, de repente, se oyen unas voces extrañas, unos gritos, tiros y se ve a un grupo de guardias disparando y diciendo que se tiraran al suelo. Imagínate el susto tremendo que nos dimos todos. Todo el mundo pensó que en aquel momento terminaba la democracia española.

Luis: Y después ¿qué pasó?

Ramón: Afortunadamente el Rey Juan Carlos defendió la Constitución y la democracia, y al cabo de unas cinco o seis horas del asalto al Congreso, el Rey salió por la tele para tranquilizar a todo el mundo. Él decía que la situación estaba controlada y que pronto se solucionaría la situación en el Congreso.

Luis: Bueno, nadie va a olvidarse de esta historia de la transición a la democracia.

6 Juana: ¿En qué ciudad vives?

Carlos: Vivo en Madrid, en Aravaca, que está a unos diez kilómetros del centro.

Juana: El transporte entre las ciudades y los pueblos es rápido y conveniente, especialmente el metro de Madrid es el más barato del mundo.

Carlos: Sí, es verdad. A mí me gusta mucho Madrid. Hay muchas avenidas muy hermosas con árboles, y también hay calles pequeñas y tranquilas.

Juana: Es una ciudad que tiene mucho que ver. Por ejemplo, puedes ir a visitar el Museo de la Historia y la Galería de Bellas Artes. O también al Museo del Prado, en que siempre hay exhibiciones de pinturas, obras de los artistas famosos.

Carlos: ¿Es verdad que la entrada es gratis los sábados por la tarde?

Juana: Pues no estoy segura, pero puedes consultarlo por internet.

Carlos: Sí, luego lo consultaré.

7 Noemí: Hola, Lee, unos amigos míos y yo vamos a viajar a Taiwán este verano, ¿estás en tu tierra?

Lee: Pues no, me quedaré en Madrid hasta que termine mi estudio.

理表決。

路易士：對。

拉蒙：原本一切都進行的很順利，電視臺亦錄影中，突然間聽到奇怪的
聲音，吼叫，槍聲，然後看到一群憲警開槍射擊，叫所有的人趴
在地上。你可以想見這讓我們多麼驚恐害怕。大家都以爲那一刻
起，西班牙的民主就此結束了。

路易士：之後怎麼了？

拉蒙：慶幸的是國王璜·卡洛斯支持憲法與捍衛民主，在國會受到攻擊
後的五、六個小時，他出現在電視臺，安撫全國民眾。他說情況
已受到控制，國會的事件很快地就會解決。

路易士：嗯，沒有人會忘記這段過度時期到民主法治的歷史。

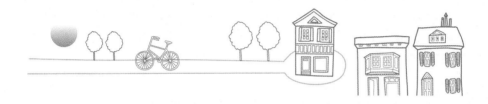

6 華娜：你住在哪個城市？

卡洛斯：我住在馬德里，亞拉巴卡區，距離市中心大約十多公里。

華娜：城市與鄉鎮間的交通運輸很快且方便，特別是馬德里的地鐵是世
界上最便宜的。

卡洛斯：對，這是真的。我很喜歡馬德里。有許多種滿了樹木、漂亮的
林蔭大道，也有不少的寧靜小路。

華娜：這個城市有很多可以參觀的地方。例如，你可以去歷史博物館和
美術館。或者去普拉多美術館，那兒總是有著名藝術家的繪畫作
品展出。

卡洛斯：星期六下午的門票不用錢，是真的嗎？

華娜：嗯，我不確定，但是你可以上網查詢。

卡洛斯：是的，當然。待會我會上網查詢。

7 諾雅美：哈囉，李，我和我的一些朋友今年夏天要去臺灣旅行，妳會在
妳家鄉嗎？

李：不會耶，我會留在馬德里，一直到完成我的學業。

Noemí: ¿Nos puedes recomendar algunos lugares de interés para visitar o buenas comidas para probar?

Lee: Creo que vosotros podéis coger el tren a Alisha n. Éste es conocido por su fascinante amanecer sobre el célebre Mar de Nubes, que rodea a Yusha n. Una excursión por la mañana es muy interesante y buena para la salud. No os olvidéis de ver el Árbol Sagrado de 3,000 años.

Noemí: Primero vamos a Taipei, dicen que se da mucha sorpresa el crecimiento de la ciudad en la última década. Luego ya vamos a visitar otros lugares turísticos.

Lee: Si os gusta más quedaros en la ciudad, os recomiendo a visitar el Museo Nacional del Palacio, que alberga la mayor colección del mundo de tesoros artísticos chinos de la colecccción imperial.

Noemí: Bueno, me tengo que ir, te lo pregunto esta noche a la hora de cenar. Adiós.

Lee: Hasta luego.

8 Beatriz: Charo, eres española, ¿qué hacéis en las fiestas navideñas?

Charo: Mira, la Navidad aquí comienza el día 22 de diciembre, que se conoce como el día de la lotería. El día 24 es Nochebuena. La familia se reúne en torno a una mesa para cenar, charlar y cantar villancicos.

Beatriz: ¿Qué tomáis en Nochevieja y el día 25, la Navidad?

Charo: Pues se brinda con cava. Las comidas típicas de los días navideños son marisco, pescado, carne y los dúlces navideños son el turrón, el mazapán y los polvorones.

Beatriz: ¿Cómo se celebra la Nochevieja?

Charo: En ese día la gente lleva ropa interior roja, porque se creen que así van a tener suerte durante el próximo año. Lo importante es tomar doce uvas cuando el reloj está dando las doce campanadas anunciando el nuevo año. Durante toda la noche se reúnen los amigos o las familias para celebrar alguna fiesta hasta que empiece a amanecer.

Beatriz: ¿Y también tenéis Papa Noel para regalar a los niños?

Charo: Sí, es el día 5 por la noche los Reyes Magos llegan y dejan los regalos para los niños. El día siguiente desayunan con el roscón de Reyes, un dulce que tiene dentro un pequeño regalo.

Beatriz: Me impresiona mucho vuestra Navidad.

諾雅美：妳可以推薦我們參觀一些旅遊勝地，或好吃的美食品嚐嗎？

李：我想你們可以搭火車到阿里山。她以環繞玉山，迷人的日出雲海而聞名。早晨的登山健行非常有意思且對身體健康很好。你們別忘了看那有三千年的神木。

諾雅美：首先，我們會去臺北，聽說這城市過去十年有驚人的發展。之後，我們才會去其他的觀光勝地。

李：如果你們想留在城市（臺北），我建議你們參觀故宮博物院，那裡收藏了大部分中國歷代王朝的藝術珍品。

諾雅美：好吧，我得走了，晚餐時我再問妳旅遊的事。

李：待會見。

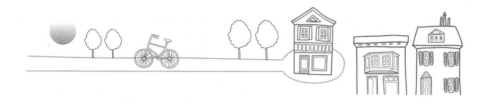

8　貝雅蒂斯：蕎籮，妳是西班牙人，聖誕假期你們做些什麼？

蕎籮：這兒聖誕節從22號開始，這天是大家熟悉的開獎日。24號是平安夜。家人圍著一張桌子，一起吃晚餐，聊天和唱聖誕歌。

貝雅蒂斯：跨年的晚上（除夕夜）和聖誕節25號那天，你們吃些什麼？

蕎籮：嗯，香檳（cava）慶祝。聖誕節道地的食物有海鮮貝類、魚、肉，聖誕節吃的甜食有果仁糖、杏仁糕糖和奶油糖酥餅。

貝雅蒂斯：跨年夜怎麼慶祝？

蕎籮：那天晚上人們會穿著紅色內衣褲，因為他們相信這樣來年會有好運。最重要的是伴隨著十二響鐘聲，吃十二粒葡萄，同時宣布新年的到來。整個晚上朋友或家人聚在一起慶祝狂歡，一直到快天亮時。

貝雅蒂斯：你們也有聖誕老公公送給小孩子禮物？

蕎籮：有，五號的晚上東方三王來臨，帶了禮物給小朋友。隔天早上早餐會吃主顯節蛋糕，裡面包有小禮物。

貝雅蒂斯：你們的聖誕節真是讓我印象深刻。

9 Margarita: ¡Buenos días! ¿Qué pasa contigo? ¿Has dormido mal?

Marcos: ¡Sí, eso bien puede decirse! Me siento fatal.

Margarita: ¿Has bebido mucho? Tienes por cierto una resaca, ¿no?

Marcos: Estuve en una fiesta en casa de amigos. Bebimos mucho. Y ahora me duele la cabeza.

Margarita: ¿A dónde vas ahora?

Marcos: Luego tengo un examen a las nueve.

Margarita: ¿Qué clase de examen es ese?

Marcos: Correspondencia comercial. Tenemos que escribir una carta comercial.

Margarita: Pues vete rápido. Ya son las ocho y veinte.

10 Gema: Como eres aficionado a la corrida de toros, cuéntame lo de esta fiesta.

José: Sí. La fiesta taurina es una muestra de la afición hispana al toro, en la que vemos la lucha del hombre frente al toro.

Gema: Sí, estoy escuchando.

José: A las cinco en punto de la tarde, el presidente da la señal de entrada de las cuadrillas al ruedo. Primero entran dos alguaciles a caballo, después los maestros, seguidos de sus respectivos banderilleros, picadores a caballo y los monosabios. En último lugar, son las cuadrillas de mulas que se encargan del arrastre de los toros camino del desolladero.

Gema: ¿Cuándo empieza la lidia o a matar el toro?

José: El toro, al entrar en el ruedo, es recibido con el capote. Aquí sólo voy a mencionar unas fases que debes conocer: verónicas, suerte de varas, gaonera, revolera, banderillear, brindis, pase de pecho, y por último, la lidia viene marcada por 'citando para matar', estocada, muerte de toro.

Gema: Es algo triste, ¿no?

José: Para los españoles consideran que es una arte, un juego de luchar para sobrevivir entre el torero y el toro. Y para terminar, si el torero ha realizado una faena meritoria, el presidente de la corrida concede la oreja del animal como premio o trofeo.

9 瑪格麗特：早安！你怎麼了？沒睡好嗎？
   馬可士：對極了！妳說對了！我感覺糟透了。
   瑪格麗特：你喝太多了嗎？十之八九是宿醉，對吧？
   馬可士：我參加朋友家的舞會。我們喝了很多。結果我現在頭很痛。
   瑪格麗特：你現在去哪兒？
   馬可士：待會九點我有考試。
   瑪格麗特：什麼樣的考試
   馬可士：商用書信。我們必須寫一封商業信函。
   瑪格麗特：那趕快。已經八點二十分了。

10 荷瑪：既然你是鬥牛表演的熱愛者，跟我說說這個慶典活動。
    荷西：好的。鬥牛的表演慶典是拉丁民族愛好鬥牛的一種詮釋，在這當
         中我們看到了人類面對公牛時的奮戰不懈。
    荷瑪：對，我在聽。
    荷西：下午五點整，大會主席給鬥牛隊伍指示，進入鬥牛場。首先進來
         的是兩位騎馬的法警，接著就是鬥牛士，後面緊跟著各自的扎槍
         手，騎馬的長槍手和助手。最後進場的是負責拖離公牛到屠宰場
         的驢子。
    荷瑪：什麼時候開始鬥牛或殺了公牛？
    荷西：鬥牛一進入鬥牛場，最先迎接牠的是披風。這兒我只提一些妳
         應該懂的鬥牛述語：verónicas：鬥牛士雙手拿斗篷讓牛去衝，
         suerte de varas：長槍手刺鬥牛，gaonera：鬥牛士揚起披風讓牛
         頂衝，revolera：轉身再次搖擺披風讓牛頂衝，banderillear: 扎
         槍手刺牛，brindis：鬥牛士向觀眾致意，pase de pecho：鬥牛士
         讓牛從胸前經過。最後來到鬥牛表演的高潮：準備刺殺，esto-
         cada：一劍刺心，鬥牛死亡。
    荷瑪：有一點悲傷，不是嗎？
    荷西：對西班牙人來說，這是藝術，一種公牛與人之間為了生存而戰鬥
         的遊戲。結束時如果鬥牛士的表演很好，大會主席會給他牛的耳
         朵當作獎賞或戰利品。

常用會話句型

1 讓別人作決定

- ¿{Qué hacemos / Cuál nos llevamos / A dónde vamos}?
- Lo que
  El (La) que + quieras (tú).
  Adonde

- ¿{Nos llevamos éste (o el otro) / Vamos a Cádiz (o a León)}?
- Como quieras (tú).

2 最基本的條件去完成一件事

- {¿Podrán arreglármela? / Vais de excursión, ¿no?}
- Sí, con tal de que + encontremos las piezas de recambio / podamos volver el domingo .

- Sí, excepto que + se haya quemado el motor / la niña siga enferma .

3 例外的情況

- Vendrá Noemí a cenar con nosotros, ¿no?
- Me parece que sí, y en caso de que no pueda, nos avisará.

4 達成目的所需條件

- ¿Por qué sales tan pronto hoy?
- Es que saliendo pronto, encontraré menos tráfico.

5 說服他人的表達語

- Ya verás qué + bien funciona / poco gasta .

- Ya verás lo + bien / poco + que + funciona / gasta .

與現在事實相反的條件句

- Si hiciera buen tiempo, iría a dar una vuelta, pero con este tiempo...

表達目的

- Tómese estas pastillas para + que le baje la fiebre / relajarse .

表達喜好、情感

- Este sitio / Esta película + lo (la) encuentro / me parece + muy / realmente + agradable / impresionante .

- Este sitio / Esta película + es + un / una + preciosidad / maravilla .

- Es + un sitio / una película + muy + precioso / magnífico / genial / increíble .

- Cuando + ves / pasa + algo así, + entiendes lo + importante / mal + que es.

- Cuando + ves / pasa + algo así, quieres saberlo todo.

常用單字

1 鬥牛

el aforo	n.	座位數、容量
el banderillero	n.	擲槍者、短扎槍手
el circo	n.	馬戲團
el clarín	n.	號角
el coso	n.	鬥牛場
el desfile	n.	檢閱、遊行
el desolladero	n.	屠宰場
el estoque	n.	劍
el lanzador de cuchillos	n.	拋擲小刀的人
el matador	n.	鬥牛者、屠夫
el payaso	n.	丑角
el picador	n.	刺牛士
el ruedo	n.	鬥牛沙場
el torero	n.	鬥牛士
el toril	n.	牛欄
el caballista	n.	騎馬耍把戲的人
la banderilla	n.	裝飾彩帶的矛
la barrera	n.	柵欄
la brega	n.	愚弄、爭吵
la capa	n.	斗篷
la corrida de toros	n.	鬥牛
la cuadrilla	n.	幫、班
la grada	n.	階梯座位
la lanza	n.	標槍
la lidia	n.	鬥牛
la novillada	n.	小牛
la plaza de toros	n.	鬥牛場
la tauromaquia	n.	鬥牛術
la vara	n.	長槍

el asistente	*n.*	出席者
el banquete	*n.*	宴會
el ciudadano	*n.*	市民、公民
el club, la peña	*n.*	俱樂部
el contertulio	*n.*	與會者
el convite	*n.*	宴席
el estado civil	*n.*	婚姻狀況、社會身分
el mitin	*n.*	會議
el proletariado	*n.*	無產階級
el recibimiento, la acogida	*n.*	招待、款待
el saludo, el cumplimiento	*n.*	問候、致意
el sindicalista	*n.*	工團主義者
el té	*n.*	茶會
el trato	*n.*	交際
el visitante, el visitador	*n.*	訪客
la aristocracia, la nobleza	*n.*	貴族
la asociación	*n.*	協會
la bienvenida	*n.*	歡迎
la burguesía	*n.*	中產階級
la cita	*n.*	約會
la ciudadanía	*n.*	公民權
la clase alta	*n.*	上流社會
la clase baja	*n.*	下層社會
la clase obrera	*n.*	勞工階級
la clase social	*n.*	社會階級
la comunidad	*n.*	社會
la conversación	*n.*	會談
la despedida	*n.*	離別
la entrevista	*n.*	面談
la esclavitud	*n.*	奴隸
la fiesta	*n.*	聚會
la invitación	*n.*	邀請
la lucha de clase	*n.*	階級鬥爭
la plebe, el estado común	*n.*	平民
la presentación	*n.*	介紹

la recepción	*n.*	歡迎會
la reunión	*n.*	會議
la revolución	*n.*	革命
la sociología	*n.*	社會學
la tertulia	*n.*	小型聯誼會
la velada	*n.*	晚會
la visita de cortesía	*n.*	寒暄訪問
la visita de cumplimiento	*n.*	寒暄訪問
la visita	*n.*	訪問

3 歷史、宗教

Confucio	*n.*	孔子
el altar	*n.*	祭壇
el ángel	*n.*	天使
el Antiguo Testamento	*n.*	舊約
el arzobispo	*n.*	總主教
el campanario	*n.*	鐘樓
el cardenal	*n.*	樞機主教
el clero, clérigo, eclesiástico	*n.*	牧師、教士
el covento	*n.*	修道院
el cura	*n.*	神父
el diablo	*n.*	惡魔
el himno	*n.*	聖歌、讚美詩
el incensario	*n.*	香爐
el infierno	*n.*	地獄
el judío	*n.*	猶太人
el monasterio	*n.*	修道院
el musulmán	*n.*	穆罕默德教徒
el Nuevo Testamento	*n.*	新約
el obispo	*n.*	主教
el paraíso	*n.*	天堂
el pastor	*n.*	牧師
el predicador	*n.*	講道的人
el protestante	*n.*	新教徒
el pueblo	*n.*	人民、民族、村莊
el púlpito	*n.*	布道壇

el Renacimiento	*n.*	文藝復興
el rosario	*n.*	念珠
el sacerdote	*n.*	司祭
el santuario	*n.*	神廟
el seminarista	*n.*	神學生
el sermón	*n.*	傳教
el siglo de Oro	*n.*	黃金時代
el templo	*n.*	寺廟
el tribu	*n.*	部落
la absolución	*n.*	赦免、赦罪
la antropología	*n.*	人類學
la arqueología	*n.*	考古學
la capilla	*n.*	禮拜堂
la cronología	*n.*	年表
la cruz	*n.*	十字架
la demografía española	*n.*	西班牙的人口
la doctrina	*n.*	教義、學說
la edad antigua	*n.*	古代
la edad de bronce	*n.*	青銅時代
la edad medieval	*n.*	中世紀
la edad moderna	*n.*	現代
la etnología	*n.*	人種學、民族學
la fe	*n.*	信仰
la genealogía	*n.*	家譜
la herejía	*n.*	異端
la iglesia	*n.*	教堂
la inspiración	*n.*	啟示、靈感
la integración de raza	*n.*	種族的完整
la mezquita	*n.*	清真寺
la mitología	*n.*	神話
la Nochebuena	*n.*	平安夜
la oración, el rezo	*n.*	禱告
la orfebrería	*n.*	精巧的金銀手工藝
la Pascua de Resurrección	*n.*	復活節
la peregrinación	*n.*	朝聖之路
la prehistoria	*n.*	史前

la procesión	*n.*	宗教遊行
la Reconquista	*n.*	西班牙光復時代
la Semana Santa	*n.*	聖人週
la teología	*n.*	神學

4 西班牙節慶

01/01	Año Nuevo	新年
01/06	Día de los Reyes	主顯節
Febrero	Carnaval	嘉年華會
03/19	Las fallas	火節（瓦倫西亞地區）
04/22-04/24	Fiesta de Moros y Cristianos	摩爾人和基督徒日
05/01	Día del Trabajo	五一勞動節
05/02	Dos de Mayo	反抗拿破崙軍隊入侵日
06/03	Paso del Fuego	過火節
07/06-07/14	Los Sanfermines	聖費明節（奔牛節）
10/12	Día de Hispanidad	國慶日
11/1	Todos los Santos	萬聖節
12/22	El Gordo	聖誕節頭獎開出日
12/24	Nochebuana	平安夜
12/25	Navidad	聖誕節
12/28	Santos Inocentes	愚人節
12/31	Nochevieja	除夕、跨年夜

1 Espero que sigas teniendo tiempo de disfrutar de tus hijos.
我希望你一直都有時間與你的孩子享樂。

2 ¿Cuándo toma la gente las vacaciones?
人們什麼時候放假呢？

3 Las cuatro estaciones son: primavera, verano, otoño, invierno.
四個季節是：春夏秋冬。

4 Me temo que el examen final no me ha salido bien.
我擔心期末考成績不好。

5 Si no hay ningún enchufe aquí, necesito un prolongador.
這裡如果沒有插座，我就需要一個延長線。

6 Tengo que salir un momento para hacer unas diligencias.
我需要離開一下處理一些事。

7 Me da miedo que no tengo suficiente dinero.
我怕錢帶不夠。

8 Me ha puesto nervioso que grites tanto.
你這樣大叫讓我緊張。

9 David y su mujer están en una fiesta. David habla con una mujer alta y guapa (bien parecida).
大衛跟他妻子在一個舞會上，大衛跟一個又高又漂亮（外表不錯）的女生說話。

10 ¿Resultó estupenda la reunión de anoche?
昨天的聚會很好嗎？

11 Ya lo creo. El baile empezó a las siete.
我想是的，舞會七點開始。

12 ¿A qué hora terminó? A eso de la medianoche.
幾點結束？大約午夜零時。

13 Yo que tú, aceptaría la realidad de los hechos.
如果我是你，我會承認事實。

399

14 La vida es estresante en las ciudades.
城市的生活是有壓力的。

15 Con este tiempo {caluroso / ardiente}, la gente se enfada fácilmente.
這樣炎熱的天氣，人們很容易生氣。

16 Vienes a muy buena hora. La fiesta va a empezar.
你來的正好。舞會即將開始。

17 Pues aprovechemos bien el tiempo.
嗯，讓我們好好利用時間。

18 Recuerdo haber visitado ya este museo.
我記得參觀過這個博物館了。

19 La tienda cierra a las seis.
這家商店六點打烊。

20 ¿Has visitado alguna vez los lugares de interés en Barcelona?
你參觀過巴塞隆納的景點嗎？

1 Patricia: ¡Hola! ¿Qué tal? ¿Qué haces por aquí?

Luisa: Tengo hambre, voy a comprar algo para comer. ¿y tú?

Patricia: Pues voy a la farmacia.

Luisa: ¿Estás enferma?

Patricia: No, estoy bien. Es que mi hija está un poco resfriada.

Luisa: ¿Te acompaño (a la farmacia)?

Patricia: Vale, gracias. La farmacia está muy cerca de aquí, está al otro lado de la calle.

Luisa: Vámonos.

2 Pepe: ¿Qué vas a hacer esta tarde?

Nicolás: No lo sé. Hoy es domingo, tengo tiempo.

Pepe: Vamos al cine.

Nicolás: De acuerdo. ¿Qué película vamos a ver?

Pepe: 'Hable con ella'. Dicen que es muy buena.

Nicolás: ¿Llamamos a Beatriz?

Pepe: Sí, sí. Ella siempre va al cine cuando hay películas nuevas.

Nicolás: ¿Tienes su teléfono?

Pepe: A ver, es 92-455-1560 (noventa y dos, cuatro, cincuenta y cinco, quince, sesenta).

3 Luis: ¿Dónde están los niños?

Nieves: Están detrás de la casa, en el jardín.

Luis: Pero hace mucho frío fuera. ¿Qué hacen por ahí?

Nieves: No quieren quedarse dentro. La casa es muy pequeña.

Luis: Es cierto, pero hoy el tiempo no está bueno.

Nieves: Tienes razón. Entonces llámalos.

Luis: Vale. ¡Niños! ¡Entrad!

4 Luisa: ¡Hola! Elena, ¿Qué tal?

Elena: Un poco mal.

Luisa: Chica, ¿qué te pasa?

Elena: Es que no para de llover y no puedo salir a bailar. Me quedo aburrida en casa.

Luisa: Vamos a la Casa del Libro. Me gustaría comprar una novela de Goethe.

Elena: ¿Cómo se llama la novela de este autor alemán?

1 貝蒂西雅：哈囉！好嗎？妳在這兒做什麼？
　露易莎：我肚子餓了，我想買點東西吃。妳呢？
　貝蒂西雅：我要去藥房。
　露易莎：妳生病了嗎？
　貝蒂西雅：沒有，我很好。是我女兒有一點感冒著涼。
　露易莎：我陪妳去藥房？
　貝蒂西雅：好的，謝謝。藥房距離這兒很近，就在這條街的對面。
　露易莎：我們走吧。

2 貝貝：今天下午你要做什麼？
　尼古拉斯：我不知道。今天是星期日，我有的是時間。
　貝貝：我們去看電影。
　尼古拉斯：好的。我們要看什麼影片？
　貝貝：「悄悄地跟她說」。聽說很不錯。
　尼古拉斯：我們打電話給貝雅蒂斯？
　貝貝：好，好。如果有新的影片，她總是會去看（電影）。
　尼古拉斯：你有她的電話？
　貝貝：我看看，（號碼）是92-455-1560。

3 路易士：孩子們在哪兒？
　妮維碧斯：在房子後面的院子裡。
　路易士：可是外面很冷。他們在那裡做什麼？
　妮維碧斯：他們不想待在家裡。房子（空間）太小。
　路易士：這是真的，不過今天天氣不是很好。
　妮維碧斯：你說得對。那麼你叫他們吧。
　路易士：孩子們！進來了！

4 露易莎：哈囉！愛蓮娜，好嗎？
　愛蓮娜：有一點不太好。
　露易莎：妳怎麼了？
　愛蓮娜：雨一直下個不停，我不能出門去跳舞。在家裡好無聊。
　露易莎：我們去書店 'La Casa del Libro'。我想買一本歌德的小說。
　愛蓮娜：這位德國作家寫的小說（書名）叫什麼？
　露易莎：少年維特的煩惱。

403

Luisa: 'Las penas del joven Werther'.

Elena: No sé nada de la literatura, pero al menos tengo algo que hacer.

Luisa: ¡Vamos!

5 Ema: ¿Qué hace usted los fines de semana?

Helena: Generalmente la gente no trabaja los fines de semana. Aunque poca gente se va de Madrid, muchos van a los parques, al cine o van de compras.

Ema: Sí, en los parques como el Retiro, puede usted pasear por todas partes, menos en los lagos. También el fútbol es muy popular y mucha gente va a ver los partidos en sábados.

Helena: En España no hay pueblo por pequeño que sea en que la gente no se juegue al fútbol, no se habla de él. Pero a mí no me gusta tanto.

Ema: Mi hijo mayor se chifla por las motocicletas, aunque el modelo de su moto se ha pasado de moda.

Helena: Me suena interesante. Mi hija se ha de ser aprendiz en una panadería.

Ema: Oye, algún día quedamos para comer y para que los dos se conozcan. Me parece que harán buenas migas.

Helena: Sí, de acuerdo.

6 Juana: Vamos a tomar un café cuando terminemos el trabajo?

María: Vale, de acuerdo. Yo sé que hay una cafetería muy buena por aquí cerca. Vamos ahí, ¿te parece bien?

--- En la cafetería ---

Juana: ¿Qué tal están tus niños?

María: Están en la escuela, pero ayer fuimos al médico porque a los dos les dolían la garganta. También tenían tos y no les dejaba dormir.

Juana: ¿Cogieron la gripe?

María: El doctor decía que no. Sería porque se sintieran alérgicos a la contaminación ambiental.

Juana: Yo, en tu lugar, los fines de semana, les llevaría a vivir al campo con tus padres unos cuantos días. Estoy segura de que el aire puro les sentiría mejor.

María: Desde luego.

愛蓮娜：我一點也不懂文學，但是至少有點事情做。

露易莎：我們走吧！

5 愛瑪：您週末都做些什麼？

愛蓮娜：通常週末不用工作。雖然少部分人會離開馬德里，許多人會去公園，電影院或採購買東西。

愛瑪：對，像是在綠蒂樂公園，您可以隨處走走，除了湖裡以外。足球也是很受歡迎，許多人星期六會去看足球賽。

愛蓮娜：在西班牙不論這個城鎮多小，沒有人不踢足球，不討論足球。可是我卻不是那麼喜歡。

愛瑪：我大兒子熱愛摩托車，雖然它的款式早已過時。

愛蓮娜：我聽起來很有趣。我女兒進了一家麵包店當學徒。

愛瑪：喂，找一天我們約出來吃飯，讓他們兩個互相認識。我覺得他們會相處得很好。

愛蓮娜：好的。

6 華娜：待會工作完（下班後）我們去喝杯咖啡？

瑪麗亞：好的。我知道這附近有一間很不錯的咖啡廳。我們去那兒，妳覺得呢？

---在咖啡廳---

華娜：妳的孩子（們）好嗎？

瑪麗亞：他們在學校，不過昨天我們去看醫生，因為他們兩個喉嚨痛，而且咳得沒法睡覺。

華娜：他們感染流行性感冒？

瑪麗亞：醫生說沒有。應該是他們對環境汙染感到過敏。

華娜：我如果是妳，週末我會帶他們去鄉下和妳的父母一起住個幾天。我相信新鮮空氣會讓他們感覺好很多。

瑪麗亞：那當然。

7 Carmen: ¿Qué tal tus hijos?

María: Bien. Ya han empezado ir al kindergarten.

Carmen: ¡Ah sí! ¡Qué bien!

María: Pero de vez en cuando están enfermos. Esto me preocupa mucho.

Carmen: Lo de que tus hijos estén enfermos ahora que van al colegio y son pequeños, es normal y es verdad que para nosotros, los padres, es una preocupación muy grande no verlos con salud, pero las enfermedades les crean defensas contra ellas y ellos las necesitan.

María: Sí, eso me han dicho y lo entiendo. Ahora está cerca el verano, ¿no sé si los niños siguen las clases del jardín de la infancia o quedarse en casa conmigo?

Carmen: Creo que si decides que los niños se queden contigo en verano no debe ser por miedo a la enfermedad sino porque tú desees compartir más tiempo con ellos y hacer cosas especiales juntos.

María: Sí. ¿Por ejemplo?

Carmen: Es en esos momentos cuando puedes empezar a enseñarles a manejar alguna herramienta o a hacer cosas que les hagan cada vez más independientes. Los niños se sienten con estas cosas mucho más unidos a sus padres. Pero claro, para ello tienes que disponer de tiempo.

8 Luis: ¿Tiene fuego?

Ramón: No, yo no fumo.

Luis: Una pipa no es tan peligrosa como los cigarrillos.

Ramón: Pero en todo caso el tabaco no es bueno para la salud.

Luis: ¿Vamos a tomar un café? Te invito.

Ramón: Gracias. Pero prefiero que paguemos a escote.

Luis: ¿Cómo dice?

Ramón: Que cada uno paga su parte.

Luis: Camarero. Quiero un café sin echar azúcar ni leche.

Camarero: O sea un café solo. ¿Y usted?

Ramón: ¿Aquí tiene usted tostadas con mantequillas o sin matequillas?

Camarero: Tenemos de todo. ¿Algo más?

Ramón: También me gustaría un café muy cargado.

Luis: Mira, me acabas de decir que los problemas de natalidad estén afectando a tu departamento.

卡門：妳的孩子好嗎？

瑪麗亞：很好。他們已經開始上幼稚園了。

卡門：啊，是呀！真好！

瑪麗亞：不過有時會生病。這讓我很擔心。

卡門：妳孩子現在因為上學了，而且他們年紀還小會生病，這是很正常
的事。對我們作父母的來說，看到他們沒有健康的樣子會感到極
大的焦慮，但是生病會讓他們產生抵抗力，這是他們需要的。

瑪麗亞：是的，這點他們有跟我說，我也了解。現在夏天快到了，我不
知道小孩子是繼續上幼稚園或者跟我留在家裡？

卡門：我認為如果妳決定這個夏天孩子跟妳留在家裡，不應該是因為妳
害怕他們會生病，而是因為妳想要有更多時間陪伴他們，以及一
起做些特別的活動。

瑪麗亞：是啊，比如說呢？

卡門：這個時期妳可以開始教他們操作一些工具，或是讓他們做些事情
訓練他們能夠愈來愈獨立。藉由這些東西，小孩子們會感覺到與
他們的父母更親近。

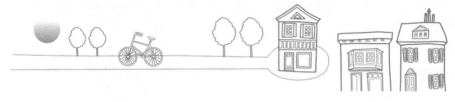

8 路易士：借個火？

拉蒙：沒有，我不抽菸。

路易士：菸斗沒有像香菸那麼危險。

拉蒙：但是不管怎樣菸草對健康是不好的。

路易士：我們去喝杯咖啡？我請你。

拉蒙：謝謝。但是我比較喜歡我們各付各的。

路易士：您說什麼？

拉蒙：每個人付自己的帳。

路易士：服務生，我要一杯咖啡，不加糖也不加牛奶。

服務生：也就是黑咖啡。您呢？

拉蒙：您這裡有塗奶油的吐司或沒有塗奶油的嗎？

服務生：我們什麼都有。還要點別的嗎？

拉蒙：我也要一杯很濃的咖啡。

路易士：你剛剛跟我說出生率（低）的問題正影響你的科系。

拉蒙：是的，出生率現在是一個大問題，正影響著許多私立大學，特別

Ramón: Sí, la natalidad ahora es un gran problema que está afectando a muchas universidades privadas, especialmente en el sur de mi país.

Luis: Pues, yo que tú, no me iría a preocupar tanto. Las cosas muchas veces no son tan difíciles, nosotros las hacemos difíciles con preocupaciones innecesarias, presiones que nos ponemos nosotros mismos y falta de confianza.

Ramón: Bueno, lo has dicho bien. Sin embargo, ¡Ojalá todo el mundo pudiera ser tan optimista como tú!

....

9 Carlos: ¿A qué hora tienes mañana la cita con tu director de la tesis?

Noemí: A las once de la mañana en su despacho.

Carlos: Yo que tú, saldría un poco antes por si acaso hay mucho tráfico.¿Tú la has terminado?

Noemí: ¡Qué va! Todavía estoy pensando en qué tema voy a investigar. Espero que mi director me pueda dar algunas sugerencias.

Carlos: No te preocupes. Que tengas suerte! Ya me dirás el resultado.

Noemí: Gracias.

10 Beatriz: En tu opinión, ¿cuál es el mejor regalo que piensas en dar a los demás?

Charo: Pues creo que las respuestas son muchas como: elogios, sinceridad, consideración, respeto, autenticidad, generosidad,preocupación por los demás, etc. ¿Y tú qué opinas?

Beatriz: 'Tiempo', es lo que me respondió una amiga mía.

Charo: Tiene razón, y da mucha que reflexionar. ¿Ha explicado por qué el tiempo es el mejor regalo?

Beatriz: Sí, mira, me dijo la siguiente historia: 'una buena amiga sufrió un desegaño amororso. Nosotras éramos sus pañuelos de lágrimas, le acompañamos a ir de compras. Deseábamos ayudarle que se olvidara de la tristeza.Una amiga suya le dijo: 'Deberías pedírle que te devolviera el dinero que habías pagado para compensarte por la separación.'

Charo: ¿Qué dijo tu amiga?

Beatriz: Dijo: 'no puede compensarme, porque le di mis mejores años'. Como ya es muy mayor para casarse, a su familia le preocupa

是位在我國南部地區的私校。

路易士：嗯，如果我是你，我不會這麼擔心。很多時候事情不是那麼困難，反而是我們自己無謂的擔心把它弄成這樣，我們給自己壓力，還有就是缺乏信心。

拉蒙：對啊，你說得對。然而真希望全世界像你這樣樂觀！

....

9 卡洛斯：妳明天跟妳論文指導教授約幾點？

諾雅美：早上十一點在他的辦公室。

卡洛斯：如果我是你，我會早一點出門，萬一交通阻塞。妳論文已完成了嗎？

諾雅美：才沒有呢！我還在想要做什麼研究的主題。我希望我的指導教授能給我一些意見。

卡洛斯：別擔心。祝妳好運！妳再跟我說結果如何。

諾雅美：謝謝。

10 貝雅蒂斯：照妳的看法，什麼是最好的禮物妳會想到送給別人？

蕎蘿：我認為答案很多，像是讚美、誠意、體貼、尊重、真心、包容、關懷別人等等。

貝雅蒂斯：「時間」，這是我的一位朋友她的回答。

蕎蘿：她說得對，發人深省。她有解釋為什麼時間是最好的禮物？

貝雅蒂斯：有，她跟我說了下面的故事：有一位好朋友失戀了，我們是她的姊妹交朋友，陪她逛街買東西。我們想要幫助她忘了痛苦。其中一位知己對她說「妳應該要他還給妳曾經付過的錢，補償妳當作分手費。」

蕎蘿：妳的朋友怎麼說？

貝雅蒂斯：她說：「他沒辦法補償我的，因為我把最好的時間給了他」。由於她已過了結婚的年齡，她的家人非常地擔心，到處替她安排相親，介紹男朋友。但似乎都白費工夫。最後他們問她說：「妳到底喜歡什麼樣的人？說個條件，好讓我們幫妳留意。」

蕎蘿：嗯，這樣是比較實際一點，讓她給你們一個方向，好幫忙她牽線。

muchísimo y le arregla citas para conocer chicos. Pero todo es en vano. Al final, ellos le preguntan: '¿Qué tipo te gusta más? Di alguna exigencia (expectativa) para que te busquemos'.

Charo: Bueno así es más práctico que os de alguna pista para que podáis ayudarle a encontrarlo.

Beatriz: Eso es. Y ella se quedó pensando y dijo: 'me gustaría encontrar a alguien ante la que sienta la voluntad de dedicarle todo mi tiempo'.

Charo: Sí, es verdad.

貝雅蒂斯：對啊！她想了想說：「我希望遇見一位我願意把時間花在他身上的人」。

蕎蘿：對，這是實話。

1 會話功能用語

- 使用「起、承、轉、合」之連接詞：

首先，我必須說的是….	Para empezar, debo decir que ... .
首先…；其次…	En primer lugar ... ; en segundo lugar ...
一方面…；另一方面…	Por una parte ... ; por (la) otra (parte) ...
關於	Con respecto de ...
總之	En resumen ...
因此；所以	De modo que ...
結果	En consecuencia ...
應該注意到	Hay que tener en cuenta que ...
很明顯地	Aparentemente que ...
事實上	Realmente ...
表面上	En apariencia ...

- 表達個人喜歡、喜好：

我喜歡	Me gusta ... / Me encanta ...
對我來說	Para mí,
我熱愛	Soy aficionado a ...
…令我瘋狂	Me vuelve loco ... .

2 表達意見 / 確認

- Opinión: Ella es muy amable.
- ¿{no crees / verdad}?

3 不完全同意

- Opinión: Ella es muy amable.
- ¿Tú crees?

4 完全不同意

- Opinión: Ella es muy amable.
- {¡Qué va! / Yo creo que sí (no)}.

- Pues yo no estoy (en absolutamente) de acuerdo + $\begin{matrix} \text{en} \\ \text{con} \end{matrix}$ + $\begin{matrix} \text{lo} \\ \text{eso} \end{matrix}$ + que +

{dice este artículo}.

- ■ Pues yo no lo veo así (en absoluto).

- ■ Estoy $\dfrac{\text{absolutamente}}{\text{completamente}}$ + en contra de + $\dfrac{\text{eso}}{\text{que firmemos el contrato}}$ + porque...

5 部分同意

- • Opinión: Ella es muy amable.

- ■ Sí, + $\begin{array}{l}\text{quizás sí}\\ \text{bueno}\\ \text{claro}\\ \text{por supuesto}\\ \text{claro que sí}\end{array}$, + pero +....

- ■ De acuerdo, pero lo que + $\begin{array}{l}\text{yo veo}\\ \text{pasa}\\ \text{yo creo}\end{array}$, + es que +....

- ■ $\dfrac{\text{En}}{\text{Con}}$ + $\dfrac{\text{lo}}{\text{eso}}$ + que + {dice este artículo}, + no estoy de acuerdo, porque +....

- ■ $\dfrac{\text{En}}{\text{Con}}$ + $\dfrac{\text{eso de que}}{\text{que}}$ + {hagamos huelga}, + no estoy totalmente de acuerdo, porque +....

6 完全同意

- • Opinión: Ella es muy amable.

- ■ Sí, + $\dfrac{\text{tienes razón}}{\text{es verdad}}$.

7 表達不確定、猶豫

- ■ {No sé / No sé si _____ }.

8 表達意圖

- • ¿{Por qué _____ / Para qué _____ }?

- ■ $\dfrac{\text{Porque quiero}}{\text{_____ para}}$ + V.

413

9 邀請

- ¿{Vienes / Quieres venir}?
- {Sí, gracias / Vale / No, gracias, no puedo}.

常用單字

■ 咖啡館

el autoservicio	*n.*	自助
el bar	*n.*	酒吧
el barman	*n.*	男服員
el café	*n.*	咖啡、咖啡館
el camarero	*n.*	侍者、服務員
el cantinero	*n.*	男服務員
el tabernero	*n.*	酒店老闆
el terminal punto de venta	*n.*	結帳櫃臺
la cafetería	*n.*	咖啡館
la cantina	*n.*	車站酒吧、飲食店
la fiambrería	*n.*	賣冷食的小吃店
la propina	*n.*	小費
la taberna	*n.*	酒店

1. Durante el fin de semana hay siempre poco tiempo y demasiado que hacer.
   在週末，總是有太多事情想做，而時間總是太少。

2. Le gusta (a ella) leer las novelas.
   她喜歡讀小說。

3. Me siento más muerto que vivo.
   我氣得要命。

4. No digas esas cosas delante de una señora.
   請不要在女人面前說那些事。

5. Caliente el agua, por favor.
   請給我燒點熱水。

6. Deposito en ella toda mi confianza.
   我對她非常有信心。

7. ¡Tú andas siempre tan dejado!
   你老是這麼懶散！

8. Es un hombre de muchas campanillas.
   他的人緣很好。

9. Los chinos tienen las caras planas.
   中國人的臉很平。

10. Los epañoles tienen la nariz más alta que los chinos.
    西班牙人的鼻子比中國人的高。

11. A ella, le faltan dos dientes; se le ve un poco fea.
    她少了兩顆牙齒，醜醜的。

12. Lola es muy pobre en su inlgés.
    蘿拉英文很差。

13. Me gusta tu forma de hablar.
    我喜歡妳說話時的樣子。

14 ¿Qué quiere decir esta frase?
這句話是什麼意思？

15 ¿Qué quieres? / ¿Por qué me haces esto?
你是什麼意思？

16 Es un libro muy interesante.
這本書很有意思。

17 ¿Es difícil pintar? Es pan comido.
畫畫難嗎？小意思。

18 Es un regalito para usted. (It's just a little something.)
這是點小意思。

19 Nos podemos conocer, gracias a Dios.
我們能認識都是緣份。

20 Ella es una chica que tiene clase.
她是一個很有氣質的女孩。

21 No te quedes celosa, no tengo nada con ella.
不要吃醋，我跟她沒什麼。

22 No le envidies a nadie.
不要嫉妒別人。

23 Él es una persona de mucha vanidad.
他是個愛面子的人。

24 Él es un {fantoche / fanfarrón}.
他太會吹牛了。

25 Él se exhibe demasiado.
他太臭屁了。

26 Él es muy presumido.
他太自大了。

27 Esta niña es muy pegada a su mamá.
這小女孩很黏她媽媽。

28 José le mima mucho a su hija.
赫塞很寵（愛）他的女兒。

29 Ella se viste muy coqueta.

她穿得很騷包。

30 Ella se viste muy desnuda.

她穿得很暴露。

31 Este tío tiene mucho mundo.

這傢伙很油條。

32 A mí, me va a dar algo. Me da pánico.

我覺得好像有事發生，我很害怕。

33 Me {es / da} igual. / Me da lo mismo.

我沒差。／我不在乎。

34 Me suena la cara.

我覺得很面熟。

35 Póngase en mi lugar.

設身處地，站在我的立場。

36 Si no tienes ningún apetito, cómete la fruta.

如果你一點胃口也沒有，就吃點水果吧。

37 ¿Sabes dónde vive él? No. Si lo supiera, te lo diría.

你知道他在哪嗎？不知道。如果我知道，我會告訴你。

38 Te lo compraré caso que te {guste / gustara}.

如果你喜歡，我買給你。

39 Si me quisieras como yo te quiero a tí, sería muy feliz.

如果你愛我像我愛你那麼多，我會很幸福。

40 No iré, pero caso que yo {vaya / fuera}, te avisaré.

我不會去，但是萬一我要去，我會通知你。

41 Si (yo) hubiera nacido más tarde, ahora sería más jóven.

如果我慢點才出生，現在就年輕些。

42 Lo hizo por su gusto, sin que nadie le obligase.

這件事是他自己願意做的，沒有人強迫他。

43 El borrachín duerme la mona.

那酒鬼睡得像豬一樣。

44 Le pagué en la misma moneda.
我以其人之道還治其人之身。

45 Él escatima hasta el saludo.
他連個招呼也懶得打。

46 Él escapó a la justicia.
他逍遙法外。

國家圖書館出版品預行編目資料

實用西班牙語會話/王鶴巘著.－－初版.－－

臺北市：五南，2014.05

　面；　公分

ISBN 978-957-11-7582-9（平裝附光碟片）

1.西班牙語　2.會話

804.788　　　　　　　　　103005432

1AFO

實用西班牙語會話

作　　者 — 王鶴巘(5.8)

發 行 人 — 楊榮川

總 編 輯 — 王翠華

企劃主編 — 朱曉蘋

責任編輯 — 吳雨潔

封面設計 — 童安安

出 版 者 — 五南圖書出版股份有限公司

地　　址：106台北市大安區和平東路二段339號4樓

電　　話：(02)2705-5066　　傳　真：(02)2706-6100

網　　址：http://www.wunan.com.tw

電子郵件：wunan@wunan.com.tw

劃撥帳號：01068953

戶　　名：五南圖書出版股份有限公司

台中市駐區辦公室/台中市中區中山路6號

電　　話：(04)2223-0891　　傳　真：(04)2223-3549

高雄市駐區辦公室/高雄市新興區中山一路290號

電　　話：(07)2358-702　　傳　真：(07)2350-236

法律顧問　林勝安律師事務所　林勝安律師

出版日期　2014年5月初版一刷

定　　價　新臺幣580元